EL SEXTO HOMBRE

EL SEXTO HOMBRE

David Baldacci

Traducción de Mercè Diago y Abel Debritto

GRUPO ZETA

Barcelona • Madrid • Bogotá • Buenos Aires • Caracas • México D.F. • Miami • Montevideo • Santiago de Chile

Título original: *The Sixth Man*
Traducción: Mercè Diago y Abel Debritto
1.ª edición: septiembre, 2013

© 2011 by Columbus Rose, Ltd.
© Ediciones B, S. A., 2013
   Consell de Cent, 425-427 - 08009 Barcelona (España)
   www.edicionesb.com

Printed in Spain
ISBN: 978-84-666-5274-2
Depósito legal: B. 16.468-2013

Impreso por Relligats Industrials del Llibre, S.L.
Av. Barcelona, 260
08750 Molins de Rei

Para David Young y Jamie Raab,
el dúo dinámico de la edición, además de amigos

Lo único que puede ser peor que no ver el bosque por culpa de los árboles es no ver los árboles por culpa del bosque.

ANÓNIMO

Prólogo

—¡Que paren!

El hombre se inclinó sobre la fría mesa metálica con el cuerpo encogido, los ojos cerrados con fuerza y la voz quebrada. Inspiraba de forma pausada y exhalaba como si fuera su último suspiro. Una ráfaga rápida de palabras penetraba en sus oídos a través de unos auriculares y luego le inundaba el cerebro. Tenía una serie de sensores sujetos a un grueso arnés de tela que llevaba abrochado en el torso. Llevaba también una especie de gorro provisto de electrodos que medían sus ondas cerebrales. La sala estaba muy bien iluminada.

Con cada fragmento de audio y de vídeo se estremecía como bajo el puñetazo de un campeón de los pesos pesados.

Empezó a sollozar.

En una oscura sala contigua un pequeño grupo de hombres observaba la escena a través de un espejo de visión unilateral.

En la pared de la sala en la que estaba el hombre que sollozaba había una pantalla que medía unos dos metros y medio de ancho por otros dos de alto. Parecía diseñada especialmente para ver partidos de fútbol americano. Sin embargo, las imágenes digitales que se sucedían en ella a toda velocidad no eran de hombretones dándose golpes capaces de dejar conmocionado al más fornido. Se trataba de datos ultrasecretos que muy pocas personas del gobierno conocían.

En conjunto, y para un ojo avezado, resultaban reveladores

de las actividades clandestinas que se llevan a cabo a lo largo y ancho del planeta, y por ello mismo extraordinarios.

Eran imágenes nítidas de movimientos sospechosos de tropas en Corea a lo largo del paralelo 38.

Imágenes vía satélite de Irán en las que se veían silos subterráneos de misiles que parecían soportes para lápices gigantes excavados en la tierra, junto con la silueta de un reactor nuclear en funcionamiento.

En Pakistán, fotos a una gran altitud de las secuelas de un atentado terrorista en un mercado; hortalizas y trozos de cuerpos destrozados cubrían el suelo.

Sobre Rusia, un vídeo en el que aparecía una caravana de camiones del ejército en una misión capaz de conducir al mundo a otra guerra mundial.

Provenientes de la India aparecían los datos de una célula terrorista que planeaba atentados simultáneos contra objetivos sensibles con la intención de provocar una crisis regional.

De la ciudad de Nueva York se mostraban fotos incriminatorias de un importante líder político con una mujer que no era su esposa.

Desde París llegaban montones de números y nombres que proporcionaban información financiera sobre empresas delictivas. Se movían tan rápido que parecían un millón de columnas de Sudoku pasando a la velocidad del rayo.

De China se recibía información secreta acerca de un posible golpe de Estado.

Desde miles de centros de fusión de inteligencia financiados por el gobierno federal desperdigados por todo Estados Unidos, fluía información sobre actividades sospechosas que llevaban a cabo ciudadanos americanos o extranjeros que operaban a escala nacional.

Desde la comunidad UKUSA, formada por Estados Unidos, Gran Bretaña, Canadá, Australia y Nueva Zelanda, arribaba una serie de comunicaciones altamente confidenciales, todas ellas de máxima importancia.

Y así se iba recibiendo información procedente de todos los rincones del planeta, en masa y en alta definición.

Si se hubiese tratado de un videojuego, habría sido el más emocionante y difícil jamás creado. Pero aquello no tenía nada de juego. Allí, cada segundo, y a todas horas, vivían y morían personas de carne y hueso.

Este ejercicio era conocido en las más altas esferas de la comunidad de inteligencia como «el Muro».

El hombre inclinado sobre la mesa metálica era bajo y delgado. Su piel era de color marrón claro y llevaba el cabello, corto y negro, aplastado contra el pequeño cráneo. Tenía los ojos grandes y enrojecidos de tanto llorar. A pesar de sus treinta y un años, parecía haber envejecido diez en las últimas cuatro horas.

—Por favor, que paren. No puedo más.

Al oír el comentario, el hombre más alto que había detrás del espejo se movió. Se llamaba Peter Bunting. Tenía cuarenta y siete años y aquello era, simple y llanamente, su ambición, su vida, el aire que respiraba. Ni por un instante pensaba en otra cosa. Durante los últimos seis meses había encanecido de forma considerable por motivos relacionados directamente con el Muro o, más concretamente, por problemas que tenían que ver con el mismo.

Llevaba una americana hecha a medida y unos pantalones un poco demasiado holgados. Aunque tenía un cuerpo atlético, nunca había practicado deporte y su coordinación no resultaba especialmente buena. Lo que sí tenía era un cerebro privilegiado y una ambición inagotable. Había conseguido una licenciatura a los diecinueve años, tenía un diploma de posgrado de Stanford y había recibido una beca Rhodes. Poseía la mezcla perfecta de visión estratégica e inteligencia práctica. Era rico y tenía muchos contactos, aunque fuese desconocido para el gran público. Le sobraban motivos para ser feliz y apenas uno para sentirse frustrado o incluso enfadado. Y en ese mismo momento lo tenía delante.

Un motivo con cara y ojos.

Bunting bajó la mirada hacia la tableta electrónica que tenía entre las manos. Había formulado incontables preguntas al hombre, cuyas respuestas podían encontrarse en el flujo de datos. No había obtenido ni una sola reacción.

—Por favor, espero que alguien me diga que esto es una idea un tanto retorcida de lo que es una broma —dijo finalmente. Aunque sabía que no era así. La gente de ese lugar no bromeaba por nada del mundo.

Un hombre mayor y más bajito, con una camisa de vestir arrugada, extendió los brazos en gesto de impotencia.

—El problema es que está clasificado como E-Cinco, señor Bunting.

—Bueno, el cinco le queda justo, eso está claro —masculló Bunting.

Se volvieron para mirar de nuevo por el cristal cuando el hombre de la sala se quitó bruscamente los auriculares y gritó:

—¡Quiero marcharme! ¡Ahora mismo! Nadie me dijo que sería así.

Bunting dejó caer la tableta sobre la mesa y se apoyó contra la pared. El hombre de la sala era Sohan Sharma. Había sido su última y mejor esperanza para cubrir el puesto de Analista. Analista con mayúsculas. Solo había uno.

—¿Señor? —dijo el miembro más joven del grupo. Tenía apenas treinta años pero el pelo largo y rebelde y los rasgos juveniles hacían que pareciese mucho más joven. Tragó saliva con dificultad.

Bunting se frotó las sienes.

—Te escucho, Avery. —Hizo una pausa para masticar unas cuantas pastillas contra la acidez—. Pero espero que sea importante. Estoy un poco estresado, como seguramente habrás advertido.

—Sharma es un auténtico Cinco se mire como se mire. No se vino abajo hasta que llegó al Muro. —Lanzó una mirada a la serie de monitores que controlaban las constantes vitales y la función cerebral de Sharma—. Su actividad Theta se ha disparado. Es la clásica sobrecarga de información extrema. Empezó un minuto después de que pusiéramos la producción del Muro al máximo.

—Sí, esa parte ya me la había imaginado. —Bunting señaló a Sharma, que en ese momento estaba en el suelo, llorando—. Pero ¿este es el resultado que obtenemos con un auténtico Cinco? ¿Cómo es posible?

—El problema principal es que exponencialmente se vierten más datos sobre el Analista. Diez mil horas de vídeo. Cien mil informes. Cuatro millones de registros de incidentes. La cantidad de imágenes diarias procedentes de los satélites es de múltiples terabytes, y eso después de filtrarlas. Las señales captadas que exigen que inteligencia les preste atención se sitúan en los miles de horas. La cháchara del campo de batalla por sí sola llenaría miles de listines de teléfono. Nos llueve cada segundo de cada día en cantidades cada vez mayores desde un millón de fuentes distintas. En comparación con los datos disponibles hace tan solo veinte años, es como coger un dedal con agua y transformarlo en un millón de océanos Pacíficos. Con el último Analista estuvimos reduciendo el flujo de datos de forma considerable por pura necesidad.

—¿Qué intentas decirme exactamente, Avery? —preguntó Bunting.

El joven respiró hondo. La expresión de su rostro era como la de un hombre en el agua que acaba de darse cuenta de que tal vez se esté ahogando.

—Quizás hayamos topado con los límites de la mente humana.

Bunting miró a los demás. Ninguno de ellos lo miró a los ojos. Daba la impresión de que el aire húmedo que despedía el sudor de sus rostros generaba corrientes eléctricas.

—No existe nada más poderoso que una mente humana a pleno rendimiento, aprovechada al máximo —declaró Bunting con un tono expresamente tranquilo—. Yo no duraría ni diez segundos frente al Muro porque estoy utilizando alrededor del once por ciento de mis células grises, no doy para más. Pero un E-Cinco deja la mente de Einstein al nivel de la de un feto. Ni siquiera un superordenador Cray se le acerca. Se trata de computación cuántica de carne y hueso. Es capaz de funcionar de forma lineal, espacial, geométrica, en todas las dimensiones que haga falta. Es el mecanismo analítico perfecto.

—Lo entiendo, señor, pero...

La voz de Bunting ganó en estridencia.

—Se ha comprobado en todos los estudios que hemos realizado. Es la verdad en la que se basa todo lo que hacemos aquí. Y, lo que es más importante, es lo que nuestro contrato de dos mil millones y medio de dólares dice que debemos ofrecer y de lo que dependen todos y cada uno de los componentes de la comunidad de inteligencia. Se lo he dicho al presidente de Estados Unidos y a todos los que le siguen en la cadena de mando. ¿Y me estás diciendo que no es verdad?

Avery se mantuvo en sus trece.

—El universo quizás esté en expansión constante pero todo lo demás tiene límites. —Señaló la sala del otro lado del cristal donde Sharma seguía llorando—. Y quizás eso es lo que tenemos delante en estos momentos: el límite absoluto.

—Si lo que dices es cierto —declaró Bunting con expresión sombría—, entonces estamos más jodidos de lo imaginable. El mundo civilizado está jodido. Se nos va a caer el pelo. Estamos acabados. Los malos se salen con la suya. Vayámonos a casa y esperemos el apocalipsis. Vivan los cabrones de los talibanes y Al-Qaeda. Juego, set y partido. Han ganado.

—Comprendo su frustración, señor. Pero cerrar los ojos ante lo evidente nunca es un buen plan.

—Entonces consígueme un Seis.

El joven lo miró boquiabierto.

—No existen los Seis.

—¡Tonterías! ¡Eso es lo que pensábamos del Dos al Cinco!

—Pero de todos modos...

—Búscame a un puto Seis. Sin discusiones y sin excusas. Hazlo, Avery.

La nuez se le marcó de forma exagerada.

—Sí, señor.

El hombre de mayor edad intervino.

—¿Qué hacemos con Sharma?

Bunting se volvió para mirar al Analista Fracasado, que lloriqueaba.

—Sigue el proceso de salida, haz que firme todos los documentos de rigor y déjale claro que si dice una sola palabra sobre esto a alguien, será acusado de traición y pasará el resto de su vida en una prisión federal.

Bunting se marchó. El aluvión de imágenes por fin paró y la sala fue quedando a oscuras.

Sohan Sharma fue conducido a la furgoneta que le esperaba, con tres hombres en el interior. En cuanto subió, uno de los hombres le rodeó el cuello con un brazo y otro la cabeza. Zarandeó los gruesos brazos en distintas direcciones y Sharma se desplomó con el cuello roto.

La furgoneta se alejó con el cadáver de un E-Cinco verdadero cuyo cerebro ya no era lo bastante bueno.

NUEVE MESES DESPUÉS

1

El pequeño jet entró en contacto con la pista en Portland, Maine, con cierta violencia. Se elevó en el aire y volvió a golpear aún más fuerte que antes. Hasta el joven piloto debía de estar preguntándose si sería capaz de mantener el jet de veinticinco toneladas en la pista. Como intentaba salir airoso en una tormenta, había realizado el acercamiento siguiendo una trayectoria más empinada y a una velocidad mayor de la que recomendaba el manual de la aerolínea. La cizalladura del viento que recortaba el borde del frente frío había hecho que las alas del jet se balancearan hacia delante y hacia atrás. El copiloto había advertido a los pasajeros que el aterrizaje sería accidentado e incómodo.

No se había equivocado.

Las ruedas traseras del aparato se posaron sobre la pista y se mantuvieron allí al cabo de pocos segundos. Las cuatro docenas de pasajeros se aferraban a los reposabrazos con fuerza y pronunciaban en silencio unas cuantas plegarias e incluso echaban mano de las bolsas para vomitar situadas en el respaldo del asiento que tenían delante. Cuando los frenos de las ruedas y los propulsores inversos entraron en acción y el avión redujo la velocidad de forma considerable, la mayoría de los ocupantes exhaló un suspiro de alivio.

Sin embargo, un hombre se despertó justo cuando el aparato pasaba de la pista de aterrizaje a la de rodaje en dirección a la pequeña terminal. La mujer alta y morena que estaba sentada muy tranquila a su lado miraba despreocupadamente por la ventanilla, como si la aproximación turbulenta y el subsiguiente aterrizaje accidentado no le hubiera afectado para nada.

Cuando hubieron llegado a la puerta y el piloto cerró los turboventiladores dobles de GE, Sean King y Michelle Maxwell se levantaron y cogieron su equipaje de los compartimentos superiores. Mientras recorrían el estrecho pasillo junto con el resto de los pasajeros que abandonaban el avión, una mujer que iba detrás de ellos y estaba muy nerviosa dijo:

—Cielos, menudo aterrizaje más complicado.

Sean la miró, bostezó y se frotó el cuello.

—¿Ah, sí?

La mujer pareció sorprenderse y miró a Michelle.

—¿Está de broma?

—Cuando has viajado en asientos plegables en la panza de un C-17 a altitudes bajas, en plena tormenta y haciendo caídas en vertical de mil pies cada diez segundos, con cuatro vehículos blindados encadenados a tu lado y preguntándote si alguno iba a soltarse y chocar contra el lateral del fuselaje y llevarte con él, este aterrizaje resulta de lo más normalito.

—¿Y por qué hacer tal cosa? —dijo la mujer con ojos como platos.

—Me lo pregunto todos los días —repuso Sean en tono irónico.

Tanto él como Michelle llevaban la ropa, los artículos de tocador y otras pertenencias esenciales en el equipaje de mano. Pero tenían que pasar por la zona de recogida de equipajes para recuperar un maletín herméticamente cerrado de unos cincuenta centímetros de largo y laterales rígidos. Pertenecía a Michelle, que lo cogió de inmediato.

Sean la miró con expresión divertida.

—Eres la reina de la maleta facturada más pequeña de todos los tiempos.

—Hasta que dejen embarcar a personas responsables con armas cargadas en los aviones tendré que hacerlo así. Ve a buscar el coche de alquiler. Enseguida salgo.

—¿Tienes licencia para llevarla aquí?

—Esperemos que no sea necesario averiguarlo.

Sean palideció.

—Estás de broma, ¿no?

—Maine tiene una ley de transporte abierta. Siempre y cuando resulte visible, puedo llevarla sin permiso.

—Pero la pondrás en una pistolera. O sea que estará oculta. De hecho, ahora mismo está oculta.

Ella abrió la cartera y le enseñó una tarjeta.

—Motivo por el que cuento con un permiso de armas ocultas para no residentes válido en el gran estado de Maine.

—¿Cómo te lo has montado? Nos enteramos de este caso hace apenas unos días. Es imposible conseguir un permiso tan rápido. Lo comprobé. Exigen mucho papeleo y el plazo de respuesta es de sesenta días.

—Mi padre es buen amigo del gobernador. Lo llamé y él llamó al gobernador.

—Muy bonito.

Michelle fue al baño de señoras, entró en un compartimento, abrió el maletín cerrado y cargó rápidamente la pistola. Enfundó el arma y salió al parking cubierto adyacente a la terminal donde se encontraban las empresas de alquiler de vehículos. Se reunió allí con Sean y cumplimentaron los impresos para el coche que necesitaban para la siguiente etapa de su viaje. Michelle enseñó también su carné de conducir, puesto que sería quien iría al volante la mayor parte del tiempo. No es que a Sean no le gustara conducir sino que Michelle estaba demasiado obsesionada con el control para permitírselo.

—Café —dijo—. Hay una cafetería en la terminal.

—Ya te has tomado una taza gigantesca durante el vuelo.

—Eso fue hace mucho. Y vamos a tener que conducir un buen rato hasta llegar a nuestro destino. Necesito un chute de cafeína.

—Yo he dormido. Déjame conducir.

Michelle le quitó las llaves de la mano.

—Ni lo sueñes.

—Oye, yo he conducido a la Bestia, ¿recuerdas? —dijo él, refiriéndose a la limusina presidencial.

Michelle echó un vistazo a la etiqueta del coche de alquiler.

—En ese caso el Ford Hybrid que has reservado será un aburrimiento. Probablemente tarde un día en ponerlo a cien por hora. Te ahorraré el dolor y la humillación.

Se agenció otro café solo extragrande. Sean se compró un dónut y se sentó en el asiento del acompañante a comérselo. Se sacudió las manos y echó hacia atrás el asiento al máximo para acomodar sus casi dos metros de estatura. Acabó poniendo los pies encima del salpicadero.

Cuando se dio cuenta, Michelle le hizo un comentario.

—Ahí está el airbag. En caso de accidente tus pies saldrán disparados por la ventanilla y acabará amputándotelos.

Sean la miró con el ceño fruncido.

—Pues entonces procura no tener un accidente.

—No puedo controlar a los demás conductores.

—Bueno, has insistido en conducir, así que haz todo lo posible por salvaguardar mi integridad física.

—De acuerdo, jefe —dijo Michelle en tono irónico y, tras conducir un kilómetro en silencio, añadió—: Parecemos un matrimonio de viejos cascarrabias.

Sean volvió la mirada hacia ella.

—No somos viejos y no estamos casados. A no ser que me haya perdido algo.

Tras vacilar un instante, Michelle dijo:

—¿Olvidas que nos hemos acostado juntos?

Sean se dispuso a responder pero pareció pensárselo dos veces. Lo que intentó decir entonces sonó más como un gruñido.

—Eso hace que cambie la situación —agregó ella.

—¿Por qué?

—Ya no es solo una empresa. Es algo personal. Hemos traspasado una línea.

Él se sentó bien erguido y apartó los pies del peligroso airbag.

—¿Y ahora te arrepientes? Tú fuiste quien dio el primer paso. Te desnudaste delante de mí.

—No he dicho que me arrepienta de nada.

—Ni yo. Pasó porque está claro que los dos queríamos que pasara.

—Vale. ¿Y en qué situación nos deja eso?

Sean se retrepó en el asiento y se puso a mirar por la ventanilla.

—No estoy seguro —dijo.

—Fantástico, justo lo que quería oír.

Él la miró y advirtió la tensa expresión de su rostro.

—El mero hecho de no estar seguro de cómo actuar ante todo esto no reduce ni trivializa lo que sucedió entre nosotros —dijo—. Es complicado.

—Ya, complicado. Con vosotros los hombres siempre pasa lo mismo.

—Vale, pues si para las mujeres es tan sencillo, dime qué deberíamos hacer. —Al ver que ella no respondía, añadió—: ¿Deberíamos ir corriendo a buscar un cura y oficializar lo nuestro?

Michelle lo fulminó con la mirada y el extremo delantero del Ford viró ligeramente.

—¿Hablas en serio? ¿Eso es lo que quieres?

—Estoy dando ideas, puesto que parece que a ti no se te ocurre nada.

—¿Quieres casarte?

—¿Y tú?

—Eso cambiaría las cosas.

—Oh, sí, seguro.

—A lo mejor tendríamos que tomárnoslo con más calma.

—A lo mejor.

Ella dio un golpecito en el volante.

—Siento haberme puesto en este plan —dijo.

—Olvídalo. Ahora que ya le hemos conseguido una buena familia a Gabriel, también ha supuesto un gran cambio. Ahora lo mejor es tomárnoslo con calma. Si nos precipitamos, quizá cometamos un grave error.

Gabriel era un muchacho de once años de Alabama cuya custodia habían tenido Sean y Michelle de forma temporal después de que su madre fuera asesinada. En la actualidad vivía con una familia cuyo padre era un agente del FBI que conocían. La pareja estaba tramitando la adopción oficial de Gabriel.

—Vale —repuso ella.

—Y ahora tenemos un trabajo. Centrémonos en eso.

—¿O sea que esas son tus prioridades? ¿El trabajo por delante de la vida privada?

—No necesariamente pero, como bien has dicho, tenemos un largo viaje por delante. Y quiero pensar en el motivo por el que nos dirigimos al único centro federal de máxima seguridad para enfermos mentales criminales del país, para reunirnos con un tipo cuya vida pende claramente de un hilo.

—Vamos allí porque tú y su abogado os conocéis desde hace tiempo.

—Esa parte ya la tengo clara. ¿Has leído mucho sobre Edgar Roy?

Michelle asintió.

—Empleado del gobierno que vivía solo en una zona rural de Virginia. Su vida era bastante normal hasta que la policía descubrió que tenía los restos de seis personas enterrados en el granero. Entonces su vida pasó a ser cualquier cosa menos normal. Las pruebas me parecen abrumadoras.

Sean asintió.

—Encontraron a Roy en el granero, pala en mano, con los pantalones llenos de tierra y con los restos de seis cadáveres enterrados en un agujero al que supuestamente estaba dando los últimos toques.

—Es un poco difícil plantarle cara a eso en un juicio —afirmó Michelle.

—Lástima que Roy no sea político.

—¿Por qué?

Sean sonrió.

—Si fuera político podría revertir la historia y decir que estaba sacándolos del agujero para salvarlos pero que era demasiado tarde porque ya estaban muertos. Y ahora lo enjuician por ser un buen samaritano.

—O sea que lo detuvieron pero no pasó la evaluación de competencia mental y lo mandaron a Cutter's Rock. —Michelle hizo una pausa—. Pero ¿por qué Maine? ¿En Virginia no había centros para él?

—Por algún motivo era un caso federal. Por eso intervino el FBI. Cuando llega la prisión preventiva, los federales son quienes deciden el destino. Algunas prisiones federales de máxima seguridad tienen alas psiquiátricas, pero se decidió que Roy necesitaba algo más que eso. St. Elizabeth en Washington D.C. se trasladó para construir una nueva sede para el Departamento de Seguridad Interior, y su nueva ubicación no se consideró lo bastante segura. Así pues Cutter's Rock era la única opción que quedaba.

—¿Por qué tiene ese nombre tan raro?

—Es rocoso y un «cúter» es un tipo de barco. Al fin y al cabo, Maine es un estado marinero.

—Se me olvidó que te va eso de la náutica. —Encendió la radio y la calefacción y se estremeció—. Cielos, qué frío hace, y eso que todavía no ha llegado el invierno —dijo malhumorada.

—Esto es Maine. Puede hacer frío en cualquier momento del año. Fíjate en la latitud.

—Cuántas cosas aprende una si pasa encerrada un largo periodo de tiempo.

—Ahora sí que parecemos un matrimonio de viejos. —Abrió su conducto de ventilación al máximo, se subió la cremallera del cortavientos y cerró los ojos.

2

Como Michelle pisó el acelerador a fondo como era habitual en ella, el Ford circuló por la Interestatal 95 y dejó atrás las ciudades de Yarmouth y Brunswick y se dirigió a Augusta, la capital del estado. En cuanto pasaron Augusta y fueron en dirección a la siguiente ciudad, Bangor, Michelle empezó a observar la zona. La autopista estaba flanqueada por árboles frondosos de hoja perenne. La luna llena otorgaba al bosque una pátina plateada que a Michelle le recordó el papel de cera encima de las hortalizas de una ensalada. Pasaron junto a una señal que alertaba de la posibilidad de alces en medio de la carretera.

—¡Alces! —exclamó al tiempo que miraba a Sean.

Él no abrió los ojos.

—Es el animal característico del estado de Maine. Mejor que no choques contra uno. Pesan más que este Ford. Y tienen muy mal genio. Te matan a las primeras de cambio.

—¿Cómo lo sabes? ¿Te has topado con alguno alguna vez?

—No, pero soy un gran fan de Animal Planet.

El viaje continuó una hora más. Michelle no paraba de escudriñar la zona, de izquierda a derecha y viceversa, como un radar humano. Era una costumbre tan arraigada en ella que incluso después de llevar mucho tiempo fuera del Servicio Secreto era incapaz de quitársela. Pero como detective privado quizá fuera mejor que no se la quitara. Mujer prevenida vale por dos. Y ser previsora nunca estaba de más, sobre todo si alguien te intenta matar, lo cual parecía bastante habitual en su caso y en el de Sean.

—Aquí hay algo raro —dijo Michelle.

Sean abrió los ojos.

—¿A qué te refieres? —preguntó, escudriñando él también el entorno.

—Estamos en la Interestatal 95. Discurre desde Florida hasta Maine. Un trecho de asfalto bastante largo. Una importante ruta comercial. La vía principal para los turistas que visitan la Costa Este.

—Sí, ¿y qué?

—Pues que somos el único coche en cualquiera de los dos sentidos y llevamos así por lo menos desde hace media hora. ¿Qué pasa? ¿Ha habido una guerra nuclear y no nos hemos enterado? —Pulsó el botón de búsqueda de emisoras en la radio—. Necesito noticias. Necesito civilización. Necesito saber que no somos los únicos supervivientes.

—¿Quieres hacer el favor de tranquilizarte? Esta zona es muy aislada. Dentro y fuera de la interestatal. Comprende un territorio muy grande pero poco habitado. La mayoría de la población se concentra cerca de la costa, en Portland, que ya hemos dejado atrás. El resto del estado es muy grande pero la densidad de población es muy baja. Imagínate, Aroostook County es mayor que Rhode Island y Connecticut juntos. De hecho, Maine es tan grande como el resto de los estados de Nueva Inglaterra juntos. Y en cuanto pasemos Bangor y sigamos hacia el norte, estará incluso más deshabitado. La interestatal acaba cerca de la localidad de Houlton. Luego hay que ir por la Ruta I el resto del trayecto en dirección al extremo septentrional de la frontera canadiense.

—¿Qué hay allí arriba?

—Lugares como Presque Isle, Fort Kent y Madawaska.

—¿Y alces?

—Supongo. Menos mal que no vamos allí, está muy lejos.

—¿No podíamos haber ido en avión hasta Bangor? Hay aeropuerto, ¿no? ¿O a Augusta?

—No hay vuelos directos. La mayoría de los vuelos disponibles hacía dos o tres escalas. Uno nos llevaba hasta Orlando, en el sur, antes de dirigirse al norte. Podríamos haber cogido el avión hasta Baltimore, pero tendríamos que haber cambiado de avión en LaGuardia, lo cual siempre es arriesgado. Y de todos modos tendríamos que haber conducido a Baltimore y la 95 puede llegar a ser una pesadilla. Así es más rápido y seguro.

—Eres una mina de información. ¿Has estado muchas veces en Maine?

—Uno de los ex presidentes que protegí tenía una residencia de verano aquí arriba.

—¿La de Bush padre en Walker's Point?

—Eso mismo.

—Pero eso está en la costa sur de Maine. Kennebunkport. Lo sobrevolamos al aproximarnos a Portland.

—Es una zona muy bonita. Seguíamos a Bush en el barco de caza. Nunca lográbamos darle alcance. Qué valor el suyo. Tiene más de ochocientos C.V. distribuidos en tres fuera borda Mercury en un barco de diez metros de eslora llamado *Fidelity III*. Al hombre le gustaba ir a toda velocidad por el Atlántico con el mar embravecido. Yo iba en una Zodiac de caza intentando seguirle el ritmo. Es la única vez que he vomitado estando de servicio.

—Pero esa zona no es tan aislada como esta —apuntó Michelle.

—No, ahí abajo hay mucha más humanidad. —Consultó la hora—. Y es tarde. La mayoría de la gente de esta zona se levanta al amanecer para ir a trabajar. O sea que probablemente ya estén en la cama. —Bostezó—. Donde me gustaría estar a mí.

Michelle comprobó el GPS.

—Cerca de Bangor saldremos de la interestatal e iremos hacia el este en dirección a la costa.

Sean asintió.

—Entre los pueblos de Machias e Eastport. Junto al mar. Hay muchas carreteras secundarias. No es fácil llegar a ellas, lo cual tiene su lógica puesto que no es fácil orientarse si un maniaco homicida consigue escapar.

—¿Alguien ha escapado alguna vez de Cutter's Rock?

—No, que yo sepa. Y si lo consiguieran tendrían dos opciones: naturaleza en estado salvaje o las aguas gélidas del golfo de Maine. Ninguna de las dos posibilidades resulta apetitosa. Y los habitantes de Maine son gente dura. Probablemente, ni siquiera los maniacos homicidas quieran contrariarles.

—Entonces ¿esta noche vamos a ver a Bergin?

—Sí. En el hostal donde nos alojamos. —Sean consultó su reloj—. Dentro de dos horas y media aproximadamente. Y mañana a las diez vemos a Roy.

—¿De qué dijiste que conocías a Bergin?

—Lo tuve de profesor de Derecho en la Universidad de Virginia. Un gran tipo. Ejerció en el ámbito privado antes de dedicarse a la docencia. Unos años después de que me licenciara, volvió a abrir un bufete. Abogado defensor, claro. Tiene el bufete en Charlottesville.

—¿Cómo ha acabado representando a un psicópata como Edgar Roy?

—Está especializado en casos perdidos, supongo. Pero es un abogado de primera clase. No sé qué relación tiene con Roy. Supongo que eso también nos lo contará.

—Y nunca has llegado a darme detalles de por qué Bergin nos ha contratado.

—No di detalles porque no lo tengo muy claro. Me llamó, dijo que estaba haciendo avances en el caso de Roy y que necesitaba que gente de confianza realizara ciertas investigaciones para llevar el caso a juicio.

—¿Qué tipo de avance? Que yo sepa, están esperando que recupere la cordura para condenarlo y ejecutarlo.

—No pretendo comprender cuál es la teoría de Bergin. No quiso hablar de ello por teléfono.

Michelle se encogió de hombros.

—Supongo que falta poco para que nos enteremos.

Salieron de la interestatal y Michelle dirigió el Ford hacia el este por unas carreteras en mal estado y azotadas por el viento. A medida que se aproximaban al océano, un olor salobre invadía el coche.

—Huele a pescado, mi preferido —dijo ella con sarcasmo.

—Pues ve acostumbrándote; es el olor típico de la zona.

Calculó que estaban a media hora de su destino por una carretera especialmente solitaria cuando los faros de otro vehículo rasgaron la oscuridad plateada de la noche. Pero resultó que no estaba en la carretera, sino en el arcén. Michelle redujo la velocidad de inmediato mientras Sean bajaba la ventanilla para averiguar de qué se trataba.

—Luces de emergencia —dijo—. Será una avería.

—¿Deberíamos parar?

—Supongo —contestó Sean tras reflexionar un instante—. Aquí quizá ni siquiera haya cobertura para el móvil. —Sacó la cabeza por la ventanilla—. Es un Buick. Dudo que alguien use un Buick para atraer a conductores desprevenidos y tenderles una trampa.

Michelle se palpó la pistolera.

—No creo que pueda considerársenos conductores desprevenidos —dijo. Redujo la velocidad del Ford y se detuvo detrás del otro coche. Las luces de emergencia parpadeaban de forma intermitente sin parar. En la inmensidad de la zona costera de Maine, parecía un pequeño incendio que iba a trompicones—. Hay alguien en el asiento del conductor —observó, y paró el motor—. Es la única persona que veo.

—Entonces quizá le inquiete nuestra presencia. Saldré a tranquilizar a quien sea.

—Yo te cubro las espaldas por si hay alguien escondido dentro del coche y no tienen ganas de que los ayudemos.

Sean se apeó y se acercó al coche lentamente por el lado del acompañante. Sus pasos hicieron rechinar la gravilla suelta del arcén. Su aliento formaba nubes de vaho. Oyó el grito de un animal procedente de algún lugar entre los árboles y se preguntó por un instante si se trataría de un alce, pero no le apetecía averiguarlo personalmente.

—¿Necesita ayuda? —dijo en voz alta.

Las luces de emergencia seguían parpadeando. No hubo respuesta.

Bajó la mirada al móvil que sujetaba en la mano. Él sí tenía cobertura.

—¿Ha tenido una avería? ¿Quiere que llamemos a la grúa?

Nada. Llegó al coche y dio un toque en la ventanilla.

—¿Hola? ¿Está bien? —Vio la silueta del conductor a través de la ventanilla. Era un hombre—. Señor, ¿está bien?

El tipo siguió sin moverse.

Lo siguiente que se le ocurrió a Sean fue que se trataba de una emergencia médica. Tal vez un ataque al corazón. Una neblina marina velaba la luz de la luna. El interior del coche estaba tan oscuro que resultaba imposible distinguir los detalles. Oyó que se abría la puerta de un coche y se volvió. Michelle estaba bajando de su vehículo con la mano en la culata del arma. Le dirigió una mirada interrogativa.

—Creo que el hombre ha sufrido alguna clase de ataque —dijo Sean.

Michelle asintió y avanzó sobre el asfalto.

Sean rodeó el vehículo y dio unos golpecitos en la ventanilla del conductor. Debido a la oscuridad, no veía más que una silueta. Las luces de emergencia proyectaban un momentáneo resplandor rojizo en el habitáculo y volvían a oscurecerse, como si el motor se calentara en un momento dado y se enfriara a continuación. Pero a Sean no le sirvió de gran ayuda ver el interior del coche. No hizo más que complicar aún más las cosas. Volvió a dar un golpecito en la ventanilla.

—Señor, ¿se encuentra bien?

Intentó abrir la puerta. El seguro no estaba puesto y se abrió. El hombre se cayó de lado, sujeto al coche por el cinturón de seguridad. Sean sujetó al hombre por el hombro y lo enderezó mientras Michelle acudía corriendo.

—¿Un infarto? —preguntó ella.

Sean miró la cara del hombre.

—No —repuso con firmeza.

—¿Cómo lo sabes?

Utilizó la luz del móvil para iluminar la herida de bala que el hombre tenía entre las pupilas. En el interior del coche había sangre y materia gris del cerebro por todas partes.

Michelle se acercó más.

—Herida de contacto. Se nota la boca de la pistola y la marca de la mira en la piel. Me parece que no ha sido un alce.

Sean no dijo nada.

—Mira a ver si lleva un documento de identidad en la cartera.

—No hace falta.

—¿Por qué no? —preguntó ella.

—Porque lo conozco —repuso Sean.

—¿Cómo? ¿Quién es?

—Ted Bergin. Mi viejo profesor y el abogado de Edgar Roy.

3

La policía local fue la primera en aparecer. Un único ayudante del sheriff de Washington County con un V8 de fabricación americana abollado pero en buen uso con un despliegue de antenas de comunicación clavadas en el maletero. Salió del coche patrulla con una mano en el arma de servicio y la mirada clavada en Sean y Michelle. Se les acercó con cautela. Le explicaron lo ocurrido y el agente inspeccionó el cadáver, masculló «maldita sea» y pidió refuerzos rápidamente.

Al cabo de un cuarto de hora dos coches patrulla de la policía estatal de Maine del Grupo de Campo J frenaron en seco detrás de ellos. Los agentes, jóvenes, altos y esbeltos, salieron de los vehículos color azul verdoso; sus uniformes azules almidonados parecían brillar como hielo teñido incluso con aquella luz tenue y neblinosa. Se acordonó la escena del crimen y se estableció un perímetro de seguridad. Los agentes entrevistaron a Sean y a Michelle. Uno de ellos fue introduciendo las respuestas en el portátil que sacó del coche patrulla.

Cuando Sean les contó quiénes eran y el porqué de su presencia allí y, lo que es más importante, quién era Ted Bergin y que representaba a Edgar Roy, uno de los policías estatales se alejó y utilizó el micro de mano para, supuestamente, pedir más refuerzos. Mientras esperaban la llegada de estos, Sean preguntó:

—¿Estáis al corriente del caso de Edgar Roy?

—Aquí todo el mundo sabe quién es Edgar Roy —repuso uno de ellos.

—¿Cómo es eso? —preguntó Michelle.

—El FBI llegará lo antes posible —informó otro agente.

—¿El FBI? —se extrañó Sean.

El agente asintió.

—Roy es un prisionero federal. Recibimos instrucciones claras de Washington. Tenemos que llamarles si pasa algo relacionado con él. Es lo que acabo de hacer. Bueno, se lo he dicho al teniente y él va a llamarles.

—¿Dónde está la oficina de campo del FBI más cercana? —preguntó Michelle.

—En Boston.

—¡Boston! Pero si estamos en Maine.

—El FBI no dispone de una oficina permanente en Maine. Todo se gestiona a través de Boston, Massachusetts.

—Boston está lejos. ¿Tenemos que quedarnos hasta que lleguen? Los dos estamos muy cansados.

—Nuestro teniente está en camino. Podéis hablar con él sobre el tema.

El teniente llegó al cabo de veinte minutos y no se mostró muy comprensivo.

—Quedaos ahí sentados —dijo antes de alejarse de ellos para hablar con sus hombres e inspeccionar la escena del crimen.

El Equipo de Análisis de Evidencias apareció al cabo de un par de minutos, preparado para tomar muestras y etiquetarlas. Sean y Michelle se sentaron en el capó del Ford a observar la operación. Bergin fue declarado oficialmente muerto por quien Sean supuso que estaba al mando de la investigación o un médico forense, no recordaba qué sistema se utilizaba en Maine. Por los retazos de conversación que oyeron entre los técnicos y los agentes, llegaron a la conclusión de que la bala seguía alojada en el cráneo del fallecido.

—No hay orificio de salida, probablemente fuera un disparo de contacto, con una bala de pequeño calibre —apuntó Michelle.

—Pero mortal de todos modos —repuso Sean.

—Las heridas de contacto en la cabeza suelen serlo. El cráneo se resquebraja, el tejido cerebral blando queda pulverizado por la onda de energía cinética, se produce una hemorragia masiva seguida del bloqueo de los órganos. Todo ocurre en cuestión de segundos. Muerto.

—Conozco el proceso, gracias —repuso con sequedad.

Mientras estaban ahí sentados vieron que de vez en cuando los miembros del cuerpo de policía de Maine les lanzaban miradas.

—¿Somos sospechosos? —preguntó Michelle.

—Todo el mundo es sospechoso hasta que se demuestre lo contrario.

Al cabo de un rato el teniente volvió a acercarse a ellos.

—El coronel está en camino.

—¿Y quién es el coronel? —preguntó Michelle educadamente.

—El jefe de la policía estatal de Maine, señora.

—Vale, pero ya hemos prestado declaración —dijo Michelle.

—¿O sea que ustedes dos conocían al fallecido?

—Yo le conocía —respondió Sean.

—¿Y le seguían hasta aquí?

—No le estábamos siguiendo. Ya se lo he explicado a sus agentes. Íbamos a reunirnos con él aquí.

—Le agradecería que me explicara la situación, señor.

«Vale, somos sospechosos», pensó Sean.

Le relató las etapas del viaje.

—¿Me están diciendo que no sabían que estaba aquí pero que resulta que fueron los primeros en presentarse en el lugar?

—Eso es —afirmó Sean.

El hombre se echó hacia atrás el sombrero de ala ancha.

—La verdad es que no me gustan las casualidades.

—A mí tampoco —dijo Sean—. Pero a veces se producen. Y por aquí no hay ni muchas casas ni mucha gente. Él se dirigía al mismo sitio que nosotros, por la misma carretera. Y es tarde. Si alguien tenía probabilidades de encontrarle, éramos nosotros.

—O sea que tampoco es tanta casualidad —añadió Michelle.

El hombre no parecía estar escuchando. Se había fijado en el abultamiento de debajo de la chaqueta de Michelle. Se llevó la mano al arma y emitió un silbido en un tono bajo, que hizo que al instante cinco de sus hombres se situaran junto a él.

—Señora, ¿lleva un arma? —preguntó.

Los demás agentes se pusieron tensos. Sean notó en las miradas asustadas de los primeros dos agentes que habían llegado a la escena que recibirían una buena bronca por no haberse percatado de un hecho tan obvio.

—Sí —respondió ella.

—¿Por qué no lo saben mis hombres?

Dedicó una larga mirada a los dos agentes, que se habían puesto blancos como la nieve.

—No han preguntado —repuso Michelle.

El teniente sacó la pistola. Al cabo de un momento Sean y Michelle estaban en el punto de mira de un total de seis pistolas. Todo eran disparos a matar.

—Un momento —dijo Sean—. Tiene permiso. Y no ha disparado el arma.

—Pongan las manos encima de la cabeza, con los dedos entrecruzados. Inmediatamente.

Obedecieron.

A Michelle le quitaron la pistola y se la examinaron y a ambos los cachearon por si llevaban más armas.

—Plena carga, señor —informó uno de los agentes al teniente—. No ha disparado recientemente.

—Sí, bueno, tampoco sabemos cuánto tiempo lleva muerto el hombre. Y no es más que una bala. Basta con recargarla. Muy fácil.

—Yo no le he disparado —aseveró Michelle con firmeza.

—Y si lo hubiéramos hecho, ¿cree que nos habríamos quedado aquí y habríamos llamado a la policía? —añadió Sean.

—No soy quién para decidirlo —replicó el teniente, que pasó la pistola de Michelle a uno de sus hombres—. Ponla en una bolsa y etiquétala.

—Tengo permiso para llevarla —dijo Michelle.

—Enséñemelo. —Michelle se lo tendió y él lo recorrió rápidamente con la mirada antes de devolvérselo—. El permiso o la falta de él no importan si utilizó el arma para disparar a este hombre.

—El difunto tiene un orificio de entrada de pequeño calibre sin herida de salida —explicó Michelle—. Un disparo desde una distancia intermedia habría dejado restos de pólvora en la piel.

Aquí es obvio que la pólvora entró en la trayectoria de la herida. Tenía la boca del arma marcada en la piel. Yo diría que es un arma de calibre 22 o quizá 32. Esta última deja una huella de ocho milímetros. Mi arma habría dejado un agujero casi el doble de grande que ese. De hecho, si le hubiera disparado a bocajarro, la bala le habría atravesado el cerebro y el reposacabezas y probablemente habría roto la ventana trasera y continuado más de un kilómetro más allá.

—Conozco las posibilidades del arma, señora —repuso—. Es una H&K de calibre 45, es la que utilizamos en la policía estatal.

—En realidad la mía es una versión mejorada de una de las que sus hombres han usado para apuntarnos.

—¿Mejorada? ¿Cómo?

—Su arma es un modelo antiguo y más básico. Mi H&K es ergonómica y tiene un cargador de diez balas en comparación con el suyo, que es de doce debido al cambio de diseño. Tiene una empuñadura y parte posterior texturizada, con los surcos de los dedos, para que encaje mejor en la mano, lo cual se traduce en un mejor control y manejo del retroceso. Luego tiene un pasador ampliado para ambidiestros, un riel universal Picatinny en vez del riel USP típico de las H&K para accesorios que tienen ustedes. Además dispone de un cañón poligonal con junta tórica. Es capaz de derribar a cualquier bicho viviente, todo en un modelo compacto que pesa poco más de medio kilo. Y lo fabrican al otro lado de la frontera, en New Hampshire.

—Señora, ¿sabe usted mucho de armas?

—Es una gran aficionada —repuso Sean, al ver la mirada de ira creciente en los ojos de su socia ante el tono condescendiente del policía.

—¿Por qué lo dice? —preguntó ella—. ¿Acaso las mujeres no deberíamos saber de armas?

El teniente sonrió de repente, se quitó el sombrero y se pasó la mano por el pelo rubio.

—Pues la verdad es que en esta zona de Maine prácticamente todo el mundo sabe usar un arma. De hecho, mi hermana pequeña siempre ha sido mejor tiradora que yo.

—Pues ya ve —dijo Michelle, cuya ira se fue aplacando gracias a la sinceridad del agente—. Y ya puede buscarme residuos de pólvora en las manos. No encontrará nada.

—Podría haber llevado guantes —señaló él.

—Podría haber hecho muchas cosas. ¿Quiere hacer la prueba de la pólvora o no?

El teniente hizo una señal a uno de los técnicos, que realizó la prueba tanto a Michelle como a Sean e hizo el análisis ahí mismo.

—Limpios —dijo.

—Vaya, ¿qué le parece?

—¿Ustedes dos dicen ser investigadores privados? —preguntó el teniente.

Sean asintió.

—Bergin nos contrató para ayudar en el caso de Edgar Roy.

—¿Ayudar a qué? No hay duda de su culpabilidad.

—Igual que dijo antes, nosotros no somos quiénes para decidirlo —repuso Sean.

—¿Tienen permiso para ejercer en Maine?

—Hemos hecho el papeleo y pagado la cuota —dijo Sean—. Estamos esperando la respuesta.

—¿Eso es un «no»? ¿No tienen permiso?

—Bueno, todavía no hemos realizado ninguna labor de investigación. Nos acabábamos de enterar del encargo. Hicimos los trámites lo más rápido posible. Las jurisdicciones en las que tenemos permiso tienen convenios con Maine. Es una mera formalidad. Conseguiremos la autorización.

—Las personas que quieren ejercer de investigadores privados necesitan unos antecedentes especiales. ¿Cuál es el suyo? ¿El ejército? ¿Los cuerpos de seguridad?

—El Servicio Secreto de Estados Unidos —informó Sean.

El teniente miró a Sean y luego a Michelle con un nivel de respeto renovado. Sus hombres hicieron lo mismo.

—¿Los dos?

Sean asintió.

—¿Alguna vez han protegido al presidente?

—Sean sí —declaró Michelle—. Yo nunca llegué a estar en la Casa Blanca antes de dejar el Servicio.

—¿Por qué lo dejó?

Sean y Michelle intercambiaron una rápida mirada.

—Se hartó —dijo Sean—. Quería hacer algo distinto.

—Lo entiendo.

Al cabo de tres cuartos de hora llegó otro coche. El teniente le echó un vistazo.

—Es el coronel Mayhew. Debe de haber pisado a fondo el acelerador porque creo que esta noche estaba cerca de Skowhegan.

Se apresuró a ir a saludar a su comandante en jefe. El coronel era alto y ancho de espaldas. Aunque rondaba los cincuenta y cinco años, se conservaba bien. Tenía una mirada tranquila pero alerta y unos modales enérgicos y eficientes. Sean pensó que parecía un póster inspirado en Hollywood para reclutar policías.

Fue puesto al corriente de la situación, echó un vistazo al cadáver y se les acercó. Después de las presentaciones, Mayhew preguntó:

—¿Cuándo tuvieron contacto con el señor Bergin por última vez?

—Hoy hace unas horas, a eso de las cinco y media de la tarde. Un poco antes de que subiéramos al avión.

—¿Qué dijo?

—Que se reuniría con nosotros en el hostal donde nos alojamos.

—¿Y dónde es?

—Martha's Inn cerca de Machias.

El coronel asintió con expresión satisfecha.

—Es cómodo y se come bien.

—Está bien saberlo —dijo Michelle.

—¿Algo más de Bergin? ¿Mensajes de correo electrónico? ¿SMS?

—Nada. Lo he comprobado antes de subir al avión. Y después de aterrizar. Le llamé a eso de las nueve de la noche pero no respondió. Me salió el contestador automático y le dejé un mensaje. ¿Se sabe cuánto tiempo lleva muerto?

El coronel no respondió a la pregunta.

—¿Han visto algún otro coche?

—Ni uno aparte del de Bergin —dijo Sean—. Es un tramo de carretera muy solitario. Y no vimos ningún indicio de otro coche que hubiera parado junto al de él, aunque probablemente no habría dejado rastro a no ser que perdiera algo de líquido.

—¿O sea que no tienen ni idea de adónde iba esta noche?

—Bueno, supongo que iba a reunirse con nosotros en Martha's Inn.

—¿Saben dónde se alojaba Bergin? ¿En Martha's?

—No, según parece no quedaban habitaciones libres. —Sean hurgó en los bolsillos y sacó el bloc de notas. Pasó algunas páginas—. Gray's Lodge. Ahí es donde se alojaba.

—Ya, también lo conozco. Está más cerca de Eastport. No está tan bien como Martha's Inn.

—Supongo que viaja mucho —comentó Michelle.

—Pues sí —repuso el coronel, impasible. Lanzó una mirada al coche—. Lo que pasa es que si Bergin hubiera venido desde Eastport, el coche habría estado en la dirección contraria. Ustedes venían del suroeste. Eastport está al norte y al este. Y nunca habría llegado hasta aquí. El desvío para Martha's Inn está ocho kilómetros más allá.

Sean miró hacia el vehículo y luego al coronel.

—No sé qué decirle. Así es como le encontramos. El coche apuntaba en la misma dirección que nosotros.

—Complicado —dijo el agente de la ley.

Sean desvió la mirada cuando un Escalade negro frenó derrapando y cuatro personas con los cortavientos del FBI saltaron literalmente del vehículo. La fauna de Boston acababa de llegar.

«Y esto está a punto de complicarse mucho más», pensó.

4

El agente al mando se llamaba Brandon Murdock. Tenía una altura similar a la de Michelle, unos cinco centímetros por debajo del 1,80 y delgado como un alambre, pero estrechaba la mano con una fuerza asombrosa. Tenía una buena mata de pelo pero lo llevaba cortado según los criterios del FBI. Las cejas eran del tamaño de una oruga. Tenía la voz profunda y unos gestos concisos, eficaces. El teniente fue el primero en ponerle al corriente de la situación. Luego pasó unos minutos hablando en privado con el coronel Mayhew, que era el representante policial de Maine de mayor rango en el lugar. Examinó el cadáver y el coche. Hecho esto se acercó a Sean y a Michelle.

—Sean King y Michelle Maxwell —dijo.

El tono que empleó sorprendió a Michelle.

—¿Ha oído hablar de nosotros?

—Los chismorreos de D.C. viajan hasta el norte.

—¿Ah sí?

—El agente especial Chuck Waters y yo fuimos a la Academia juntos, seguimos en contacto.

—Es un buen tipo.

—Cierto. —Murdock lanzó una mirada al coche. Se acabó la cháchara—. ¿Qué me contáis?

—Hombre muerto. Una única herida de bala en el cabeza. Estaba aquí para representar a Edgar Roy. A lo mejor a alguien no le pareció bien.

Murdock asintió.

—O puede haber sido una casualidad.

—¿Le falta dinero o algún objeto de valor? —preguntó Michelle.

—No que nosotros sepamos. La cartera, el reloj y el teléfono, intactos —respondió el teniente.

—Entonces no creo que sea una casualidad.

—Y quizá conociera a su agresor —dijo Sean.

—¿Por qué lo piensas? —preguntó Murdock enseguida.

—La ventanilla del lado del conductor.

—¿Qué le pasa?

Sean señaló hacia el coche.

—¿Te importa?

Se acercaron en tropel al Buick.

Como centro de todas las miradas, Sean señaló la ventanilla y luego el cadáver.

—Orificio de entrada en la cabeza, salpica mucha sangre. No hay orificio de salida, o sea que toda la sangre sale por la parte delantera de la cabeza. Habrá sido un surtidor. Hay salpicaduras en el volante, Bergin, el salpicadero, el asiento y el parabrisas. Incluso me salpiqué las manos cuando abrí la puerta del coche y él cayó de lado. —Señaló la ventanilla transparente—. Pero no aquí.

—Porque estaba bajada cuando se produjo el disparo —añadió Michelle, mientras Murdock asentía.

—Y luego el asesino la volvió a subir porque es obvio que Bergin no pudo —dijo Murdock—. ¿Por qué?

—No lo sé. Estaba oscuro, así que quizá no se diera cuenta de que la ventanilla estaba limpia o, por el contrario, podía haber embadurnado el cristal de sangre para despistar. Pero las salpicaduras de sangre han alcanzado tal nivel de sofisticación forense que la policía enseguida se daría cuenta de una cosa así. Y quizás el asesino también accionara las luces de emergencia para hacernos pensar que Bergin había sufrido una avería o que se había parado por decisión propia. Pero ¿parar y bajar la ventanilla en una carretera solitaria a estas horas de la noche? Resulta muy revelador.

—Tienes razón. Significa que conoces a la persona —convino Murdock—. Buena observación.

Sean miró a los agentes.

—Bueno, podría haber otra explicación. La persona que lo paró quizá llevara uniforme.

Todos los agentes de la policía estatal lo miraron con expresión airada al unísono. Mayhew protestó.

—No ha sido uno de mis hombres, de eso estoy seguro.

—Y yo soy la única unidad de este sector esta noche —dijo el oficial del condado—. Y que me aspen si disparé a ese hombre.

—No estoy acusando a nadie —dijo Sean.

—Pero tiene razón —reconoció Murdock—. Quizá fuera de uniforme.

—Pero un impostor —lo corrigió Michelle.

—Es difícil hacer una cosa así —dijo Mayhew—. Conseguir el uniforme, el coche patrulla. Y podrían haberles visto. Es un riesgo enorme.

—Es algo que tendremos que comprobar —dijo Murdock.

—¿Cuánto tiempo lleva muerto? —preguntó Sean.

Murdock lanzó una mirada a uno de los técnicos forenses de Maine.

—La estimación más correcta ahora mismo es que fue hace unas cuatro horas —dijo—. Tendremos una hora más precisa después de la autopsia.

Sean comprobó su reloj.

—Eso significa que el asesino se nos ha escapado por una media hora. No nos hemos cruzado con ningún coche, así que quienquiera que lo hizo debía de ir en la otra dirección o salir de la carretera.

—A no ser que fueran a pie —dijo Murdock, lanzando una mirada hacia el campo oscuro—. Pero si se trató de un impostor con uniforme, habría ido en coche. Dudo que Bergin se parara por el mero hecho de ver a alguien uniformado caminando por la carretera.

Mayhew carraspeó.

—Mis hombres han escudriñado el perímetro en todas direcciones. No han encontrado nada. Por la mañana podremos realizar una inspección mucho más minuciosa.

—¿Cuál es la carretera más cercana a esta? —preguntó Sean.

—A poco menos de un kilómetro en esa dirección —dijo el teniente, señalando hacia el este.

—El asesino quizá caminara hasta el coche y aparcara allí —dijo Murdock.

—Demasiado arriesgado —apuntó Michelle—. Dejar un coche aparcado en una carretera como esta levantaría sospechas de inmediato. No podían estar seguros de que no apareciera un policía y les pidiera explicaciones.

—Un cómplice, entonces —dijo Murdock—. Esperando en el coche. La persona cruza el bosque para evitar que los vean desde la carretera. Llega al coche y se largan.

Sean miró hacia el agente de policía de Washington County que primero había llegado a la escena.

—¿Viste algún otro coche estacionado así al hacer la ronda nocturna o cuando te dirigías hacia aquí?

El policía negó con la cabeza.

—Pero he venido de la misma dirección que vosotros.

—Tenemos coches que patrullan las carreteras cercanas por si ven algo o alguien sospechoso. Pero ahora han pasado varias horas, así que la persona podría estar muy lejos. O escondida en algún sitio.

—Me pregunto adónde iba Bergin —dijo Murdock.

—Bueno, se supone que iba a reunirse con nosotros en Martha's Inn —dijo Sean—. Pero ahora sabemos que iba en la dirección contraria. Tenía que haber tomado el desvío hacia Martha's Inn antes de llegar aquí. Si es que venía de Eastport.

Murdock se quedó pensativo.

—Cierto. O sea que todavía no sabemos adónde se dirigía. Si no iba adonde habíais quedado, ¿adónde iba? Y ¿con quién?

—Quizá la respuesta sea tan simple como que estaba al sur y al oeste de aquí por algún motivo y se dirigía a Martha's Inn para nuestra cita. Eso lo situaría en la misma carretera y en la misma dirección que nosotros.

Todos se pusieron a planteárselo. Murdock miró al coronel.

—¿Alguna idea acerca de dónde podría haber estado si esa teoría resulta correcta?

Mayhew se frotó la nariz.

—No hay gran cosa en esa dirección aparte de que visitara a alguien en su domicilio.

—¿Y Cutter's Rock? —preguntó Sean.

—Si había salido de Gray's Lodge para ir a Cutter's no estaría en esta carretera ni por asomo —dijo el teniente, mientras Mayhew asentía.

—Y ahora Cutter's está cerrado. No se aceptan visitas tan tarde —añadió Mayhew.

Murdock se volvió hacia Sean.

—¿Te comentó que conociera a alguien de por aquí?

—La única persona que nos mencionó fue Edgar Roy.

—Cierto —dijo Murdock—. Su cliente.

Por el tono en que lo dijo, Sean se sintió obligado a hacer un comentario.

—Tenemos entendido que Roy estaba en una lista de interés para los federales. Si pasa algo relacionado ni que sea de lejos con él, os llaman.

La expresión de Murdock reveló lo poco que le gustaba el hecho de que Sean estuviera al corriente de esa información.

—¿Dónde has oído eso? —espetó.

Sean casi notó cómo se sonrojaba el agente de policía que había tenido el desacierto de revelarle esa información.

—Creo que Bergin me lo contó cuando hablamos hace un par de días. Vosotros estabais al corriente de que él representaba a Roy, ¿no?

Murdock se volvió.

—Bueno, acabemos de inspeccionar la zona. Quiero fotos, vídeo, todas las fibras, pelo, salpicaduras de sangre, huellas dactilares, restos de ADN, huellas de pisadas y cualquier otra cosa que haya. En marcha.

Michelle miró a Sean.

—Creo que ha perdido el aprecio que nos tenía.

—¿Podemos marcharnos? —preguntó Sean alzando la voz.

—Después de que os tomemos las huellas dactilares, una muestra del ADN y la impresión de los zapatos —dijo Murdock.

—Para fines excluyentes, por supuesto —apuntó Sean.

—Los indicios ya me llevarán adonde tenga que ser —repuso Murdock.

—Ya han comprobado mi pistola —dijo Michelle—. Y los dos nos hemos sometido a la prueba de residuos de pólvora.

—Me da igual —espetó Murdock.

—Bergin contrató nuestros servicios. Está claro que no tenemos motivos para matar al tipo.

—Bueno, ahora mismo solo contamos con vuestra palabra para saber que trabajabais para él. Tendremos que verificarlo.

—De acuerdo. ¿Y después de que nos toméis las muestras?

—Os vais adonde os alojáis. Pero no podéis marcharos de la zona sin mi permiso.

—¿Eso es justo? —preguntó Michelle—. No se nos ha acusado de nada.

—Testigos materiales.

—No hemos visto nada que no hayáis visto —replicó Sean.

—No os pongáis en plan tiquismiquis conmigo —dijo Murdock—. Tenéis todas las de perder. Sé que Chuck piensa que sois geniales, pero siempre he pensado que se precipitaba en sus juicios. Así que el jurado todavía no ha emitido su veredicto por lo que a mí respecta.

—Menuda cortesía profesional —se quejó Michelle.

—Se trata de la investigación de un homicidio, no de un concurso de amistad. Y al único que le debo cortesía es al difunto que tenemos ahí.

Se marchó con paso airado.

—Decididamente ha perdido el aprecio que nos tenía —afirmó Michelle.

—No me extraña. Estábamos en la escena. No nos conoce. Y está muy presionado. Además, tiene razón. Su misión es encontrar al asesino, no hacer amistades.

—En un avión en cuestión de minutos. Desde Boston. Han llegado aquí tan rápido que estoy pensado en un helicóptero en vez de un avión. Edgar Roy es realmente una prioridad.

—Y me pregunto por qué.

Mientras regresaban al coche después de que un par de técnicos de campo los procesara, el teniente se les acercó discretamente.

—Mi hombre me ha dicho que él os contó lo del FBI. Agradece que no lo delatarais —dijo—. Eso podría haber hundido su carrera.

—De nada —dijo Michelle—. ¿Cómo te llamas?

—Eric Dobkin.

—Bueno, Eric —dijo Sean—. Por lo que parece el FBI va en plan gorila como siempre así que los demás tendremos que ayudarnos mutuamente.

—¿Ayudarnos cómo?

—Si averiguamos algo, te lo contamos.

—¿Os parece sensato? Ellos son el FBI.

—Me parece sensato hasta que deje de serlo.

—Pero es una calle de doble sentido. Nosotros te ayudamos, tú nos ayudas —sugirió Michelle.

—Pero, señora, es una investigación federal.

—¿O sea que la policía estatal de Maine sale por piernas? ¿Ese es vuestro lema?

El agente se puso rígido.

—No, señora, nuestro lema es...

—*Semper Aequus*. Siempre justos. Lo he consultado —añadió.

—Además de Integridad, Justicia, Compasión y Excelencia —añadió Dobkin—. Es nuestro conjunto de valores esenciales. No sé cómo funciona en Washington D.C., pero aquí los cumplimos.

—Razón de más para que colaboremos.

—Pero ¿en qué tenemos que colaborar? Han sido contratados por un tipo que ahora está muerto.

—Y ahora tenemos que averiguar quién lo mató.

—¿Por qué?

—Era amigo mío. —Sean se inclinó hacia el agente—. Y no sé cómo hacéis las cosas en Maine, pero de donde yo soy, no abandonamos a nuestros amigos cuando los matan.

Dobkin dio un paso atrás.

—No, señor.

Michelle sonrió.

—En ese caso estoy convencida de que volveremos a verte. Mientras tanto... —le tendió una de sus tarjetas de visita—, ahí hay suficientes números de teléfono para localizarnos —añadió.

Michelle puso el coche en marcha, apretó el acelerador y el Ford salió disparado.

5

Los dos durmieron.

En habitaciones separadas.

La propietaria era una mujer de setenta y tres años llamada señora Burke que tenía una idea un tanto anticuada acerca de cómo hay que dormir y para quien había que llevar alianza si se quería compartir un lecho en su hostal.

Michelle durmió como un tronco. Sean no. Después de solo dos horas de sueño intermitente, se levantó y miró por la ventana. Hacia el norte y más cerca incluso de la costa estaba Eastport. Los rayos del sol empezarían a asomar pronto, era la primera ciudad de Estados Unidos que recibía la luz matutina. Se duchó y se vistió. Al cabo de una hora se encontró con Michelle, que tenía ojos de dormida, para desayunar.

Martha's Inn resultó ser acogedor y pintoresco y estaba lo bastante cerca del agua como para llegar andando a la costa en cinco minutos. Las comidas se servían en una pequeña sala revestida de madera de pino contigua a la cocina. Sean y Michelle se sentaron en unas sillas con respaldo de tablas y los asientos de paja trenzada. Tomaron dos tazas de café cada uno, huevos, beicon, y unos bollos que estaban ardiendo y que el cocinero había embadurnado con mantequilla.

—Bueno, tendré que correr unos quince kilómetros para quemar todo este atracón de calorías —dijo Michelle, mientras se servía la tercera taza de café.

Él miró el plato vacío.

—Nadie ha dicho que fuera obligatorio comérselo.

—No hacía falta. Estaba delicioso. —Se fijó en que Sean tenía el periódico local entre las manos—. No hay nada sobre Bergin, ¿verdad? Era demasiado tarde.

Dejó el periódico a un lado.

—Sí. —Se envolvió un poco más con el abrigo de sport—. Esta mañana hacía fresquito. Tenía que haber traído ropa de más abrigo.

—¿No comprobaste la latitud, marinero? Estamos en Maine. Puede hacer frío en cualquier momento.

—¿Algún mensaje de nuestro amigo Dobkin?

—En mi móvil, nada. Probablemente sea demasiado temprano. ¿Cuál es el plan? ¿Nos quedamos por aquí?

—Tenemos una cita con Edgar Roy esta mañana. Mi intención es acudir a ella.

—¿Nos dejarán pasar sin Bergin?

—Pues tendremos que descubrirlo.

—¿De verdad quieres meterte en esto? Me refiero a que ¿conocías bien a Bergin?

Sean dobló la servilleta y la dejó en la mesa. Miró alrededor de la sala; solo había otra persona. Un hombre de unos cuarenta y tantos años, vestido todo de *tweed*, tomándose un té caliente con el dedo meñique estirado formando un ángulo de una elegancia perfecta.

—Cuando abandoné el Servicio, toqué fondo. Bergin fue la primera persona que pensó que todavía me quedaba algo bueno.

—¿Lo conocías de antes? ¿Él sabía lo que había ocurrido?

—La respuesta es no en ambos casos. Me lo encontré por casualidad en Greenberry's, una cafetería de Charlottesville. Empezamos a hablar. Él fue quien me animó a estudiar Derecho. Es una de las principales razones por las que recuperé mi vida. —Hizo una pausa—. Estoy en deuda con él, Michelle.

—Entonces supongo que yo también.

El acercamiento inicial a Cutter's Rock les llevó por un camino serpenteante en dirección al océano. La marea estaba alta y durante el trayecto se veían las olas rompiendo contra los afloramientos de roca viscosa. Hicieron un giro brusco hacia la derecha y luego tomaron una curva cerrada hacia la izquierda. A lo largo de unos trescientos metros rodearon una elevación de terreno y vieron la señal de advertencia en una pieza metálica de casi dos metros de ancho colocada en unos postes largos que estaban hundidos en la tierra rocosa. Básicamente decía que uno se aproximaba a un centro federal de máxima seguridad y que si no se llegaba a él con fines legítimos, aquel era el único punto donde dar media vuelta y salir corriendo.

Michelle apretó el acelerador con más ganas, lo cual les acercó a su destino todavía más rápido. Sean le lanzó una mirada.

—¿Te parece divertido?

—Es que siento un hormigueo en...

—¿Hormigueo? Pero ¿qué hormigueo vas a...? —Se contuvo al caer en la cuenta de que hacía relativamente poco tiempo que Michelle había decidido internarse en un centro psiquiátrico para solucionar ciertos problemas personales.

—Vale —dijo. Volvió a mirar hacia delante.

Un paso elevado artificial hecho con asfalto y soportado por montículos de la famosa piedra de Maine les condujo a las instalaciones federales. La puerta de entrada era de acero y estaba vigilada. Presentaba un aspecto lo bastante resistente como para soportar el ataque de una manada de tanques Abrams. En la caseta de los guardias había cuatro hombres armados que parecían no haber sonreído en su vida. En los cinturones llevaban una Glock, esposas, una porra telescópica capaz de machacar cráneos, una Taser, aerosol de gas pimienta y granadas aturdidoras.

Y un silbato.

Michelle miró a Sean mientras dos guardias se les acercaban.

—¿Te apuestas diez pavos a que soy capaz de preguntarle al grandullón si ha hecho sonar el silbato alguna vez para evitar que un psicópata huyera mientras arrasaba con todo?

—Si te atreves a hacer siquiera una broma con estos gorilas, seré yo quien encuentre una pistola para pegarte un tiro.

—Pero si le hiciera esa pregunta, se cabrearía conmigo, no contigo —dijo Michelle con una sonrisa.

—No. Siempre le pegan una paliza al tío. La chica nunca se lleva la peor parte. Y gracias.

—¿Por qué?

—Ahora soy yo quien nota el hormigueo...

El muro del perímetro era de piedra extraída de las canteras locales, de casi cuatro metros de alto con un cilindro de acero inoxidable de poco menos de dos metros en lo alto. Resultaba imposible agarrarse a él y mucho menos saltarlo.

—¿Has visto estos equipamientos en alguna prisión de máxima seguridad? —observó Sean—. Es la tecnología más moderna para que los malos no se muevan de donde están.

—¿Qué me dices de las ventosas? —preguntó Michelle mientras ambos contemplaban la parte superior del muro de metal.

—Gira como la rueda de un hámster. Las ventosas no ayudan a subir. Hacen que te caigas de culo. Y probablemente dispongan de sensores de movimiento.

Su coche fue analizado por un AVIAN, o Sistema Avanzado de Notificación e Interrogatorio de Vehículos, que empleaba sensores sísmicos para captar las ondas de choque que produce un corazón al latir. Un algoritmo de procesamiento de señales avanzado concluyó en menos de tres segundos que no había nadie escondido en el Ford. Luego pasaron una unidad manual móvil de trazas que detectaba explosivos y drogas. Les pasaron la unidad móvil por ellos y a Sean y Michelle los cachearon al viejo estilo, los guardias los interrogaron y comprobaron que sus nombres aparecían en una lista. De forma instintiva, Michelle había empezado a explicarles lo de su arma antes de darse cuenta de que la policía se la había quedado. Luego los soltaron en un sendero estrecho flanqueado por verjas altas para que continuaran su camino. Michelle echó un vistazo por el perímetro.

—Torres de vigilancia cada tres metros —observó—. Con un par de guardias en cada una. —Entrecerró los ojos al mirar hacia el sol—. Parece que uno lleva una AK con cargador ampliado y el otro, un rifle de francotirador de largo alcance con una FLIR incorporada —añadió, refiriéndose a la mira térmica de infrarrojos atornillada al rifle—. Supongo que tienen un subsistema de circuito cerrado de televisión, grabación digital y terabytes de datos almacenados. Y sistemas de detección multizona de intrusión y huida, tecnología de microondas e infrarrojos, lectores biométricos, una red de TIC de alta seguridad insertada en toda la red troncal de fibra óptica, circuitos ininterrumpidos multietapas y un sistema de sustitución energética de lo mejorcito por si se va la luz.

Sean frunció el ceño.

—¿Quieres dejar de hablar como si estuvieras echando una ojeada para dar un golpe? Con todos los dispositivos de los que disponen debemos suponer que nos están observando y escuchando.

Michelle miró hacia atrás y vio que había tres círculos de vallas internas alrededor del edificio de cemento reforzados con acero corrugado que albergaba a los depredadores psicóticos más temidos de América. Cada verja era de tela metálica de casi cinco metros y medio con concertina de seguridad en lo alto. Los últimos dos metros de cada valla estaban inclinados hacia dentro a 45 grados, lo cual hacía que fuera imposible superarla. La verja intermedia tenía una carga eléctrica letal, tal como dejaba bien claro la señal enorme que había al lado. El terreno abierto que quedaba entre cada verja era un campo minado de alambre de espino y púas afiladas que apuntaban hacia arriba desde el suelo, y el brillo del sol le indicaba que había una miríada de cables tendidos para hacer tropezar a quien los pisara por todas partes. Por la noche, el único momento en que alguien se atrevería a intentar escapar de este lugar, los cables resultarían invisibles. Quien osara moriría desangrado antes de llegar a la verja intermedia y luego encima acabaría carbonizado por las molestias. Pero para entonces los guardias de las torres de vigilancia habrían liquidado a quien fuera con unos cuantos disparos en el pecho y la cabeza.

—Esa verja electrificada tiene cinco mil voltios y un amperaje bajo, es más que letal —dijo Michelle en voz baja—. Estoy segura de que hay una viga de hormigón debajo para que nadie pueda excavar. —Hizo una pausa—. Pero hay algo raro.

—¿Qué?

—Las verjas electrificadas se emplean para ahorrar gastos de personal. Y en el mundo de la seguridad de los perímetros de las cárceles, los gastos de personal son básicamente guardias en las torres. Pero de todos modos sigue habiendo dos tiradores en cada torre.

—Supongo que no quieren correr riesgos.

—Es una exageración, al menos para mí.

—¿Qué esperabas? Se da uso a los dólares de nuestros impuestos federales.

Michelle se fijó en un gran despliegue de paneles solares situados en un lateral, situados en el ángulo correcto para captar la máxima cantidad de luz solar.

—Bueno, al menos tienen cierta conciencia ecológica —dijo, señalándoselos a Sean.

Pasaron por tres puertas más y otros tantos puestos de control, aparte de tener que someterse por tres veces al escáner y soportar el mismo número de cacheos, hasta que Michelle dio por supuesto que, en su conjunto, los guardias conocían todas las curvas de su cuerpo mejor que ella. En la entrada al edificio se abrieron unos portales gigantescos mediante un sistema hidráulico que parecían las puertas blindadas de un búnker a prueba de armas nucleares.

—Vale, me parece que este sitio está hecho a prueba de fugas —dijo Michelle con voz impresionada.

—Eso espero.

—¿Crees que saben que Bergin ha sido asesinado? —preguntó ella.

—No me extrañaría.

—O sea que a lo mejor no nos dejan entrar.

—Ya nos han dejado llegar hasta aquí —repuso Sean.

—Sí, y ahora me pregunto por qué.

—¿Estás un poco espesa esta mañana?

—¿Qué?

—Llevo haciéndome esa pregunta desde que nos dejaron pasar por la primera puerta —reconoció nervioso.

6

Había otro puesto de control en el interior del recinto. Un magnetómetro para cualquier arma que los otros registros no hubieran detectado, otro cacheo, rayos X para el pequeño bolso de Michelle, y comprobación del documento de identidad, una referencia cruzada en la lista de visitas, una entrevista oral que habría enorgullecido al Mossad y unas cuantas llamadas de teléfono. Después de eso, les hicieron esperar en una antesala situada junto a la zona de recepción, si es que podía denominarse así. Las ventanas tenían por lo menos diez centímetros de grosor y probablemente fueran a prueba de balas, puños y pies.

Sean dio un golpecito en una.

—Parecen las ventanillas de la Bestia.

Michelle estaba examinando la construcción de las paredes interiores. Pasó la mano arriba y abajo en una zona determinada.

—No te pienses que esta es una pared de pladur cualquiera. Parece composite. Un composite de titanio. Dudo que una bala de mi 45 pudiera atravesarla.

—He llamado a un colega que sabe sobre este sitio —dijo Sean—. Está construido encima de una plataforma basculante, como hacen con los rascacielos.

—¿Por si hay un terremoto?

—Eso mismo. Habrá costado una fortuna.

—Como has dicho, no es más que dinero de los contribuyentes. Pero me pregunto si está hecho a prueba de inundaciones. Estamos muy cerca del océano.

—Malecón retráctil. Pueden elevarlo en veinte minutos.

—Estás de broma.

Sean negó con la cabeza.

—Es lo que me contó mi colega.

Michelle echó un vistazo al lugar, pequeño y espartano.

—Me pregunto cuántos visitantes recibirán aquí. Ni siquiera tienen revistas. Y dudo que haya una máquina expendedora de bebidas o comida.

—¿Acaso querrías visitar a alguien aquí? ¿Aunque fuera un pariente? Me refiero a que es un centro para criminales locos.

—Ya no les llaman así, ¿verdad?

—Supongo que no, pero es lo que es. Son criminales y están locos.

—Pues sí que te has puesto sentencioso. A Roy ni siquiera le han juzgado.

—Vale, me has pillado.

—Pero quizá sea un psicópata —añadió Michelle, lo cual hizo que su compañero enarcase una ceja—. ¿Cuántos reclusos..., perdón, pacientes, calculas que hay?

—En teoría se trata de información confidencial.

—¿Confidencial? ¿Cómo es posible? Esto no es parte de la CIA ni del Pentágono.

—Lo único que sé es que intenté averiguarlo y choqué contra un muro de piedra. Lo que sé es que probablemente Roy sea el recluso más conocido que tienen aquí.

—Hasta que lo sustituya un psicópata que esté todavía más loco.

—¿Disculpen?

Se volvieron para encontrarse con un joven con un blusón azul en el umbral de la puerta. Sostenía una pequeña tableta electrónica, y preguntó:

—¿Sean King y Michelle Maxwell?

Se levantaron al mismo tiempo y advirtieron que eran más altos que el hombre.

—Eso es —dijo Sean.

—¿Han venido a ver a Edgar Roy?

Sean se había hecho a la idea de que tendría que pelear para poder ver al hombre. Pero Blusón Azul se limitó a decirles que le siguieran.

Al cabo de un instante, los entregó a una mujer que resultaba mucho más intimidante. Era casi tan alta como Michelle pero considerablemente más ancha y pesada, parecía capaz de ocupar la posición de defensa medio en un equipo de fútbol americano de primera división. Se presentó como Carla Dukes, directora de Cutter's Rock. Cuando sus largos dedos rodearon con fuerza los de Michelle al estrecharle la mano, ella se preguntó si en otro tiempo no se habría llamado Carl.

Su despacho era un cubo de cinco por cinco con un escritorio con un ordenador, tres sillas contando la de ella y nada más. Ningún archivador, ninguna foto de familia o amigos, ningún cuadro en la pared, sin vistas al exterior, nada personal.

—Tomen asiento, por favor —indicó ella. Se sentaron. Abrió el cajón, extrajo una carpeta roja y la abrió encima del escritorio—. Tengo entendido que Ted Bergin está muerto.

«Gracias por ir directa al grano —pensó Sean—. Y ahora llega el momento de pelear.»

—Eso es. La policía y el FBI están investigando. Pero hoy teníamos una cita con Edgar Roy y no queríamos dejar pasar esa oportunidad.

—La cita era con Ted Bergin para que les acompañara.

—Sí, pero obviamente él no puede estar presente —dijo Sean, con voz tranquila pero firme.

—Por supuesto que no, pero en vista de las circunstancias... no sé...

—Pero su defensa continuará —intervino Michelle—. En algún momento se le juzgará. Tiene derecho a ser representado. Y Sean está también legitimado para ejercer de abogado y trabajaba para Ted Bergin.

Dukes miró a Sean de hito en hito.

—¿Es verdad? Pensaba que eran detectives.

—Ejerzo ambas profesiones —reconoció Sean, aprovechando la táctica que Michelle había empleado de forma espontánea—. Soy investigador privado y abogado en la Commonwealth de Virginia, donde Roy será juzgado por los cargos de los que se le acusa.

—¿Tiene alguna prueba que lo demuestre?

Sean le tendió su identificación como abogado colegiado del estado correspondiente.

—Una llamada a Richmond bastará para verificarlo —dijo él.

Ella le devolvió el carné.

—¿Y de qué quieren hablar exactamente con el señor Roy?

—Bueno, eso es confidencial. Si se lo contara, incumpliría el contrato que se establece entre abogado y cliente. Sería una mala práctica por mi parte.

—Estamos ante una situación delicada. El señor Roy es un caso especial.

—Eso vamos descubriendo —intervino Michelle.

—Necesitamos verle —añadió Sean.

—El FBI me ha llamado esta mañana —dijo Dukes.

—No me extraña —dijo Sean—. ¿Ha sido el agente especial Murdock?

No respondió.

—Ha dicho que el homicidio de Ted Bergin quizás estuviera relacionado con el hecho de representar a Edgar Roy.

—¿Usted comparte su opinión? —preguntó Michelle.

Dukes le lanzó una mirada severa.

—¿Cómo voy a saber yo una cosa así?

—¿Bergin había venido a ver a Edgar Roy? —inquirió Sean.

—Por supuesto que sí. Era el abogado de Roy.

—¿Con qué frecuencia venía? ¿Y cuándo vino por última vez?

—Ahora mismo no lo sé. Tendría que consultar los archivos.

—¿Puede consultarlos?

Su mano no se dirigió hacia el teclado del ordenador.

—¿Por qué? Si trabajan con él, deberían disponer de esa información.

—Vino hasta aquí por su cuenta. Íbamos a reunirnos con él anoche y repasarlo todo. Pero es obvio que no tuvimos la oportunidad.

—Entiendo. —Siguió sin acercar la mano al teclado.

—¿El agente especial Murdock le pidió esa información?

—Es obvio que no estoy en situación de responder a esa pregunta.

—Bueno, ¿podemos ver a Edgar Roy ahora?

—No estoy muy segura de ello. Tendré que consultarlo con nuestro abogado y decirles algo más adelante.

Sean se levantó y exhaló un fuerte suspiro.

—Bueno, realmente esperaba no tener que recurrir a esto.

—¿De qué está hablando? —preguntó Dukes.

—¿Puede decirme dónde está la redacción del periódico local?

Ella lo miró con severidad.

—¿Por qué?

—Si nos damos prisa —dijo Sean consultando la hora—, el periódico podrá publicar la noticia para la edición matutina impresa acerca de un centro federal que niega a un acusado acceso a su abogado. Imagino que la noticia llegará también a Associated Press, y luego no es descabellado suponer que esté en Internet en cuestión de minutos. Para no cometer ningún error, permítame preguntarle, ¿cómo escribe Carla con ce o con ka?

Dukes alzó la mirada hacia él: le temblaban los labios y tenía una mirada rayana en lo asesino.

—¿De verdad quiere ir por esa vía?

—¿De verdad quiere incumplir la ley?

—¿Qué ley? —espetó ella.

—El derecho contemplado por la Sexta Enmienda por el cual un acusado tiene derecho a una defensa. Lo dice la Constitución, por cierto. Y siempre es mala idea no respetar la Constitución.

—Tiene razón, señora Dukes.

Sean y Michelle se volvieron y vieron a Brandon Murdock en el umbral de la puerta. El agente del FBI sonreía.

—Disfrutad de vuestra charla con Edgar Roy —dijo.

7

Sean y Michelle fueron conducidos a una sala que era de un blanco inmaculado. Pequeña. Una puerta. Tres sillas, una mesa, todo atornillado al suelo. Dos de las sillas estaban enfrente de la otra. Delante de una de ellas había un aro de metal de unos ocho centímetros pegado con cemento en el suelo. Entre las dos sillas y la otra había un panel de un metro de ancho de cristal de policarbonato de diez centímetros de grosor que iba del suelo al techo.

Y entonces se abrió la puerta y apareció.

Sean y Michelle habían visto fotos de Edgar Roy, tanto en los periódicos como en unos archivos que Ted Bergin les había enviado. Sean había visto incluso un fragmento de vídeo del hombre poco después de su detención por los asesinatos. Nada les había preparado para ver al hombre en persona.

Medía dos metros de estatura y era sumamente delgado, como un lápiz gigantesco. Tenía una nuez del tamaño de una pelota de golf en el largo cuello, el pelo oscuro, largo y rizado, que enmarcaba una cara enjuta y no exenta de atractivo. Llevaba gafas. Detrás de las lentes tenía dos puntos negros por ojos, como los puntos de los dados. Sean se fijó en lo largos que tenía los dedos. Del interior de las orejas le salían algunos pelos. Iba bien afeitado.

Llevaba grilletes en brazos y piernas, por lo que renqueaba al caminar mientras los guardias lo acompañaban hacia la silla que había detrás del cristal. Sujetaron los grilletes a la anilla del suelo.

Le permitía desplazarse unos quince centímetros. Dos guardias le flanqueaban. Eran hombres fornidos de rostro impasible. Parecían estar tallados en piedra para vigilar a otras personas. No llevaban más arma que las porras de metal telescópicas. Podían extenderse hasta un metro veinte y propinar golpes devastadores.

En el umbral de la puerta había dos guardias más. Sujetaban sendas escopetas de corredera que habían sido modificadas para incluir un componente Taser capaz de disparar un proyectil de calibre 12 hasta una distancia de treinta metros que lanzaría un impulso de energía durante veinte segundos capaz de derribar a un defensa de la NFL y dejarlo en el suelo durante un buen rato.

Sean y Michelle volvieron a centrarse en Edgar Roy, situado detrás del cristal blindado. Sus largas piernas sobresalían en línea recta, los talones de las zapatillas de lona que le habían entregado en la prisión rozaban la pared de cristal irrompible.

—Bueno —dijo Sean, apartando la mirada de Roy y observando a los guardias—. Necesitamos hablar con nuestro cliente en privado.

Ninguno de los cuatro guardias movió siquiera una pestaña. Como si fueran estatuas.

—Soy su abogado —insistió Sean—. Tenemos que estar a solas, chicos.

Continuaron sin moverse. Al parecer, los cuatro hombres no solo estaban paralizados sino que, además, eran sordos.

Sean se humedeció los labios.

—Bueno, ¿quién es vuestro supervisor? —preguntó al que sostenía la escopeta.

El hombre ni siquiera lo miró.

Sean echó un vistazo a Roy. Ni siquiera tenía la certeza de que estuviera vivo, porque no percibía el movimiento ascendente y descendente en el pecho. Ni parpadeaba ni se movía. Tenía la vista fija delante de él, pero sin ver nada al parecer.

—¿Todavía estáis aquí pasándolo bien?

Se volvieron y vieron al agente Murdock observándolos desde el umbral.

—Para empezar, ¿puedes decirle a los gorilas que salgan de la sala? —pidió Sean alzando la voz ligeramente—. Parece que no se han enterado de lo que es la relación entre un abogado y su cliente.

—Anoche no eras más que un detective privado, ¿hoy eres abogado?

—Ya le he enseñado mis credenciales a la señora Dukes.

—Y tú nos has autorizado a ver a este hombre —dijo Michelle.

—Cierto.

—Entonces ¿podemos verle? —preguntó Sean—. Una visita... profesional.

Murdock sonrió y acto seguido asintió hacia los guardias.

—Justo al otro lado de la puerta. Si oís cualquier cosa fuera de lo normal, ya sabéis qué hay que hacer.

—El tío está esposado al suelo y estamos separados de él por un cristal de policarbonato de diez centímetros de grosor —dijo Michelle—. No creo que pueda hacer gran cosa.

—No me refería necesariamente al prisionero —contestó Murdock.

La puerta se cerró detrás de ellos y Sean y Michelle estuvieron por fin a solas con su cliente.

Sean se inclinó hacia delante.

—¿Señor Roy? Me llamo Sean King. Esta es mi socia Michelle Maxwell. Trabajamos con Ted Bergin. Sé que se ha reunido con él con anterioridad.

Roy no dijo nada. Ni parpadeó, ni se movió ni parecía respirar.

Sean se retrepó en el asiento, abrió el maletín y miró varios papeles. Le habían confiscado todos los bolis, clips y demás objetos afilados y potencialmente peligrosos, aunque pensó que podría infligir un buen corte a alguien con un papel.

—Ted Bergin nos dijo que estaba preparando su defensa. ¿Le explicó exactamente de qué se trataba?

Al observar que Roy no reaccionaba, Michelle intervino.

—Me parece que estamos perdiendo el tiempo. De hecho, creo que me parece oír a Murdock partiéndose el pecho detrás de la puerta de acero.

—Señor Roy, es realmente necesario que hablemos de ciertas cosas.

—Lo han encerrado aquí porque no está en condiciones de ser juzgado, Sean. No sé en qué estado estaba cuando lo internaron, pero no creo que haya mejorado. Con este panorama, tiene todos los números de pasarse el resto de su vida en Cutter's Rock.

Sean guardó los papeles.

—¿Señor Roy? ¿Sabe usted que Ted Bergin ha sido asesinado? —Lo dijo con un tono cortante y en voz alta, obviamente esperando algún tipo de reacción por parte del recluso.

No funcionó.

Sean recorrió el espacio vacío con la mirada. Se inclinó hacia Michelle y le susurró.

—¿Cuántas probabilidades hay de que esta sala tenga micrófonos ocultos?

—¿Grabar la conversación de un abogado con su cliente? ¿No se meterían en un buen lío? —le respondió Michelle susurrando también.

—Solo si alguien lo descubre y es capaz de demostrarlo. —Volvió a sentarse bien erguido y sacó el móvil—. No hay cobertura, pero justo antes de llegar aquí tenía.

—¿Pinchado?

—Eso también se supone que es ilegal. Me pregunto por qué han dejado que me lo quedara. En la mayoría de las cárceles se lo confiscan a las visitas.

—Porque en las cárceles los móviles se cotizan más que la cocaína. Oí que un guardia de no sé dónde se sacaba miles de dólares al año vendiendo Nokias y planes de servicio en una cárcel estatal. Ahora marca números desde una celda.

—Fíjate en el tobillo, Michelle.

La tobillera era del color del titanio. En el centro había una luz roja brillante.

—Los usan en algunas de las cárceles de máxima seguridad y en gente como Paris Hilton y Lindsay Lohan. Emiten una señal inalámbrica que detecta la ubicación exacta de la persona. Si sales de cierta zona, se dispara una alarma.

Sean bajó la voz.

—¿A cuántos sitios puede ir este tío para que necesite una tobillera electrónica?

—Tienes razón. ¿Quieres preguntárselo a Murdock? ¿O quizás a Carla Dukes?

Sean miró con severidad a Edgar Roy. ¿Había habido alguna leve muestra de...?

No. Sus ojos seguían siendo dos puntos inertes.

—¿Crees que lo han drogado? —preguntó Michelle—. Tiene las pupilas dilatadas.

—No sé qué pensar. Sin examen médico.

—Es muy alto. Pero delgado. No parece tener suficiente fuerza para haber matado a toda esa gente.

—Solo tiene treinta y cinco años. O sea que estaba en la flor de la vida cuando cometió los asesinatos.

—Si es que los cometió, querrás decir.

—Eso, si es que los cometió.

—Pero los detalles de los asesinatos no se han hecho públicos. Ni siquiera han identificado a los cadáveres.

—Quizá tengan esa información pero no la hayan hecho pública —repuso él.

—¿Por qué?

—Tal vez sea un caso realmente especial. —Se levantó—. Señor Roy, gracias por reunirse con nosotros. Volveremos.

—¿Ah, sí? —preguntó Michelle en voz baja.

Cuando llamaron a la puerta, esta se abrió de inmediato.

—¿Cómo ha ido? —preguntó Murdock con una sonrisa complacida.

—Nos lo ha contado todo —dijo Michelle—. Es inocente. Ya lo podéis soltar.

—Hemos encontrado cosas interesantes en la habitación de Bergin, en Gray's Lodge —dijo Murdock sin hacer caso de lo que acababa de decirle Michelle.

—¿Como por ejemplo? —preguntó Sean.

—Nada que os haga falta saber.

—Oh, mira que eres guasón, Murdock —dijo Michelle—. ¿Es una asignatura de Quantico?

—Si es producto de su trabajo como abogado —añadió Sean—, tengo que saberlo. Es confidencial.

—Pues presenta unas cuantas solicitudes. A los abogados del

FBI les irá bien reírse un rato. Mientras tanto, no vais a ver el documento.

—O sea que Roy es un zombi. ¿Es capaz de hacer pipí, de comer él solo?

—Está en buena forma física. ¿Responde eso a tu pregunta?

Giró sobre sus talones y se marchó.

—Está claro que le caemos bien —dijo Michelle con sarcasmo—. ¿Crees que le gustaría salir un día conmigo? Seguro que soy capaz de deshacerme del cadáver sin problemas.

Sean no le prestaba atención. Estaba observando a los guardias que escoltaban a Roy de vuelta a la celda. Cuando el hombre pasó. Sean se dio cuenta de que era más alto incluso que el guardia grandullón. También se fijó en que Roy se movía con su propia energía, arrastrando los pies mientras las esposas producían el típico sonido metálico. Pero su rostro no transmitía nada.

Puntos negros.

Nada.

Que era exactamente lo que tenían en esos momentos.

8

Fue más fácil salir de Cutter's Rock que entrar, pero no hubo demasiada diferencia. Al final, Sean llegó a exasperarse tanto con el nivel de escrutinio que espetó al último grupo de guardias:

—No nos hemos guardado a Edgar Roy en el puto tubo de escape. —Se volvió hacia Michelle—. ¡Larguémonos de aquí!

—Pensaba que nunca lo ibas a decir.

El Ford dejó unas rayas negras en la franja de asfalto impecable de la entrada a Cutter's Rock. Michelle incluso se despidió levantando el dedo corazón hacia ellos por la ventanilla.

Mientras el coche recorría el trayecto inverso por el paso elevado, Michelle lanzó una mirada hacia su socio, que estaba absorto en sus pensamientos.

—Está claro que tu cerebro está que bulle —dijo—. ¿Te importaría compartir?

—Mientras te cacheaban al salir, tuve la ocasión de hacerle un par de preguntas al ayudante de Duke. Roy come, aunque no mucho, y hace sus necesidades durante el día. Ha perdido un poco de peso, pero está oficialmente sano.

—¿O sea que es capaz de todo eso pero no de comunicarse con otras personas?

—El tío ha empleado un término médico para eso pero ahora no me acuerdo de cómo era. En cualquier caso, al parecer el cuerpo le funciona pero el cerebro se le ha bloqueado.

—Muy práctico.

—Bueno, Bergin está muerto. Asesinado. El FBI está en escena. Han registrado su alojamiento. Todo el fruto de su trabajo está en sus manos.

—O sea que tal como ha dicho el tío, tenemos que hacer una petición ante el tribunal para recuperarlo.

—El único problema es que en realidad no soy el abogado de Roy.

—Pero sí eres abogado. Fuiste contratado por Ted Bergin, que era oficialmente su abogado. No hace falta ir demasiado lejos para considerarte su picapleitos legítimo. Por lo menos, Bergin no puede poner objeciones. Así que ¿quién va a pronunciarse al respecto?

—Hace tiempo que no ejerzo.

—La licencia está en vigor, ¿no?

—Quizá.

Michelle redujo la velocidad.

—¿Quizá? Eso no cuenta para los clientes condenados a pena de muerte, ¿no?

—Tal vez necesite hacer un par de cursos de actualización para que esté todo correcto.

—Fantástico. Estoy segura de que el agente Murdock te llevará a clase.

—Además, nos contrataron como detectives privados, no como abogados. El tribunal seguirá la ley a pies juntillas en este caso. No consto oficialmente como su abogado.

—De acuerdo. En ese caso, una pregunta tonta: ¿Ted Bergin ejercía en solitario?

Sean le lanzó una mirada.

—Pues en realidad es una muy buena pregunta, para la que necesitamos respuesta.

Regresaron a Martha's Inn y se dirigieron a la habitación de Sean juntos. La dueña se fijó en el detalle, que por cierto no se llamaba Martha sino Hazel Burke. Había vivido toda su vida en esa zona de Maine, tal como les explicó a la hora del desayuno.

—Su habitación está al otro lado del pasillo, querida —le dijo a Michelle desde el pie del corto tramo de escaleras. Desde esa posición ventajosa, veía claramente la entrada de ambas habitaciones—. Está a punto de entrar en la habitación del caballero.

Michelle respondió con voz tensa.

—Es que no voy a mi habitación. En realidad voy a la habitación del caballero.

—¿Y va a quedarse mucho rato en la habitación del señor? —preguntó Burke, mientras se disponía a subir las escaleras.

Michelle miró a Sean.

—No lo sé. ¿Tienes ganas de retozar?

Burke había llegado al segundo piso a tiempo de oír la pregunta.

—Querida, aquí somos señoras.

—A lo mejor usted es toda una señora.

—Vamos a trabajar, señora Burke —intervino Sean—. En un caso judicial.

—Oh, ¿es usted abogado?

—Sí.

—¿Se ha enterado de lo del otro abogado, no? ¿Lo del pobre señor Bergin?

—¿Cómo se ha enterado usted? —preguntó Sean enseguida.

Burke se secó las manos en el delantal.

—Oh, bueno, querido, los asesinatos no son tan habituales aquí como para que la gente no hable de ellos. Se ha enterado todo el mundo, supongo.

—Ya, supongo que sí.

La mujer se volvió hacia Michelle.

—Usted no es abogada, ¿verdad?

—¿Por qué lo dice? —preguntó Michelle, tensa.

—Bueno, querida, no la conozco, la verdad, pero no me parece del tipo que lleva, ya sabe, ropa elegante. —Sin disimular su desagrado, recorrió con la mirada los vaqueros ajustados y descoloridos que llevaba Michelle, las botas polvorientas, la camiseta blanca y la chaqueta de cuero gastada.

—Tiene razón, suelo preferir el *spandex* y las tachuelas.

—Pues no me parece bien —la reprendió Burke, sonrojándose.

—Bueno, supongo que no soy muy buena persona. Ahora si nos disculpa...

—Vendré a ver cómo va dentro de cinco minutos.

—Yo esperaría un poco más —dijo Michelle.

—¿Por qué? —preguntó Burke con suspicacia.

Michelle frotó el brazo de Sean.

—El «caballero» ha tomado Viagra. —Cerró la puerta de la habitación de Sean con un golpe rotundo—. Bueno, esta mujer está empezando a cabrearme.

—Olvídalo. Voy a llamar al despacho de Bergin en Charlottesville.

—¿Crees que estarán enterados?

—No lo sé. Normalmente notifican primero a los familiares más cercanos. Pero la mujer de Ted murió y nunca tuvieron hijos, por lo menos que yo sepa.

Sean se sentó en la cama e hizo la llamada. Alguien respondió.

—Hola, soy Sean King —dijo—. ¿Eres Hilary? Hablamos por teléfono el otro día. —Sean hizo bocina con las manos junto al teléfono—: Es la secretaria de Ted.

Michelle asintió.

—Sí —dijo Hilary—. ¿No se supone que tenía que estar con el señor Bergin en Cutter's Rock más o menos a esta hora?

Sean ensombreció el semblante. No estaba al corriente.

—Hilary, me temo que tengo malas noticias. Me sabe mal decírtelo por teléfono pero tienes que saberlo. —Le contó lo sucedido.

La mujer soltó un grito ahogado, intentó serenarse y luego se deshizo en un mar de lágrimas.

—Oh, Dios mío, no me lo puedo creer.

—Ni yo, Hilary. El FBI lo está investigando.

—¿El FBI?

—Es complicado.

—¿Cómo? ¿Cómo murió?

—Es obvio que no fue por causas naturales.

—¿Quién encontró el cadáver?

—Yo. Quiero decir, yo y mi socia, Michelle.

En aquel momento la fachada de profesionalidad de Hilary se vino abajo.

Sean esperó pacientemente a que dejara de sollozar. Cuando dio la impresión de que no iba a parar nunca, dijo:

—Podemos hablar más tarde, Hilary. Siento mucho haber sido yo quien te lo ha comunicado.

Se serenó haciendo un esfuerzo sobrehumano.

—No, no, estoy bien. Es que ha sido... ha sido... un golpe muy duro. Le vi ayer por la mañana, antes de que se marchara a coger el avión.

Sean solo había hablado con Hilary por teléfono una vez y no la conocía personalmente, pero se imaginaba a la mujer secándose con un pañuelo las lágrimas y quizá parte del maquillaje y el rímel que se le habría corrido.

—¿A qué hora fue?

—¿El vuelo o cuando le vi por última vez? —A Sean le dio la impresión de que se concentraba muchísimo en los detalles para quitarse de la cabeza la idea de que su jefe había muerto.

—Pues las dos cosas.

—A las ocho de la mañana en la oficina —respondió enseguida—. Iba a coger un avión pequeño de Charlottesville a Reagan National. Y luego un vuelo al mediodía de ahí a Portland.

—¿Un reactor o un helicóptero?

—Uno de esos aviones regionales. De United, creo.

—El mismo tipo de avión que cogimos nosotros. Bueno, vuelan alto y rápido, o sea que eso debió de dejarlo en Maine alrededor de la una.

—Eso es.

—¿Tiene sus horarios? Me gustaría saber si se reunió con Edgar Roy cuando estuvo aquí. Y también cualquier otra vez que se vieran.

—Bueno, sé que ayer fue allí. Me dijo que tenía una cita a las seis de la tarde. Le preocupaba no llegar a tiempo si se retrasaba su vuelo. Tengo entendido que el viaje en coche desde Portland es bastante largo.

—Cierto.

—Y por supuesto que se citó con el señor Roy con anterioridad. No recuerdo las fechas exactas pero puedo consultarlo en el ordenador y enviarle la información por correo electrónico.

—Eso sería fantástico. Eh... sé que la mujer de Ted había fallecido y creo que no tuvieron hijos. Pero ¿hay alguien más a quien habría que informar? ¿Algún familiar lejano?

—Tenía un hermano. Pero murió hace unos tres años. Nunca le oí hablar de nadie más. Supongo que el trabajo era su familia.

—Supongo.

Michelle consiguió que la mirara y le levantó dos dedos.

Sean asintió.

—Hilary, ¿había alguien más trabajando con Ted? Yo suponía que ejercía en solitario pero acabo de caer en la cuenta de que no lo sé a ciencia cierta. Perdí el contacto con él durante un par de años.

—Tenía una socia. Una joven muy brillante que apenas hacía un año que había acabado la carrera.

—¿En serio? ¿Cómo se llama?

—Megan Riley.

—¿Está ahora en la oficina?

—No, está en una vista en el juzgado. Ha dicho que volvería poco después de comer.

—¿Estaba trabajando en el caso de Roy?

—Sé que estaba al corriente del mismo. Es un bufete pequeño y tal. Según me contó el señor Bergin ha hecho algunas investigaciones sobre el caso.

—¿Puedes decirle que se ponga en contacto conmigo cuando llegue? Necesito hablar con ella.

—Por supuesto que lo haré. —Hizo una pausa—. Sean, ¿van a descubrir quién hizo una cosa tan horrenda?

—Bueno, si el FBI no lo descubre, nosotros sí. Te lo prometo.

—Gracias.

Sean colgó el teléfono y miró a Michelle.

—Bueno, es una buena noticia —reconoció ella—. Tenía una socia.

—Una novata. No es una buena noticia. Es imposible que un juez le permita representar a un acusado en un caso de pena capital. No en uno con tanta prominencia. Hay demasiado riesgo de defensa incompetente en segunda instancia.

—Pero tú eres un abogado con experiencia.

—Michelle, ya te lo he dicho, ni siquiera sé si mi licencia está en vigor.

—Pues yo en tu lugar lo averiguaría.

Sean hizo unas cuantas llamadas. Colgó la última con una leve sonrisa.

—Se me olvidó que tenía algún crédito acumulado. Sigo en activo. —Se puso serio—. Pero hace mucho tiempo que no he estado en un juicio.

—Es como ir en bicicleta.

—No, lo cierto es que no es lo mismo.

—No te preocupes, estaré contigo en todo momento.

—Si ir a un juicio consistiese en quitarles las alas a las mariposas de un disparo y dar patadas en el culo, serías la persona más idónea para acompañarme, pero no es el caso.

—Por lo que he visto con algunos abogados en los juicios, unas cuantas patadas en el culo parecen lo adecuado. Bueno, ¿qué hacemos ahora?

—Esperamos a ver qué nos cuenta Megan Riley.

—¿Piensas que se hará cargo del caso teniendo en cuenta que acaban de asesinar a su jefe quizá por representar a Edgar Roy?

—Si tiene una pizca de inteligencia, no.

—¿Crees realmente que lo mataron por eso?

—No tenemos pruebas que respalden esa conclusión.

—Tú tranquilo... hablas como un abogado. Pero deja de lado tu vertiente analítica durante unos segundos y dime lo que te dice el instinto.

—Sí, creo que lo mataron por eso.

Michelle se apoyó en la pared y miró por la ventana con expresión malhumorada.

—Bueno, ¿en qué estás pensando? —preguntó él.

—Estoy pensando en cuánto tiempo nos queda hasta que vayan a por nosotros.

—¿Quieres dejarlo y embarcar en el primer avión a Virginia?

—¿Y tú? —preguntó ella.

—Creí que había dejado una cosa clara. Voy a averiguar quién lo mató.

—En ese caso, creo que yo también dejé una cosa clara. Somos un equipo. Allá donde tú vayas, yo también voy.

—¿Crees que no soy capaz de cuidarme solito?

—No, pero creo que puedo cuidarte mejor.

9

Poco después de las dos de la tarde Sean estaba dando un paseo a lo largo de la costa rocosa cuando le sonó el móvil. Megan Riley sonaba joven, inexperta y conmocionada. A Sean se le cayó el alma a los pies. Era imposible que la joven fuera capaz de manejarse en aquella situación.

—No puedo creerme que el señor Bergin esté muerto —reconoció. Se imaginó que los ojos se le llenaban de lágrimas. Una reacción de lo más normal dadas las circunstancias, pero en aquellos momentos a él no le hacía falta lo normal sino lo extraordinario.

—Lo sé. Es un duro golpe para todos nosotros. —Mientras hablaba, vio que Michelle se acercaba desde un muelle en estado precario con un barco pesquero amarrado a él en las mismas condiciones. Le alcanzó y se sentó en una roca enorme que servía de protección contra el océano.

—¿Quién ha podido hacer una cosa así? —preguntó Megan.

—Bueno, estamos trabajando en ello. Hilary me dijo que habías trabajado en el caso de Roy con Ted.

Se sorbió los mocos.

—Me pidió que hiciera un poco de investigación sobre el tema.

—¿Alguna vez te habló de sus teorías sobre el caso? ¿Qué defensa preparaba, los pasos que había dado, las conversaciones que había mantenido con Edgar Roy?

«Obviamente habría sido una conversación en un solo sentido.»

—Repasamos juntos algunas cosas. Supongo que conmigo ponía a prueba sus ideas. Y ayer hablé con él.

—¿A qué hora?

—A eso de las seis.

—¿Qué quería?

—Quería saber cómo iban algunos casos que yo llevaba.

—¿Te habló de Edgar Roy?

—Me dijo que iba a reunirse con él. De hecho, creo que estaba en camino. Me refiero a que iba en el coche.

—¿Nada más? —preguntó Sean.

—Le volví a llamar a las nueve de la noche.

—¿Por qué?

—Para repasar la vista de un juicio que tenía al día siguiente y para la que quería pedirle consejo.

—Bueno, Megan, esto es muy importante. ¿Mencionó que hubiera visto a Edgar Roy esa noche?

—No, no dijo nada sobre el tema.

—¿Te mencionó adónde iba a esas horas? Me refiero aparte de a reunirse con Michelle y conmigo...

La joven sonaba asustada.

—No, no me dijo nada al respecto. Ni siquiera sabía que iba a reunirse con vosotros. Supuse que ya había terminado la jornada de trabajo.

—¿Nada de nada? ¿Estás segura? —insistió Sean—. ¿No dejó escapar ningún comentario?

—Nada. Buena parte de la conversación se centró en las vistas que tenía al día siguiente. No dijo nada sobre Edgar Roy y yo no pregunté.

—¿Por qué no?

—Porque si el señor Bergin hubiera querido hablar del caso, lo habría hecho. Hacía poco tiempo que trabajaba para él. No me sentía cómoda inmiscuyéndome en un caso en el que en realidad no trabajaba. Siempre era muy discreto con las confidencias de los clientes.

—Bueno, vayamos al grano —dijo Sean—. ¿Sabes si constas en los documentos presentados en el juzgado?

—De hecho sí. El señor Bergin decía que siempre era preferible tener a otro abogado en los documentos. Por si pasaba algo.

—Pues desgraciadamente fue una profecía. Mira, tenemos que hablar contigo acerca de las teorías y estrategias de Ted. Y de cualquier otra cosa que guarde relación con Roy.

—¿Habéis hablado con Edgar Roy?

—Le hemos visto. Lo de hablar resulta un tanto problemático. ¿Puedes coger un avión hasta aquí?

—No sé. Estoy trabajando en algunos casos y...

—Megan, esto es muy importante.

Sean oyó cómo tomaba aire.

—Por supuesto, sé que lo es. Puedo... puedo pedir aplazamientos y traerme el trabajo. La comunidad jurídica de aquí conoce y respeta al señor Bergin. Lo entenderán.

—Seguro que sí. ¿Puedes traer también todos los archivos que Ted tenía sobre el caso?

—Por supuesto.

Sean consultó la hora.

—Puedes coger el vuelo de las siete de la tarde de Dulles a Portland. ¿Crees que podrías llegar a tiempo?

—Creo que sí. Puedo organizar lo que tengo aquí y conducir a toda velocidad.

—Haré la reserva y te enviaré la información por correo electrónico. Te recogeremos en el aeropuerto de Portland.

—¿Señor King?

—Llámame Sean.

—Sean... hum... ¿debería estar asustada?

Sean lanzó una mirada a Michelle antes de responder.

—Nos pegaremos a ti como una lapa.

—Supongo que eso quiere decir que sí.

—Nunca está de más tener un poco de miedo, Megan.

—Nos vemos en Portland —dijo ella con voz temblorosa.

Sean colgó e informó a Michelle de la conversación mantenida con la joven abogada.

Michelle asintió.

—O sea que mantuvo dos conversaciones con el hombre y el nombre de Roy no salió a colación. Está claro que Bergin mantenía un gran secretismo al respecto. Tal vez fuera consciente de que había cierto peligro y quería mantener a Riley al margen de ello.

—Parece típico de Ted. Caballeroso en extremo.

—¿Y qué piensas de Riley? —preguntó Michelle.

—Creo que será un milagro que suba al avión.

—Si no estuviera asustada resultaría revelador. En un sentido negativo.

—Lo sé. Estoy convencido de que es lista y buena abogada, de lo contrario Ted no la habría hecho entrar en juego. Pero es una situación nefasta para una abogada novata.

—Bueno, solo necesitamos la información de la que disponga y lo que pueda contarnos sobre las conversaciones con Bergin sobre el caso. No creo que nadie espere realmente que ella se ponga en el lugar del hombre y se trague este marrón.

—El problema es que si otro abogado entra en escena, nos alejará del caso.

—No si ahora trabajamos duro y nos convertimos en un activo imprescindible para dicho abogado. —A Michelle le cambió la expresión—. ¿Quién pagaba los honorarios de Bergin? Si Edgar Roy ni siquiera habla, alguien tuvo que contratar a Bergin.

—Buena pregunta. Debería estar en los archivos.

—¿Roy tenía dinero?

—Bueno, tenía una granja y era funcionario.

—Pero probablemente no nadara en la abundancia.

—Probablemente no.

Volvieron caminando al hostal.

La brisa procedente del océano era fría y Michelle hundió las manos en los bolsillos de la chaqueta.

—Y hasta que vayamos a recoger a Megan a Portland, ¿qué plan tenemos?

—¿Qué te parece si nos acercamos a Gray's Lodge?

—¿A la habitación de Bergin? Me imagino que el agente Murdock la habrá cerrado a cal y canto.

—Pero quizá nos encontremos con nuestro amigo Eric Dobkin de la policía estatal de Maine.

—¿De verdad crees que será nuestro infiltrado en este caso?

—No perdemos nada por preguntar. Y si no me equivoco con

Murdock, probablemente a estas alturas tenga cabreado a todo el cuerpo de policía de Maine.

—Seguimos sin saber si Bergin se reunió ayer con Roy.

—Y tampoco sabemos adónde se dirigía anoche.

—Sería fantástico conseguir una lista de todas sus llamadas de teléfono y mensajes de correo electrónico.

—¡Y que lo digas! —convino Sean.

—Pero Murdock tendrá toda esa información.

—Puede que sí o puede que no.

—¿Qué se supone que significa eso?

—Que lo que tenemos que hacer es intentarlo.

—¿Contrariar al FBI? No es una decisión profesional demasiado acertada —dijo ella.

—La clave está en tener mano izquierda.

—Tener mano izquierda no es mi principal virtud.

—Motivo por el que yo me encargaré de esa parte de la ecuación.

—Los opuestos se atraen.

Sean le dio un golpetazo en el brazo.

—Eso parece.

10

Gray's Lodge estaba rodeado de un muro de policías y agentes federales. Habían interrogado y registrado las habitaciones de los huéspedes. Luego les habían dicho que fueran a alojarse a otro sitio pero sin abandonar la zona. Sean y Michelle, que se hicieron pasar por turistas, acabaron topándose con los propietarios gracias a una mezcla de suerte y capacidad de deducción. Eran un matrimonio de unos sesenta años, claramente disgustados por lo ocurrido.

—Ha sido rarísimo —dijo el hombre, un tipo fornido con el pelo blanco y suave y el rostro tostado por el sol, mientras se tomaba una taza de café en una gasolinera desde la que se veía el hostal. Llevaba una camisa de franela roja y unos vaqueros nuevos.

—¿La policía acaba de llegar y le ha dicho a todo el mundo que se marche? —preguntó Michelle.

La mujer asintió. Era esbelta, fibrosa y daba la impresión de ser capaz de dejar inmovilizado a su fornido esposo en el suelo.

—Después de someterlos a un duro interrogatorio y registrarles el cajón de la ropa interior. Algunos de nuestros clientes vienen aquí desde hace décadas. No tienen nada que ver con la muerte de ese hombre.

—Algunos de ellos quizá ya no vuelvan después de esto —apuntó el hombre entristecido.

—Y el fallecido, ese tal Bergin, ¿acababa de llegar ese mismo día? —inquirió Sean.

—Así es —respondió el hombre.

—Pero le habíamos visto con anterioridad, por supuesto —añadió su esposa.

—¿Entonces ya había estado aquí? —saltó Sean.

—Dos veces más —confirmó el hombre.

—¿Saben por qué venía? —preguntó Michelle.

—No venía ni a cazar ni a pescar —respondió la esposa.

—Era abogado —terció el marido.

—¿Tienen idea de qué le traía hasta aquí? —preguntó Sean.

El hombre lo escudriñó con la mirada.

—Ustedes no son de por aquí.

—No, llegamos ayer. Nos alojamos en Martha's Inn. La señora Burke es muy agradable.

Michelle reprimió un bufido.

—Sí, es una moza muy maja —dijo el hombre de tal forma que su mujer hizo una mueca.

—Nunca he estado en la escena de un crimen —dijo Michelle—. Es espeluznante. Pero me encantan los programas sobre crímenes reales.

—Me pregunto quién querría matar a un abogado —añadió Sean—. Probablemente estuviera aquí de vacaciones.

La mujer se dispuso a decir algo, pero enseguida miró a su esposo con expresión inquisidora.

—No estaba aquí de vacaciones —confirmó el hombre—. Era el abogado de Edgar Roy.

—¿Edgar Roy? —preguntó Sean como si no supiera a quién se refería.

—El asesino en serie que encerraron en Cutter's Rock. Está a la espera de juicio. El periódico local escribió un amplio reportaje sobre ese hombre cuando lo trasladaron aquí. Dicen que está como una cabra. Yo digo que finge para que no lo envíen de vuelta a Virginia y lo ejecuten.

—Dios mío —dijo Michelle—. ¿Qué hizo?

—Se cargó a unas cuantas personas y las enterró en su finca —respondió la mujer, estremeciéndose—. No es un hombre sino una especie de animal salvaje.

—¿Y este tal Bergin era su abogado? —dijo Sean—. ¿O sea que tenía que ir al Cutter's Rock ese y hablar con ese tío?

—Pues supongo que sí si es que lo representaba —dijo el marido. Miró a su mujer—. Y al hombre todavía no lo han declarado culpable.

—Está más claro que el agua y todo el mundo sabe que es culpable —espetó su mujer.

—Bueno, de todos modos en este mundo hay personas para todos los gustos. No me habría imaginado que un hombre como Bergin sería el abogado de un tipejo como ese.

—¿Llegó a conocerle? —preguntó Michelle con avidez. Miró a Sean y fingió una emoción inocente acerca de un tema tan escabroso—. Quiero decir que todo esto es espeluznante, como una serie de televisión o algo así.

El marido asintió.

—Sí, supongo que sí. De todos modos, el hostal es pequeño. Ni siquiera cuando está lleno hay demasiados huéspedes. Bergin bajaba a desayunar y esas cosas. Éramos más o menos de la misma edad. Es natural que entabláramos conversación. Era un hombre interesante.

—¿Y le contó lo que le traía por aquí? —inquirió Sean—. Aunque como abogado que era, eso es confidencial.

—Bueno, no al comienzo y no con estas palabras. Pero pidió indicaciones para ir a Cutter's Rock en una ocasión y yo le pregunté por qué iba allí. Y entonces fue cuando me contó a qué se dedicaba.

—Cielos, a lo mejor iba a Cutter's Rock cuando lo mataron —sugirió Michelle emocionada.

—No, no creo —dijo el hombre.

—Porque ya había estado allí —añadió la mujer.

—¿Cómo lo saben? —preguntó Sean.

—Me dijo que iba para allá enseguida —respondió el hombre. Cuando se registró en el hostal tenía prisa. Su vuelo se había retrasado y necesitaba llegar a Cutter's antes de que acabaran las horas de visita. Tenía mucha prisa.

—Vale, pero a lo mejor nunca llegó hasta allí.

—Sí que llegó. Porque regresó aquí. Se tomó un café. Le pregunté qué tal había ido. Dijo que bien pero no me dio la impresión de que hubiera ido bien.

—¿A qué hora fue eso? —preguntó Sean.

El hombre lo miró con suspicacia.

—¿A usted qué más le da?

—Ustedes dos hacen muchas preguntas —añadió la mujer.

Antes de que Sean tuviera tiempo de decir algo, Michelle tomó la palabra.

—Bueno, teníamos que haberlo dicho antes. —Hizo una pausa y entonces explicó en voz baja e infantil rebosante de emoción—: Nosotros fuimos quienes encontramos el cadáver.

La pareja la miró a ella y luego a Sean, que asintió.

—Fuimos nosotros —dijo con sinceridad.

Michelle soltó entonces una perorata.

—Y fue horrible. Pero emocionante a la vez. Me refiero a que a nosotros nunca nos pasan estas cosas. Nunca había visto un cadáver. Y menos víctima de un asesinato. —Se estremeció—. Odio las pistolas con todas mis fuerzas —añadió sin inmutarse. Pero luego se le iluminó la expresión—. Pero qué emocionante fue. Es raro, ¿no?

—Bueno, a mí este tipo de emociones me sobra —dijo el marido con sorna.

—Encontramos el cadáver alrededor de la medianoche —dijo Sean—. Pero debió de regresar de ver a Roy mucho antes.

—Oh sí, eran sobre las ocho. No cenó nada. Dijo que no tenía hambre.

—¿Habló con usted antes de volverse a marchar?

—No, y tampoco le vi marchar. Sé que estaba por aquí a las nueve. Vi luz en su habitación. Pero luego yo tenía mucho que hacer. —Miró a su mujer—. ¿Tú tampoco lo viste?

—No. Le he dicho lo mismo a la policía. Estaba en la cocina limpiando.

—O sea que se marchó pasadas las nueve. Pero cuando habló con él después de que regresara de Cutter's Rock, ¿le mencionó que iba a volver a salir? ¿O adónde era posible que fuera?

—No, no dijo nada.

—¿Bergin recibió alguna llamada o algún paquete ese día? —preguntó Sean.

—Llamadas no. Hoy en día la mayoría de la gente tiene móvil. Y no le dejaron ningún mensaje ni paquete en la recepción, nada de nada.

Después de formularles unas cuantas preguntas más, dieron las gracias al matrimonio y se marcharon.

El agente Murdock les esperaba en el exterior.

—¿Jugando a los detectives? —dijo con tono arisco, asintiendo hacia el matrimonio del otro lado de la ventana.

—Nos estábamos tomando un café. Hoy hace frío.

—Sí, un café con los propietarios del hostal donde se alojaba vuestro hombre.

—Otra casualidad —dijo Michelle.

—Pues que sea la última —repuso Murdock.

—¿Me devuelves la pistola? Me siento desnuda sin ella.

—Todavía no han hecho la prueba de balística. Ya te informaré. Quizá tarde. El papeleo lo retrasa todo. Ya sabes cómo va. —Miró a Sean—. Espero no volver a toparme con vosotros. ¿Por qué no volvéis a Virginia? No hay nada que os retenga aquí.

—Pensaba que habías dicho que éramos testigos materiales y que no podíamos marcharnos de la zona.

—He cambiado de opinión, así que ¡largaos!

—Estamos en un país libre —dijo Sean.

—Hasta que deja de serlo —espetó Murdock.

Cuando se marchó, Michelle se dirigió al empleado de la gasolinera.

—¿Dónde está la armería más cercana?

—A unos tres kilómetros al norte de aquí, en esta misma carretera. La tienda se llama Fort Maine Guns.

—¿Tienen un buen surtido de pistolas?

—Oh, sí. ¿Sabes disparar?

—Solo cuando es necesario.

11

Michelle deslizó la Sig nueve milímetros en la pistolera del cinturón y exhaló un profundo suspiro de satisfacción.

Sean la observaba divertido.

—Anda que has tardado...

—¿Por qué tengo la impresión de que tener una pistola aquí es buena idea?

—Porque lo es.

—Me había acostumbrado a la H&K, pero debo confesar que siempre he sentido debilidad por las Sig.

—También llevaste una Glock durante bastante tiempo.

—Ya sabes lo que dicen por ahí: a algunas chicas les gustan los zapatos y a otras, las pistolas.

—Pues la verdad es que es la primera vez que lo oigo.

Michelle guardó un par de cajas de proyectiles en el bolso.

—Es hora de ir a Portland a recoger a la abogada novata —dijo.

Habían recorrido unos treinta kilómetros cuando Michelle anunció:

—Creo que nos siguen.

Sean mantuvo la vista fija al frente.

—¿Dónde?

—Un sedán oscuro doscientos metros por detrás. Lo perdemos en las curvas y lo volvemos a recuperar en las rectas.

—A lo mejor no es nada. A lo mejor va al mismo sitio que nosotros.

—Ya lo veremos, ¿no?

Cuando llegaron al cruce con la interestatal, el coche siguió adelante.

—Supongo que tenías razón —dijo Michelle.

—De todos modos, debemos estar alerta. Si la gente de Gray's Lodge vieron a Bergin alrededor de las nueve y lo asesinaron hacia la medianoche, eso todavía le deja con más o menos tres horas para ir a algún sitio.

—No regresó a Cutter's. En cuanto anochece lo cierran. Así que...

La bala atravesó la ventanilla del lado del pasajero, pasó por delante de Sean y Michelle e hizo añicos el cristal de la ventanilla del conductor al salir.

Sean se agachó y Michelle enseguida viró el coche hacia la izquierda. Circuló por el arcén de forma momentánea mientras Sean miraba detrás de ellos.

—¿No hay ningún otro coche? —preguntó.

—No. Ha sido un disparo desde lo lejos.

—Baja el coche por ahí —ordenó, señalando los árboles situados fuera de la carretera—. Y sigue agachada. Se escoró por la suave hierba y llevo el Ford más abajo hasta detenerlo junto a una arboleda. Salieron del coche panza abajo, manteniendo el metal del coche entre ellos y el lugar de procedencia del disparo. Michelle había sacado la Sig y escudriñaba las posibles líneas de fuego. Sean asomó la cabeza por encima del capó y la volvió a agachar.

—No veo la marca de ninguna mirilla.

Michelle observó las ventanas hechas añicos.

—Un disparo buenísimo teniendo en cuenta la velocidad a la que íbamos.

—Lo tomo como una advertencia.

Michelle asintió.

—Cualquiera capaz de lanzar ese disparo podría habernos matado fácilmente. Creo que he visto la puta bala pasándome delante de los ojos, aunque sé que realmente no es posible. Y hoy en día los cristales de coche no son tan mierdosos como antes. Para que la bala haga añicos los dos y continúe la trayectoria se necesita mucha potencia.

Sean observó los alrededores.

—Una brisa ligera, muchos árboles, quizás el tirador estuviera en algún punto elevado. Con el sol detrás de él, lo cual favorece el disparo. Impresionante de todos modos. Nos movíamos en perpendicular al disparo a casi cien kilómetros por hora.

—Ciento doce —le corrigió Michelle—. El tirador debe de ser un fenómeno haciendo cálculos con la retícula.

Sean asintió.

—¿Francotirador del ejército?

—Quizá. La única pregunta es de cuál. Si es del nuestro, el panorama no es muy halagüeño. La pregunta es por qué y la respuesta es demasiado obvia.

—Edgar Roy —dijo Sean. Apoyó la espalda en el panel frontal del coche y se deslizó con el trasero.

—¿Funcionario del gobierno?

—Eso es lo que decía el expediente.

—En la lista de vigilancia del FBI. Abogado asesinado. La hospitalidad en Cutter's Rock. Disparo de advertencia de larga distancia para nosotros.

—No cuadra, ¿verdad?

—En el mundo en que yo vivo, no.

—¿Crees que es seguro continuar? —preguntó Michelle.

—Supongo que no nos queda más remedio. Pero te doy permiso para conducir como si estuvieras haciendo una prueba para la NASCAR.

No recibieron más disparos mientras circulaban por la interestatal a toda velocidad.

Volvieron sobre sus pasos de la noche anterior y llegaron a Portland diez minutos antes del aterrizaje del vuelo procedente de Washington D.C. Dedicaron un par de minutos a recoger el cristal hecho añicos que había desempeñado su función, pues se había resquebrajado en infinidad de piezas pero se había mantenido en su sitio.

Sean esperó a que los pasajeros desembarcaran mientras Michelle iba a buscar otro coche de alquiler.

En el vuelo había treinta y nueve pasajeros.

Megan Riley fue la trigésima novena en salir por la puerta.

«Probablemente no tuviera ganas de abandonar el avión», pensó.

La joven miró a Sean con expresión expectante.

—¿Megan? —dijo él.

Ella asintió y se encaminó hacia él.

Michelle se reunió con él en ese mismo instante.

—Parece que va a empezar en el instituto —le susurró.

Riley era menuda y el pelo rojizo le caía sobre los hombros y le enmarcaba un rostro muy pecoso. Tenía dificultades para arrastrar la maleta y un pesado maletín de abogado que sin duda debía de contener los documentos en papel de Ted Bergin, al estilo antiguo. Sean cogió el maletín de Riley, le estrechó la mano y le presentó a Michelle.

Cuando llegaron al Ford, Riley vio los cristales destrozados y los pedacitos por el suelo.

—¡Dios mío! ¿Qué ha pasado?

Sean miró a Michelle.

—Podría haber sido peor. El único problema es que no hay más coches de alquiler disponibles —explicó Michelle—. Espero que hayas traído una chaqueta gruesa, Megan.

—¿Habéis tenido un accidente? —preguntó.

—No exactamente —respondió Sean, mientras le abría la puerta trasera.

12

—Te hemos reservado una habitación en Martha's Inn, Megan —dijo Sean, mientras Michelle conducía—. Un par de huéspedes se han marchado.

Megan no le había quitado los ojos de encima a los cristales rotos. Se envolvió mejor con la fina chaqueta que llevaba.

—¿Habéis informado de esto?

Sean se la quedó mirando.

—Todavía no. Pero lo haremos. Por desgracia, la policía está muy ocupada con otros temas. Las balas perdidas de un tirador desconocido probablemente no sea ninguna de sus prioridades en estos momentos.

—Conozco a un agente del FBI que probablemente lamente que fallara —añadió Michelle.

—¿Su prioridad es el asesinato del señor Bergin? —preguntó Megan.

—Puedes llamarle Ted.

—No, para mí siempre será el señor Bergin —dijo con obstinación.

—¿Hay algo útil en los documentos que has traído? —preguntó Michelle.

—No lo sé seguro. Ayer estuve todo el día en el juzgado y acababa de llegar al bufete cuando te he llamado hoy. Pero he traído todo lo que parecía relevante.

—Te lo agradecemos —dijo Sean.

—Entonces, ¿trabajáis con el FBI?

Sean lanzó una mirada a Michelle.

—Más o menos.

—¿Y la casa de Bergin en Charlottesville? —añadió Michelle—. ¿El FBI la ha registrado?

—No lo sé. ¿Importa?

—Si pudiéramos llegar antes que ellos, importaría mucho —reconoció Sean.

—Pero ¿no sería eso interferir en una investigación oficial? —señaló Megan.

Michelle arqueó las cejas pero se mordió la lengua.

Sean se volvió en el asiento.

—¿Tienes el teléfono de casa de Hilary?

Consultó la lista de contactos del móvil y se lo dio. Sean marcó el número y esperó.

—¿Hilary? Sean King. Una pregunta rápida. —Le preguntó por la casa de Bergin—. Vale. ¿Vives muy lejos de allí? —Hizo una pausa mientras recibía la respuesta—. ¿Podrías ir hasta allí e informarnos si hay actividad?... De acuerdo. Muchísimas gracias. Esperaremos tus noticias. Oh, una cosa más. ¿El FBI ha pasado por el bufete?... ¿Nadie?... Entendido.

Colgó el teléfono y miró a Michelle, que iba mirando a un lado y a otro como la luz de un faro.

—¿Ves algo sospechoso?

Se encogió de hombros.

—No veremos la marca de una mira hasta que la bala nos alcance. Fin de la historia.

Megan debió de oír el comentario porque inmediatamente se hundió en el asiento de atrás.

—¿Necesitáis que me quede aquí mucho tiempo?

—A lo mejor —dijo Sean.

—En algún momento tendré que volver. —Desvió la mirada hacia la oscuridad circundante.

—Todos esperamos volver a casa tarde o temprano. Desgraciadamente es demasiado tarde para Ted —añadió con un tono más duro, que ella percibió.

—No intento escaquearme. Lo que pasa es que...

Sean volvió a girarse en el asiento.

—No creo que seas ninguna cobarde, Megan. Te subiste al avión y viniste hasta aquí. Has visto lo que le ha pasado al coche y no has dado media vuelta ni has echado a correr. Hay que ser valiente para estar aquí.

—Bueno, a decir verdad, poco me ha faltado para salir corriendo —reconoció—. Pero quiero ayudar.

—Lo sé. —Se le ocurrió una idea—. ¿Hilary ha estado todo el día en el despacho?

—No, para cuando volví del juzgado ella se había marchado para encargarse de los preparativos del funeral para el señor Bergin. Pero no vino nadie mientras yo estaba allí.

Sean volvió a mirar hacia delante.

—No sé cuándo acabarán con los restos mortales.

—Me cuesta creer que esté muerto.

Sean se volvió y vio cómo las lágrimas le rodaban por las mejillas. Le tomó la mano.

—Megan, todo irá bien.

—No me puedes prometer una cosa así.

—No, no puedo, pero podemos hacer todo lo posible para que así sea.

Enseguida se secó la cara.

—Estoy bien. Ya vale. No más lágrimas.

—No hay ninguna ley que prohíba lamentar una muerte —dijo Michelle.

—A juzgar por lo que hay por aquí, no sé si tenemos tiempo para eso.

Sean y Michelle intercambiaron otra mirada, impresionados ambos por el comentario certero de ella.

—Bueno, ¿por dónde empezamos? —preguntó Megan.

—Regresamos a Martha's Inn —respondió Sean—, nos hacemos una buena cafetera y empezamos a estudiar los documentos.

Llevaban una hora conduciendo cuando sonó el teléfono de Michelle. Era Eric Dobkin de la policía estatal de Maine. Michelle le escuchó y luego colgó.

—Quiere hablar. Tiene información para nosotros. Sé que es

tarde pero ¿por qué no os dejo a ti y a Megan en el hostal y luego me reúno con él? Si nos dividimos ahorraremos tiempo.

—Después de lo sucedido esta tarde, no sé si es buena idea que nos dividamos.

—Sé cuidarme solita.

—Lo sé. Me preocupaba por Megan y por mí.

—Sé taekwondo —dijo Megan—. Soy cinturón verde.

—Qué bien —dijo Sean, reprimiendo una sonrisa—. Pero si utilizan el método anterior, no los tendrás lo bastante cerca para hacerles una llave de kung fu.

—Oh.

Sean observó a Michelle.

—Vale. Queda con Dobkin. De todos modos, Megan y yo repasaremos más rápido los asuntos legales. Cuando acabemos intercambiamos la información. ¿Dónde vas a reunirte con él?

—En su casa. Me ha dado la dirección.

—De acuerdo, pero más vale que vayas a por todas, ¿vale?

—Es como siempre voy, Sean. Pensaba que a estas alturas ya lo sabías.

13

La casa de Eric Dobkin se encontraba en un lugar que el GPS no tenía controlado. Michelle tuvo que llamarle casi un kilómetro antes y él le indicó el camino por teléfono. Cuando dobló una esquina y vio las luces de la casa en lo alto también se fijó en que había una furgoneta Dodge último modelo en el camino de entrada. Al lado había un pequeño monovolumen Chrysler. Echó un vistazo al interior de la camioneta y vio tres sillitas infantiles.

—Vaya —se dijo—. Apuesto a que en esta casa nadie duerme mucho.

La casa estaba construida con troncos de pino, el tejado, con tejas de cedro y la puerta era de roble sin florituras. El pequeño jardín que rodeaba la vivienda hacía tiempo que había perdido el brillo del verano y parecía exactamente como estaba: muerto.

Llamó a la puerta.

En algún lugar del interior alguien empezó a andar con suavidad. No era Dobkin. Quizá fuera su esposa. Michelle observó la estructura de la construcción y se imaginó el interior.

Salón delantero. Tres dormitorios más allá del vestíbulo. La cocina probablemente en la parte de atrás. Sin garaje, lo cual en Maine parecía una locura. Un baño y un aseo, quizá. La casa parecía robusta, con todos los troncos bien unidos entre sí.

La puerta se abrió. La mujer era bajita y llevaba un niño en la cadera. El tamaño y forma de su vientre indicaban claramente que esperaba otro hijo. En breve.

—Soy Sally. Supongo que eres Michelle —dijo con amabilidad pero con tono cansado—. Él es Adam, nuestro hijo mayor. Acaba de cumplir tres años. —El niño miraba a Michelle con el pulgar en la boca.

—¿Tenéis tres hijos?

—¿Cómo lo sabes?

—Por las sillitas del coche.

—Muy observadora. Eric me ha dicho que tú y tu socio erais muy buenos en vuestro trabajo. Sí, tres niños. —Se dio una palmadita en el vientre—. Y otro en camino. Todos se llevan un año de diferencia.

—No habéis perdido el tiempo. —Michelle entró—. Siento venir tan tarde.

—Teniendo en cuenta el horario de trabajo de Eric, todos somos trasnochadores. Está en el estudio.

Michelle miró alrededor. ¿Un estudio? Debía de haber un cuarto en la parte trasera que se le había escapado al hacer sus conjeturas.

—Enseguida vuelvo —dijo Sally.

Desapareció y Dobkin apareció al cabo de un momento. Llevaba unos vaqueros de LL Bean, una camiseta blanca de algodón y un chaleco de esquí naranja. Seguía teniendo la marca del sombrero de policía en el cabello rubio.

—Hace fresquito —dijo Michelle.

Él la miró con expresión curiosa.

—¿Fresquito?

—Bueno, supongo que para los que somos del sur. La verdad es que vives en el quinto pino.

Esbozó una sonrisa.

—Estoy apenas a siete kilómetros del semáforo. Tendrías que ver dónde viven algunos de mis compañeros. Eso sí que es el quinto pino.

—Si tú lo dices.

—¿Así que tu compañero está preocupado?

—Intenta cubrir todos los frentes. Y te agradezco que llamaras. Sé que tu situación no es fácil. Estás en el medio.

—Vamos a la parte de atrás.

La condujo más allá de la cocina, donde vieron a Sally dando de comer a Adam y al que probablemente tuviera dos años, que parecía medio dormido y a punto de caerse encima del plato de comida. El benjamín debía de estar acostado, supuso Michelle.

Se aposentaron en el pequeño estudio, que contenía un escritorio viejo y desvencijado de color gris plomo, una estantería hecha con tablones y bloques de cemento y un archivador de roble rayado con dos cajones. Encima del escritorio había un portátil Dell rojo junto con un estuche para armas cerrado, donde supuestamente guardaba la pistola de servicio. Con tres hijos pequeños y seguro que otros niños curiosos rondando por la casa, aquello era una verdadera necesidad. La ventana daba a la parte posterior de la casa. Una alfombra rectangular azul intentaba suavizar la sobriedad del suelo de madera. Dobkin se sentó detrás del escritorio y señaló una silla con respaldo de tablillas y el asiento de imitación piel para que Michelle se sentara. La acercó y se acomodó en ella.

Dobkin echó una mirada a su cintura.

—¿Arma nueva?

Michelle bajó la vista hacia la Sig que quedaba al descubierto.

—Para nuestra estancia en Maine. Y Murdock no me ha dejado muy claro cuándo recuperaré la mía.

—Me han dicho que fuisteis a Cutter's a ver a Edgar Roy.

—Sí, el sitio impresiona. No han reparado en gastos, se nota.

—Un montón de trabajos bien pagados. Y son todos necesarios.

—O sea que los psicópatas homicidas ofrecen ciertas ventajas.

—No conseguisteis gran cosa de él, ¿verdad?

—¿Has hablado con el agente especial Murdock?

—No. Una amiga de mi mujer trabaja en Cutter's.

—¿O sea que tienes línea directa con ese sitio?

Dobkin se movió incómodo en el asiento.

—Yo no diría tanto.

—¿Qué tal va la investigación?

—El FBI se muestra tan hermético como siempre con este asunto.

—¿Para qué querías verme?

—Un par de cosas. Aparte de la llamada que le dejó tu socio, Bergin recibió una llamada más o menos a la hora que salió de Gray's Lodge. Y también hizo otra.

—¿Quién le llamó y a quién llamó? —Michelle sabía la respuesta a la primera pregunta pero no a la segunda.

—La que recibió fue de Megan Riley. Un número de Virginia.

—Es su socia. —Michelle no mencionó que la mujer estaba a menos de una hora de distancia, en Martha's Inn—. ¿Y a quién llamó?

—A Cutter's Rock, para confirmar la cita del día siguiente.

—Qué raro, teniendo en cuenta que había estado ahí con anterioridad. Lo lógico sería pensar que la habría confirmado entonces.

—A lo mejor es un tipo de lo más formal. O por lo menos lo era —corrigió Dobkin.

—Cutter's Rock. ¿Qué sabes del lugar?

—Es un centro federal. A prueba de huidas. Ahí recluyen a los más malvados.

Michelle esbozó una sonrisa fingida.

—Sí, eso me quedó muy claro. Edgar Roy parecía un zombi. ¿Drogar a los reclusos está contemplado en el plan de salud diario?

—Creo que eso está prohibido por ley, a no ser que un médico lo ordene.

—Ahí tienen médicos, ¿no? ¿Piden lo que haga falta?

—Supongo que sí. Pero también hacen eso de la teleasistencia.

—¿Teleasistencia?

—Para no tener que transportar a los prisioneros arriba y abajo. Los médicos los examinan a través de un ordenador con técnicos sanitarios en el lugar. Examinan una garganta con una pequeña cámara, toman las constantes vitales, cosas así. Lo mismo que con las comparecencias en un juicio que no exigen la presencia en persona. Todo se hace a través de una conexión informática. Los traslados son uno de los momentos con mayores probabilidades de que se produzca una fuga.

—Edgar no tiene pinta de escaparse ni que le dieran la llave del sitio y el billete de autobús.

—No sé nada de eso.

—¿Algo más?

—No, la verdad es que no.

Michelle lo miró con tranquilidad.

—Me podrías haber dicho esto por teléfono.

—Me gusta hablar cara a cara.

—Eso no explica que quieras ayudarnos.

—Ayudasteis a mis hombres. Os devuelvo el favor.

—¿Y un poco de venganza contra el FBI por hacerse cargo de la investigación?

—No tengo nada en contra de ellos. Roy es asunto suyo.

—¿Algún resultado de la autopsia de Bergin?

—Los federales trajeron a uno de sus forenses. Que yo sepa, no se ha publicado ningún informe todavía.

—¿Qué tal se ha tomado el coronel estar en segundo plano en su propio terreno?

—Se atiene a las normas.

—¿Algo más que arroje luz sobre el motivo por el que mataron a Bergin?

—Nada por mi parte. ¿Y vosotros?

—Ahora mismo vamos a la deriva.

—Me ha dicho un pajarito que ya no tenéis ventanillas en el coche.

Michelle intentó disimular su irritación.

—¿Qué pajarito?

—¿Es verdad o no?

—Bueno, es verdad.

—¿Dónde ha sido?

Michelle se lo contó.

—Teníais que haber dado parte de ello.

—Estoy dando parte ahora.

—¿Visteis algo?

—Nada que ver aparte de la bala de un rifle de largo alcance pasándome delante de los ojos.

—No hay mucha gente capaz de realizar ese tipo de tiro.

—Oh, y tanto que sí. Seguro que tu hermana pequeña es capaz.

Dobkin desplegó una amplia sonrisa.

—¿Siempre eres tan informal durante una investigación?

—Ayuda a reducir la tensión.

—También os acompaña una dama. ¿Quién es? ¿Megan Riley?

—¿Cuánto tiempo hace que alguien nos sigue?

—No es eso. Es que tengo un buen contacto en Martha's.

—¿La señora Burke?

—Es buena amiga de mi esposa.

—Tu esposa tiene unas amistades muy útiles.

—Ventajas de vivir en un lugar pequeño.

—Ajá.

—¿Se trata de Megan Riley?

—Efectivamente.

—Los federales querrán hablar con ella.

—Eso espero.

—¿Y vais a informarles de que está con vosotros?

—Estoy seguro de que el agente Murdock, con todo el peso del FBI detrás, descubrirá dónde está, sobre todo si tu esposa lo sabe.

—Supongo que ya estamos.

—Por ahora —corrigió Michelle.

—Te agradecería que este pequeño acuerdo que tenemos siga quedando entre nosotros.

Michelle se levantó.

—Una última cosa.

—Sí —dijo él rápidamente, mirando por encima del hombro al oír los lloros de un bebé.

—¿El pequeño?

Dobkin asintió.

—Sam. Como mi padre. También era policía estatal.

—¿Era? ¿Está jubilado?

—No. Murió en acto de servicio. Una pelea entre dos borrachos que acabó muy mal.

—Lo siento.

Se puso tenso mientras los lloros del bebé aumentaban de volumen.

—¿Qué más? Tengo que ayudar a Sally —dijo en un tono destinado a dar por concluida la conversación.

—¿Por qué estaba Edgar Roy en la lista de vigilancia del FBI? Es un presunto asesino en serie, cierto. Pero, de todos modos, ¿matan a su abogado y un ejército de agentes del FBI aparece en un helicóptero desde Boston en apenas veinte segundos?

—Yo no sé nada de eso.

—Pero creo que tienes toda la pinta de ser de los que se lo plantean.

—Bueno, pues supongo que te equivocas juzgándome así.

Michelle regresó a su coche, consciente de que Dobkin tenía la mirada fija en ella hasta que desapareció de su vista.

«Menuda excusa lo de ayudar a Sally con el bebé.»

14

Sean repasó las última páginas de una carpeta de litigios y miró entonces a Megan Riley, que se restregaba los ojos y daba sorbos a un té que ya debía de estar tibio. Se encontraban en la habitación de Sean. La señora Burke no había puesto ninguna objeción al hecho de que llevara una mujer al dormitorio, por lo que Sean llegó a la conclusión de que debía de tener algo en contra de Michelle.

Sean recibió la confirmación al respecto después de que ella misma les llevara sándwiches, un par de raciones de pastel, café y el té para Megan.

—¿Dónde está su amiga? —preguntó la señora Burke antes de salir de la habitación.

—Investigando una pista.

—¿Ha cenado?

—No creo.

—Pues es muy tarde y la cocina está cerrada.

—Vale. Se lo notificaré.

Sean dejó la carpeta y miró las notas que había escrito en un bloc.

—¿Cómo fue que Ted se hizo cargo de este caso?

Megan se sentó más adelante en la silla y dejó la taza. Cogió la mitad de su sándwich de pavo.

—No estoy segura. Lo mencionó de pasada hace varias semanas. A decir verdad, yo no estaba muy centrada en Edgar Roy. Me refiero a que había leído algo en los periódicos sobre lo ocurrido, pero estaba muy ocupada haciendo mis pinitos como abogada novata. Cuando el señor Bergin me dijo que constaría también en la documentación legal, le pregunté por el caso y dedicó unos minutos a explicármelo. Cielos, qué horror. Edgar Roy debe de ser un pirado.

—Ese pirado es ahora tu cliente, así que guárdate las opiniones para tus adentros.

Se irguió más en el asiento.

—Tienes razón, lo siento.

—¿Y dices que Ted te encargó algunas investigaciones para el caso?

Se tragó un bocado de sándwich y se secó los restos de mayonesa de la boca.

—Sí. Unas cuestiones de lo más rutinarias. Temas jurisdiccionales. Motivos de competencia. Ese tipo de cosas.

—¿Alguna teoría para la defensa?

—No estoy segura de que el señor Bergin la tuviera. Pero parecía ansioso por ir a juicio.

—¿Cómo lo sabes?

—Por las cosas que decía. Parecía tener ganas de avanzar.

—Lo cual vuelve a plantear la cuestión de por qué acabó siendo el abogado de Roy. Si el tipo era incompetente no pudo contratar a Ted. Y no encuentro nada en el expediente que apunte a que ellos dos mantuvieran una relación profesional preexistente.

—Bueno, ¿tiene algún pariente que pudiera haber contratado al señor Bergin?

—Esa era mi próxima pregunta. Pero el registro de los pagos no consta en ningún sitio.

—Creo que Hilary los guarda por separado —dijo Megan.

—Pero no hay correspondencia para ningún cliente. Y eso debería estar en el expediente.

—Pensaba que lo había traído todo, pero quizá me haya dejado algo.

Entonces sonó el teléfono de Sean. Curiosamente era Hilary.

—Acabo de regresar de la casa del señor Bergin, Sean. Ahí no hay nadie.

—Nadie ahora. ¿Sabes si ha ido alguien por allí antes que tú?

—El lugar está muy aislado pero hay que pasar delante de una casa para llegar a la del señor Bergin. Conozco a la mujer que vive allí. Le pregunté si la policía o cualquier otra persona había estado por allí y me ha dicho que no. Y había estado todo el día en casa.

—De acuerdo, Hilary, gracias por tu ayuda. Mira, estoy aquí con Megan. Sí, ha cogido un avión hasta aquí hoy mismo. Ha traído los archivos pero no hay nada sobre quién era el cliente de Ted. No podía ser Roy. Por lo menos no creo que lo fuera. Y el archivo de la correspondencia no está aquí. ¿A quién le envías las facturas con los honorarios?

—No hay ninguna factura.

—¿Cómo dices? ¿Hacía esto sin cobrar?

—No lo sé seguro. Supongo que es posible. O quizás estableciera otro tipo de pago.

—Pero aun así alguien tuvo que contratarle. Tenía que ponerse en contacto con ellos. Tiene que haber una carta de compromiso de representación en algún sitio firmada por alguien autorizado a actuar en nombre de Edgar Roy.

—Pues yo no sé quién puede ser.

—¿Esto era habitual en Ted?

—¿A qué te refieres?

—A ocultarte la identidad de sus clientes.

Hilary guardó silencio durante unos instantes.

—Es la única vez que lo hizo.

—De acuerdo, gracias, Hilary. Seguimos en contacto. —Colgó el teléfono y miró a Megan—. Parece que tenemos un misterio en ambos lados.

La puerta se abrió.

El agente Murdock apareció seguido de sus hombres.

—¿Megan Riley?

La joven abogada derramó el té al levantarse con piernas temblorosas.

—¿Sí?

—FBI. Tendrá que acompañarnos. —Miró a Sean—. Y da las gracias a tu cara bonita que no te acusen de obstrucción a la justicia.

—¿Y por qué iba a ocurrir tal cosa?

—Sabes que la señorita está relacionada con nuestra investigación.

—Relacionada pero no testigo importante. Y tengo derecho a investigar por mi cuenta —añadió Sean—. Yo más bien diría que te he hecho un favor. La he traído a Maine. Me aseguraré de enviar la factura del billete de avión para que el FBI me la reintegre.

—Espera sentado —masculló Murdock—. Vamos, señorita Riley.

Megan miró a Sean con expresión suplicante, que dijo:

—Llámame cuando acaben. Vendré a recogerte.

—No, no vendrás —espetó Murdock.

—¿Vas a retenerla en contra de su voluntad?

—No.

—Entonces la recogeré cuando me llame.

—Ándate con cuidado.

—Te sugiero que hagas lo mismo, agente Murdock.

15

Peter Bunting se ajustó la corbata con gesto nervioso y asintió hacia el empleado que había venido a conducirlo a la reunión. Había estado ahí infinidad de veces pero esta vez era distinta. En esta ocasión estaba preparado para que lo machacaran.

De repente se paró y contempló con expresión perdida al hombre que salía del despacho en el que él estaba a punto de entrar.

Mason Quantrell era quince años mayor que Bunting y no tan alto, con un pecho de bulldog y mofletudo. Seguía teniendo una buena mata de pelo ondulado, aunque los mechones de color castaño se le habían encanecido casi por completo. Su cerebro era mucho más agudo que sus facciones, sus ojos incansables e intensos. Era el CEO del Mercury Group, una de las empresas más importantes en el campo de la seguridad nacional. Mercury facturaba más del doble que la empresa de Bunting, pero la plataforma del Programa E otorgaba a Bunting una mayor influencia en la comunidad de los servicios de inteligencia. Quantrell pertenecía a la vieja escuela. Desplegar los servicios de inteligencia por todas partes. Dejar que las abejas obreras hagan lo suyo y alimenten la fábrica de papel del gobierno, escupiendo informes que nadie tiene tiempo de leer. Era el dinosaurio que ganaba miles de millones a costa del Tío Sam. Quantrell había contratado a Bunting para que trabajara para él en cuanto acabó los estudios universitarios. Y luego Bunting se había marchado para erigir su propio imperio. Hacía dos décadas, Quantrell había sido el niño prodigio del mundo clandestino del sector privado antes de que Bunting ocupara su lugar.

No eran amigos. En cierto modo, eran incluso algo más que competidores. Y en Washington no había realmente vencedores y vencidos, solo supervivientes. Y Bunting sabía que Quantrell haría cualquier cosa que estuviera en su poder para arrebatarle el trono.

—Qué casualidad encontrarte aquí —dijo Quantrell.

«Seguro que sí», pensó Bunting.

—¿Qué tal va el negocio? —preguntó Quantrell.

—Como nunca —respondió Bunting.

—¿Ah, sí? Pues he oído otra cosa.

—Me da igual lo que hayas oído, Mason.

Quantrell se echó a reír.

—Bueno, no hagas esperar a la señora, Pete. Estoy seguro de que tiene muchas cosas que decirte.

Se fue a grandes zancadas pasillo abajo y Bunting observó todos sus pasos hasta que el asistente le tocó el hombro, sobresaltándolo, y dijo:

—La secretaria Foster le recibirá ahora, señor Bunting.

Le condujo a un gran despacho esquinero en el que el cristal de policarbonato permitía que el sol entrara a raudales, pero no una bala. Se sentó frente a la mujer. Iba vestida de azul claro, su color preferido, según había observado Bunting. Ellen Foster tenía cuarenta y cinco años, divorciada y sin hijos, tan ambiciosa como él y muy inteligente. Así era. El filtro se volvía increíblemente exigente llegados a este nivel. Además era rubia, esbelta y atractiva y podía cubrir al galope y con facilidad la distancia que había entre ser una dama de hierro y coqueta y femenina. Aquello tampoco estaba de más en una ciudad en la que la miel y el vinagre solían usarse como afrodisíacos.

Foster, la secretaria de Estado de Seguridad Interior, una innovación reciente impulsada por el 11-S, asintió hacia Bunting con expresión impenetrable. Él sabía perfectamente que era una estratega excelente. Estaba al mando de la mayor agencia de seguridad del país. Había engullido terreno y dólares del presupuesto como una aspiradora gigantesca, lo cual había provocado la envidia de otras agencias que guardaban rencor a la recién llegada por el peso y alcance que acaparaba. Pero el mundo había cambiado y Foster era la nueva miembro del gabinete. El presidente la escuchaba y confiaba en ella. Cuando el ocupante de la Casa Blanca te daba su apoyo, pasabas a ser de platino, y Foster lo sabía, por supuesto. Podía permitirse el lujo de parecer magnánima y cooperar con la competencia. Porque, al final, sabía que ella acabaría en lo más alto.

Foster se levantó para saludarlo.

—Peter, me alegro de verte. ¿La familia bien?

—Sí, secretaria Foster, todos bien. Gracias.

Señaló el sofá y unos sillones apoyados contra la pared. En la mesita había una cafetera y tazas.

—Relajémonos un poco. Al fin y al cabo no es una reunión formal.

Aquello no relajó lo más mínimo a Bunting. En las reuniones informales se producían más ejecuciones profesionales que en las oficiales.

Tomaron asiento.

—He visto a Mason Quantrell en el pasillo —dijo Bunting.

—Sí, ya me lo imagino —repuso ella.

—¿Sucede algo interesante relacionado con Mercury?

Ella sonrió y deslizó el azucarero hacia él. Era obvio que no pensaba responder a la pregunta.

—¿No sabe lo de...? —preguntó Bunting.

—Centrémonos en ti, Peter.

—De acuerdo.

Bunting acababa de acercarse la taza a los labios cuando ella atacó.

—Es obvio que el tan cacareado Programa E se ha estrellado.

Bunting tragó demasiado café e intentó evitar que le lloraran los ojos mientras el líquido le ardía en la garganta. Dejó la taza, se secó los labios con la servilleta de tela y dijo:

—Tenemos problemas, cierto, pero no creo que nos hayamos estrellado.

—¿Cómo lo describirías? —preguntó ella con toda la intención.

—Nos hemos desviado del camino, pero trabajamos duro para resituarnos. Y yo...

Alzó un dedo para acallarlo. Foster levantó un auricular y pronunció cuatro palabras.

—Los informes, por favor.

Al cabo de unos instantes un asistente de aspecto eficaz le trajo una carpeta. Ella pasó las páginas tranquilamente mientras Bunting observaba estoicamente. Le entraron ganas de decir: «¿Todavía usáis archivos en papel? Qué anticuados.» Pero no se atrevió.

—La calidad de los informes ha bajado considerablemente. La inteligencia utilizable del Programa E ha disminuido en un treinta y seis por ciento. Los informes son un lío. No hay continuidad como había antes. Me dijiste que la operación no tendría un impacto apreciable. Pues está claro que lo tiene.

—Es cierto que el listón se ha puesto muy alto. Pero yo...

Ella volvió a interrumpirle.

—Ya sabes que no hay quien te apoye más que yo.

Bunting sabía que aquello era una mentira evidente pero enseguida dijo:

—Se lo agradezco mucho. Ha sido usted un verdadero valor añadido y una líder maravillosa durante una época muy convulsa. —Los miembros del gabinete tenían unos culos bien grandes y requerían una cantidad de besos exagerada.

Ella sonrió ante el halago durante unos segundos pero enseguida ensombreció el semblante.

—Sin embargo, otras personas no comparten mi entusiasmo. A lo largo de los años, el Programa E ha hecho perder la calma a unas cuantas personalidades. Ha recibido dólares del presupuesto y responsabilidades en misiones de otras agencias. Ese es el Santo Grial de nuestro mundo. El pastel es el que es. Si alguien se lleva una porción mayor, otros tendrán que conformarse con menos.

Y el Departamento de Seguridad Nacional, pensó Bunting, se había llevado, con diferencia, la mayor porción.

—Pero no cabe duda que el Programa E ha tenido un éxito tremendo. Ha mantenido a este país más seguro que si las agencias hubieran competido entre ellas. Ese modelo ya no funciona.

—No estoy de acuerdo necesariamente con esa afirmación

—dijo ella lentamente—. Pero, de todos modos, es la eterna cuestión: ¿Qué has hecho hoy por mí? Los bárbaros están a las puertas. Además, ¿eres consciente de lo que podría pasar si todo esto se hiciera público?

—Eso no ocurrirá. Se lo aseguro.

Foster cerró la carpeta.

—Yo no estoy tan segura, Peter, ni mucho menos. Y tampoco lo están las otras personas que importan. Cuando el director de la CIA se enteró, pensé que iba a darle un ataque al corazón. Considera que es una bomba de relojería colosal a la espera de explotar. ¿Qué me dices a eso?

Bunting dio otro sorbo al café para concederse unos cuantos segundos más para pensar.

—Estoy convencido de que podemos darle la vuelta a todo esto —dijo al final.

Ella lo miró incrédula.

—¿Esa es tu respuesta? ¿De verdad?

—Es mi respuesta —declaró con firmeza. Estaba demasiado agotado mentalmente para pensar en una respuesta ocurrente. Además, habría dado igual. Estaba claro que la señora había tomado una decisión.

—A lo mejor es que no me explico bien, Peter. —Hizo una pausa durante la cual pareció calibrar lo que estaba a punto de decir—. Algunos piensan que las circunstancias exigen acciones preventivas.

Bunting se humedeció los labios secos. Sabía perfectamente qué significaba aquello.

—Creo que sería un movimiento poco acertado.

Ella enarcó las cejas.

—¿En serio? ¿Y qué recomiendas? ¿Esperar a poner la otra mejilla? ¿Esperar a que la crisis nos engulla? ¿Es esa tu estrategia, Peter? ¿Debería llamar al presidente y hacérselo saber?

—No creo que debamos molestarle en estos momentos.

—A pesar de lo listo que eres, hay que ver lo espeso que estás hoy. A ver si te lo dejo bien claro. Esto no nos va a explotar en la cara, ¿lo entiendes? Porque aunque solo lo parezca, emprenderemos acciones preventivas.

—Haré todo lo que esté en mi mano para asegurar que eso no pasa, señora secretaria.

El uso de tanto formalismo hizo que la mujer sonriera divertida.

Se levantó y le tendió la mano. Él se la estrechó. Se fijó en lo largas que tenía las uñas. Sería capaz de arrancarle los ojos. Y probablemente pudiera también abrirle las carnes y arrancarle el corazón.

—No quemes las naves, Peter. Si lo haces, muy pronto no tendrás a qué agarrarte.

Bunting se volvió y echó a andar con la máxima dignidad de que fue capaz. Solo tenía una idea en la cabeza: ir a Maine.

Foster se acabó el café en cuanto Bunting se hubo marchado. Al cabo de unos momentos el hombre entró como respuesta al mensaje de texto que ella le acababa de enviar para convocarlo.

James Harkes se cuadró a escasos centímetros de Foster.

Medía metro noventa y tenía unos cuarenta años y algunas canas en el pelo corto y oscuro. Vestía un traje negro de dos piezas, camisa blanca y corbata negra lisa. Transmitía una fuerza que resultaba amenazadora, tenía las manos gruesas y unos dedos bastos como sarmientos. Los hombros se le habían musculado por encima de los músculos pero se movía como un felino. Sigiloso, sin desgastar un ápice de energía. Ere veterano en muchas misiones en representación de Estados Unidos y sus aliados. Era un hombre que cumplía su cometido. Siempre.

No dijo nada mientras ella se servía otra taza de café sin ofrecerle nada a él.

Foster dio un sorbo y al final alzó la vista hacia el recién llegado.

—¿Has escuchado la conversación?

—Sí —dijo Harkes.

—¿Qué opinas de Bunting?

—Listo, con recursos, pero se está quedando sin opciones. El tío no persigue molinos de viento, por lo que no podemos infravalorarlo.

—No ha preguntado por el accidente de Sohan Sharma.

—No.

—Vivimos en un mundo muy violento e impredecible.

—Cierto. ¿Nuevas órdenes?

—Ya las recibirás. En el momento adecuado. Mantente por encima de todo.

Le dedicó un asentimiento casi imperceptible y Hankes se marchó. Acto seguido se acabó el café y retomó el importante trabajo de protegerse a ella y a su país. Exactamente en ese orden.

16

Cutter's Rock.

Casi medianoche.

Hace mucho que acabaron las horas de visita.

Los guardias de las torres hacían la ronda.

El alambre de concertina brillaba bajo la fuerte luz de la luna.

La verja intermedia electrificada estaba al máximo de potencia, preparada para carbonizar a cualquiera que tuviera la desventura de chocar contra ella.

Las puertas exteriores se abrieron con un balanceo y el Yukon entró sin problemas.

Ninguna comprobación electrónica, ni barrido del vehículo. Ninguna petición de documentos de identidad. Ninguna inspección de cavidades. El Yukon circulaba a toda velocidad por la carretera.

Acto seguido, las puertas antiexplosión hidráulicas del centro se abrieron con un silbido, al mismo tiempo que las del Yukon. Peter Bunting fue el primero en salir. En cuanto tocó la gravilla con los pies largos, miró a su alrededor y se envolvió mejor con la trinchera. Avery, su joven ayudante, era el único que le acompañaba.

El jet privado de Bunting había aterrizado en una pista de jets corporativa situada a menos de una hora de distancia en coche. Habían ido directos hasta allí.

Carla Dukes recibió a la pareja en la entrada.

—Hola, Carla —saludó Bunting—. ¿Cómo está la situación?

—Nunca ha dicho ni una palabra, señor Bunting. Se queda ahí sentado.

—¿Alguna visita últimamente?

—El FBI. Y esos detectives, Sean King y Michelle Maxwell. Y por supuesto el señor Bergin.

—¿Y no les ha dicho nada?

—Ni una palabra.

Bunting asintió, más tranquilo. Había tocado muchas teclas para colocar a Carla Dukes al mando de Cutter's Rock. Le era leal y en esos momentos la necesitaba para que lo mantuviera informado de todo. La verdadera identidad de Edgar Roy tenía que mantenerse en secreto, incluso para sus abogados y el FBI.

—Háblame de King y Maxwell.

—Son insistentes, listos y duros —dijo enseguida.

—Pertenecieron al Servicio Secreto —dijo Avery—. Así que no es ninguna sorpresa.

—No me gustan las sorpresas —dijo Bunting. Asintió hacia Dukes—. Llévanos con él, por favor.

Los acompañó a la misma sala en la que Sean y Michelle habían estado con Edgar Roy. Al cabo de un momento apareció. Los guardias lo escoltaron hasta allí, lo sentaron en la silla. Él estiró inmediatamente las piernas largas y se sentó ahí, con la mirada perdida.

Bunting miró a Dukes.

—Esto es todo, gracias. Y desconecta las cámaras.

Esperó a que el equipamiento de audio y vídeo estuviera apagado y se sentó en una silla tan cerca de Roy que sus rodillas casi se tocaban.

—Hola, Edgar.

Nada.

—Creo que me entiendes, Edgar.

Roy ni parpadeó. Tenía la vista clavada en algún punto por encima del hombro de Bunting.

Bunting se volvió hacia Avery.

—Dime que no tiene el cerebro dañado, por favor.

—No han encontrado ninguna lesión.

Bajó la voz.

—¿Finge?

Avery se encogió de hombros.

—Es algo así como la persona más lista del mundo. Todo es posible.

Bunting asintió y recordó la primera vez que Edgar Roy había estado cara a cara con el Muro. Había sido uno de los momentos más vivificantes de la vida de Bunting. De hecho, había estado a la altura del nacimiento de sus hijos.

En el interior de la sala, Roy, cubierto con el mismo equipo de medición del ahora difunto Sohan Sharma, había observado la pantalla. Bunting se dio cuenta de que las veces que la pantalla se dividía en dos grupos de imágenes, Roy miraba un grupo con el ojo derecho y el otro grupo con el izquierdo. Era poco habitual pero no inaudito para personas con la capacidad intelectual de Roy.

Bunting había lanzado una mirada a Avery, que trabajaba en el flujo de información delante de una batería de ordenadores.

—¿Estatus?

—Normal.

—Querrás decir normal pero intensificado.

—No, no hay cambio —dijo Avery.

—Cuando te dé la orden, pon el Muro a plena capacidad. Tenemos que saber si este hombre da la talla lo antes posible. Se nos está agotando el tiempo y las opciones.

—Entiendo.

Bunting había hablado por el casco que llevaba. La primera pregunta sería de calentamiento, nada excesivamente difícil.

—Edgar, por favor, proporcióname la información logística que acabas de observar sobre la frontera pakistaní, empezando por los movimientos de las fuerzas especiales de Estados Unidos y las tácticas reaccionarias adoptadas por los talibanes el día 14 del mes pasado.

Al cabo de cinco segundos, Bunting recibió por los cascos una explicación exacta de los datos.

Se volvió hacia Avery.

—¿Estatus?

—Ni una sola sacudida. Fluido y regular.

Bunting se había girado para mirar por el espejo espía.

—Edgar, acabas de observar el código de encriptación del enlace repetidor de la plataforma de satélite del Departamento de Defensa sobre el Océano Índico. Dime, por favor, todos los números de ese código hasta los primeros quinientos dígitos.

Recibió los números casi de forma inmediata y en una sucesión rápida.

Bunting tenía la mirada clavada en la tableta donde constaban los dígitos correctos. Cuando Roy hubo pronunciado el último número, Bunting respiró hondo. Coincidía a la perfección.

—¿Estatus Theta? —le gritó a Avery.

—Ningún cambio.

—Máxima potencia en el flujo de datos.

Avery lo puso a tope y el flujo del Muro se aceleró de forma significativa.

—Bueno, Edgar, vamos a ver si puedes jugar en primera división —había mascullado Bunting.

Le había hecho cuatro preguntas más a Roy, todas ellas pruebas de memorización, cada una cuantitativamente más dura que la anterior. Roy había superado todas ellas sin ningún esfuerzo.

—Está muy relajado —reconoció Avery, con la voz quebrada de la emoción—. De hecho su actividad Theta ha disminuido.

«Relajado —había pensado Bunting—. El hombre está relajado y su Theta ha disminuido mientras el Muro va a toda mecha.»

Bunting intentó controlar su euforia creciente. La memorización era una cosa y el análisis, otra bien distinta.

—Edgar, hace diez minutos observaste las condiciones militares y geopolíticas sobre el terreno en la provincia de Anbar, en Afganistán. Quiero que lo compares con la situación política en Kabul, incluyendo las lealtades actuales conocidas de los líderes tribales y políticos de ambos sectores. Luego, ofréceme tu mejor análisis sobre las medidas estratégicas que el ejército de Estados Unidos debería tomar para consolidar su influencia en Anbar y luego expandirla a las regiones vecinas a lo largo de los próximos seis meses, al tiempo que mejoramos nuestro control sobre la capital tanto a nivel militar como político.

Bunting contaba con cuatro situaciones hipotéticas bien argumentadas en la pantalla de su tableta, proporcionadas por cien analistas destacados de cuatro agencias distintas que se habían pasado varias semanas, no minutos, estudiando con detenimiento aquellos mismos datos. Cualquiera de esas cuatro respuestas habría resultado más que aceptable. Aquella era la verdadera prueba. El hombre que ocuparía esa posición no se llamaba memorizador sino analista. Se ganaba el sustento examinando datos y convirtiéndolos en algo valioso, como haría un alquimista supuestamente al convertir hierro en oro.

Transcurridos quince segundos dio su versión.

Sin embargo, Edgar Roy no había dado una de las cuatro respuestas que esperaba, que deseaba, de hecho. Lo que ofreció dejó a Bunting más que boquiabierto. Ni a una sola persona con la que Bunting había hablado en el Pentágono, en el Departamento de Estado o ni siquiera en la CIA se le había ocurrido una estrategia tan revolucionaria. Y a aquel hombre sí, tras pensar sobre el tema apenas unos segundos.

Bunting había mirado a los hombres reunidos a su alrededor que también habían oído su respuesta. Ellos también se habían quedado anonadados. Bunting había vuelto a mirar a Roy, que estaba ahí sentado como si estuviera viendo una película medianamente entretenida en vez de encabezar el coloso de la inteligencia de Estados Unidos.

Peter Bunting no había nacido en una familia acomodada. Había sido hijo del ejército, su familia se había trasladado cada vez que las obligaciones y el rango de su padre cambiaban. Su viejo había sido militar de carrera, había sangrado por su país y había inculcado a su hijo el orgullo de hacer lo mismo. La mala vista de Bunting había anulado toda posibilidad de que se alistase pero había encontrado otra manera de servir. Otra forma de defender a su país.

Bunting se había quedado extasiado al descubrir que Edgar Roy era el mejor Analista que encontraría jamás. Lo que siguió serían seis meses de la mejor producción de inteligencia que Estados Unidos tendría jamás.

¿Y ahora?

Él observó al zombi gigantón que tenía sentado delante.

«Que Dios nos ayude.» Se volvió hacia Avery.

—¿Qué tal va la investigación sobre la muerte del abogado de Edgar?

—Lenta. El agente especial Murdock está al mando.

—¿Y en qué situación deja eso a Edgar?

—Bergin tiene una joven socia, Megan Riley. Y, por supuesto, King y Maxwell.

—Cierto... insistentes, listos y duros. Ellos encontraron el cadáver de Bergin, ¿no?

—Sí.

—Hoy la bruja de Foster me ha leído la cartilla. Y me he encontrado con Mason Quantrell que salía de una reunión con ella. Sé que ella lo ha programado todo para que nos encontráramos.

—¿Por qué piensa tal cosa? —preguntó Avery.

—Es obvio. Quería que supiera que ha escogido a Quantrell como mi sucesor. Han estado buscando un motivo para retirarme su apoyo y permitir que el Mercury Group de Quantrell ocupe el primer puesto de la jerarquía. Y creen haberlo encontrado.

—Pero ¿por qué querrían hacer tal cosa? El Programa E ha tenido un éxito espectacular. El enfoque de Quantrell es siempre el mismo y un desastre.

—En Washington tienen poca memoria. Y para que el Programa E cumpla su objetivo, todos tienen que compartir información con nosotros. La mayoría de ellos quieren recuperar sus pequeños feudos, o sea que han obtenido el apoyo inherente de todas las agencias del alfabeto que pintan algo.

Bunting volvió a centrarse en Roy.

—Edgar, el país te necesita. ¿Lo entiendes? Podemos conseguir que todo esto acabe bien para ti. Pero necesitamos que cooperes. ¿Está claro?

Puntos negros. Nada más.

Bunting insistió.

—Creo que me entiendes. Y necesito que pienses concienzudamente cómo quieres que acabe todo esto, ¿de acuerdo? Tenemos una ventana de oportunidad. Pero esa ventana no estará siempre abierta.

Se encontró con una mirada de expresión pétrea.

Al cabo de unos cuantos intentos más, Bunting exhaló un suspiro, se levantó y se marchó. Mientras él y Avery iban pasillo abajo, Avery preguntó:

—Señor, ¿y si mató a toda esa gente?

—Tengo más de trescientos millones de personas a las que proteger. Y necesito que Edgar Roy se encargue de ello.

17

Michelle estaba sentada delante de Sean en la habitación de él. Se estaban poniendo al corriente mutuamente de los últimos acontecimientos.

—Seguro que Megan está asustadísima —dijo Michelle.

—Tiene agallas. Mientras se marchaban le ha dicho a Murdock que conocía sus derechos y que él no podría abusar de su poder.

—Me alegro por ella.

—Pero entonces ha empezado a flaquear y le ha entrado el hipo. Creo que Murdock lo habrá interpretado como una muestra de debilidad.

—Cierto —convino Michelle con un tono decepcionado—. ¿Y ahora qué?

—Con Roy nos estrellamos. En realidad no podemos investigar el asesinato de Ted porque Murdock no nos deja margen de maniobra.

—¿Y si investigamos algo concerniente a este asunto? ¿Como si Edgar Roy es culpable o no?

Sean asintió.

—Y también por qué un tipo como él recibe tanta atención de los federales. De acuerdo que quizá sea un asesino en serie pero, desgraciadamente, hay muchos asesinos en serie. Con ellos no gastan viajes en helicóptero a las tantas de la noche ni este tipo de ofensiva a gran escala.

—Creo que deberíamos averiguar lo que realmente hacía en el gobierno.

—Ted me dijo que trabajaba en la Agencia Tributaria.

—¿O sea que regresamos a Virginia?

—Antes tenemos que ocuparnos de Megan. Y averiguar quién contrató a Ted Bergin.

—Lo normal sería que un abogado consultara al cliente que paga cuando está a punto de hablar con el acusado.

—Dobkin te dijo que solo había hablado con Megan y con Cutter's. ¿Y los mensajes de correo electrónico?

—Dobkin no mencionó ninguno. De todos modos, un tipo de la quinta de Bergin no estaría tan habituado a usar el correo electrónico desde el móvil.

—Tal vez no. Pero tienes razón. Debería estar en contacto con el cliente de alguna manera.

—¿Recuerdas si en las noticias de prensa se mencionaba que Roy tuviera familia? Si es así, ellos debieron de contratar a Bergin.

—Recuerdo haber leído que sus padres estaban muertos. No recuerdo que se mencionara ningún hermano. Tendremos que averiguarlo de algún otro modo. —Abrió el bloc de notas y empezó a garabatear algo—. Bueno, por ahora la investigación sobre Bergin está cerrada. Indagaremos acerca de los antecedentes de Roy, el cliente y luego tendremos que llegar al punto obvio.

—O sea, si Roy mató a esas personas —repuso Michelle—. A eso se reduce la cuestión. Lo cual significa que también tenemos que meter las narices en esa investigación.

—Eso íbamos a hacerlo de todos modos —señaló Sean—. Pero de acuerdo con las leyes de revelaciones, la acusación tiene que presentar a la defensa todas las pruebas.

—¿Podemos curiosear también en la escena del crimen?

—Creo que si no lo hiciéramos sería negligencia profesional.

—¿Crees que Roy finge? Cuando era policía vi a tipos que se hacían pasar por zombis. Sobre todo si se enfrentaban a la pena capital.

—Si finge, es muy bueno.

—A lo mejor está drogado.

—No entiendo qué intención puede tener el gobierno manteniendo drogado a un acusado de asesinato para que no sea capaz de ser juzgado.

—Bueno, ¿cuándo quieres que nos vayamos para Virginia?

—Le dije a Megan que me llamara cuando los federales acabaran con ella.

—Teniendo en cuenta que Murdock intentará fastidiarnos a cada paso, quizá tarde cierto tiempo en reaparecer. ¿Podemos permitirnos el lujo de esperar?

Él la miró.

—¿Qué tienes en mente?

—¿Cómo sabes si tengo algo en mente?

—Somos un viejo matrimonio, ¿recuerdas? O por lo menos nos comportamos como si lo fuésemos.

—No te pongas a terminar las frases que empiezo. Podrías acabar muy mal.

—¿Y bien? —dijo él expectante.

—Pues a lo mejor me dirijo a Virginia y empiezo a investigar los asesinatos y la relación de Roy con los federales mientras tú te quedas aquí a esperar que suelten a Megan. Y quizá podrías volver a Cutter's Rock, con Megan esta vez, y averiguar lo máximo posible acerca del asesinato de Bergin. Luego quedamos y comparamos notas en un futuro próximo.

Sean sonrió.

—¿No ibas a cuidar de mí?

—Ponte los pantalones de chico grande y tira para delante.

—O sea que «divide y vencerás».

—O repartimos fuerzas. —Michelle le tendió su pistola—. Mejor que te quedes esto.

—No tengo licencia.

—Mejor que te arresten por no tener licencia que verme obligada a identificar tu cadáver porque no llevabas pistola.

—Ya lo capto. Pero ¿y tú?

—No te preocupes. Pasaré por mi apartamento y cogeré una de sobras.

—¿Cuántas pistolas tienes?

—Ni más ni menos de las que necesito.

Sean cogió el arma.

18

Sean condujo de noche y dejó a Michelle en el aeropuerto de Bangor, donde embarcó en un vuelo de las siete de la mañana. Después de cambiar de avión en Filadelfia, llegó a Virginia poco antes del mediodía. Había dormido como un tronco en ambos vuelos por lo que al llegar al aeropuerto de Dulles se sentía plenamente renovada. Cogió su Toyota del parking del aeropuerto, se dirigió a su casa, preparó otra maleta, cogió otra pistola y fue en coche hasta el despacho. Comprobó si tenía mensajes y correspondencia, se llevó unas cuantas cosas más, consultó unas direcciones, realizó varias llamadas y se dirigió a Charlottesville. Llegó a la ciudad alrededor de las cuatro de la tarde y se dirigió directamente al bufete de abogados de Ted Bergin, situado en un complejo empresarial cercano al Boar's Head Inn and Resort.

Se encontraba en la primera planta de un edificio con laterales de madera pintada de blanco con contraventanas verdes y una puerta negra. Tenía una distribución sencilla: recepción, dos despachos, sala de reuniones, una pequeña cocina y una zona de trabajo en la parte posterior. Tal como tenía por costumbre, Michelle inspeccionó la zona y se fijó en la salida trasera situada al otro lado del edificio.

Michelle fue recibida por una mujer de unos sesenta años que llevaba una blusa color azul cielo con volantes en el cuello, falda negra y zapatos de tacón negros. Llevaba el pelo rubio teñido aunque le empezaba a clarear por exceso de permanentes. Tenía los ojos hinchados y las mejillas enrojecidas. Michelle supuso que se trataba de Hilary Cunningham y vio que estaba en lo cierto cuando la mujer se presentó. Tras darle el pésame por la desafortunada muerte de su jefe, Michelle le preguntó si podía echar un vistazo al despacho de Bergin.

—Necesitamos averiguar quién es el cliente —explicó.

Hilary la condujo al despacho de Bergin y la dejó sola mientras murmuraba algo sobre preparativos para el entierro. A juzgar por la expresión absolutamente desolada de la mujer, Michelle se planteó si su relación no había ido más allá de jefe-empleada. Si así era, tendrían que seguir también esa pista. Quizá la muerte de Bergin no fuera consecuencia del hecho de ser el abogado de Edgar Roy. Había sido amigo y profesor de Derecho de Sean pero lo cierto era que ellos dos no se habían visto demasiado en los últimos años. Quizás hubiera secretos en el pasado de Bergin que explicaran su muerte, incluso allá arriba en Maine.

Michelle cerró la puerta del despacho y se sentó ante el escritorio de estilo anticuado y típico de abogados, recorriendo con los dedos la zona de cuero incrustado y descolorido. Mientras echaba un vistazo a la estancia pensó que todo parecía pasado de moda. Y sólido. Cerró los ojos y rememoró al hombre muerto en el coche.

El cuerpo empequeñecido. La cara flácida. El agujero en la cabeza.

Y la ventanilla bajada que el asesino había vuelto a subir.

Un asesino que quizá Bergin conociera. Si así era, aquello reduciría la lista de sospechosos de forma considerable.

Revisó rápidamente el escritorio y las carpetas de Bergin. Había varios maletines de litigio aparcadas en un rincón de la sala, pero estaban todas vacías. No había ninguna agenda de direcciones. No había ningún ordenador en la mesa. Salió a la estancia delantera y preguntó a Hilary al respecto.

—Megan y yo utilizamos ordenador, claro está, pero él nunca se interesó. Le bastaba con boli, papel y un dictáfono.

—¿Y la agenda?

—Yo llevaba el calendario de citas en el ordenador y le imprimía un ejemplar cada semana. Él también llevaba una agenda.

Michelle asintió. Y esa agenda estaría ahora en manos del agente Murdock. Junto con el resto de los documentos de Bergin.

—¿Sabes si enviaba mensajes de correo electrónico o SMS desde el móvil?

—Dudo mucho que supiera cómo hacerlo. Prefería hablar por teléfono.

Michelle regresó al despacho y se fijó en el bote de bolis y lápices y en las pilas de blocs de notas que había en el escritorio.

«Claramente anticuado, pero tampoco tiene nada de malo.»

Desvió la atención hacia los archivadores de madera, el armario, la trinchera que colgaba de un colgador de pared y, por último, un pequeño aparador de roble.

Después de buscar durante una hora no consiguió nada que fuera de provecho.

Se pasó otra hora interrogando a Hilary. Bergin no le había contado gran cosa sobre el caso de Roy y Michelle se dio cuenta de que aquello había fastidiado un poco a la mujer.

—Suele ser muy abierto con respecto a los casos —dijo Hilary—. Al fin y al cabo trabajábamos juntos.

—¿Y tú te encargas de la facturación?

—Sí —respondió Hilary—. Lo cual hace que sea raro que nunca me mencionara quién le había contratado para trabajar para Edgar Roy. Al fin y al cabo había que saber cómo íbamos a cobrar. Le dije a Sean que quizás el señor Bergin había aceptado el caso sin cobrar, pero cuanto más lo pienso, menos probable lo veo.

—¿Por qué?

—Tiene un bufete pequeño. Se ha ganado bien la vida a lo largo de los años pero un caso como este exige mucho tiempo y dinero. Habría diezmado demasiado sus recursos.

—Bueno, es un caso que da mucha notoriedad. Quizá lo hiciera por la fama.

Hilary hizo una mueca.

—Al señor Bergin no le interesaba la fama —dijo—. Era un abogado muy respetado.

—Bueno, quizás el cliente pusiera como condición del anticipo que no se lo contara a nadie. ¿Tienes los movimientos de las cuentas del banco? Quizás hubiera algún ingreso que no pasara por ti.

Hilary tecleó en el ordenador.

—Tenemos una cuenta en un banco local. Todos los ingresos del bufete van a parar allí. Yo tengo acceso en línea así que voy a mirar. —Miró varias pantallas y luego negó con la cabeza—. He realizado todos estos ingresos en los últimos seis meses.

—Quizá fueran en efectivo.

—No, no aparece ningún ingreso en efectivo.

—¿Tenía alguna otra cuenta?

A Hilary pareció ofenderle la insinuación.

—Si la tenía, nunca me habló de ella.

—¿Tampoco hay un acuerdo de anticipo en el expediente del caso de Roy?

—No, ya lo he comprobado.

—Pero si Edgar Roy no lo contrató y, por lo que he visto del hombre, es bastante improbable que tuviera capacidad para ello, tuvo que hacerlo alguien con un poder notarial o algo así. Uno no puede autonombrarse abogado de otra persona. Lo tiene que decidir un tribunal y solo en ciertas circunstancias. —Michelle miró fijamente a Hilary—. ¿Estás segura de que no fue eso lo que pasó?

—No, si el tribunal lo hubiera hecho, habría constancia de ello en los archivos. El señor Bergin ha actuado como abogado de oficio para asistir a clientes indigentes pero no en este caso. Y no creo que el señor Roy fuera un indigente. Tenía trabajo y hogar.

—Sí, lo que pasa es que está hecho polvo. En este caso no sé qué es peor.

—No puedo opinar.

—¿Es posible que algún familiar contratara a Bergin? Los padres de Roy están muertos. ¿Algún hermano? Sean no recuerda si en los medios de comunicación se comentó que tuviera alguno.

—La verdad es que no traté eso con el señor Bergin —dijo Hilary con recato.

—Pero ¿no sintió curiosidad cuando empezó a representar a ese hombre? ¿Ningún contrato de anticipo? ¿Ningún pago?

A Hilary le incomodó la pregunta.

—Debo reconocer que me extrañó. Pero nunca habría cuestionado al señor Bergin por un asunto profesional.

—No obstante, también era un asunto de empresa. El acuerdo de anticipo y recibir el pago por los servicios prestados es importante. Al fin y al cabo él lleva un negocio y tú formas parte de él.

—Como he dicho antes, nunca le cuestioné. Seguro que el señor Bergin sabía qué se hacía. Y al fin y al cabo era su bufete. Yo... yo no era más que una empleada.

Michelle la observo, pensando: «Pero te habría gustado ser algo más. Vale, ya lo capto.»

—¿Nunca se le escapó nada acerca de quién le había contratado? ¿El acuerdo económico?

—No.

—¿Eso significa que el cliente nunca vino aquí?

—Bueno, no estoy aquí las veinticuatro horas del día, pero, al menos que yo sepa, no vino nadie así.

—¿O sea que no vino ningún cliente desde el momento en que empezó a representar a Edgar Roy?

—No entiendo —dijo Hilary, confusa.

—Si era una persona nueva, tú no habrías sabido necesariamente el motivo de su visita hasta que se reuniera con Bergin.

—Oh, cierto, ya entiendo lo que quieres decir. Bueno, lo normal con los nuevos clientes es que hicieran una consulta por teléfono. Yo les pedía la información personal y el asunto que querían tratar. El señor Bergin no se dedica a todos los campos de la abogacía así que yo no quería que la gente perdiera el tiempo viniendo aquí.

—O sea que hacías de filtro.

—Exacto. Y entonces conciertan una cita si él se dedica a lo que necesitan. Y si llegan a un acuerdo, yo les preparaba el acuerdo de anticipo.

—¿El mismo día que venían? —preguntó Michele.

—A veces. O si era algo fuera de lo normal y el señor Bergin tenía que revisar los documentos estándar, se lo enviábamos al cabo de unos días a la dirección del cliente. El señor Bergin era muy tenaz con eso. No empezaba a trabajar hasta que el contrato estaba firmado.

—Salvo en el caso de Edgar Roy, por lo que parece.

—Eso parece —reconoció Hilary con desdén.

—¿Ha llamado alguien preguntando por Bergin que no conocieras?

—Bueno, recibimos muchas llamadas. La mayoría de gente que conozco, por supuesto. A otros no, pero no recuerdo nada fuera de lo normal.

—¿No vino nadie aquí a reunirse con el señor Bergin en la época en la que empezó a representar a Roy? —quiso saber Michelle—. ¿Alguien a quien no enviaras un acuerdo de anticipo?

—No, que yo recuerde.

—Pero, como bien has apuntado, no estás aquí las veinticuatro horas del día. Quizá se reuniera con esa persona fuera del horario de oficina. O quizá llamara cuando tú no estabas.

—Por supuesto —dijo Hilary—. Él entraba y salía cuando quería.

—¿Qué puedes decirme de Megan Riley?

—Empezó a trabajar aquí hace poco más de dos meses. El señor Bergin llevaba tiempo diciendo que necesitaba un socio. Que no ejercería eternamente. Y el volumen de trabajo era bastante considerable. Había trabajo más que suficiente para un segundo abogado. Y, por supuesto, para entonces ya representaba al señor Roy, lo cual le exigía mucha dedicación. Necesitaba ayuda.

—¿Hubo muchas solicitudes de trabajo?

—Varias. Pero él y Megan tuvieron química, desde un buen principio. Se veía a la legua.

—¿Te cae bien Megan?

—Es muy amable y trabaja duro. Le falta experiencia, por lo que comete errores, pero es lógico. El señor Bergin era un buen mentor para ella, iba puliendo algunos fallos. —Hizo una pausa.

—¿Qué más? —preguntó Michelle.

—El señor Bergin y su mujer nunca tuvieron hijos —respondió Hilary—. Creo que veía a Megan como la hija o incluso la nieta que nunca tuvo. Probablemente fuera otro motivo por el que la contrató. Los demás solicitantes eran mayores.

—Tiene sentido. Por lo que parece Bergin habló con ella el... el día que pasó. ¿Te lo mencionó?

—No, pero si fue tarde lo normal es que no me dijera nada. Al día siguiente fue directamente a los juzgados y yo no me puse en contacto con ella hasta que llamó más tarde. Entonces fue cuando le transmití el mensaje de Sean.

—Megan dijo que trajo todos los archivos sobre Roy. ¿Crees que podría haberse dejado algo?

—Si quieres, puedo comprobarlo.

—Por favor.

Al cabo de veinte minutos Hilary sostenía una pequeña carpeta con apenas dos hojas.

—Esto se había quedado archivado en el expediente de otro cliente por error. Por eso Megan no lo vio.

Michelle cogió la carpeta, la abrió y contempló el papel escrito.

Era del FBI. Era una petición de información a Ted Bergin acerca del hecho de que representara a Edgar Roy. Cuando Michelle vio quién firmaba la carta, se sobresaltó.

«Agente especial Brandon Murdock.»

19

Sean había regresado al hostal y se había caído literalmente en la cama. Se había despertado a tiempo para un almuerzo tardío. No había recibido ninguna llamada de Megan. Al final la había llamado él pero le había salido directamente el buzón de voz. Había repasado los archivos legales dos veces más pero no había encontrado nada útil. El caso estaba muy poco desarrollado y Sean no era capaz de determinar lo que Bergin había planeado como defensa. Pero, claro, el caso no era tan antiguo. Probablemente todavía estuviera tanteando el camino a seguir. Y no resultaba de gran ayuda que Edgar Roy no colaborara.

Ya estaba anocheciendo y estacionó el coche de alquiler con las ventanillas destrozadas en el arcén de la carretera y bajó de él. La policía y los federales habían acabado su trabajo y se habían marchado y se habían llevado con ellos la cinta amarilla que acordonaba la zona y las señales de advertencia.

Inició la investigación colocándose donde había estado el coche. Se imaginó a Bergin conduciendo por la noche. Para empezar, ¿qué le habría hecho parar a un lado de la carretera? ¿Alguien que necesitaba ayuda? ¿Acaso alguien le había hecho señales para que parara por tratarse de una emergencia? Bergin era un tipo listo, pero alguien de su generación habría sido más propenso a pararse a ayudar.

No obstante, Bergin tenía más de setenta años, iba solo y desarmado. Lo más lógico es que hubiera seguido conduciendo. Si quienquiera que lo había matado había fingido una emergencia para hacerle parar, él podría haberse limitado a continuar y haber llamado al 911 con el móvil. No hacía falta que parara y bajara la ventanilla para acabar llevándose un disparo mortal en la cabeza.

O sea que a no ser que conociera a la persona, debería haber seguido adelante pero no lo hizo. Entonces Sean se planteó otra posibilidad.

Quizá fuera a reunirse con alguien y ese alguien lo mató. Observó el arcén de gravilla y recordó la noche del crimen. No habían visto rastros de otro coche. Pero tenía que reconocer que no había mirado con mucho detenimiento antes de la aparición de la policía. Pero si otro coche hubiera estado aparcado allí, es probable que se hubiera notado. Con unas pruebas que la policía y el FBI debían de tener.

Miró hacia el bosque. Los agentes habían hecho un registro preliminar del perímetro, algo rutinario seguido de una inspección más minuciosa al amanecer. ¿Habían encontrado algo? Si así era, Dobkin no estaba informado o el FBI no compartía la información con la policía estatal.

Si había sido una cita, ¿con quién y por qué en aquel lugar?

Bergin era un hombre amable y solícito pero no imbécil. Si hubiera existido la menor posibilidad de ser víctima de una emboscada, no habría acudido. ¿Acaso tenía que ver con Edgar Roy? A la fuerza, concluyó. El único motivo por el que estaba en Maine era su cliente.

Si la cita tenía algo que ver con Edgar Roy, la lista de sospechosos era limitada. Sean se preguntó si esa lista empezaba y terminaba en Cutter's Rock.

Se puso tenso cuando los faros de un coche cortaron la penumbra del anochecer. Al principio pensó que no era más que un motorista de paso pero el coche redujo la marcha y aparcó detrás de su Ford.

Eric Dobkin no iba uniformado y el vehículo del que se apeó era una furgoneta Dodge, no un coche patrulla de la policía estatal de Maine. Sus zapatos repiqueteaban contra el asfalto mientras se acercaba a Sean. Llevaba unos vaqueros gastados, un suéter de la Universidad de Maine y una gorra de béisbol de los Red

Sox. Parecía un estudiante de último curso de instituto a la caza de un ligue después de un partido de fútbol americano.

—¿Qué estás haciendo aquí? —preguntó Dobkin con las manos hundidas en los bolsillos del suéter.

—Pensaba que resultaba obvio. Inspeccionando la escena del crimen.

—¿Y?

—Y no me está sirviendo de mucho, la verdad.

—¿De verdad crees que quizá conociera a la persona?

Sean miró más allá de Dobkin, hacia la extensión de bosque oscuro. Aunque estaban a kilómetros de distancia del océano, el olor a salobre lo impregnaba todo, se filtraba por todos los poros, al igual que el hedor del humo de los cigarrillos en un bar.

—Es una suposición bien fundada, basada en la ventanilla. Y el hecho de que parara en una carretera solitaria a una hora tan intempestiva. Lo más probable es que no lo hiciera por un desconocido.

—Tal vez alguien le tendiera una trampa. Fingiera una avería del coche. Eso es lo que os hizo parar a vosotros.

—Sí, pero éramos dos y mi compañera tenía un arma.

—Sé vuestra teoría sobre que un policía lo parara, pero no lo creo posible. Esta zona está muy aislada pero todo el mundo se conoce. La gente se habría fijado en un desconocido al volante de un coche patrulla.

—Creo que tienes razón. Y si querían matar a Ted, no hacía falta inventar algo tan rebuscado. —Sean hizo una pausa y observó el rostro del otro hombre—. ¿Estáis oficialmente apartados del caso?

—No del todo. El FBI lo lleva, por supuesto, pero tienen que recurrir a nosotros para ciertas cosas.

—¿Encontrasteis algo interesante aquí?

—La verdad es que no. Se lo habría contado a tu socia.

—¿Y si había quedado con alguien? —sugirió Sean—. Eso explicaría el hecho de que parara en el arcén y bajara la ventanilla. ¿Había rastros de algún otro coche?

—No había rodadas. Pero son fáciles de borrar. Basta con volver a la carretera y pisar otra vez la gravilla. ¿Quién iba a quedar con él?

—Esperaba que tú me dieras alguna pista.

—Yo no le conocía, pero tú sí.

El último comentario sonó más acusatorio de lo que el hombre probablemente había querido, pensó Sean.

—Me refiero a que si había quedado con alguien, probablemente fuera de la zona —aclaró Sean—. Y como no hay mucha gente, he pensado que quizá tuvieras alguna idea. ¿Alguien de Cutter's Rock, quizá? Debes de conocer a algunas de las personas que trabajan allí.

—Sí, conozco a unas cuantas.

—Soy todo oídos.

—No sé si tengo algo que contarte.

—¿No puedes o no quieres?

—Para mí es lo mismo.

—Hablaste con mi socia.

—Sí. Por cierto, ¿dónde está?

—Investigando otras cosas.

—Murdock se pondrá hecho una furia si os inmiscuís en la investigación.

—No sería la primera vez que contrariamos a la maquinaria oficial.

—Yo solo doy mi opinión.

—¿Y entonces por qué has parado aquí si no tienes nada que decirme?

—Mataron a un hombre y me gustaría saber quién lo hizo.

—Eso es lo que yo también quiero.

Dobkin arrastró el zapato por la carretera.

—Tengo que obedecer a mis mandos. Tú no eres uno de ellos. Tengo una familia. No voy a echar mi carrera por la borda. No por nada. Lo siento.

—Vale, lo entiendo. Agradezco lo que has hecho. —Sean se encaminó a su coche.

—¿Tienes idea de quién os disparó?

Sean se volvió.

—No, aparte de que no era la primera vez que empuñaba un fusil. Eso quedó bien claro.

—Lo investigaré.

—De acuerdo.

—¿Por qué no lo denunciasteis a la policía? Alguien intentó mataros.

—No, fue una advertencia. Es distinto.

—De todos modos investigaré.

—Como quieras.

—No pareces tomártelo muy en serio.

—Me lo tomo muy en serio. Lo que pasa es que dudo que averigües algo.

—Somos bastante buenos en nuestro trabajo —replicó Dobkin con rigidez.

—Estoy convencido de ello. Pero algo me dice que el otro bando también es bueno en su trabajo.

Los dos hombres intercambiaron una mirada y parecieron alcanzar una unión mental silenciosa.

Al final Dobkin señaló el Ford.

—Yo en tu lugar haría tapar esas ventanillas. Dicen que mañana va a llover.

Sean lo observó mientras se marchaba y entonces condujo el Ford de vuelta a Martha's Inn con el abrigo abotonado hasta arriba para protegerse del frío húmedo que entraba por las ventanillas abiertas.

20

Michelle iluminó distintos puntos con la linterna mientras caminaba hacia la parte posterior de la casa. Había tomado algo de cenar, informado a Sean y cavilado acerca de lo que había encontrado hasta el momento. Había esperado a que estuviera bien oscuro antes de dirigirse a la casa de Bergin. No pensaba entrar a la fuerza pero la oscuridad resultaba más apropiada para ese tipo de actividades.

Ted Bergin vivía en una casa de labranza del siglo XVIII que había reformado hacía unos cinco años, justo para que su mujer desde hacía cuarenta años muriera en un insólito accidente de coche. Sean había suministrado esa información a Michelle, que había servido para simpatizar todavía más con el hombre y tener más ganas de encontrar a su asesino.

La casa estaba a poco más de diez kilómetros del bufete. Era una zona rural y aislada con unas suaves colinas verdes como pintoresco telón de fondo. Se preguntó qué pasaría ahora con la casa. Quizás en el testamento le hubiera dejado la finca a Hilary Cunningham por sus años de servicio fiel.

La mujer le había dado una llave de la casa. Le explicó que Bergin tenía una llave de repuesto en el despacho por si había alguna urgencia.

«Bueno, supongo que esto puede considerarse una urgencia.»

Michelle optó por la puerta trasera porque prefería evitar entrar en los sitios por la puerta principal. O por lo menos lo hacía desde que casi la parten en dos cuando treinta balas de ametralladora habían atravesado la puerta principal de una casa de Fairfax, Virginia, en la que ella acababa de estar hacía medio segundo.

Abrió la puerta y atisbó en el interior, apuntando con su fiel Maglite.

Cocina, concluyó rápidamente en cuanto el haz de luz enfocó la nevera y un lavavajillas de acero inoxidable. Michelle cerró la puerta detrás de ella y se internó en el lugar.

La casa no era grande y no había muchas habitaciones, así que al cabo de una hora había cubierto más o menos lo básico. A no ser que se pusiera a levantar suelos y rasgar las paredes de yeso, no iba a encontrar nada significativo. Ted Bergin había sido un hombre pulcro que prefería la calidad a la cantidad. Tenía relativamente pocas posesiones pero de excelente factura. Encontró un rifle para venado y una escopeta cerrados bajo llave en un armario con vitrina colgado de una pared de lo que parecía la biblioteca o el estudio del abogado. Las cajas de munición estaban en un cajón empotrado en la parte inferior del armario.

Había encontrado un chaleco de cazador, aparejos de pesca y otro material deportivo en un trastero y concluyó que Bergin había sido un amante de las actividades al aire libre. Tal vez si se hubiese retirado de la abogacía seguiría vivo y disfrutando de sus años dorados. Bueno, no había dudas al respecto, seguro que así habría sido.

En un álbum de fotos encontró varias instantáneas de la señora Bergin. En varias aparecía la mujer con veintipocos o treinta años. Era guapa, con una sonrisa tímida que probablemente recibiera las atenciones de muchos jóvenes. Había otras fotos en las que el pelo de la señora se había encanecido y la piel, arrugado. Pero incluso en la vejez su expresión había seguido siendo cálida e incluso traviesa. Michelle se preguntó por qué no habrían tenido hijos. Quizá no pudieran. Y pertenecían a una generación que no había dispuesto de clínicas de fertilidad y vientres de alquiler, aunque podrían haber adoptado.

Dejó el álbum y se planteó qué hacer a continuación.

Michelle se preguntó por qué la policía o el FBI todavía no habían pasado por allí. Quizá limitaran su investigación a Maine, lo cual parecía corto de miras dado que el asesinato del hombre en Maine quizás estuviera relacionado con algo de Virginia que no guardara relación con Roy. Y si su asesinato se debía al hecho de ser el abogado de Roy, ahí también podía haber pruebas relevantes. Además estaba la carta de Brandon Murdock. Por lo que parecía, él también quería saber quién era el cliente de Bergin. De todos modos, algo debían de haber presentado en el juzgado. Aunque quizás estuviera precintado. Tal vez eso evitara que formara parte del historial público.

Pero cabía pensar que el FBI tenía autoridad suficiente para acceder a cualquier documento precintado.

Decidió volver a la biblioteca de Bergin una vez más, por si se le había escapado algo. Se sentó a su escritorio, que era de madera tallada con la seriedad propia de la judicatura, y encendió la lámpara verde del abogado. No había ordenador. Unas cuantas carpetas. Algunos blocs de notas con garabatos. No había ningún mensaje en el contestador automático. El buzón del exterior de la casa estaba vacío. Aquello le pareció raro puesto que debía de haber recibido algo de correspondencia desde que partiera hacia Maine. A no ser que hubiera dado órdenes de que no le dejaran nada en el buzón hasta su regreso.

Se dio una palmada en la cabeza y pensó: «Dios mío, me estoy volviendo loca.»

Ted Bergin no había ido en coche a Maine, sino en avión. La casa de labranza tenía un añadido que servía de garaje de una sola plaza. Estaba justo al salir de la cocina. Entró en el garaje y observó el robusto Honda de cuatro puertas. Tenía unos diez años pero estaba en buen estado. Se pasó treinta minutos repasando cada milímetro del vehículo. Una de las muchas cosas que el Servicio Secreto le había enseñado a hacer era registrar un coche a conciencia. Sin embargo, normalmente era para buscar bombas. Tenía la sensación de que lo que se le escapaba era mucho más sutil.

Se sentó en el asiento del pasajero y pensó en ello. Si Bergin no usaba ordenador y quería mantener la información sobre el cliente en secreto, ¿dónde estaría si no en su despacho, en su persona o en su casa? A no ser que hubiera memorizado nombres, números de teléfono y direcciones, lo más probable es que lo hubiera anotado en algún sitio, para tenerlo a mano. Al fin y al cabo, era un hombre que confiaba en el lápiz y el papel.

Al final Michelle se fijó en la guantera. Ya la había revisado y había encontrado lo típico. Un boli, el recibo de la inspección de vehículos, el permiso de circulación y el flamante manual de instrucciones del Honda.

Cogió el manual. Fue directa a la parte de atrás, donde había unas páginas en blanco para rellenar la información de las revisiones de mantenimiento. Michelle nunca había conocido a nadie que lo usara, pero...

Ahí estaba, metido entre las páginas en blanco.

Kelly Paul. Teléfono fijo y móvil y una dirección de correo que situaba a Paul en algún punto al oeste de allí, cerca de la frontera con Virginia Occidental, si Michelle recordaba bien la ubicación de la ciudad que Bergin había escrito. Tenía que ser él. El cliente. A no ser que Kelly Paul fuera un vendedor de Honda. Michelle no creía que fuera el caso.

Arrancó la página, se la guardó en el bolsillo, salió del coche y cerró la puerta.

Y se quedó petrificada.

Ya no era la única persona que estaba en la casa.

21

Sean King aparcó el coche de alquiler en una calle lateral y caminó hacia el paso elevado. Había vuelto al hostal después del encuentro con Dobkin. Pero se sentía intranquilo y seguía sin tener noticias de Megan. Se preguntaba por el revuelo que se armaría si filtraba la noticia de que el FBI mantenía a la abogada en secreto, quizás en contra de su voluntad. Llegó a la conclusión de que si por la mañana no aparecía tendría que tomar alguna decisión al respecto.

Había hablado con Michelle. Le había contado lo de la carta de Murdock encontrada en el despacho de Bergin. Aparte de eso, no daba la impresión de que estuviera haciendo grandes progresos. Le había dicho que tenía pensado ir a casa de Bergin más tarde por la noche. Sean confiaba en que allí tuviera más suerte.

Miró en la dirección que quería. Cutter's Rock se encontraba al otro lado del paso elevado. Estaba lo bastante oscuro para ver algunas luces del centro desde su posición. El océano Atlántico lamía las costas rocosas, las olas rompían con fuerza suficiente para rociar la carretera con agua de mar. Se abotonó la chaqueta hasta arriba. Un coche bajaba por el paso elevado. Sean se quitó de en medio cuando giró en su dirección y se agachó detrás de unas rocas que bordeaban la costa. Cuando pasó el coche alzó la cabeza ligeramente por encima de la roca.

Carla Dukes. No había posibilidad de error con esos hombros robustos y anchos. Sean consultó la hora. Las nueve en punto. La mujer trabajaba muchas horas. A lo mejor Cutter's era un lugar que lo requería.

Se agachó otra vez cuando pasó otro coche. Había mucho tráfico para la hora que era en un lugar tan aislado. Había levantado la cabeza justo a tiempo de ver al otro conductor. Llevaba la luz del habitáculo encendida porque estaba mirando algo.

Sean corrió a su coche, lo puso en marcha y condujo por la carretera. Aceleró, vio los faros traseros del coche y entonces aminoró un poco la velocidad.

Aunque estaba nervioso por si le veían, Sean consiguió mantener el otro coche en su campo de visión, lo perdía solo momentáneamente en las curvas antes de volver a tenerlo delante en las rectas. Al final salieron de la carretera principal, alejándose del océano, y fueron tierra adentro a lo largo de unos tres kilómetros. Unas cuantas curvas más y Sean se ponía cada vez más nervioso. Era imposible que el tío no le hubiera visto. Los tres vehículos redujeron la velocidad. Dukes giró en una pequeña subdivisión de casas idénticas de nueva construcción. Sean pensó que probablemente las hubieran construido para albergar al personal de Cutter's Rock y fomentar así la creación de empleo en la zona. Ahora lo que el país necesitaba era más asesinos que encerrar para reflotar la economía.

Dukes subió por el camino de entrada de la tercera casa a la derecha.

A Sean le sorprendió que el coche que le seguía girara en la misma carretera, pasara delante de la casa de Dukes y virara a la izquierda en la siguiente manzana. ¿El tío también vivía allí? ¿Acaso se dirigía a casa y no estaba siguiendo a Dukes?

Sean aparcó el coche, salió y empezó a caminar. Se levantó el cuello debido tanto al frío como para ocultarse el rostro. La casa de Dukes era pequeña, de dos plantas con paneles laterales de vinilo y un porche delantero minúsculo. También había un garaje de dos plazas en el que Dukes había entrado. Sean observó cómo la puerta del garaje bajaba gracias al mecanismo de cadena.

Al cabo de unos quince segundos, se encendieron las luces del interior de la casa. Probablemente fuera la cocina, pensó Sean, puesto que la mayoría de plantas seguía ese diseño.

Sean siguió caminando, giró a la izquierda en la siguiente manzana y buscó el otro coche. La calle estaba oscura, no había alumbrado excepto alguna luz tenue procedente de alguna casa. Por lo que parecía, aquí la gente se acostaba temprano. Sean veía su aliento y poco más. Iba dirigiendo la mirada de un lado a otro. Esas casas también tenían garaje y si el tío había aparcado en uno, Sean lo había perdido. Se reprendió mentalmente. Lo que tenía que haber hecho era seguir conduciendo después de ver dónde vivía Dukes hasta llegar a la siguiente manzana y entonces esperar a ver en qué casa paraba el otro coche. Se trataba de un error mental que conducía a un error táctico que a un hombre como King le parecía personalmente imperdonable.

Se había acercado a una camioneta tipo caballo de carga Ford F250 sucia y pesada aparcada en la calle delante de una casa de dos plantas idéntica a la de Dukes cuando ocurrió.

El coche que buscaba había quedado oculto por la camioneta mastodóntica. Salió con fuerza y rapidez, el motor gimiendo por el esfuerzo, y fue a por él. Sean se lanzó a la bancada del camión. Aterrizó encima de unas cuantas herramientas y de un rollo de cadena gruesa que se le clavó con fuerza en las costillas y en el estómago. Cuando miró por encima de la bancada, lo único que vio fue las luces parpadeantes del coche antes de que girara hacia la carretera de entrada. Al cabo de unos segundos, el coche y su conductor habían desaparecido. Sean exhaló un corto suspiro y se levantó. Se palpó las costillas allá donde habían chocado con las herramientas y la cadena.

Las luces de la casa se encendieron de repente. Sean bajó como pudo de la camioneta justo cuando la puerta delantera de la casa se abría y un hombre aparecía enmarcado en el umbral. Llevaba unos bóxeres y una camiseta blanca e iba descalzo. Iba armado con un rifle.

—¿Qué coño pasa? —bramó el hombre en cuanto vio a Sean. El hombre apuntó el rifle en su dirección—. ¿Qué le estás haciendo a mi camioneta?

En algún lugar un perro empezó a ladrar.

—Estoy buscando a mi perro —dijo Sean llevándose una mano al costado al notar algo húmedo—. Es un labrador blanco, se llama *Roscoe*. He venido a visitar a la señora Dukes que vive aquí cerca y ha saltado del coche. Llevo más de una hora buscándolo. He pensado que quizás hubiera subido a la camioneta. Yo tengo una igual y él suele ir detrás. Hace ocho años que tengo a este perro... no sé qué voy a hacer.

El cañón del arma descendió mientras una mujer con un suéter y unas mallas se situaba junto al hombre en la puerta.

—Nuestro chucho de toda la vida ha muerto hace poco. Es como perder un hijo. ¿Quieres que te ayude a buscarlo?

—Te lo agradezco pero a mi *Roscoe* nunca le han gustado los desconocidos. —Sean extrajo un trozo de papel y escribió algo—: Aquí está mi teléfono. Lo dejaré en la bancada de la camioneta. Si veis a *Roscoe*, llamadme, por favor.

—Vale, eso haremos.

Sean dejó el trozo de papel en la bancada y lo sujetó con una lata de pintura que había en el vehículo.

—Gracias, y buenas noches. Siento haberos molestado.

—De nada. Espero que lo encuentres.

«Menos mal que existen los amantes de los perros.»

Siguió caminando, llegó a su coche y regresó a Martha's Inn. Subió a su habitación cojeando. Se había golpeado la pierna al subir a la camioneta. Se quitó la camisa y examinó la herida de punción ensangrentada que tenía en el costado. Se la había hecho al aterrizar en una pila de herramientas y cadenas en la parte posterior del vehículo. Mientras se limpiaba, Sean se preguntó si acababa de encontrarse con el asesino de Ted Bergin.

Se tumbó con cuidado en la cama tras engullir un par de analgésicos. El día siguiente estaría anquilosado. Se reprendió mentalmente por no haberse fijado en la matrícula del coche. Pero mientras lo pensaba, recordó que no había llegado a verla con claridad.

Cogió el teléfono y llamó a Eric Dobkin. El hombre estaba de servicio, en el coche patrulla. Se encontraba a unos veinticinco kilómetros de Martha's Inn. Cuando Sean le explicó lo ocurrido, Dobkin le dio las gracias, dijo que emitirían un aviso urgente para localizar el coche y el conductor y colgó.

Acto seguido llamó a Michelle al móvil. No hubo respuesta.

Qué raro. Casi siempre respondía al teléfono. Volvió a llamar y le dejó un mensaje diciéndole que le llamara. Se sentía impotente por encontrarse a cientos de kilómetros de distancia. ¿Y si estaba metida en algún lío?

Se recostó en la almohada, intentando encontrarle el sentido a todo lo sucedido hasta el momento pero no encontró ninguna respuesta.

22

Michelle se agachó detrás del sedán de Bergin con la mano en la culata de la pistola. Había notado la vibración del teléfono en el bolsillo pero no tenía tiempo de responder. Caminó hacia atrás en dirección a la parte posterior del coche y probó la puerta del garaje. Estaba cerrada con llave. Encontró el mecanismo de cierre, lo giró y lo subió hacia arriba. La puerta era pesada pero ella era fuerte. El problema no era hacer palanca sino el ruido. No habían engrasado el riel y las poleas de la puerta en años. El mero hecho de levantarla unos centímetros producía un chirrido que martilleaba a Michelle en los oídos.

Acababa de delatar su posición a quienquiera que estuviera en la casa y no había recibido nada a cambio por las molestias. Volvió a bajar la puerta y corrió a la parte delantera del coche. La puerta que conducía a la casa estaba ahí mismo, pero tenía la sensación de que atravesarla no iba a ser bueno para su salud.

«Quizá sea la policía. O el FBI. Si es así, ¿por qué no han anunciado su presencia? Si creen que soy un ladrón, me parece normal. ¿Y si anuncio mi presencia y no es la policía? Estoy en un callejón sin salida.»

Miró por la caja de cuatro por cuatro metros en la que estaba atrapada. Ninguna de las puertas era una opción viable. Aquello la dejaba con la pequeña ventana cuadrada que daba al jardín lateral, lejos de la puerta delantera. Cogió una lata de WD40 de la mesa de trabajo, abrió el cierre de la ventana, por suerte sin emitir prácticamente ningún ruido, y se impulsó hacia arriba para pasar por ella y salir. Aterrizó con el trasero en la hierba. Se levantó de inmediato, pistola en mano, los nervios templados y con los ojos y los oídos alerta. Rodeó el garaje por el lateral e inspeccionó la zona. Solo veía su Toyota. De todos modos, habría oído la llegada de otro coche, por lo que supuso que no era la policía ni el FBI. Tendían a ser muy ruidosos cuando no había rehenes en juego.

Quienquiera que estuviera allí había dejado el vehículo en algún otro sitio y se había acercado a pie. Era una acción clandestina. Aquello olía a propósito infame, que suponía una amenaza directa para su seguridad.

Se tiró al suelo en cuanto oyó que alguien echaba hacia atrás el pasador de una pistola. La bala golpeó a su derecha, se estrelló contra la tierra y la llenó de briznas de hierba y partículas de tierra compactada. Rodó hacia la izquierda, disparó dos veces durante la maniobra y en la dirección en la que había provenido el disparo destinado a ella. Se puso medio agachada, atisbó una figura al otro lado del jardín, disparó de nuevo y se lanzó detrás de un árbol cercano al garaje.

¿Había oído un grito? ¿Había alcanzado a su objetivo? Había visto una silueta, le había disparado. A escasos veinte metros. Incluso en esas condiciones podía haber...

Con la espalda apoyada en la corteza del árbol, Michelle sujetó la pistola con ambas manos y aguzó el oído. Teniendo en cuenta que había estado a punto de alcanzarla, el tirador no podía haber estado delante de la casa. Debía de estar escorado a la derecha. Tal vez al otro lado del sendero de grava, en el bosque del otro lado. Había sido una pistola; lo sabía por el sonido del disparo y del pasador al correrse. Para ella era positivo que el tirador estuviera al otro lado de la calle. A esa distancia y de noche, sería mucha suerte alcanzarla disparando con una pistola.

Giró en redondo manteniendo el cuerpo detrás del tronco del árbol. No podía descartar la posibilidad de que el tirador tuviera equipamiento de visión nocturna. O que fueran más de uno. Si eran dos el otro quizás estuviera a punto de sorprenderla por la espalda en esos momentos, intentado apresarla con una maniobra de tenaza.

Dirigió la mirada al extremo más alejado del garaje. No vio nada pero marcó el 911 en el móvil y habló suavemente, informando del dilema y de su ubicación al agente que atendía las llamadas. No tenía ni idea de cuánto tardaría la policía en llegar pero tenía que suponer que no sería rápido.

«Tendrás que salir de esta tú solita, Michelle.»

Se colocó boca abajo y empezó a deslizarse rápidamente hacia atrás. Alternaba la mirada a uno y otro lado, pendiente de un ataque por ambos frentes. Llegó al bosque y se levantó, si bien se mantuvo detrás de un roble gigantesco que ocupaba el límite de la hierba. Buscó indicios de movimiento al tiempo que intentaba ser lo más sigilosa posible. Se colocó de perfil para reducir el campo de acción de la mira.

Miró su coche aparcado en el camino de entrada. Había demasiado espacio abierto hasta llegar allí. Con equipamiento de visión nocturna, la matarían al segundo paso, con o sin pistola. Quizá la táctica fuera dejar pasar el tiempo a ver qué pasaba y quizá fuera lo mejor para ella mientras esperaba la llegada de la policía.

Transcurrieron veinte minutos y no pasó nada.

Sirenas.

El coche de policía paró al cabo de un momento, haciendo chirriar los neumáticos al deslizarse por la grava.

Dos policías del condado se apearon del coche, con las pistolas desenfundadas, medio agachados y mirando alrededor.

Michelle los llamó.

—Soy Michelle Maxwell. Soy quien llamó. Había un tirador en el jardín delantero. Yo he disparado. Creo que quizás he alcanzado a la persona.

Los agentes miraron en su dirección.

—No veo a nadie. Quiero que salgas con las manos a la vista —gritó uno de ellos—. ¿Vas armada? —añadió.

—Acabo de decir que he disparado a la persona que me ha disparado a mí, así que sí, voy armada.

—Arroja el arma y sal con las manos en alto.

—¿Y si el tirador sigue ahí?

—Como he dicho, no veo a nadie. Quizá se hayan marchado.

Michelle lanzó el arma, se apartó de la seguridad que le proporcionaba el árbol y avanzó. Uno de los agentes se le acercó rápidamente y retuvo el arma con el pie mientras su compañero cubría a Michelle.

—Soy investigadora privada, con permiso para estar aquí.

—Enséñame la documentación.

Michelle le mostró el documento de identidad y el permiso de armas.

—Estaba en el garaje cuando he oído a alguien en la casa. He salido por la ventana y he recibido un disparo ahí. —Señaló el punto—. Si ilumina la hierba con la linterna, verá el sitio donde la bala...

—Joe, mejor que vengas para acá —dijo el otro agente. Estaba de pie cerca del coche de Michelle.

—¿Qué hay?

—Tú ven.

Joe indicó a Michelle que fuera delante de él y se acercaron rápidamente adonde estaba situado el otro agente.

Llegaron al lugar y miraron.

El cadáver estaba boca abajo, con las manos abiertas y un zapato caído. En el centro de la espalda había una zona ensangrentada que marcaba el lugar por el que había entrado la bala.

El otro policía se arrodilló y giró el cadáver ligeramente, mientras su compañero lo enfocaba con la linterna. No había orificio de salida por delante. La bala seguía alojada en ella.

Michelle soltó un grito ahogado al ver quién era.

Hilary Cunningham, la secretaria de Ted Bergin.

Joe enfocó con la linterna el rostro de Michelle y ella tuvo que girar la cara.

—¿La conoce?

Michelle asintió mientras bajaba la mirada consternada.

—Es la mujer que me dio las llaves de esta casa —dijo con voz titubeante—. Trabajaba para el propietario.

—Vaya, señora, pues parece que la ha matado.

23

El teléfono vibró.

Él siguió durmiendo.

Volvió a vibrar.

Él se movió.

Le cosquilleó el bolsillo una vez más.

Se despertó.

—¿Diga? —dijo Sean con voz adormecida.

—Soy yo —dijo Michelle—. Y estoy metida en un buen lío.

Sean se incorporó en la cama y automáticamente consultó la hora. Se había quedado dormido con la ropa puesta. Era la una de la madrugada.

—¿Qué ha pasado?

Al cabo de diez minutos sabía lo mismo que Michelle gracias a que ella le contó de forma sucinta lo ocurrido.

—Vale, no les digas nada más. Voy para allá.

—¿Cómo vas a venir?

Sean se quedó parado a mitad del movimiento.

—¿Qué?

—No hay vuelos hasta dentro de seis horas.

—Iré en coche.

—Pero entonces llegarás aquí más o menos a la misma hora que el primer vuelo y eso si conduces sin parar. Lo cual significa que estarás como un zombi o que quizá mueras por salirte de la carretera y chocar contra un árbol. O un alce. Ya me apaño esta noche. Ven aquí con el cerebro en plenas facultades y veremos cómo salir de esta.

—Un momento, ¿te tienen retenida?

—No soy de aquí. Tengo coche. Una mujer ha muerto. Yo era la única persona viva en la escena del crimen. Tienen mi arma. Y es la segunda arma que me confisca la policía, así que sí, me retienen.

—¿La mató la bala que disparaste?

—Todavía no lo saben. No han hecho la autopsia. Pero no me extrañaría. Disparé en esa dirección.

—¿Crees que Hilary fue quien te disparó?

—No encontraron ningún arma en su cuerpo. Lo único que sé es que una bala estuvo a quince centímetros de darme en la cabeza en vez de en la tierra.

—Bueno, la bala confirmará tu versión.

—Espero que la encuentren.

—¿No está en la tierra?

—Creo que podría estarlo. Pero quizá golpeara una piedra enterrada en la hierba y rebotara. No me quedé para averiguarlo.

—Bueno. Tomaré el mismo vuelo que tú para Washington D.C. y luego iré en coche hasta Charlottesville. Debería llegar a eso de las tres. —Hizo una pausa—. ¿La policía cree realmente que la mataste a propósito?

—Creo que el hecho de que yo llamara, y han confirmado que la llamada procedía de mi móvil, les ha hecho sospechar menos, pero sigue teniendo mala pinta.

—De acuerdo, no hagas nada hasta que llegue.

—No puedo hacer gran cosa. ¿Has tenido noticias de Megan?

—No.

—¿Te ha pasado algo emocionante durante mi ausencia?

Sean vaciló porque no sabía si contárselo o no.

—Nada que no pueda esperar.

—Oh, trae la pistola que compré en Maine.

—Vale. Esperemos que esta no la confisquen también.

Sean colgó, llamó a la compañía aérea, compró el billete, hizo la maleta, recogió la funda de la pistola de Michelle de su habitación y volvió a llamar al móvil de Megan. Otra vez salió directamente el buzón de voz. No había duda de que el FBI la retenía. En el mensaje no le decía por qué regresaba a Virginia, solo que seguirían en contacto.

También le dejó una nota a la señora Burke y se marchó. Puso la calefacción al máximo y condujo lo más rápido posible mientras el viento entraba por las ventanillas resquebrajadas. Llegó a Bangor alrededor de las cinco de la mañana. Rezó para que cuando comprobaran la pistola de Michelle y la munición no prestaran mucha atención a su permiso de armas, puesto que no era válido en Maine.

Era temprano, los trabajadores del aeropuerto estaban cansados y ni siquiera alzaron una ceja cuando les enseñó el permiso de armas de Virginia. Al fin y al cabo, Maine era un estado al que ir de vacaciones y a los americanos les encantaba llevarse las armas de vacaciones. Probablemente también ayudara el hecho de que facturaba el arma sin posibilidades de acceder a ella durante el vuelo.

Se tomó un café y subió al avión a las seis y media. Echó una cabezadita durante el corto vuelo. Hubo complicaciones en la escala en Filadelfia y tuvo que gritar a varios empleados de la aerolínea antes de que lo metieran en la parte trasera de un avión turbopropulsado con destino a Reagan National. Milagrosamente se reencontró con la pistola de Michelle en la recogida de equipajes y cogió un taxi para ir a su casa, recogió sus cosas y fue camino de Charlotteville en un coche de alquiler unos cuarenta y cinco minutos antes de la hora prevista.

Sobrepasó el límite de velocidad durante todo el trayecto y llegó al calabozo del condado un poco antes de las cuatro. Anunció que era el abogado de Michelle y que quería ver a su cliente. Al cabo de veinte minutos estaba sentado delante de ella.

—Te veo bien —dijo él.

—Pues tú, por el contrario, tienes un aspecto horroroso.

—Gracias. Es que resulta que llevo todo el día viajando para llegar hasta aquí.

—Me has malinterpretado. Te estoy muy agradecida por el esfuerzo que has hecho. Lo que pasa es que estoy demasiado acostumbrada a tu aspecto impecable estilo Cary Grant. Pero lo cierto es que va bien saber que eres humano como el resto de las personas.

—He visto el informe de detención. También he hablado con uno de los agentes que estuvo contigo en la escena anoche.

—¿Cómo te lo has montado?

—Le he oído hablando del asunto en el pasillo y le he pillado por banda. Han inspeccionado la escena, aunque no me ha querido informar de los resultados. Si te sirve de consuelo, no creo que piense que eres culpable.

—Esperemos que todos los demás estén de acuerdo con él. Me cuesta creer que esté muerta. Ayer mismo estuve hablando con ella.

—A continuación me reuniré con el fiscal. Creo que puedo encontrarle la explicación a todo este asunto. Y sacarte de aquí.

—¿Y si consideran que existe el peligro de que huya?

—Yo me encargaré del tema. Ejercí de abogado en esta zona. Conozco a la gente.

—Suena a buen plan —dijo Michelle dubitativa.

—Anoche también me divertí. —Le explicó lo de Carla Dukes y el encontronazo con el hombre que la seguía.

—¿Qué está pasando allí arriba? —dijo con tono de exasperación.

—Más de lo que imaginamos en un principio, eso está claro.

Al cabo de una hora, dejaron a Michelle en libertad. Cogió su coche y siguió a Sean hasta Boar's Head, donde cenaron.

—¿Cómo has conseguido que me soltaran? —preguntó ella.

—Básicamente he respondido de ti. O sea que si huyes, se me cae el pelo.

—Intentaré quedarme por este hemisferio.

—Le he contado al fiscal todo lo de la muerte de Bergin en Maine y nuestra investigación. Es un tipo razonable que conocía bien a Bergin. Ha convenido en que es muy poco probable que tuvieras algo que ver con un complot para matar a Hilary. Le he dicho que estábamos haciendo todo lo posible para averiguar quién lo mató y que parte de esa investigación nos trajo aquí. En eso lo tenemos claramente de nuestro lado.

—De acuerdo.

—Pero lo curioso es que no sabía que Bergin había sido asesinado. Alguien está atando corto a los medios de comunicación, eso está claro.

—El FBI tiene capacidad para hacer una cosa así —dijo ella.

Sean asintió.

—Eso es lo que yo también pienso —dijo. Y supongo que Hilary no fue pregonándolo a los cuatro vientos. Y Megan vino a Maine en cuanto se enteró.

—Pues entonces supongo que será un duro golpe para muchas personas. Y encima ahora Hilary también está muerta.

—¿Y la carta que encontraste en el expediente de Bergin? —apuntó Sean—. ¿Y el agente Murdock pidiendo información sobre el cliente? Es muy raro.

—Oh, Dios mío. No te he contado lo mejor de todo. —Michelle hundió la mano en el bolsillo y sacó la página del libro de revisiones del coche. Explicó a Sean dónde lo había encontrado—. Supongo que si alguna vez fue a visitarlo, iría en coche. O sea que tiene su lógica que guardara su dirección en el coche.

—Kelly Paul. Vale. —Sean consultó la hora, sacó el teléfono y marcó el número mientras Michelle atacaba el pescado con patatas—. ¿Con Kelly Paul, por favor? —dijo. Hizo una pausa—. Hola, soy Sean King. Estoy trabajando con Ted Bergin en el caso de Edgar Roy. ¿Hola? —Apagó el teléfono.

Michelle se tragó un trozo de fletán empanado y dijo:

—¿Te ha colgado?

Sean asintió.

—Supongo que es la clienta.

—¿Es una mujer?

—Eso parece. Me ha preguntado quién era. Se lo he dicho y ha colgado.

—¿Crees que está enterada de que Bergin ha muerto?

—No hay forma de saberlo. —Observó el papel—. Si no recuerdo mal, esta dirección está a unas cuatro horas de aquí, en el suroeste de Virginia.

Michelle se bebió de un trago el té helado.

—Voy a tomarme un buen café y nos ponemos en camino.

—Un momento. Probablemente no sea muy sensato por tu

parte marcharte de la zona. La policía querrá volver a hablar contigo.

—Pues entonces tú tampoco vas. Nos hemos separado y han estado a punto de matarnos a los dos.

—Sí, tienes razón. Espera. —Marcó un número de teléfono.

—Phil, Sean King. Mira, ¿podemos hablar esta noche cara a cara? ¿A eso de las ocho? Perfecto, gracias.

Colgó e hizo una seña a la camarera de que les trajera la cuenta.

—¿Qué piensas hacer? —preguntó Michelle.

—Ponerme a merced de la Oficina del Fiscal para sacarte de los confines de Charlottesville. Y si eso no funciona. Hipotecaré todo lo que tengo para pagar la fianza.

—Creía que bastaba con aportar el diez por ciento.

—Ahora mismo, el diez por ciento de cualquier cosa sería una pesada carga para mi maltrecha economía personal. En la investigación privada no hay término medio. Y ni siquiera estoy seguro de que nos reembolsen los gastos de viaje.

—¿Y si no funciona?

—Te meteré en una maleta y te sacaré de extranjis. Vamos a ver a Kelly Paul como sea.

—¿Crees que ella tiene todas las respuestas?

—La verdad es que ahora mismo me conformaría con una sola respuesta.

24

Sean salió de la reunión con el fiscal con una sonrisa.

Michelle, que le esperaba en el coche, lo miró con expresión inquisidora.

—Doy por sentado que la reunión ha ido bien.

—Por ahora posterga la detención. No habrá vista. Ni fianza. Eres libre de marcharte, en mi compañía.

—Debes de haberte vendido bien.

—Bueno, eso y el hecho de que la policía ha encontrado la bala que casi te alcanzó.

—Bien. ¿Qué era?

—Una Remington del calibre 45 ACP encamisada.

—No la bala que mató a Bergin, entonces. Una encamisada a bocajarro le habría reventado el cráneo.

—Y no fue el tío que vi en Maine. No podía estar en dos sitios a la vez.

—¿Todavía no le han hecho la autopsia a Hilary, no?

—Todavía no. Pero creo que cuando la hagan, encontrarán una bala del 45 en su interior.

Al cabo de media hora se dirigían en el Land Cruiser de Michelle hacia el domicilio de Kelly Paul después de que Sean devolviera su coche de alquiler. Circularon por la Interestatal 64 hasta llegar a la 81 y entonces la tomaron en dirección sur. Al cabo de varias horas, unos treinta minutos antes de llegar a la frontera con Tennessee, salieron de la autopista, condujeron hacia el oeste durante varios kilómetros y pasaron por varios pueblos con un solo semáforo. Diez minutos después de salir de la última de esas localidades, Michelle aminoró la velocidad y miró a su alrededor antes de echar un vistazo a la pantalla del GPS.

Sean consultó la hora y bostezó.

—Son casi las dos de la mañana. Si no duermo ocho horas seguidas pronto, me va a explotar la cabeza.

—Yo he dormido bien en la cárcel.

—No me extraña. He visto tu cama. La de la cárcel probablemente sea más blanda.

—Nunca oí que te quejaras cuando estabas en mi cama.

—Tenía otras prioridades en ese momento.

—¿Cómo quieres que lo hagamos? Según el GPS está en esa carretera que va hacia la izquierda. Lo único que veo por aquí son campos. ¿Crees que vive en una granja?

Sean miró por la ventana.

—Bueno, ahí hay un maizal. —Señaló a la derecha. Miró a la izquierda—. No sé seguro qué es eso. Pero sin duda es una zona agrícola. No veo ninguna casa.

Cuando se aproximaron Michelle vio el buzón. Puso las largas.

—No hay nada en el buzón pero debe de ser aquí.

—Kelly Paul y Edgar Roy. ¿Cuál es el vínculo?

—Quizá sean parientes. Paul podría ser su nombre de casada.

—O quizá no haya vínculos familiares —repuso Sean.

—Pero, como has dicho, tiene que haber algo. De lo contrario, ¿cómo iba Bergin a representar a Edgar Roy solo porque esta tal Kelly Paul le dijera que lo hiciera? ¿No tendría que haber un poder notarial o algo así?

—Teóricamente sí. Pero por lo que parece Roy perdió la cabeza después de que lo arrestaran. O sea que por lo que parece no pudo firmar un poder notarial después de volverse incompetente.

—No sabemos exactamente cuándo se le fue la olla. Fue detenido. Tuvo que haber un proceso en los juzgados. Fianza, vista para determinar su competencia, el traslado a Maine.

Sean asintió.

—Tienes razón. Quizá contratara a Bergin antes de volverse mudo. Pero, si así fuera, ¿por qué tanto secretismo sobre el cliente? ¿Por qué no hay facturas ni correspondencia? Y luego está la carta de Murdock y el hecho de que Bergin escribiera el nombre de Kelly Paul en el libro de revisiones del coche.

—Bueno, ¿qué hacemos? ¿Nos quedamos aquí sentados toda la noche o llamamos a su puerta?

—Si llamamos a una puerta a estas horas y en este lugar es muy probable que acabemos con heridas de perdigones por todo el cuerpo. Propongo que paremos, nos pongamos cómodos y durmamos un poco. A mí me iría de maravilla.

—Deberíamos hacer turnos para vigilar.

—¿Vigilar qué? ¿Las vacas?

—Sean, ayer casi nos matan a los dos. Seamos prudentes.

—Vale, tienes razón.

—Yo haré la primera guardia —dijo Michelle—. Te despertaré dentro de un par de horas.

Sean inclinó el asiento hacia atrás y cerró los ojos. Al cabo de unos minutos sus suaves ronquidos llenaban el habitáculo. Michelle le lanzó una mirada, cogió una manta del asiento trasero y lo tapó con ella. Se puso a mirar hacia delante y lo fue alternando con miradas a los retrovisores para comprobar que no hubiera nadie por detrás. Posó la mano en la culata del arma y allí la dejó.

Sean bostezó, se estiró y parpadeó para despertarse. La luz del sol le dio de frente. Dio un respingo y miró a Michelle. Estaba tamborileando el volante al son de una canción y dando sorbos a una botella de G2.

—¿Por qué no me has despertado? —Consultó la hora. Eran casi las ocho.

—Estabas durmiendo como un tronco. Me sabía mal.

Sean se fijó en la manta que tenía por encima.

—Bueno, estoy asustado ante tanta delicadeza por tu parte.

—He dormido un montón en la cárcel. Estoy despejada y ahora tú también lo estás.

—Vale, eso tiene más sentido.

Le gruñó el estómago.

—¿Quieres que salga y coja una mazorca de maíz? —dijo Michelle con una sonrisa.

—No, pero ¿tienes una barrita energética en esa pila de trastos que hay detrás? Me da miedo meter la mano.

Michelle echó el brazo hacia atrás, cogió una y se la lanzó.

—Chocolate. Veinte gramos de proteína. Date un festín.

—¿Algo de actividad por parte de Kelly Paul?

—No ha salido ningún coche y no he visto a ningún humano, aunque he visto un oso negro y lo que me ha parecido era un castor.

Sean bajó la ventanilla e inspiró el aire frío y limpio.

—La vejiga me dice que necesito hacer una cosa.

Michelle señaló un punto al otro lado de la carretera.

—Yo ya he hecho mis necesidades.

Sean regresó al cabo de unos minutos.

—Creo que ha llegado el momento de que tengamos nuestro cara a cara con Kelly Paul.

Michelle puso en marcha el Land Cruiser.

—Vale, pero espero que haya café en la casa. —Giró por el sendero de gravilla—. ¿Y si Paul no quiere hablar con nosotros?

—Entonces creo que tendremos que insistir. Al fin y al cabo, hemos hecho un largo viaje hasta aquí.

—¿Y le contamos a Paul lo de Bergin?

—Si Kelly Paul contrató a Bergin, entonces es probable que su muerte favorezca que nos ayude. Pero no sé qué relación tiene esto con lo ocurrido en Maine. Pero tengo que creer que a no ser que Bergin tuviera un pasado oscuro y secreto, su muerte y la de su secretaria están relacionadas con Roy. Lo cual significa que Paul también tiene algo que ver.

—A pesar de lo que dijiste antes, yo podría haber sido quien mató a Hilary Cunningham.

—¿Es ese el verdadero motivo por el que no has dormido esta noche?

—Era una señora inocente, Sean. Y ahora está muerta.

—Si fuiste tú, no me cabe la menor duda de que no era tu intención. Te estaban disparando. Tú respondiste. Es natural. Yo habría hecho lo mismo.

—De todos modos está muerta. ¿Qué van a decir a sus hijos o nietos? ¿«Lo siento, está muerta porque le dispararon por equivocación»? Venga ya.

—La vida es injusta, se mire como se mire, Michelle. Tú lo sabes y yo lo sé. Hemos pasado por esto demasiadas veces como para pensar lo contrario.

—Eso no impide que me sienta culpable. Que me sienta como una mierda.

—Sí, lo sé. Pero ten en cuenta que algo hizo ir a Hilary Cunningham a esa casa en contra de su voluntad, probablemente. Y si le disparaste no creo que fuera por casualidad, al menos por parte de ellos.

—¿Qué quieres decir? ¿Que querían que la matara?

—Sí.

—¿Por qué?

—Es probable que Hilary supiera algo que ciertas personas no quieren que se sepa. Y si tú le disparas, la policía va a por nosotros. Eso nos deja fuera de circulación, o eso piensan.

—Si es así, nos estamos enfrentando a gente muy retorcida.

—Siempre nos enfrentamos a psicópatas, Michelle. Es nuestro trabajo. Pero quiero pillar a esos cabrones más que a nadie en el mundo.

25

Era una casa blanca de tablones de madera y una sola planta con un tejado de tejas negras en condiciones más bien precarias. El porche era amplio y acogedor, con un par de mecedoras desvencijadas que se movían ligeramente a merced de la brisa. El sol estaba saliendo por la izquierda de la casa pero la sombra de un roble gigantesco la dejaba en penumbra.

El camino de entrada tenía más tierra que grava. El césped estaba recortado, había unas cuantas flores en macetas y un gallo se pavoneó delante del Toyota cuando Michelle frenó para parar. El ave inclinó la cabeza en su dirección, hizo crujir las plumas, dedicó a la pareja una mirada fulminante con el ojo tuerto y cacareó cuando salieron del Land Cruiser.

Por encima de la parte trasera de la casa sobresalía el borde de un gallinero. Pasado el gallinero había un granero rojo que se alzaba a unos treinta metros de la casa y en ángulo con respecto a esta. En el patio de la derecha había una cuerda para tender la ropa y las pocas prendas que de ella colgaban se mecían ligeramente a merced de la débil brisa.

—Bueno —dijo Michelle—. Te apuesto lo que quieras a que un marimacho con un peto o un vestido de algodón estampado y botas de trabajo abrirá la puerta oliendo a mierda de gallina. Y seguro que nos apunta directamente a la cara con una escopeta.

—Acepto la apuesta —dijo Sean con seguridad.

Michelle le lanzó una mirada antes de alzar la vista hacia la casa. Sin hacer ningún ruido la mujer se había materializado en el porche. Michelle, que gozaba de una vista y capacidad auditiva perfectas, no había visto ni oído nada.

—Debe de ser Sean King. Le estaba esperando —dijo la mujer. Tenía la voz grave pero aun así femenina. Era una voz que destilaba seguridad.

Cuando las botas de Michelle llegaron al último escalón del porche, hizo algo que casi nunca tenía que hacer con otra mujer: tuvo que alzar la mirada. La señora debía de medir 1,85 descalza. Era delgada y no tenía ni pizca de grasa en el cuerpo. Y aunque ya no podía decirse que fuera joven, había mantenido el físico y los movimientos elegantes de una atleta formidable.

Debían de ser parientes. Los mismos ojos, la misma nariz, obviamente el factor altura. La única diferencia con Edgar Roy era el color de pelo y los ojos. Ella era castaña clara y tenía los ojos verdes en vez de puntos negros. El verde resultaba menos intimidante.

Y obviamente hablaba.

Sean le tendió la mano.

—Discúlpenos por venir tan temprano, señora Paul —dijo.

Le estrechó la mano con los dedos largos y luego restó importancia a la disculpa.

—Esto no es temprano, al menos en estos lares. He visto su coche a las cinco de la mañana. Les habría invitado a desayunar pero usted estaba dormido y la señora estaba haciendo sus necesidades en el bosque.

Michelle miró a Kelly Paul con una mezcla de admiración y asombro.

—Soy Michelle Maxwell. —Estrechó la mano de Paul y la fuerza de la mujer le inspiró un gran respeto.

—¿Les apetecería desayunar ahora? —les preguntó—. Tengo huevos, beicon, gachas de maíz, galletas y un buen café recién hecho.

Michelle y Sean intercambiaron una mirada.

Paul sonrió.

—Interpreto su expresión hambrienta como un sí. Adelante.

El interior no tenía un aspecto demasiado acogedor. Tenía los muebles imprescindibles pero estaba limpio y seguía las líneas sencillas que cabía deducir del exterior. Los condujo a la cocina, que estaba equipada con electrodomésticos robustos y antiguos. Disponía de una chimenea en una de las paredes que parecía tan antigua como la casa. En el salón delantero había otra chimenea.

—¿Hace tiempo que vive aquí? —preguntó Sean.

—Según los criterios de los lugareños, no. Es una típica casa de campo pequeña. Pero es lo que quería.

—¿Y dónde vivía antes? —preguntó Sean.

Encendió la cafetera y sacó un cuenco y un cazo de la alacena. Al ver que no respondía, Sean habló.

—¿Ha dicho que nos estaba esperando?

—Anoche me llamó. Le he reconocido la voz cuando me ha hablado allí fuera.

—Pero si no he dicho nada antes de que usted dijera que suponía que era Sean King.

Paul se volvió y señaló a Michelle con un cucharón de madera.

—Pero habló con su compañera —dijo—. Tengo un oído muy fino.

—¿Cómo sabía que le haríamos una visita, o siquiera que sabíamos dónde vive?

—El café estará listo enseguida. Michelle, ¿le importa coger unos platos y tazas de la alacena que tiene ahí? —Señaló a la izquierda—. Déjelos aquí en la mesa de la cocina. Yo ya he desayunado pero tomaré café de todos modos. Muchas gracias.

Mientras Michelle cogía los platos, Paul cocinó los huevos y el beicon que crepitaban en otra sartén. Las gachas de maíz se cocían a fuego lento en otro cazo tapado y Sean olió el aroma de las galletas procedente del horno.

—Tengo jamón serrano en la nevera. Lo puedo freír si les apetece. No hay nada como un buen jamón serrano.

—Con el beicon ya basta —dijo Sean.

Cuando estuvo preparado Paul les llenó los platos de comida y se disculpó porque las gachas eran instantáneas.

—Si no, habrían tardado mucho.

Se sentó frente a ellos con una taza de café y los observó mientras comían con un placer que parecía sincero.

Sean la miraba cada pocos segundos. Kelly Paul llevaba unos pantalones caqui, una camisa vaquera gastada, una cazadora tejana color azul claro y unas Crocs beige que parecían demasiado pequeñas para el número que calzaba. Llevaba media melena recogida en una cola de caballo. Tenía la piel blanca y relativamente fina. Calculó que la mujer tenía poco más de cuarenta años o incluso menos.

Cuando terminaron de comer y ella volvió a llenarles la taza de café, se recostaron todos en el asiento, expectantes.

—Ahora que tenemos la barriga llena, vamos al grano —dijo ella—. Por supuesto que sabía que vendrían a verme después de que le colgara el teléfono. Con respecto a cómo iban a saber dónde vivo, supuse que unos ex agentes del Servicio Secreto serían capaces de averiguarlo. Supongo que Teddy Bergin les contrató por eso.

—¿Teddy?

—Así es como le llamaba.

—¿O sea que conocía a Bergin antes de todo esto?

—Era mi padrino. Y uno de los mejores amigos de mi madre. —Paul observó su reacción ante la noticia y añadió—: Quiero que averigüen quién le mató.

—Entonces ¿sabe que está muerto? —dijo Michelle—. ¿Cómo?

Paul dio un golpecito en la mesa con su largo dedo índice.

—¿Qué más da? —dijo.

—Nos gustaría saberlo —intervino Sean.

—Hilary me telefoneó.

—Dijo que no tenía ni idea de quién era el cliente —señaló Sean con tono de contrariedad.

—Es porque le hice prometer que no lo diría —repuso Paul.

—¿Por qué?

—Tenía mis motivos. Los mismos que hicieron que Teddy lo mantuviera todo en secreto en el juzgado.

—¿Qué vínculo tiene con Edgar Roy? ¿Son hermanos? Son igual de altos, las mismas facciones.

—Hermanastra —puntualizó Paul—. Misma madre y distinto padre. Nuestra madre medía más de metro ochenta. Lo curioso es que nuestros respectivos padres eran más bajos que ella. Supongo que hemos heredado sus genes de la altura.

—¿Paul es su nombre de casada? —preguntó Sean.

—Espero que no, puesto que nunca me he casado. Paul era el apellido de mi padre.

—Pero obviamente conoce a Edgar Roy, ¿no?

—Sí, aunque soy once años mayor que él —respondió Paul.

—¿Tiene cuarenta y seis años? —preguntó Sean.

—Sí.

—Parece mucho más joven —reconoció Michelle.

—No será por haber llevado vida de monja. Eso está claro.

—Supongo que mucha gente podría hacer esa confesión, incluido yo. De todos modos, creo que aparento la edad que tengo e incluso más.

—Nuestra madre se divorció de mi padre cuando yo tenía nueve años —prosiguió Paul—. Se casó con el padre de Edgar y él nació poco después.

—¿Y cuánto tiempo vivieron juntos como familia?

—Hasta que fui a la universidad.

—¿Y su madre y su padrastro están muertos?

—Mi padrastro murió poco después de que me marchara. Nuestra madre falleció hace siete años. De cáncer.

—¿Qué le pasó a su padrastro? —quiso saber Sean.

—Tuvo un accidente.

—¿Qué tipo de accidente?

—Del tipo que hace que uno deje de respirar.

—¿Y su padre?

—Él y mi madre se divorciaron cuando yo era pequeña. Nunca he vuelto a saber de él. Probablemente por eso se divorciaran. No era el hombre más cariñoso del mundo, que digamos.

—¿Cómo consiguió el permiso para contratar a un abogado que representara a su hermano? —preguntó Sean.

—Eddie es una persona brillante —respondió Paul—. No es que no recordara todo lo que veía, leía u oía. Era capaz de recordarlo exactamente tal como en el día y el momento en que lo había vivido. Y era capaz de coger las piezas de cualquier enigma y encontrar la solución en un periquete. Funcionaba a un nivel distinto que el resto de los mortales. —Hizo una pausa—. ¿Saben lo que es una memoria eidética?

—¿Como la memoria fotográfica? —apuntó Sean.

—Más o menos. Mozart la tenía. Tesla también. Una persona con memoria eidética puede, por ejemplo, recitar cien mil decimales de pi. Todos de memoria. Es un rasgo genético que va acompañado de una característica insólita de la naturaleza. Es como si el cableado del cerebro fuera mejor que el de los demás. No se puede aprender a ser eidético, naces siéndolo, sencillamente.

—¿Su hermano tenía una memoria eidética?

—En realidad, más que eso. Nunca olvidaba nada, pero, aparte de eso, era capaz de encajar las piezas de cualquier rompecabezas. «Este hecho afecta a este otro», una cosa así. Por dispares o supuestamente poco relacionadas que estuvieran. Algo así como ver un anagrama una sola vez y saber exactamente a qué se refiere. La mayoría de las personas utiliza un diez por ciento del cerebro. Probablemente Eddie utilice el noventa o el noventa y cinco por ciento.

—Impresionante —dijo Michelle.

—Podría haber llegado muy lejos en muchos campos.

—Intuyo que ahora viene el «pero» —intervino Sean.

—Pero no tenía ni una pizca de sentido común. Nunca la tuvo y nunca la tendrá. Y si algo no le interesaba, no le hacía ni caso, independientemente de las consecuencias. Hace años, después de que se olvidara de pagar las facturas, renovar el carné de conducir e incluso pagar los impuestos, firmamos un poder notarial. No podía hacerlo todo por él, pero lo intenté lo mejor posible.

—Si hizo todo eso, ¿cómo ha conseguido mantenerse en la sombra? La prensa ni siquiera mencionó que tuviera una hermanastra después de su detención.

—Estuve fuera mucho tiempo. Y cuando volvía a casa nunca me quedaba demasiado tiempo. Y tenía un apellido distinto. Pero podía ayudarle perfectamente desde la distancia.

—Aun así...

—Y soy una persona muy celosa de mi intimidad.

—¿Por eso vino a vivir aquí? —preguntó Michelle.

—En parte —respondió Paul, y dio un sorbo al café.

—Hilary también está muerta —dijo Sean de repente—. ¿Lo sabía?

26

Por primera vez dio la impresión de que Kelly Paul había perdido el control. Dejó la taza de café, se llevó una mano a los ojos y luego la bajó.

—¿Cuándo? —preguntó en un tono que era mezcla de curiosidad e ira. A Sean le pareció intuir también una pizca de pesar.

—Anoche, en el exterior de la casa de Bergin.

—¿Cómo fue?

Michelle lanzó una mirada a Sean.

—Le tendieron una trampa y le dispararon. —Sean se inclinó hacia delante—. ¿Tiene idea de lo que está pasando, señora Paul?

Paul consiguió alejarse de sus pensamientos. Carraspeó antes de hablar.

—Tienen que entender que mi hermano no mató a esa gente. Le tendieron una trampa.

—¿Por qué? ¿Quién?

—Si lo supiera no les necesitaría. Pero yo diría que quienquiera que lo hizo es especialmente poderoso y tiene muchos contactos.

—¿Y por qué alguien de esas características iba a ir a por su hermano?

—Bueno, esa es la pregunta del millón de dólares, ¿no?

—¿Y nos está diciendo que usted no tiene la menor idea?

—Yo no digo nada. Ustedes son los investigadores.

—¿O sea que sabía que Bergin nos había contratado?

—Yo se lo sugerí. Me dijo que le conocía, Sean. Leí sobre algunos trabajos que había hecho. Le dije que necesitábamos a una pareja como ustedes en este caso porque no iba a ser sencillo.

—¿Cuándo fue la última vez que vio o habló con su hermano? —preguntó Sean.

—¿Se refiere a antes de que dejara de hablar?

—¿Cómo sabe que su hermano ha dejado de hablar?

—Teddy me lo dijo. Y la última vez que hablé con mi hermano fue por teléfono una semana antes de que lo arrestaran.

—¿Qué dijo?

—Nada relevante. Por supuesto nada de que sospechara que había seis cadáveres enterrados en la finca de la familia.

—¿Desde cuándo era propiedad de la familia?

—Mi madre y mi padrastro la compraron al casarse. Al morir, mi madre nos la dejó a los dos. Yo vivía en el extranjero así que le dije a Eddie que se la quedara.

—¿Incluso después de empezar a trabajar para el gobierno vivía con su madre?

—Sí. Trabajaba en la oficina de la Agencia Tributaria en Charlottesville, aunque sé que tenía responsabilidades que le hacían ir a Washington con bastante frecuencia. En realidad Edgar no tenía ninguna ambición de tener un hogar propio. Le gustaba la granja. Era tranquila, aislada.

—Y obviamente vivía allí después de la muerte de su madre.

—No tenía otra opción. Yo vivía en el extranjero.

—¿En qué país? —preguntó Sean—. ¿Y a qué se dedicaba?

Paul, que había estado mirando un punto fijo de la pared situado unos treinta centímetros por encima de la cabeza de Sean, desvió la vista en su dirección.

—No sabía que era el objeto de su investigación. Y no obstante las preguntas más personales apuntan en mi dirección.

—Me gusta ser exhaustivo.

—Un atributo de lo más encomiable. Pero limítese a apuntar en la dirección del caso de mi hermano.

Sean aprovechó el desaire y notó que el vocabulario y el tono que la mujer empleaba había cambiado sutilmente.

—Hemos leído la ficha policial sobre los cadáveres descubiertos en la finca.

—Seis en total. Todos hombres. Todos blancos. Todos menores de cuarenta años. Y todos ellos sin identificar a día de hoy.

—Por lo que tengo entendido, no hay ningún resultado con respecto a las huellas o el ADN.

—Sorprendente. En las series de policías de la tele, nos tienen a todos fichados y les bastan unos segundos para identificarnos. —Paul sonrió y dio un buen sorbo al café.

—Entendería que uno o dos, o incluso tres, no estuvieran fichados. Pero ¿los seis?

—Creo que usted y Michelle deberían ir a echar un vistazo.

—¿Nos está contratando oficialmente?

—Pensaba que ya lo había hecho.

—Teniendo en cuenta que Bergin está muerto, la cosa se complica. Su socia, Megan Riley, aparece en los documentos. Tiene buena predisposición pero es novata. No estoy seguro de que el tribunal le permita llevar el caso a ella sola.

—Usted es abogado —espetó Paul.

—¿Ha buscado información sobre mí?

—Por supuesto. De lo contrario sería imbécil. Puede llevar el caso con Riley.

—Ya no ejerzo.

—Quizá tenga que replanteárselo. Puede tener dos funciones: detective y abogado.

—Me lo pensaré —dijo Sean—. Ahora mismo el FBI tiene a Megan Riley escondida en algún sitio en Maine para vaciarle las células cerebrales.

Paul lo repasó con una mirada astuta.

—¿Cree que la abogada novata puede plantarle cara al FBI?

—No lo sé —reconoció Sean, dedicándole una mirada curiosa.

—¿Brandon Murdock? —preguntó Paul.

—¿Cómo lo sabe?

—Teddy me contó que estaba intentando saltarse la cláusula de confidencialidad legal para descubrir quién era el cliente. Teddy me dijo que al final tendría que saberse pero que por el momento había conseguido mantenerlo a raya.

—El FBI suele salirse con la suya.

—No me cabe la menor duda. Pero hagámosles trabajar un poco más. No soy abogada pero yo diría que averiguar quién mató a toda esa gente y a Teddy y ahora a Hilary es más prioritario que intentar descubrir quién paga la defensa de Eddie.

—¿O sea que da por supuesto que todas las muertes guardan relación? —intervino Michelle—. Los seis cadáveres, Bergin y su secretaria. ¿Víctimas de la misma persona?

—Teddy Bergin no tenía enemigos conocidos. Y ¿por qué matar a Hilary excepto por algo que supiera? Lo cual demuestra que Eddie es inocente. Es imposible que saliera de Cutter's Rock para matarlos.

Sean caviló al respecto.

—Es cierto. Si es que guardan relación.

—La prueba está ahí fuera. Lo único que tienen que hacer es descubrirla.

—Redactaré un contrato de anticipo y se lo daré a firmar.

—Estaré encantada.

—¿Algo más que necesitemos saber?

—Creo que tienen mucho en que pensar.

Mientras se levantaban para marcharse, Paul añadió:

—Dudo que sea buena idea dejar a la pobre Megan demasiado tiempo con el FBI. Quizá quiera hacer un poco de ruido acerca de una detención ilegal o algo así, para que al FBI le hierva la sangre. Mencionar algo sobre llamar a una cadena de televisión o a un periodista. En el edificio Hoover les encantan estas cosas. Se les cierra el ojo del culo y se ponen muy nerviosos.

Sean la miró extrañado.

—¿Tiene mucha experiencia con el FBI?

—Oh, más de la que jamás llegará a saber, señor King.

27

Peter Bunting estaba sentado en su despacho de Manhattan. Le gustaba vivir en Nueva York. Tenía una oficina en el centro de Washington D.C. y su empresa tenía una sucursal en el norte de Virginia, pero Nueva York era especial. La energía del lugar era visceral. Mientras se dirigía a pie al trabajo todos los días desde su casa de piedra rojiza situada en la Quinta Avenida sentía que aquel era su hogar.

Relajó una zona del cuello que tenía tensa y observó el archivo que tenía en la mesa. Aparecía en una tableta electrónica. Ahí no había papeles. Todo lo importante se guardaba en servidores impenetrables muy lejos de allí. La computación en nube era primordial en el mundo de Peter Bunting.

Había analizado la trayectoria profesional de Sean King y Michelle Maxwell y se había quedado suficientemente impresionado. Ambos parecían muy trabajadores, listos y con sentido práctico. Pero llegó a la conclusión de que parte de su éxito se había debido a un golpe de suerte en el momento preciso. Y uno no podía contar con tener siempre la suerte de su lado. Aunque no sabía muy bien si eso iba a beneficiarle o perjudicarle.

Pulsó un botón y la pantalla cambió junto con el tema.

Edgar Roy.

Su principal problema.

Estaba dedicando una cantidad de tiempo desmesurada a pensar qué hacer con su E-Seis. Pero el asunto revestía una importancia primordial para él. Aunque había implantado ciertas medidas provisionales iba retrasado hasta límites insospechados. Y la secretaria Foster tenía razón: la calidad del análisis había disminuido. El *statu quo* no podía mantenerse. Podía perder todo aquello por lo que había trabajado.

Ellen Foster y los de su calaña eran implacables. Lo aislarían sin pensárselo dos veces. En ese mismo instante quizás estuvieran conspirando contra él. No, no había ningún «quizá»; seguro que estaban conspirando contra él. Y Mason Quantrell probablemente les ayudara a orquestar todo el plan. La esfera del sector privado y público se había fusionado en un solo organismo en el campo de la seguridad nacional. Los protagonistas de ambos bandos pasaban de un lado a otro con demasiada frecuencia. Ahora era casi imposible discernir dónde terminaba el lado del gobierno y dónde empezaba a actuar la maquinaria que perseguía beneficios.

Cuando tomó la decisión de que la inteligencia sería el campo en el que dejaría huella, el panorama era desastroso. Demasiadas agencias con demasiada gente redactando demasiados informes, a menudo acerca de lo mismo que, de todos modos, nadie tenía tiempo de leer. Demasiados ojos puestos en puntos equivocados. Y, lo que era peor, nadie quería compartir información por temor a perder dólares del presupuesto o el territorio ganado con tanto esfuerzo. El Departamento de Seguridad Interior no hablaba con la CIA. La DIA no interfería con el FBI. La NSA era un país en sí misma. Las demás agencias del alfabeto hacían lo propio. Nadie, ni una sola persona, lo sabía todo, ni llegaba siquiera a estar cerca de saberlo todo. Y cuando nadie lo sabía todo, se cometían errores, errores garrafales; de los que causaban la muerte de mucha gente.

Así es como Bunting había empezado a urdir su ambicioso plan. Combinando el principio básico del emprendedor y la motivación de un patriota que desea proteger a su país, había identificado un vacío en el campo de la seguridad nacional y lo había llenado. En cuanto el concepto se había probado y aprobado, el Programa E se había expandido y mejorado cada año. No se trataba de un ejercicio académico. En esa montaña Everest de información recopilada cada día por América y sus aliados, podían existir uno o dos datos ubicados muy lejos el uno del otro en los cestos de la comunidad de la inteligencia que bien podrían evitar otro 11-S.

Los éxitos del Programa E se habían cosechado de forma temprana y frecuente. Algunos podían argüir de forma bastante convincente que el mundo se encontraba para el arrastre. Pero Bunting era uno de los pocos que sabía que la situación podía ser muchísimo peor. Lo cerca que Estados Unidos y sus aliados habían estado del precipicio. Lo poco que había faltado para que se produjeran ciertos acontecimientos que habrían causado una devastación incluso mayor que cuando los jumbos habían colisionado contra los edificios. En tan solo seis meses, los análisis de Edgar Roy habían evitado por lo menos cinco atentados importantes tanto a objetivos civiles como militares en todo el mundo. Y una retahíla de incidentes menores pero potencialmente mortíferos se habían desbaratado porque el hombre era capaz de mirar el Muro y conseguir que le revelara secretos como nunca jamás consiguiera otro analista a lo largo de la historia. Y los resultados de sus conclusiones estratégicas se notaban por el mundo de mil modos distintos.

Pero todo se reducía a encontrar a la persona adecuada. Ese era siempre el mayor reto. La duración media de la carrera de un Analista era de tres años. Después de eso incluso la más poderosa de las mentes tenía suficiente. Entonces les daban unos paquetes de jubilación dorados y los enviaban a pastar como sementales aunque, desgraciadamente, sin la posibilidad de engendrar a sus sustitutos.

Sonó el teléfono. Se humedeció los labios e intentó mantener la calma. Era una llamada prevista. Era el principal motivo por el que estaba en el despacho. Levantó el auricular.

—¿Diga? Sí, espero.

Al cabo de un momento oyó la voz del hombre. Bunting tomó aire y respondió.

—Señor presidente, gracias por dedicarme su tiempo.

La conversación fue rápida. Se había calculado que duraría cinco minutos. Peter Bunting era una baza tan importante en la comunidad de la inteligencia que el actual ocupante de la Casa Blanca se había tomado la molestia de llamarle.

»Ha sido un gran placer y un honor para mí servir a mi país, señor —dijo Bunting—. Y le doy mi palabra que todos nuestros objetivos se cumplirán, a tiempo. Sí, señor, gracias, señor.

Entonces los hombres entraron en detalles.

Cuando el temporizador del teléfono llegó a los cinco minutos, se despidió, colgó el teléfono y alzó la vista hacia su ayudante.

—Supongo que uno considera que realmente ha llegado a la cima si el presidente le llama —dijo la mujer.

—¿Eso es lo que cabría pensar, no?

—¿No es así?

—En realidad significa que la caída será más dura.

Cuando ella se marchó, puso los pies encima del escritorio y entrelazó los dedos detrás de la nuca. Bunting conocía personalmente a cientos de analistas de inteligencia, gente inteligente de las mejores escuelas que estaban especializados. En este campo, había gente capaz de dedicar toda su vida profesional a cierto cuadrante de Oriente Medio, estudiando de forma concienzuda la imaginería relativamente similar hasta que el pelo les pasaba de castaño a blanco y la piel les colgaba camino de la jubilación. Especialistas, personas buenas y sensatas para su pequeña porción del entramado. Pero eso era todo lo que sabían, su porción progresiva del arcoíris de la inteligencia. Y con eso no bastaba.

Pero la especialidad de Edgar Roy era la omnisciencia.

Se le encomendaba que lo supiera todo. ¡Y lo había cumplido!

Bunting no esperaba encontrar jamás a otro Edgar Roy, un fenómeno genético para acabar con todos los fenómenos genéticos. Una memoria perfecta y una capacidad asombrosa para ver cómo encajan todas las piezas. Ojalá ese hombre viviera para siempre.

Sonó el teléfono. Bunting se mostró fastidiado pero contestó.

—¿Qué? —Vaciló—. De acuerdo, hazle pasar.

Era Avery. El joven al final había acertado con el corte de pelo pero nunca había aprendido a vestirse bien. Parecía que se acababa de despertar en la residencia estudiantil después de una juerga bañada en cerveza. Pero era listo. No tenía un cerebro de clase E pero sin duda resultaba útil.

—Veo que has regresado de Maine —dijo Bunting.

—Esta mañana —respondió Avery—. Quería decirle que seguí a Carla Dukes hace dos noches. Quería hablar con ella sobre algunos temas.

—Vale. ¿Y pudiste?

—No, porque advertí que alguien me seguía.

Bunting se enderezó más en el asiento.

—¿Qué? ¿Quién?

—No le vi la cara porque era de noche, casi lo atropello mientras intentaba escapar. —Hizo una pausa—. Pero creo que era el detective, Sean King.

—¿Sean King? ¿Qué estaba haciendo ahí?

—Por lo que parece seguía a Dukes y/o a mí.

—¿Te vio? —quiso saber Bunting.

—Con claridad, no, de eso estoy seguro —respondió Avery.

—¿Vio el número de matrícula?

—Probablemente, pero cambié las placas y puse una matrícula falsa. No llevará a nada.

—Estoy impresionado, Avery.

—Gracias, señor. Me ha parecido que tenía que saberlo.

—¿Eso es todo? —preguntó Bunting.

Avery parecía nervioso.

—La verdad es que no —repuso—. El sistema del Muro está al borde del colapso.

—Eso ya lo sé —dijo Bunting—. He convocado a un par de E-Cincos retirados. Y después de que Foster me marginara, he conseguido hablar por teléfono con el presidente para tranquilizarlo. Acabo de colgar. Así tendremos un poco más de tiempo. Si ahora Foster intenta pasarme por encima, quedará bastante mal.

—Pero eso no durará.

—Por supuesto que no.

—Pero si Edgar Roy es declarado inocente y volvemos a contar con él para el trabajo, todos nuestros problemas se disiparán.

Bunting se levantó, se acercó a la ventana y miró hacia fuera con las manos hundidas en los bolsillos del pantalón.

—Eso no es necesariamente cierto.

—¿Por qué?

Bunting se volvió.

—¿De verdad crees que el gobierno de Estados Unidos permitirá que Edgar vaya a juicio?

—Pero ¿qué otra alternativa hay? —inquirió Avery.

Bunting se volvió de nuevo hacia la ventana y observó una bandada de pájaros que se dirigían al sur a pasar el invierno.

«Ojalá pudiera volar —pensó—. Ojalá pudiera largarme de aquí.»

—¿A ti qué te parece, Avery? —dijo por encima del hombro.

—¿Lo matarán?

Bunting volvió a sentarse y cambió de tema.

—O sea que King estuvo en Maine hace dos noches y te siguió. ¿Qué me dices de Maxwell?

—No iba con él.

—Y ¿cuáles han sido sus movimientos desde entonces?

Avery dio un paso atrás.

—Les perdimos la pista durante un rato, pero ya los hemos localizado.

Bunting volvió a ponerse de pie.

—¿Cuánto tiempo duró ese rato?

—Unas cuantas horas.

Bunting hizo chascar los dedos.

—Quiero que seas más preciso, Avery.

—Ocho horas y cuatro minutos. Pero ahora parece que se dirigen a la granja de Edgar Roy.

—¿No se te ha ocurrido pensar que cuando los perdimos de vista quizás estuvieran en un lugar que habría resultado sumamente revelador?

—Sí, señor, pero no tenía encomendada esa tarea.

—Vale. Pues ahora te encomiendo la tarea de asegurarte de que no volvéis a perderlos de vista. —Bunting hizo una breve pausa y volvió a centrar la atención en el problema—. ¿Y los seis cadáveres de la granja?

—¿Sí?

—No se ha identificado a ninguno, ¿verdad? Qué raro, ¿no? —Por la expresión de Bunting, más que raro parecía imposible.

—Cabría pensar que están en alguna base de datos, ¿no?

—Y hay algo más.

—¿Señor?

—El número.

—¿El número? —preguntó Avery, desconcertado.

—De cadáveres —respondió Bunting—. Ahora vete a hacer tu trabajo.

Avery parecía muy confuso cuando cerró la puerta detrás de él.

Bunting se recostó en el asiento, giró en la silla y miró por la ventana.

«Seis cadáveres. Ni cuatro, ni cinco, sino seis.»

En circunstancias normales a Bunting se le daban muy bien las cifras. Le encantaban las estadísticas, los análisis, las conclusiones basadas en unidades básicas de datos. Pero el número seis estaba empezando a obsesionarle. Y eso no le gustaba nada de nada.

Seis cadáveres. El Programa E-Seis.

Le parecía demasiada coincidencia.

Alguien estaba jugando con él.

28

Tardaron varias horas en llegar a casa de Edgar Roy. Michelle iba al volante, como de costumbre, mientras Sean miraba malhumorado por la ventanilla.

—¿Sientes curiosidad por lo que hizo Kelly Paul mientras estuvo en el extranjero? —preguntó él.

—Por supuesto que sí. Pero tiene razón al decir que nos centremos en la investigación sobre su hermano. Él es quien se enfrenta a la pena de muerte, no ella.

Dio la impresión de que Sean no la había oído

—Y no nos ha dicho de qué murió su padrastro.

—Eso es bastante fácil de averiguar, pero eso es remontarse mucho en el pasado, ¿no crees, Sean?

—A no ser que esté todo relacionado. —Sean se volvió para mirarla.

—Pero estamos hablando de una época muy lejana.

Sean volvió a mirar por la ventanilla.

—¿Por qué iba a mudarse a una casa desvencijada en el quinto pino una mujer como ella? No cultiva nada. Y su acento no es muy de campo que digamos.

—Bueno, se crio en Virginia. Y aquí tienen este acento —dijo Michelle arrastrando las palabras.

—Muchos interrogantes —dijo Sean con aire distraído.

—¿Qué opinas de lo que nos aconsejó sobre el FBI?

—Pues que realmente es buena idea —dijo Sean—. Riley es

abogada defensora. No pueden retenerla indefinidamente. De hecho... —Sacó el móvil y marcó un número—. Sigue sin responder. Bueno, pues cojamos al toro por los cuernos. —Marcó otro número—. ¿Agente Murdock? Sean King al habla... ¿Qué?... Sí, seguimos tu consejo y nos fuimos a casa. Pero volvemos. Pero no llamo por eso. Tienes retenida a la abogada defensora en un caso que está investigando. Eso incumple una docena o más de leyes éticas y de otro tipo que se me ocurren así, a bote pronto. O tengo noticias de ella en cinco minutos para decirme que está libre y va camino de Martha's Inn o la próxima vez que me veas será en la CNN hablando sobre las extralimitaciones del FBI. —Hizo una pausa mientras el otro hombre decía algo—. Sí, bueno, ponme a prueba. Y ahora ya solo te quedan cuatro minutos. —Colgó.

—¿Qué ha dicho? —preguntó Michelle, mirándolo.

—Las típicas fanfarronadas —respondió Sean, y consultó su reloj. Diez segundos después de la hora límite su teléfono sonó—. Hola, Megan, ¿qué tal? —Hizo una pausa—. Excelente. Ya sabía yo que el agente Murdock se mostraría de acuerdo conmigo. Estamos en Virginia pero regresaremos pronto. Ve a Martha's Inn y quédate allí. No recibas visitas. No hagas nada. Y si Murdock se te vuelve a acercar, llámame. —Colgó y se guardó el teléfono en el bolsillo.

—¿Qué le han estado preguntando? —inquirió Michelle.

—No me lo ha dicho. Por el ruido de fondo, parecía que la llevaban en un coche del Bureau de vuelta al hostal.

—¿Crees que le han dicho lo de Hilary?

—No, o por lo menos no lo ha mencionado.

—Ya verás cuando se entere de que es probable que yo le disparara.

—Michelle, no se sabe si fuiste tú, así que deja de darle vueltas al asunto.

—Para ti es fácil de decir.

Sean estuvo a punto de replicar, pero se contuvo y le dio unas palmaditas en el brazo.

—Tienes razón, para mí es fácil decirlo. Lo siento.

—Entonces, ¿cuándo volvemos a Maine?

—En cuanto le echemos un vistazo a la granja de Roy y hablemos con las autoridades locales.

—Dudo que sean de gran ayuda.

—No, yo creo que sí.

—¿Por qué?

—Hasta ahora parecía que todo el mundo pensaba que Roy era culpable. Pero ahora que Bergin y Hilary están muertos, algo en lo que Roy no puede estar implicado, quizá la gente se lo replantee. Y la policía, igual.

—¿A quién tenemos en el bando de los federales en Virginia? ¿No será Murdock, no?

—Conozco al AR de Charlottesville —dijo Sean, refiriéndose al Agente Residente del FBI—. Es un buen tipo. De hecho, me debe un favor.

—Da la impresión de que mucha gente te debe favores. ¿Qué te debe?

—Escribí una carta de recomendación para que su hija entrara en la Facultad de Derecho de la Universidad de Virginia.

—¿Eso es todo?

—Bueno, le conseguí entradas para el partido de los Skins contra los Cowboys en Washington D.C. Él es de Dallas.

—Vaya, eso sí que es un favorazo.

El agente del FBI cooperó como correspondía. Además, les contó algo que resultó especialmente intrigante.

—Conozco a Brandon Murdock. Es un buen tipo. Pero no sé por qué está metido en este asunto.

—¿Por qué lo dices? —preguntó Sean.

—No trabaja en el VICAP —dijo el hombre, refiriéndose al Programa de Detención de Crímenes Violentos del FBI, que también se encargaba de los asesinos en serie.

—¿A qué se dedica?

—Fue a Washington D.C. hace bastante tiempo.

—¿A Hoover, a la Oficina de Campo? —preguntó Michelle, refiriéndose a la central del FBI y a la oficina de campo del FBI en Washington D.C., respectivamente.

—No. —Se mostró dubitativo—. No debería hablar de esto contigo, Sean.

—Venga ya, Barry. No voy a ir contándolo por ahí. Ya me conoces.

—Y además te consiguió entradas para el partido de los Cowboys —le recordó Michelle.

El hombre sonrió irónicamente.

—Bueno, Murdock está en la unidad de contraterrorismo. Un departamento muy especializado. —Señaló a Sean con el dedo—. Y espero que me consigas entradas por esto. Y con asientos mejores.

—Lo intentaré.

A continuación, Sean y Michelle hablaron con el fiscal local, que se había enterado de la muerte de Hilary Cunningham.

—Tienes razón, Sean —reconoció el fiscal—. Este asunto empieza a apestar.

Les entregó copias del expediente del caso Roy y se dirigieron a la granja. Estaba aislada, con un solo camino de tierra de entrada y de salida, las montañas de Blue Ridge como telón de fondo y ninguna otra casa, coche ni vaca perdida a la vista. Michelle detuvo el Land Cruiser levantando polvo delante de la casa de una sola planta revestida de tablones de madera. Salieron del coche.

Aunque hacía tiempo que la escena del crimen había dejado de estar acordonada, todavía colgaban fragmentos de cinta amarilla policial de los postes del porche delantero. A menos de veinte metros al oeste de la casa había un granero de dos plantas pintado de color verde oscuro con un tejado de madera de cedro. En la parte posterior se veía un gallinero y un cercado que parecía demasiado pequeño para contener caballos.

—Una pocilga —observó Michelle mientras lo miraba.

—Gracias por la aclaración —dijo Sean—. Pensaba que criaban caballos en miniatura.

—Cadáveres en el granero.

—Seis. Todos hombres. Todos blancos. Todos sin identificar a día de hoy.

Encontraron la puerta delantera cerrada con llave pero Michelle consiguió abrirla enseguida manipulando la cerradura con delicadeza.

La casa presentaba una distribución sencilla y no tardaron en recorrerla. Michelle cogió un libro de una estantería de pared llena de volúmenes. Miró el lomo.

—La única palabra que conozco del título es «el».

—Es que tú no eres un genio.

—Gracias por recordármelo.

—Ninguna foto de familia. Ninguna referencia al trabajo. Ningún título universitario. Nada que demuestre que el tío vive aquí.

—Aparte de los libros.

—Eso, aparte de los libros.

—Bueno, era la casa de sus padres. Quizá tenga sus cosas en otro sitio.

—No, Paul nos dijo que sus padres compraron la casa después de casarse y antes de que naciera su hijo. Esta es la única casa en la que ha vivido Roy. —Siguió mirando a su alrededor—. Supongo que si tenía un ordenador, la policía se lo llevó.

—Es lo más probable.

Se dirigieron al granero. No estaba cerrado con llave. Abrieron las puertas y entraron. Era un espacio amplio y vacío en su mayor parte. Había un henal al que se llegaba por una escalera de madera, unos cuantos bancos de carpintero y un surtido de herramientas oxidadas colgadas de la pared. Había un viejo tractor John Deere aparcado en el otro extremo de la planta baja.

Michelle observó una porción del suelo de tierra que se había excavado en el lado izquierdo del granero hasta un metro y medio de profundidad.

—Supongo que aquí estaba el cementerio.

Sean asintió y rodeó el perímetro de la tierra levantada.

—¿Cómo se les ocurrió mirar aquí? —preguntó ella.

—Según el expediente, la policía recibió un chivatazo anónimo.

—Mira qué bien. ¿Alguien ha intentado localizar al chivato?

—Probablemente lo intentaran. Pero también es probable que no condujera a nada. Una tarjeta telefónica de usar y tirar. Imposible de rastrear. Es el procedimiento estándar hoy en día para los maniacos homicidas si es que el chivato era el asesino.

Michelle rodeó el lugar con cuidado, observándolo como si fuera una excavación arqueológica.

—A fecha de hoy ninguno ha sido identificado. ¿Tenían la cara desfigurada o las huellas quemadas o algo así?

—No creo. Por lo que parece, no constan en ninguna base de datos. Estas cosas pasan.

—Kelly Paul parece convencida de la inocencia de su hermano.

—Hermanastro —le recordó Sean.

—Hermanos de todos modos.

—En ciertos aspectos, ella me parece más interesante que su hermano. Y me di cuenta de que no había fotos de ella en casa de Roy y ninguna foto de él en casa de ella.

—Algunas familias no están muy unidas.

—Cierto, pero de todos modos ahora parece que están muy unidos.

—Bueno, a decir verdad, nunca hemos oído hablar al hermano. Y ella ha sido tan locuaz como reservada con los detalles.

—Con los detalles relacionados con su vida, tal como te he dicho antes.

Michelle miró a su alrededor.

—Bueno, ya hemos visto el cementerio. ¿Ahora qué?

Sean contempló algunas herramientas viejas del banco de carpintero.

—Supongamos que le tendieron una trampa. ¿Cómo traes seis cadáveres hasta aquí y los entierras sin que nadie se entere?

—Para empezar, este sitio está en el culo del mundo. En segundo lugar, Roy no estaba aquí en todo momento. Trabajaba fuera de casa y también pasaba tiempo en Washington D.C. O por lo menos es lo que nos han dicho.

—Así que es bastante fácil colocar las pruebas incriminatorias. Pero la pregunta es ¿por qué?

—Es decir, si no era más que una pieza del engranaje de la poderosa máquina recaudatoria del país, ¿por qué tomarse tantas molestias?

—Esa pregunta tiene dos respuestas posibles. O es por algo de su historia personal que todavía no sabemos, una rencilla lo bastante importante como para justificar seis cadáveres, o...

—O no era una pieza más del engranaje. Era mucho más. Personalmente me inclino por esa opción. Según su hermana, tenía una capacidad intelectual fuera de lo normal. Eso resultaría importante para ciertas personas, o agencias.

—Eso y el tiempo pasado en Washington D.C. hacen que me incline por lo mismo. Aparte del hecho de que el FBI se ha tomado esta investigación con un afán inusual. —Se sacudió el polvo de las manos—. Bueno, vamos a hacer la ronda del forense y de la oficina donde trabajaba Roy.

En cuanto salieron del granero apareció un todoterreno en el jardín delantero del que bajaron dos hombres trajeados.

—¿Puedo preguntar qué están haciendo aquí? —dijo uno de ellos.

Sean lo miró.

—Justo después de que me digáis quién coño sois.

Los hombres enseñaron unas insignias rápidamente.

—No he pillado el nombre de la agencia para la que trabajáis —dijo Sean—. ¿Me las enseñáis otra vez, más despacio?

Los hombres no sacaron la identificación pero sí las pistolas.

—Somos agentes federales y tienen que salir de esta propiedad inmediatamente.

Sean y Michelle enseñaron su documentación, explicaron qué hacían ahí y las conversaciones mantenidas con el cuerpo de policía local y el fiscal del condado.

Uno de ellos negó con la cabeza.

—Me da igual. Largo de aquí ahora mismo.

—Estamos investigando el caso para la defensa. Tenemos todo el derecho a estar aquí.

—De todos modos tendréis que marcharos.

—¿Cómo sabíais que estábamos aquí? —preguntó Michelle mientras regresaban al vehículo.

—¿Cómo dices? —dijo uno de los hombres.

—Por aquí no hay nadie. No hemos pasado ni un solo coche mientras nos dirigíamos aquí. ¿Cómo sabíais que estábamos aquí?

A modo de respuesta, el hombre abrió la puerta del coche y le hizo una seña a Michelle de que entrara.

Sean y Michelle salieron a toda velocidad por el camino de tierra y levantaron una polvareda que fue a parar directamente a la cara de los dos federales.

—Es imposible que supieran que estábamos aquí, Sean. Y esas insignias parecían de verdad aunque no he conseguido ver a qué agencia pertenecen. Parecían federales.

Sean asintió.

—Nos siguen, pero no sé desde cuándo.

—Juro que no nos siguió nadie cuando fuimos a ver a Kelly Paul. Es imposible que no me diera cuenta. No había forma de ocultarse. Nada de nada.

—Ahí está el problema. Aquí tampoco hay forma de ocultarse, y aun así han aparecido.

Michelle miró por la ventanilla.

—¿Satélite? —aventuró.

—Nos las estamos viendo con los federales. ¿Por qué no?

—Comprar tiempo de satélite es un paso importante incluso para el FBI —señaló Michelle.

Sean reflexionó al respecto.

—Esos tipos no eran del FBI —dijo por fin—. Ellos siempre quieren que quede claro quiénes son. Nos habrían puesto las credenciales en las narices durante un rato.

—Maldita sea, ¿en qué lío nos hemos metido?

Sean no respondió porque no tenía respuesta que dar.

29

—Era un trabajador excepcional. Listo como el hambre. No, más listo, la verdad. Era un verdadero fenómeno. Creo que podría decirse que era casi inhumano.

Sean y Michelle estaban en el despacho de Leon Russell en la administración de Hacienda de Charlottesville. Russell era bajito y ancho, con una buena mata de pelo blanco. Vestía una camisa de manga corta con una camiseta debajo y tirantes. Tenía los dedos manchados de nicotina y se retorcía mucho, como si la ausencia de un cigarrillo entre los dedos le afectara al cerebro.

—Eso es lo que nos han contado —dijo Sean—. ¿Qué trabajo hacía aquí?

—Era quien solucionaba los problemas. Cuando pasaba algo fuera de lo normal que nadie más sabía cómo arreglar, recurríamos a Edgar.

—¿Qué clase de persona era? —preguntó Michelle.

—Muy reservado —respondió Russell—. A veces después del trabajo íbamos a tomar una cerveza. Edgar nunca venía. Se iba a la granja donde vivía. Creo que le gustaba leer.

—¿Usted fue alguna vez a la granja?

—Solo una, cuando le entrevisté para el trabajo.

—¿Cómo supo de su existencia? —inquirió Michelle.

—Amigo de un amigo —dijo Russell—. En su universidad. Tengo contactos en todas partes. Me informan de si hay gente con un talento excepcional. Edgar realmente destacaba. Ya hacía tiempo que había terminado los estudios, no sé qué hacía exactamente. Pero lo llamé y se presentó a una entrevista. Me dejó anonadado. Tenía uno de esos viejos cubos de Rubik en el escritorio. Lo cogió mientras hablaba conmigo y no paraba de darle vueltas y solucionarlo una y otra vez, como si nada. Yo no he sido capaz de hacerlo completo ni una sola vez. Era como si viera todas las combinaciones en su mente. Supongo que el tío podría haber sido un grandísimo jugador de ajedrez.

—No sabía que en la administración de Hacienda buscaban ese tipo de talento —reconoció Sean—. No puede decirse que los sueldos estén a la altura de los de Wall Street.

—Edgar no tenía ningunas ganas de ir allí. No me malinterprete. Probablemente habría podido inventar algún algoritmo con derivadas que le habría hecho ganar miles de millones. O haber diseñado algún software en Silicon Valley que lo habría hecho igual de rico.

—Pero ¿no le interesaba?

—Tenía su granja, sus libros y sus números.

—¿Números? —preguntó Michelle.

—Sí. Al tío le encantaban los números, lo que era capaz de hacer con ellos. Y le encantaban las complejidades. Era capaz de tomar un montón de secciones diferentes del código impositivo: ingresos, donaciones, fincas, corporaciones, asociaciones, intereses acarreados, plusvalías, y visualizar cómo funcionaban juntas. Lo hacía para divertirse. ¡Para divertirse! ¿Son conscientes de lo extraordinario que es eso? El código impositivo es una pesadilla. Ni siquiera yo lo entiendo en su totalidad. Ni por asomo, de hecho. Nadie lo entiende. Bueno, salvo Edgar. Cada página y cada apartado y cada palabra. Probablemente la única persona del país capaz de ello.

—Realmente excepcional —dijo Michelle.

—Desde luego. Hacía que nuestra oficina destacara, eso lo tengo claro. Desde otras administraciones querían arrebatárnoslo, dentro de Hacienda, quiero decir. Lo intentaron pero él ya estaba bien aquí. No quería trasladarse. A mí me iba genial. La de pluses de rendimiento que he recibido por ese hombre, bueno, digamos que tendré una jubilación mucho mejor gracias a ese tipo.

—Tengo entendido que iba a menudo a Washington D.C. —dijo Sean—. ¿Es porque era la única persona del país que lo entendía todo?

La expresión afable de Russell desapareció.

—¿Quién le ha dicho que iba mucho a Washington D.C.?

—¿Acaso no es cierto?

—Depende de cómo se defina «mucho».

—¿Cómo lo definiría usted? —preguntó Michelle.

—Una vez a la semana.

—¿Roy encajaba en esa definición o no?

—Tendría que consultarlo en los archivos.

—¿Tan grande es esta oficina?

—Es mayor de lo que parece.

Sean cambió de tema.

—¿O sea que trabajaba aquí cuando lo detuvieron?

Russell se retrepó en el asiento y los observó a los dos con las manos apoyadas en el vientre. Por encima del hombro tenía una estantería llena de gruesos archivadores blancos con títulos soporíferos en el lomo.

—¿Y dicen que representan los intereses de Edgar?

—Eso es. Ted Bergin, su abogado, nos contrató.

—Quien tengo entendido que está muerto.

—Eso es. Fue asesinado en Maine cerca de donde Roy está recluido.

—¿Eso significa que ya no representan a Edgar oficialmente? —Russell sonrió ante lo que obviamente le parecía la clave y el tanto ganador en la conversación.

—Pues resulta que sí. El bufete de abogados de Bergin le representaba y hay otra abogada que se ha hecho cargo del caso. O sea que seguimos manteniendo la misma relación.

Russell, que no daba la impresión de estar escuchando, extendió las manos.

—No sé qué decirles.

—Bueno, esperaba que me dijera si Roy trabajaba aquí cuando fue detenido. —Hizo una pausa—. ¿O acaso la oficina es demasiado grande para saberlo?

—No tengo por qué contarles nada. No son policías.

—El hecho de no querer responder, habla por sí solo —señaló Michelle.

—Seguro que la policía ha estado aquí para interrogarle. ¿Por qué no nos dice lo que les contó a ellos?

—¿Por qué no se lo preguntan ustedes directamente? Ya les he contado suficiente. Y tengo trabajo que hacer.

—Siempre se agradece oír la versión del interesado —dijo Michelle—. Supongo que comprende su papel en el pleito.

—Le agradecería que cambiara el tono.

Sean se inclinó hacia delante.

—¿Cree que es culpable?

Russell se encogió de hombros.

—Probablemente.

—¿Por qué?

—Los genios también tienen rincones oscuros. Piensan demasiado. No como el resto de los mortales. De modo que sí, probablemente lo hiciera. Seamos sinceros, cualquier tipo que sepa todos los registros del código impositivo tiene que estar pirado.

—Bueno, esperemos que no le llamen nunca para formar parte de un jurado popular —espetó Michelle. Russell reaccionó al comentario frunciendo el ceño.

—¿Observó algo en el comportamiento de Roy que pudiera indicar que fuera un asesino en serie? —preguntó Sean.

Russell fingió un bostezo y respondió con un desinterés evidente:

—¿Y qué tipo de comportamiento se supone que es ese?

—Oh, no sé —dijo Michelle, tensa—, a lo mejor una cabeza humana en el cuenco de gominolas que tenía en el escritorio. Cosas así de sutiles, imbécil.

Al cabo de un momento un guardia de seguridad, con tanta pinta de duro como los contables del edificio, los conducía al exterior. Cuando estiró el brazo para ponerle la mano en la espalda a Michelle para echarla, Michelle rugió:

—Como me toques, eres hombre muerto.

El hombre retiró la mano tan rápido que hizo una mueca de dolor, como si le hubiera dado un tirón.

Ya fuera, Sean soltó un suspiro.

—Me encanta tu método para interrogar, Michelle —dijo—. Todo un alarde de sutileza y sofisticación.

—Pues casi me entran ganas de volver a tener una placa —replicó ella—. Así no pueden echarte antes de responder, por muy listos que se crean. Y ese imbécil no iba a decirnos nada que nos fuese de utilidad.

—Tienes razón. No paraba de soltar evasivas. Debe de tener un buen motivo.

—Y lo que está claro es que Roy no trabajaba en la administración de Hacienda cuando lo detuvieron. De lo contrario, el tío nos lo habría dicho. Nos ocultaba algo. Si nos cuenta una mentira, se volverá contra él. Si no nos cuenta nada, no le pasa nada más adelante.

Estaban a punto de subir al todoterreno de Michelle cuando les abordó una mujer.

Parecía tímida. Tenía el pelo liso y muy rubio y llevaba unas gafas delante de unos bonitos ojos azules.

—Disculpen... —dijo con cautela.

Se volvieron para mirarla.

—Tengo entendido que han venido a preguntar por Edgar.

—¿Le conocía? —preguntó Sean.

—Trabajábamos en la misma zona de cubículos. Me llamo Judy, Judy Stevens.

—Estábamos haciendo preguntas pero su jefe ha decidido no cooperar.

—El señor Russell no quiere decir nada que pueda...

—¿Poner su culo en peligro? —sugirió Michelle.

Judy esbozó una tímida sonrisa y se sonrojó.

—Sí.

—¿Y usted no tiene ese problema? —sugirió Sean.

—Solo quiero que se sepa la verdad.

—¿Cuál cree que es la verdad?

—Lo único que sé es que Edgar había dejado de trabajar aquí, después de ocho años de hacerlo, más de siete meses antes de que empezara esta pesadilla.

—¿Adónde fue?

—Nadie lo sabe. Un día dejó de venir. Le pregunté al señor Russell, pero contestó que no era asunto mío.

—Vale. ¿Siguió en contacto con Edgar?

Judy bajó la mirada.

—Edgar y yo éramos amigos. Él... era buena persona, solo que muy tímido.

—O sea que siguió en contacto con él... —insistió Sean.

—Me llamó una noche. Así, de repente. Le pregunté qué pasaba, por qué ya no venía al trabajo. Me dijo que tenía otro trabajo pero que no podía decirme de qué se trataba.

—¿Le explicó por qué no podía decírselo?

—Porque era muy delicado. Esa es la palabra que empleó «delicado».

—¿Volvió a saber de él?

—No. Y por cómo habló me dio la impresión de que el hecho de llamarme era...

—¿Arriesgado para él? —sugirió Michelle.

Judy alzó la vista.

—Sí, exacto. Arriesgado para él.

—Entonces debe de tenerla en gran estima para correr ese riesgo.

—Yo pensaba mucho en él —dijo Judy, sonrojándose.

—O sea, que no cree que matara a todas esas personas —dijo Sen, tanteándola.

—No. Conocía a Edgar. Bueno, supongo que lo conocía tan bien como era posible conocerle. No es un asesino. No sabría cómo hacer tal cosa. No entraba dentro de su esquema mental. Aunque fuera tan grandote era un hombre muy amable. Si por casualidad pisaba un grillo, le sabía mal.

—Si se acuerda de algo más, llámenos, por favor —dijo Sean, tendiéndole su tarjeta.

Judy la cogió y la sujetó con fuerza.

—¿Han visto a Edgar? Me refiero a ese sitio... ahí arriba.

—Sí.

—¿Qué tal está?

—No demasiado bien.

—¿Podrían darle recuerdos de mi parte? —pidió Judy—. Y decirle que creo en su inocencia —añadió con firmeza.

—Descuide.

Michelle y Sean subieron al todoterreno de ella y se pusieron en camino.

—Bueno, Edgar tiene al menos una persona que le apoya —dijo Michelle.

—Dos. No olvides a su hermanastra.

—Cierto.

—O sea que de repente un día deja de ir al trabajo. Su jefe en Hacienda no dice ni mu. No dan explicaciones a nadie. Y él se arriesga, llama a su amiga y le dice que tiene un trabajo nuevo que es «delicado».

Michelle frunció el ceño.

—Y Murdock está en contraterrorismo. O sea que tiene que ser algo relacionado con la seguridad nacional, ya sabes, cosas de espías. Y ya sabes lo mucho que odio los asuntos de espionaje.

—¿A qué te refieres? ¿A las dos o tres puñaladas por la espalda y a las múltiples intenciones ocultas para cada situación?

—Más o menos, sí.

—Entonces, si está metido en asuntos de espionaje, ¿por qué?

—Por sus proezas mentales, supongo.

Sean se encogió de hombros.

—No sé qué otra cosa puede ofrecer aparte de su altura. Y dudo que la CIA o cualquiera de las otras fábricas de espías tengan equipo de baloncesto. O sea que está en el mundo del espionaje y pasa esto. Su nuevo patrono debe de estar muy cabreado.

—Eso explicaría la presencia de tantos tipos armados y con traje negro, los satélites y la implicación del FBI.

—Me gustaría echarle un vistazo al informe del médico forense.

Michelle hizo una mueca.

—Esperemos que los lugareños cooperen un poco más que ese payaso de Hacienda. No me extrañaría que me hicieran una inspección cualquier día de estos.

30

Dos horas después Sean tenía una copia del informe del médico forense y otros detalles del reconocimiento.

—Esperemos que esto nos dé pistas para continuar —dijo Michelle.

—Cabe suponer que si aquí hubiera alguna pista reveladora, la policía ya habría actuado —repuso Sean—. Este caso se encuentra en un callejón sin salida. Y no creo que se deba únicamente al hecho de que Edgar Roy esté en un manicomio federal.

—Está claro que alguien maneja los hilos —señaló Michelle—. A este tío le han tapado la boca de mala manera.

—Lo cual pone de manifiesto qué fuerzas hay entre bastidores.

—Sí, fuerzas que dan miedo.

—Vamos a buscar algo de comer y miramos a ver si encontramos algo en el informe —propuso Sean.

Mientras tomaban unos sándwiches y un café, Sean leyó el informe y comentó algunas partes con Michelle.

—Sin sorpresas —dijo—. Los cadáveres estaban en distintas fases de descomposición. El forense calculó que uno de ellos llevaba aproximadamente un año muerto. Los otros, entre cuatro y seis meses.

—Eso significa que mató seis veces en menos de un año.

—Hemos visto asesinos en serie más activos que él. Además,

el enterramiento hace que resulte más difícil calcular con exactitud el momento de la muerte. Podría haber sido antes o después. Si los cadáveres hubieran estado en la superficie por lo menos tendríamos la prueba de las larvas de mosca. Son muy precisas. Pero incluso en tierra hay ciertos elementos útiles. Me refiero a los insectos terrestres.

Michelle dejó el sándwich de atún.

—Bonita conversación mientras comemos —dijo—. No es precisamente de las que abren el apetito.

Sean guardó el informe en el maletín y echó un vistazo al restaurante.

—El tío que tienes en las dos en punto —dijo en voz baja—, el que lleva sudadera y cazadora tejana que intenta parecer estudiante por todos los medios. Es...

—Lo sé. Hace diez minutos que le he echado el ojo. Se le nota el bulto de la pistola bajo la cazadora y lleva un pinganillo en la oreja izquierda.

—¿FBI?

—Algo así. Pero ¿qué hacemos al respecto? —preguntó Michelle.

—Que no se note que sospechamos.

Michelle cogió de nuevo el sándwich.

—Me parece que ya he recuperado el apetito —dijo.

—Y a mí me parece que a lo mejor vuelves a perderlo.

Michelle, que estaba llevándose el sándwich a la boca, se detuvo.

—He visto una cosa en el informe del forense que me ha extrañado —añadió Sean.

—Estoy ansiosa por saberlo.

—¿Qué tipo de tierra había en el granero de Roy?

—Estamos en Virginia, o sea que arcilla roja. ¿Por qué?

—Las conclusiones indican que cada uno de los cadáveres mostraba la evidencia de la presencia de tierra distinta a la del granero.

Michelle volvió a dejar el sándwich.

—Pero eso solo sería posible si...

—Disculpen...

Ambos alzaron la vista hacia el hombre de la cazadora tejana que se había situado junto a su mesa.

—Sí —dijo Sean, a quien le molestó haber permitido que el tipo se acercara a su mesa sin que se diera cuenta.

—Me preguntaba si les importaría venir afuera conmigo.

—¿Y por qué íbamos a hacer una cosa así? —preguntó Michelle, cuya mano derecha había ido hacia su arma y había cerrado el puño izquierdo.

—Hagámoslo por las buenas.

—No vamos a hacer nada de ninguna manera —espetó ella.

El hombre introdujo la mano en la chaqueta, lo cual fue su primer error.

Michelle giró sobre sí misma y le asestó una buena patada con la izquierda en el vientre. El hombre cayó hacia atrás y chocó contra la mesa que había junto a la pared.

Su segundo error fue ir por ella otra vez.

Antes de que la atacara, Michelle le asestó otro fuerte puntapié en la mandíbula que lo levantó del suelo y lo hizo caer de espaldas en el gastado linóleo amarillento igual que un saco de patatas.

Sean se puso en pie y, anonadado, bajó la mirada hacia el hombre.

Los escasos clientes de la cafetería, hombres mayores en su mayoría, permanecieron inmóviles ante aquel alarde de violencia.

Michelle los miró.

—Ha sido un pequeño malentendido. Enseguida vendrán a recogerlo. Sigan comiendo y... ¡qué demonios!, pidan postre. —Señaló al hombre caído—. Invita él. —Se volvió hacia Sean y susurró—: Propongo que nos larguemos de aquí antes de que un equipo de asalto nos interrumpa el café.

Sean dejó dinero sobre la mesa para pagar la comida.

—Si es un agente federal, nos hemos metido en un buen lío —reconoció.

—Oye, no nos ha enseñado ninguna placa. Que nosotros supiéramos, estaba a punto de sacar un arma. —Michelle le abrió la cazadora con la punta de la bota y dejó el arma a la vista.

—Aun así... —se quejó Sean.

—No adelantemos acontecimientos. La verdad es que estoy un poco harta de que la comunidad de la placa y la porra nos mangonee. Y la paciencia nunca ha sido mi principal virtud.

—¿Cómo aprobaste el test psicológico para entrar en el Servicio Secreto?

—Muy fácil. Tomé un montón de Coca-Cola Light y cantidades industriales de chocolate.

Salieron de la cafetería por la puerta trasera y espiaron a otro coche, un sedán con un desconocido al volante. Michelle entró discretamente en su vehículo por el lado del acompañante, seguida de Sean. Arrancó y salió marcha atrás antes de que el conductor del sedán tuviera tiempo de reaccionar.

—El conductor no sabe qué hacer —dijo Sean mirando por el retrovisor—. Si seguirnos o... bueno, va a entrar para ver qué le ha pasado a su colega.

Michelle llegó a la carretera y aceleró. El coche no les siguió.

—Dentro de dos minutos se emitirá una orden de búsqueda y captura por agresión a un agente federal.

—Si es que es un agente federal.

—Venga ya, el tío lo llevaba escrito en la cara.

—¿Nos deshacemos de este vehículo y nos agenciamos otro?

—En cinco minutos tendrán el sistema controlado. Aparecerán nuestras tarjetas de crédito y el número del carné de conducir.

—Pues entonces llama a Murdock y dile lo que ha pasado.

—¿Te has vuelto...? —Sean se quedó inmóvil—. Lo cierto es que se trata de una idea genial.

—Gracias. Adelántate a él y dile que un tipo armado nos ha abordado. Que quieres advertirle de que pasa algo. Cuando te pregunte que por qué demonios hemos agredido a un federal, podremos alegar desconocimiento.

Sean ya estaba marcando el número. Se pasó dos minutos al teléfono y no permitió que el agente del FBI pronunciara una palabra hasta el final. Pero fuera lo que fuese lo que Murdock dijo, a Sean no le sentó nada bien a juzgar por la expresión de su rostro.

—Sí, puedo darte una descripción —dijo—. Y el número de matrícula. —Tras transmitirle la información, habló un poco más, respondió a otro par de preguntas y colgó—. A no ser que sea un mentiroso, Murdock no tenía ni idea —añadió mirando a Michelle.

—Entonces, ese tío no era del FBI —apuntó ella.

—Pues será de otra agencia.

—¿Qué me dices de la orden de búsqueda y captura?

—La CIA no las utiliza —respondió Sean—. Informan a los distintos cuerpos, los espías tendrían que explicar cosas a la policía que no les gusta explicar.

De pronto su móvil emitió un pitido. Sean leyó el SMS y, mirando a Michelle con una sonrisa en los labios, dijo:

—¿Quieres saber una noticia realmente buena?

—Dispara.

—El mensaje es de mi amigo el fiscal local. La bala que mató a Hilary Cunningham no corresponde a tu arma.

—¿Eso significa que no la maté? —dijo Michelle con expresión de profundo alivio.

—No, no la mataste. Lo cual significa que la mató otra persona, allí o en otro sitio. y trasladó el cadáver hasta el lugar para cargarte con el muerto, nunca mejor dicho.

—¿Igual que lo que aparentemente le hicieron a Edgar Roy?

—Igual.

—Pero tenían que saber que la policía haría la prueba de balística.

—No he dicho que quisieran condenarte por el crimen. Solo complicar un poco el asunto. Hacerte pasarlo mal.

—Vale, pues lo consiguieron. ¿Y qué resultados ha arrojado la prueba de balística? ¿Fue otra bala del 45 que a punto estuvo de alcanzarme?

—No. Una Parabellum nueve milímetros con punta hueca.

—Si quieres la paz, prepárate para la guerra —sentenció Michelle. Sean la miró con expresión curiosa—. La palabra *parabellum* deriva de un refrán latino que significa: «Si deseas la paz, prepárate para la guerra.» Era el lema del fabricante de armas alemán que hizo la bala Parabellum basándose en el diseño de Georg Luger. También se la conoce como nueve milímetros Luger, para distinguirla del proyectil Browning, por ejemplo.

—Eres todo un descubrimiento de joyas de la balística.

—La nueve milímetros Luger es también el proyectil de uso militar más habitual del mundo y lo utilizan la mayoría de las fuerzas policiales de Estados Unidos. ¿Quién era el fabricante y cuál era la carga?

Sean volvió a mirar la pantalla del móvil.

—Par controlado —dijo—. Carga Gold Dot JHP de ciento quince gramos.

—Vale, esa tiene una escala de una parada de más del noventa por ciento y un factor de penetración de más de treinta y tres centímetros. No está a la altura de una carga cuarenta y cuatro o tres, cinco, siete Magnum, pero muy potente de todas formas. Sin duda provoca heridas hidrostáticas por impacto.

—¿Qué significa eso?

—Significa que un disparo al pecho puede causar una hemorragia cerebral.

—O sea que obviamente no fue el proyectil utilizado para matar a Bergin.

Michelle negó con la cabeza.

—Imposible. Ese armamento le habría atravesado el cráneo disparando a bocajarro. No se le habría quedado en la cabeza.

—Qué interesante. Entonces lo más probable es que quienquiera que mató a Bergin no matara a Hilary Cunningham.

—Eso es. ¿Y ahora qué? —preguntó.

—Propongo que volvamos a Maine.

—¿En avión?

Sean negó con la cabeza.

—Para y cómprate una buena taza de café —dijo—. Vamos en coche.

—¿Puedo recuperar mi arma en la comisaría local antes de ir?

—Tienes mi consentimiento.

Michelle pisó el acelerador a fondo.

31

Al cabo de doce horas llegaron a Boston, donde pasaron la noche en un hotel. No habían seguido sin parar hasta Machias, Maine, porque, tras conducir durante siete horas y tras desvanecerse el efecto de las altas dosis de cafeína que había consumido, Michelle se había pasado al asiento trasero a echar una cabezada. Después de cinco horas al volante del Land Cruiser, a Sean se le habían empezado a cerrar los ojos con demasiada frecuencia. Tras dormir unas cuantas horas y madrugar a la mañana siguiente, a primera hora de la tarde entraban en el parking de Martha's Inn.

Megan Riley los recibió en la entrada.

—El agente Murdock es un cabrón —masculló.

—Es una forma de describirlo —convino Sean.

—Más benévola de la que yo emplearía —terció Michelle.

—¿Qué quería saber el FBI? —preguntó Sean.

—Todo. Pero no le he dicho nada. Soy la representante legal de Roy. No pueden intentar mangonearme.

—Así me gusta —dijo Michelle.

—Llamé a Murdock y le leí la cartilla —añadió Sean.

—Ya lo sé. No le gustó lo más mínimo. Por eso me soltó. Menudo imbécil.

—Y hemos descubierto quién es el cliente —dijo Michelle.

—¿Quién?

—La hermanastra de Roy, Kelly Paul —respondió Sean—. Es

una señora interesante. Aunque todavía no la tenemos calada del todo. Pero se trata de un activo con el que hay que contar. —Se calló y condujo a Megan a un banco situado bajo un árbol que había delante del hostal—. Siéntate.

—¿Por qué? —Megan alzó la vista hacia él con expresión de temor.

—Tenemos una mala noticia. Otra muerte.

Ambos vieron que Megan sujetaba el respaldo del banco con tanta fuerza que los nudillos se le pusieron blancos.

—¿Quién?

—Hilary Cunningham.

Megan consiguió contener el llanto. Por lo menos durante unos segundos. Luego se inclinó hacia delante y empezó a sollozar con la cabeza entre las manos.

Sean miró con desesperación a Michelle, quien musitó:

—Lo siento, estas cosas se me dan fatal.

Sean se sentó al lado de la mujer y le dio unas torpes palmadas en la espalda.

—Lo siento mucho, Megan.

Al final la joven se incorporó, se secó la cara con la manga de la chaqueta y preguntó:

—¿Cómo?

—Murió de un disparo. Y dejaron su cadáver en casa de Bergin. —Sean miró a Michelle.

—Yo estaba allí cuando ocurrió —dijo.

Megan alzó la vista hacia Michelle.

—¿Por qué iba alguien a querer matar a Hilary? No era más que una viejecita encantadora.

—Trabajaba para Bergin —respondió Sean. Bergin representaba a Roy. Eso parece bastar para ciertas personas en este caso.

Megan contuvo la respiración.

—¿Entonces eso qué significa? ¿Que yo soy la próxima?

—No vamos a permitir que te pase nada —dijo Michelle. Se sentó al otro lado de la joven abogada.

—A lo mejor debería haberme quedado con los del FBI —dijo Megan, cuya voz era apenas algo más que un susurro.

—¿Eso es lo que quieres? —preguntó Sean.

—No, la verdad es que no. —Adoptó un tono de voz más firme—. Lo que de verdad quiero es averiguar quién hizo esto.

—Es lo que nosotros también queremos.

—Entonces, ¿qué hacemos ahora?

—Vamos a ver a tu cliente.

—Pero me dijisteis que no habla.

—Tú todavía no le has visto. Yo concertaré la cita.

Sean y Michelle se ducharon, se cambiaron de ropa y comieron. Después de que Carla Dukes les diera la autorización, se dirigieron al centro. Las medidas de seguridad fueron más estrictas si cabe. Al final, Michelle se hartó cuando uno de los guardias la cacheó con demasiado entusiasmo.

—Si me vuelves a tocar el culo, tendrás que aprender a vivir con unas manos ortopédicas —espetó.

El policía retrocedió, se puso a mirar al techo y les indicó que siguieran adelante.

Esperaron en la sala pequeña. Trajeron a Edgar Roy. Su aspecto y conducta eran los mismos. Megan soltó un grito ahogado al verle y entonces se sentó en la silla, hechizada. Cuando los guardias se marcharon y la puerta se cerró detrás de ellos con estrépito, Megan guardó silencio.

Al final, Sean habló.

—Eh..., ¿quieres probar a hacerle algunas preguntas?

Megan se sobresaltó enrojecida. Abrió el maletín y dio un débil golpecito en el cristal que los separaba.

—Señor Roy, soy Megan Riley. —Presionó una de sus tarjetas de visita contra el cristal. Volvió a sonrojarse mientras Roy se limitaba a mirar al techo. Retiró la tarjeta lentamente y se la guardó en el bolsillo otra vez—. Señor Roy, le represento en este proceso judicial. Se le acusa de distintos cargos de asesinato. ¿Lo entiende?

Nada.

Megan miró a Sean, quien asintió con expresión alentadora mientras Michelle le dedicaba una expresión de incredulidad.

—Tenemos que preparar su defensa —prosiguió Megan, dirigiéndose a Roy—, y para ello necesitamos su plena colaboración.

Sin embargo, el techo seguía copando la atención de Roy.

—Señor Roy, otra persona relacionada con el caso ha sido asesinada. Hilary Cunningham, trabajaba para Ted Bergin. Recibió un disparo y dejaron su cadáver en casa de él.

La noticia tampoco hizo reaccionar a Roy.

Sean se levantó con brusquedad y rodeó el cristal para colocarse justo al lado del hombre. Michelle se incorporó de inmediato y se situó junto a Sean.

—¿Tú crees que esto es sensato? —susurró ella.

—No lo sé, pero me imagino que no tenemos nada que perder.

—Aparte de una extremidad si realmente es un psicópata.

—Para eso te tengo, para que me protejas.

Sean se inclinó tan cerca de Roy que olió el aliento del hombre. «Por lo menos todavía respira», pensó Sean. Era más de lo que podía decirse de Bergin o Hilary, o de los seis tipos del granero.

—Hemos conocido a la clienta —susurró Sean. Bajó la voz todavía más de forma que Roy fuera el único que pudiera oírle—: Su hermana, Kelly Paul.

Sean se echó hacia atrás para observar al hombre. A continuación volvió a encorvarse hacia delante y colocó la mejilla casi rozando la oreja de Roy.

—Y Judy Stevens le manda recuerdos. Y cree en su inocencia. Me pidió que se lo dijera.

Sean volvió a escudriñar la expresión del hombre. El silencio se prolongó unos cuantos segundos más.

Megan se disponía a decir algo pero Sean se lo impidió.

—Creo que ya basta por hoy.

—Pero si no ha dicho nada —exclamó Megan.

Sean miró a Michelle de un modo que indicaba que no necesariamente estaba de acuerdo con el comentario.

Mientras recorrían el pasillo Sean aminoró el paso al ver que se acercaba Brandon Murdock.

—Vaya, ¿acaso el FBI tiene una sucursal en Cutter's Rock? —espetó Michelle.

—Pensaba que teníais una forma más productiva de pasar el tiempo que hablando con una pared. —Lanzó una mirada a Megan—. ¿Sabes? Deberías elegir bien a tus amistades. Aliarse con las personas equivocadas puede resultar problemático.

—Soy la abogada de Edgar Roy. Esa es la única alianza que me interesa —repuso Megan.

—Eres su abogada por ahora.

—¿Qué se supone que quiere decir eso? —preguntó Sean.

—Que las cosas cambian.

—Venga ya, Murdock, estamos entre amigos. ¿Qué tiene de especial Roy? ¿Por qué te preocupas tanto por ese tío?

—Seis cadáveres.

—Jeffery Dahmer se cargó a muchos más y no vi al FBI recorriendo el país en avión y liándola.

—Cada caso es un mundo.

Michelle sonrió con desprecio.

—Vaya, ¿ahora eres poeta?

—Que tengáis un día productivo. —Murdock se marchó.

En el hostal, después de que Megan fuera a su habitación, Sean y Michelle se sentaron en el pequeño salón delantero.

—Cuando le mencioné el nombre de Kelly Paul a Roy...

—No sabía que lo habías mencionado. No te oía.

—Lo he hecho a propósito por si estaban grabando. Pero cuando he pronunciado el nombre, ha habido una reacción. No ha sido gran cosa, pero ha hecho un ligero movimiento de cabeza y ha abierto los ojos un poco más.

—Entonces ¿crees que te ha entendido?

—Creo que sí. Y eso no es todo. Ha pasado lo mismo cuando he mencionado a Judy Stevens.

—¿O sea que finge? ¿Por qué? ¿Para evitar ir a juicio? Falta mucho para eso. No puede hacerse el zombi indefinidamente.

—No sé si solo es para evitar ir a juicio.

—¿Qué otros motivos podría tener?

—Si respondemos a esa pregunta, respondemos a casi todo lo demás.

32

Edgar Roy se sentó en la celda. Había adoptado la postura habitual. Las largas piernas extendidas y separadas, la espalda en un ángulo cómodo contra la silla de metal que estaba atornillada al suelo. Clavó la vista en el extremo más alejado del techo. Era quince centímetros a la derecha de la pared trasera y diez de la pared perpendicular a esta. Roy imaginaba que ese punto representaba una especie de encrucijada. Ese pequeño punto de hormigón le ofrecía cierto consuelo.

Una cámara colocada en un hueco de la pared detrás de una protección transparente por encima de su hombro observaba todos sus movimientos, aunque no es que los hubiera. Un dispositivo de escucha empotrado en la pared grababa todo lo que decía, aunque tampoco había dicho nada desde su llegada.

Las mentes menos prodigiosas no habrían podido soportarlo, por lo menos de forma prolongada. Pero a Roy siempre se le había dado bien perderse en el interior de su mente. Para él, su cerebro era un lugar muy interesante en el que perderse. Era capaz de entretenerse sin parar con recuerdos, rompecabezas y reflexiones varias.

Había empezado a pensar en sus primeros recuerdos avanzando de forma cronológica. Su primer recuerdo se remontaba a cuando tenía dieciocho meses. Su madre le había dado un azote por cerrar la puerta con el gato en medio. Recordaba con exactitud sus palabras, el maullido del gato, el nombre del gato, *Char-*

lie, la canción que sonaba en la radio cuando había ocurrido. Colores, olores, sonidos. Todo. Para él siempre había sido así. Otras personas se quejaban de no recordar lo que habían hecho el día anterior, o que ya no recordaban lo que había pasado tiempo atrás. Roy tenía el problema contrario. Nunca había sido capaz de olvidar nada, por trivial que fuera, independientemente de que quisiera olvidarlo. Estaba ahí. Estaba todo ahí.

«No puedo olvidar nada.»

Con los años había llegado a aceptar tal habilidad. Había aprendido a compartimentarlo todo en lugares discretos de su mente, que parecía tener una capacidad ilimitada, capaz de flexibilizarse a discreción, como conectar otro lápiz de memoria u otra unidad Zip. Si le hacía falta, podía recordar lo que fuera al instante, pero no tenía por qué pensar en ello hasta que no quisiera.

Nunca había buscado la fama por esta habilidad especial. De hecho, en su infancia y juventud siempre le habían considerado raro por el funcionamiento de su mente. Por consiguiente, había intentado ocultar su talento en vez de jactarse de él. Por el contrario, las personas que sabían de sus dotes siempre habían criticado que rindiera por debajo de sus posibilidades.

Qué fácil era criticar, pensaba, cuando uno no se encontraba en esa situación. Pero realmente nadie podía encontrarse en su situación.

Puesto que la cámara estaba detrás de él siempre podía mover los ojos y posarlos en un punto distinto del techo. Se olvidó de cuando tenía dieciocho meses, del azote y del chillido del gato.

Su hermana.

Y Judy Stevens.

Eran las únicas amistades que tenía.

Pero no le habían olvidado. Quizás estuvieran trabajando desde fuera para ayudarle. Aquella gente que le había visitado. Sean King y Michelle Maxwell. Y la joven, Megan Riley. Su abogado estaba muerto. Su secretaria, asesinada. Eso es lo que le habían contado. En realidad Roy recordaba todo lo que le habían dicho, qué vestían exactamente, todos los tics que tenían, cada pausa, cada momento de contacto visual. La mujer alta era escéptica. La mujer bajita estaba nerviosa y era ingenua. El hombre parecía formal. Quizás estuvieran ahí para ayudarle. Pero ya hacía tiempo que había dejado de confiar en alguien plenamente.

Volvió a rememorar aquel día aciago. Se le había ocurrido entrar en el granero. Desde todas direcciones le habían asaltado los olores de su infancia. Había alzado la vista hacia el henal. Y le habían asaltado más recuerdos. Había recorrido la planta baja del granero y pasó la mano por el viejo tractor John Deere aparcado en una esquina, con los neumáticos inservibles. El viejo banco de carpintero, los contenedores de avena, las matrículas oxidadas que él y su hermana había coleccionado y clavado en una pared.

Se había detenido al llegar al trozo de tierra situado a lo largo de una pared del granero. El heno de esa zona estaba apartado a un lado y la tierra estaba recién removida, aunque no sabía por qué. Se arrodilló al lado de esa parcela y cogió un terrón, lo apretó y dejó que se le escurriera entre los dedos. La buena arcilla de Virginia con su olor dulzón y nauseabundo.

Se había fijado en una pala apoyada contra una pared, la había cogido e introducido el extremo en la tierra removida. Se había puesto a cavar hasta que se paró y dejó caer la pala. En la tierra había aparecido una cosa que ni siquiera su mente habría predicho.

Era un rostro humano. O, mejor dicho, lo que quedaba de él.

Había echado a correr hacia la casa a fin de llamar a la policía cuando oyó los sonidos.

Sirenas. Un montón de ellas.

Para cuando llegó a la puerta del granero, los coches patrulla paraban en seco delante de la casa. Hombres uniformados saltaban de los vehículos. Vieron a Edgar, le apuntaron con las pistolas y corrieron hacia él.

Por instinto, Roy había retrocedido hasta el interior del granero. Por supuesto, había sido un error pero no pensaba con claridad.

La policía lo había acorralado allí mismo.

—Yo no he hecho eso —había gritado, mirando de refilón a lo que entonces sabía que era un cementerio.

Los hombres uniformados habían seguido su mirada hacia la

tierra removida. Se habían acercado con sigilo al borde y habían apretado la mandíbula al ver lo que había ahí abajo. La cara que los miraba en estado de descomposición. Entonces habían observado los pantalones sucios de Roy y la pala que yacía en el suelo. La arcilla en las manos. Se le habían acercado más.

—Estás detenido —había bramado uno de los hombres de uniforme.

Otro había hablado por el micrófono portátil.

—El chivatazo ha valido la pena. Le hemos pillado. Con las manos en la masa.

Cuando Roy había mirado al hombre y oído lo que acababa de decir, su mente perfecta se había bloqueado por completo.

Después de que lo detuvieran y acusaran, lo único que Roy era capaz de pensar en hacer era retirarse al interior de su mente. Lo hacía cuando tenía miedo, cuando el mundo dejaba de tener sentido para él. Ahora tenía miedo y el mundo había dejado de tener sentido.

Habían intentado hacerle hablar. Habían contratado a un ejército de psicólogos y psiquiatras para evaluar su estado y determinar si fingía o no. Sin embargo, nunca se habían encontrado con alguien con una mente como aquella. Nada de lo que le habían preguntado, ninguna de las artimañas empleadas habían funcionado. Los oía, los veía, pero era como si hubiese un parachoques invisible entre él y el mundo exterior, como experimentarlo todo a través de un muro de agua. El ejército de loqueros había acabado por darse por vencido.

Después de eso, la siguiente parada había sido Cutter's Rock.

Roy conocía los parámetros exactos de su celda. Había memorizado la rutina de todos sus guardias. Sabía cuándo desayunaban, almorzaban y cenaban. Conocía la latitud y la longitud de Cutter's Rock. Y sabía que Carla Dukes era la persona de confianza de Peter Bunting. Lo había deducido por dos fragmentos de conversación que había oído por casualidad, inocuos para cualquiera que no poseyera una capacidad de observación y análisis fuera de lo común. Después de tanto tiempo lidiando con el Muro, las habilidades de Roy estaban al máximo rendimiento.

Y sabía que Bunting haría cualquier cosa que estuviera en su mano para recuperarlo. Para poder agrandar el Muro cada vez más. Para ayudar a mantener la seguridad del país.

A Edgar Roy no le importaba ayudar a mantener el país a salvo. Pero las cosas nunca eran tan sencillas. Sabía que existían dieciséis agencias de inteligencia en Estados Unidos. Contaban con más de un millón de empleados, de los que una tercera parte eran contratistas independientes. Había casi dos mil empresas que trabajaban en el campo de la inteligencia. Y oficialmente se gastaban más de cien mil millones de dólares en asuntos relacionados con la inteligencia, aunque la cantidad exacta fuera confidencial y fuera mucho mayor. Era un universo gigantesco y Edgar Roy se encontraba en pleno centro del mismo. Literalmente era el hombre que encontraba el sentido a lo que de otro modo sería una masa colosal de datos incomprensibles y en continuo crecimiento. Era como las olas del océano, implacables, martilleantes pero erizadas de importancia para quienes eran capaces de descubrir sus profundidades. Sonaba poético pero lo que él hacía en realidad era sumamente práctico.

Era demasiada carga para sus finos hombros. Y si se paraba a pensar demasiado al respecto, se habría quedado paralizado. Las conclusiones a las que llegaba, las declaraciones que hacía, los análisis que ayudaba a realizar se utilizaban para hacer políticas con consecuencias globales. Ciertas personas vivían y otras morían. Algunos países eran invadidos y otros no. Se lanzaban bombas o no. Se llegaba a acuerdos o se deshacían alianzas. El mundo se agitaba siguiendo los dictados de Edgar Roy.

Al ciudadano de a pie le habría parecido una exageración absoluta: una persona que básicamente le dice a los servicios de inteligencia de Estados Unidos qué hacer. Pero el secreto sucio de la inteligencia era que había demasiada dichosa inteligencia para que alguien le encontrara el sentido. Y estaba tan interrelacionada que a no ser que se tuvieran todas las piezas, era imposible emitir juicios informados y completos. Se trataba de un rompecabezas gigantesco y global. Pero si solo se tenía una parte del rompecabezas, el fracaso estaba asegurado.

Al comienzo el Muro le había fascinado. Para él era un organismo vivo, que le hablaba un idioma extranjero que tenía que aprender. Sin embargo, después de varios meses, aquella fascinación e interés habían decaído en cierto modo. Si bien el asunto era complejo e incluso para él suponía un reto, en cuanto había visto los resultados de su aportación, la realidad de lo que hacía le había caído encima como una bomba capaz de reventar un búnker.

«No estoy hecho para jugar a ser Dios.»

33

A la mañana siguiente Sean, Michelle y Megan desayunaron no en Martha's Inn sino en un restaurante situado a unos quinientos metros. Después de que se atiborraran de huevos, tostadas y café, Sean habló.

—Creemos que Carla Dukes es un topo.

—¿Qué os lo hace pensar? —preguntó Megan.

—Su despacho estaba vacío. Ningún objeto personal. No tiene intención de quedarse ahí demasiado tiempo. Al igual que Mark Twain y el cometa Halley, creo que llegó con Edgar Roy y se marchará con él.

—Realmente da la impresión de que la gente la tiene tomada con Edgar Roy.

—La cuestión es ¿por qué? —dijo Sean—. Dijiste que Bergin había hablado contigo sobre él.

—No fueron más que investigaciones al azar, nada significativo. Dijisteis que habíais conocido a la clienta, la hermana de Roy, Kelly Paul. ¿Qué os contó?

—Quiere ayudar a su hermano. Tiene un poder notarial para actuar en su nombre y contrató a Bergin para que lo representara. Bergin era su padrino.

Megan se terminó el café.

—O sea que tenemos una clienta que no quiere hablar. El FBI no nos va a contar nada. El señor Bergin y Hilary están muertos y no tenemos pistas.

—Tenemos que averiguar a qué se dedicaba Roy realmente —dijo Sean.

—¿A qué te refieres?

—Un fenómeno de la Administración de Hacienda que se convierte en un supuesto asesino en serie no genera tanto interés federal —explicó Michelle—. Hablamos con su jefe en Hacienda. No quiso decirnos nada, lo cual en realidad resulta muy elocuente.

—Y tenía una amiga que trabajaba allí —añadió Sean—. Dijo que Roy dejó de trabajar tres meses antes de que lo detuvieran. Él la llamó en una ocasión y le dijo que trabajaba en algo «delicado», pero que no podía decir más.

—¿O sea que creéis que Roy estaba metido en algo más? ¿En algo delictivo?

—No, tal vez algo relacionado con labores de inteligencia.

—Ya me pareció que podríais llegar ahí —dijo la voz.

Estaba de pie cerca de su mesa. Al alzar la mirada, Sean se preguntó cómo era posible que la mujer se moviera con tanto sigilo.

Kelly Paul se quitó las grandes gafas de sol y dijo:

—¿Puedo sentarme con vosotros?

Vestía unos vaqueros negros, un chaleco de lana y una gruesa americana de pana encima. Llevaba unas botas robustas con forro peludo. Parecía preparada para pasar un largo invierno en la costa de Maine.

Sean le hizo sitio y Paul se sentó a su lado.

—Megan Riley, te presento a Kelly Paul. Nuestra clienta —añadió con torpeza.

Las mujeres se estrecharon la mano.

—Tengo entendido que el FBI te ha sometido a un duro interrogatorio —dijo Paul—. Espero que no te hayan dejado heridas incurables.

Antes de que Megan tuviera tiempo de responder, Sean habló.

—¿Qué estás haciendo aquí?

—Una pregunta totalmente lógica —repuso Paul.

—¿Y me la puedes responder? —insistió Sean al ver que no parecía tener intención de contestar.

—He pensado que tantear el terreno personalmente sería una buena opción.

—Pero tendrás que pagar el precio de la pérdida de anonimato —señaló Michelle.

Paul llamó a la camarera y pidió una taza de té. Guardó silencio hasta que se lo sirvió y dio un sorbo. Dejó la taza y se tomó su tiempo para secarse los labios con cuidado.

—Me temo que mi anonimato se fue al garete en cuanto vosotros dos me visitasteis.

—Nadie nos siguió hasta tu casa —dijo Michelle.

—Que vosotros sepáis —puntualizó Paul. Dio otro sorbo al café.

—¿Qué significa eso exactamente? —preguntó Sean.

Paul miró a su alrededor.

—Aquí no. Hablemos del tema en otro sitio.

Pagaron la cuenta y subieron al coche de Michelle. Paul contempló el interior.

—¿Habéis comprobado si hay micrófonos ocultos?

Michelle, Sean y Megan se la quedaron mirando.

—¿Micrófonos ocultos? —exclamó Michelle—. Pues la verdad es que no.

Paul se sacó un aparatito del bolso y lo encendió. Lo pasó por el interior del vehículo y luego comprobó el resultado en la pequeña pantalla electrónica.

—Vale, podemos ir tranquilos. —Guardó el aparatito y se sentó mientras los demás seguían mirándola anonadados.

—¿Te importaría explicarnos? —instó Sean.

Paul se encogió de hombros.

—Es obvio, ¿no crees?

—¿El qué?

—Contra qué nos enfrentamos.

—¿Y qué es exactamente? —preguntó Michelle.

—Todo el mundo —repuso Paul.

—¿Podemos empezar por el principio? —dijo Sean—. Creo que es lo que ahora mismo nos hace falta a todos.

—Mi hermano no es un mero empleado de Hacienda con seis cadáveres en el granero.

—Sí, hasta ahí hemos llegado nosotros solitos —dijo Michelle.

—¿Qué es tu hermano exactamente? —preguntó Sean.

—No estoy segura de que estéis preparados para oír la respuesta.

—Creo que sí estamos preparados para las respuestas —dijo Sean—. De hecho, estamos tan preparados que me parece que no te voy a dejar salir de este coche hasta que nos lo cuentes.

Antes de que tuvieran tiempo de reaccionar, Paul presionaba una navaja contra la carótida derecha de Megan.

—Pues sería una decisión muy desafortunada por su parte, señor King, de verdad que sí.

—Guarda eso —dijo Sean—. No hace falta ponerse así.

Paul guardó la navaja y dio una palmada a Megan en el brazo.

—Siento haber tenido que hacerlo.

Dio la impresión de que la joven estaba a punto de vomitar el desayuno.

—Respira hondo y las náuseas del susto se te pasarán —añadió Paul con amabilidad.

—¿Por qué lo has hecho? —preguntó Sean.

—Hay que establecer unas normas básicas. Yo no me comprometo con ninguno de vosotros, al menos no totalmente.

—¿Y con quién te comprometes? —preguntó Michelle.

—Sobre todo con mi pobre hermano, que se está pudriendo en Cutter's Rock.

—¿Sobre todo? —preguntó Sean—. ¿Lo cual significa que hay algo o alguien más?

—En mi trabajo siempre hay algo más, señor King.

—¿Y qué trabajo es ese? ¿Inteligencia?

Paul miró por la ventanilla y no dijo nada.

—De acuerdo —dijo Sean—. Yo no pienso intentar trabajar contigo. Largo. Seguiremos sin ti. Pero si encontramos algo que perjudique a tu hermano, pues dará igual. Que sea lo que Dios quiera.

—En muchos sentidos mi hermano es la inteligencia de Estados Unidos.

Sean negó con la cabeza.

—Eso es imposible. Ese campo es demasiado extenso.

—Tienes una intuición notable. Pero lo cierto es que el sistema de inteligencia estadounidense estaba deteriorado. Demasiadas manos en la masa para que alguien supiera algo. Con el Programa E esa debilidad se subsanó.

—¿Programa E? —preguntó Michelle—. ¿La e significa «eidético»?

Paul sonrió.

—En realidad la E significa Eclesiastés.

—¿Como en la Biblia? —preguntó Sean.

—Uno de los libros de la Biblia hebrea, sí.

—¿Qué relación hay? —preguntó Michelle.

—Una filosofía subyacente en Eclesiastés es que el individuo puede encontrar la verdad utilizando los poderes de observación y razón en vez de siguiendo la tradición a ciegas. Se adquiere sabiduría y se dedica esa sabiduría a comprender el mundo por uno mismo. En aquel entonces era un concepto radical pero realmente encaja bien con la idea del Programa E.

—¿O sea que tu hermano es ese tipo? —preguntó Sean—. ¿El Analista?

—Existen seis personas en Estados Unidos clasificadas como «superusuarios». Según las leyes federales, se supone que tienen que saberlo todo. Pero no tenían una capacidad mental excepcional. Solían meter a un almirante retirado en una sala con apenas un boli y una hoja de papel y le pasaban toda la información de inteligencia durante ocho horas hasta que se desmayaba u orinaba encima. Se cumplía a rajatabla la ley de que los superusuarios estuvieran informados de todo pero el objetivo no se cumplía.

—¿Por qué resulta tan importante? —preguntó Sean.

—Vivimos en una sociedad con sobrecarga de información. La mayoría de las personas recibe más información de sus teléfonos inteligentes en una semana de la que sus abuelos recibían en toda su vida. En el gobierno y, lo más importante, en el ejército, la cosa se complica mucho más. Desde soldados rasos que miran cientos de televisores en instalaciones de alto secreto a generales del mayor rango posible que se lían con los dispositivos manuales en el Pentágono. Desde un analista clandestino de primer año en Langley que contempla trillones de imágenes enviadas por satélite al asesor de seguridad nacional para intentar encontrarle el sentido a los informes que se apilan hasta el techo encima de su escritorio, todos intentan asimilar más de lo que resulta humanamente posible. ¿Sabéis por qué los pilotos de las fuerzas aéreas llaman «cubos para recoger babas» a las pantallas de datos? Porque proporcionan tanta información que casi se vuelven lelos mirándolas. Se puede enseñar a la gente a utilizar mejor la tecnología o a concentrarse mejor, pero no se puede mejorar la capacidad neurológica de las personas. Tenemos la capacidad con la que nacemos.

—¿Y ahí es donde entra en escena el Programa E? —preguntó Michelle.

—Mi hermano es el último de una corta lista de genios singulares que han querido tener esa función. Es capaz de hacer muchas cosas a la vez con una especial atención al detalle. Tiene una capacidad neurológica inmensa. Es capaz de verlo todo y encontrarle el sentido.

—¿Y quién está detrás del Programa E exactamente? —preguntó Sean—. ¿El gobierno?

—Más o menos.

—¿Eso es todo lo que puedes decirnos?

—Por ahora, sí.

—¿Para quién trabajas?

—No trabajo para nadie. O para ciertas personas. Que yo elijo.

—¿No es mucha casualidad que tu hermano también trabaje en inteligencia? —dijo Sean.

—Coincidencia, ninguna. Yo animé a Eddie a trabajar en ese campo. Pensé que sería un reto para él y también pensé que sería un valor extraordinario.

Paul abrió la puerta del coche.

—¡Un momento! —exclamó Sean—. No te puedes marchar ahora.

—Me mantendré en contacto. Por el momento, haced todo lo posible por seguir con vida. Será cada vez más difícil.

—Una última pregunta —dijo Sean.

Paul se paró en la puerta.

—¿Tu hermano es inocente tal como dijiste que creías? ¿O mató a esas personas?

En un principio Sean no pensó que fuera a responder a la pregunta.

—Me reafirmo en lo que dije pero al fin y al cabo Eddie es el único que tiene la respuesta verdadera.

—Si mató a esa gente, su vida ha terminado. No volverá al Programa E ese.

—En cierto sentido la vida de mi hermano terminó hace tiempo, señor King.

34

Peter Bunting se sentó a la cabecera de la mesa y observó los rostros que lo miraban. No estaba rodeado de expertos en política que vivían en el mundo de las hipótesis sino de gente que se tomaba muy en serio las amenazas a la nación. Bunting sentía hacia ellos admiración y temor a partes iguales. Los admiraba por el servicio público que prestaban. Los temía porque sabía que de forma habitual ordenaban matar a otros seres humanos sin perder un minuto de sueño por ello.

Si bien era rutinaria, aquella reunión en concreto corría a cargo de Bunting debido al alto nivel de los presentes y debido también a las circunstancias atenuantes, la principal de las cuales era la situación actual de Edgar Roy. No enviaba a sus subordinados cuando tenía a una secretaria del gabinete, a distintos directores de servicios de inteligencia y militares de cuatro estrellas sentados a una mesa con tazas de porcelana delante. Le esperaban a él y pagaban un montón de dinero de los contribuyentes por el privilegio.

Había una persona que no debería haber estado presente, pero Bunting no podía hacer nada aparte de expresar su disconformidad antes de que le dijeran con sequedad que continuara presentando su informe.

Mason Quantrell estaba sentado al lado de Ellen Foster, con las manos en el regazo y plenamente centrado en Bunting. La única vez que Bunting tartamudeó durante su presentación fue cuando Quantrell había sonreído ante una de sus frases y luego le había susurrado algo a Foster al oído. Ella también había sonreído.

Bunting lidió con las preguntas subsiguientes, perspicaces y complejas en su mayoría, con precisión. Había acabado convirtiéndose en un experto analista de las caras de póquer de aquellos hombres y mujeres. Si bien no se les veía contentos, al menos parecían satisfechos, lo cual suponía un alivio. Había estado en reuniones que no habían ido tan bien. Entonces Quantrell se aclaró la garganta. Todas las miradas se volvieron hacia el director general de Mercury. En esos momentos Bunting sospechó que toda la reunión se había coreografiado a la perfección.

—¿Sí, Mason? —preguntó Bunting, que apretó con más fuerza el puntero de láser. Le entraron unas ganas inmensas de apuntar con él a los ojos de Quantrell.

—Hoy nos has contado muchas cosas, Pete.

—Suele ser el objetivo de una presentación como esta —repuso Bunting intentando mantener la calma.

Quantrell pareció no oírlo.

Pero lo que no nos has contado —continuó Bunting— es cómo esperas que un único analista siga el ritmo de todos los datos que se generan. Si bien es cierto que has obtenido cierto éxito...

—Yo modificaría la frase diciendo que hemos cosechado un gran éxito, pero continúa, Mason, por favor...

—Cierto éxito —repitió Quantrell—. Pero la realidad es que confiando en un solo analista nuestra seguridad nacional se ha debilitado de forma considerable y, posiblemente, de un modo irreversible.

—No estoy de acuerdo.

—Pues yo sí.

Todas las cabezas se giraron pero solo levemente, pues ese comentario procedía de Ellen Foster.

Bunting observó a la mujer que se había convertido en su mayor adversaria. Sin embargo, también era la jefa de la mayor agencia de seguridad federal, así que no le quedaba más remedio que ser respetuoso con ella.

—¿Señora secretaria?

—¿Qué tal puntúas tu rendimiento de hoy, Peter? —preguntó ella.

Vestía un vestido negro, medias negras y tacones negros con las mínimas joyas. Bunting se fijó, y no por primera vez, en que era una mujer muy atractiva. Piel sana, esbelta pero con curvas allá donde gustaba a la mayoría de los hombres. Foster tenía un currículum impresionante tanto sobre el terreno como en la sala de juntas y contaba con contactos políticos todavía más impresionantes. La jefa divorciada del Departamento de Seguridad Interior era discreta por naturaleza pero de vez en cuando su fotografía aparecía en algún evento social, donde se la veía del brazo de algún caballero de categoría similar a la de ella.

Tenía una casa en la zona alta de Washington D.C. y una residencia de verano en Nantucket, adonde iba para relajarse seguida de sus guardaespaldas. Su ex marido, un gestor de fondos privados asentado en Nueva York, había amasado una fortuna considerable utilizando el dinero de otras personas y pagando unos impuestos sobre la renta inferiores a los de su secretaria. Ella había obtenido la mitad de sus activos en el divorcio y podía hacer lo que le apeteciera. Y lo que le apetecía era dirigir la plataforma de seguridad nacional y, por lo que parecía, convertir la vida de Peter Bunting en un infierno terrenal.

—Parece que todo el mundo se ha quedado satisfecho con mi informe. —Miró a Quantrell y luego volvió a dirigir la mirada hacia ella—. Bueno, casi todo el mundo.

—Peter, ¿estás de broma, no? —preguntó.

—Si tiene algún ejemplo concluyente sin duda lo puedo tratar con usted.

—¿Qué hay que tratar? El análisis que acabas de presentar es una verdadera mierda y todos los presentes lo saben. Aparte de ti, por lo que parece.

Bunting volvió a mirar a la gente sentada alrededor de la mesa. No había ni un rostro compasivo en el grupo.

—He respondido a todas las preguntas y a todas las cuestiones complementarias. No he recibido una ovación pero tampoco he dejado ningún cabo suelto.

Foster se inclinó hacia delante.

—En la renovación del contrato has pedido un aumento del veintitrés por ciento basándote en distintos factores.

Bunting lanzó una mirada a Quantrell, que negaba con la cabeza y chasqueaba la lengua.

—Señora secretaria, con los debidos respetos, uno de mis principales competidores está sentado en esta sala. Esa información se proporcionó de forma confidencial para...

—Estoy segura de que podemos confiar en la profesionalidad del señor Quantrell.

A Bunting le entraron ganas de decir «¿Qué profesionalidad? ¡Sabes perfectamente que es un baboso!» Pero se contuvo.

—Todos los aumentos de coste están justificados. Mi gente pasó meses calculando las cifras. Y trabajaron en conjunción con el gobierno en todos ellos, o sea que sorpresas, ninguna.

—Aunque aquí en Washington tengamos fama de ser un cheque en blanco con un sello encima, a algunos nos gusta recibir aquello por lo que pagamos.

Aunque Bunting era casi treinta centímetros más alto que la mujer, se sentía empequeñecido por ella.

—Creo que aportamos un valor considerable a la situación.

—Sinceramente, te di una oportunidad, Peter. La has cagado.

—Hablé con el presidente —se apresuró a decir Bunting, pero enseguida se arrepintió.

Ella apretó los labios.

—Ya lo sé. Una táctica muy buena. Pero lo único que te ha proporcionado es un poco más de tiempo. Nada más.

Foster miró a los presentes.

—Creo que la reunión termina aquí. Señor Quantrell, le agradecería que me acompañara al despacho, tengo ciertos asuntos importantes que tratar con usted.

Foster se marchó de la sala seguida de Mason Quantrell.

Mientras la sala se vaciaba, Bunting permaneció allí unos minutos contemplando el inútil libro del informe que tenía entre las manos. En el momento de su marcha, nadie lo miró cuando pasó junto a los grupos que conversaban en el pasillo. Por lo que parecía, Foster había hecho bien su trabajo.

Esperó en el exterior del despacho de Foster hasta que salió con Quantrell.

—¿Puedo hablar con usted un momento, señora secretaria? —pidió Bunting.

Ella lo miró medio asombrada.

—Tengo la agenda llena.

—Por favor, solo un momento.

Quantrell parecía divertido.

—Ya hablaremos luego, Ellen. —Dio una palmada a Bunting en el hombro—. Anímate, Pete. Siempre puedes volver a venir a trabajar para Mercury. Creo que necesitamos a algún genio en el departamento de Informática.

Quantrell se marchó y Bunting se volvió hacia Foster y dijo:

—¿Y bien? Date prisa.

Él se le acercó.

—Por favor, no lo hagas.

—¿Hacer el qué?

—La acción preventiva.

—Cielo santo, Bunting —siseó ella—. ¿Hablas de esto en medio del pasillo? ¿Has perdido la cabeza?

—Dame un poco más de tiempo.

Ella lo repasó de arriba abajo y le cerró la puerta del despacho en las narices.

De regreso al aeropuerto, Bunting se fijó en el discreto edificio situado al final de una hilera de tiendas; y en la estructura de ladrillo cuya parte posterior daba a un barrio de las afueras. Luego había un edificio que parecía ser todo de cristal pero que en realidad no tenía ni una sola ventana. Todo aquello eran pruebas de que ahí se recogía información privilegiada. Estaban clavadas como astillas en fragmentos del mundo real y la mayoría de la gente que pasaba por delante no tenía ni la menor idea de lo que pasaba en su interior.

El trabajo de inteligencia era sucio y a veces mortífero. Independientemente de que al adversario lo mataran rápidamente con una bala, lentamente en un duro interrogatorio o abatido de forma anónima por el ataque de un avión teledirigido lanzado a miles de metros de altura, moría de todos modos. Al igual que podía pasarle pronto a Edgar Roy. Muerto.

Bunting se acomodó en el asiento y exhaló un largo suspiro. En esos momentos el contrato de dos mil quinientos millones de dólares no le parecía que valiera la pena.

35

—¿Seguimos a Carla Dukes? ¿Volvemos a ver a Edgar Roy? ¿Intentamos evitar los golpes de Murdock de algún modo? ¿Investigamos el pasado de Kelly Paul para ver qué averiguamos? ¿Investigamos los asesinatos de Bergin y Hillary? ¿Vamos detrás de los seis cadáveres del granero de Edgar Roy?

Michelle se quedó callada y miró expectante a Sean mientras caminaban a lo largo del paseo marítimo cercano a Martha's Inn.

—¿O hacemos todo eso? Y si es así, ¿cómo? —repuso él—. Solo somos nosotros dos.

—Se nos da bien hacer varias cosas a la vez.

—A nadie se le da tan bien.

—Pero tenemos que hacer algo.

—Lo de los seis cadáveres puede tener dos explicaciones. O alguien sabía que era el Analista del gobierno y le tendió una trampa. O mató a esa gente y el gobierno intenta ocultar al público el verdadero trabajo de Roy.

—Pero no crees que fuera él, ¿verdad?

—No, aunque no tengo ningún motivo de peso para respaldar esa idea.

—O sea que la gente que le ha tendido una emboscada deben de ser enemigos del país. ¿Saben a qué se dedica e intentan evitarlo? Pero ¿por qué no matarlo sin más? Vivía solo en esa granja. Habría sido fácil.

—Bueno, supongo que debía de tener medidas de seguridad,

o sea que quizá no fuera tan fácil. Pero quizá quisieran hacer algo más que privar a Estados Unidos de su brillante analista.

—¿Como por ejemplo?

—No lo sé —reconoció Sean.

—¿Quién crees que nos disparó a las ventanillas del coche?

—O los nuestros o los del otro bando.

—En eso estaba pensando.

—Hay mucha gente peligrosa por ahí.

—Exacto. —Michelle lo tomó del brazo—. Vamos.

—¿Adónde vamos?

—Ahora lo verás.

Al cabo de una hora y media Sean salía de Fort Maine Guns con una nueva Sig de nueve milímetros.

—Hace mucho tiempo que no disparo.

—Motivo por el que vamos al siguiente sitio. —Señaló una puerta en un edificio adyacente a Fort Maine con un cartel en el exterior que rezaba CAMPO DE TIRO.

Al cabo de una hora, Sean observó sus resultados.

—No está mal —dijo Michelle—. Una puntuación total del noventa por ciento. Tus tiros a matar han acabado en la zona en que deberían estar.

Sean miró las dianas. Los orificios eran grandes porque las balas se habían congregado en el mismo sitio.

—¿Qué puntuación has obtenido?

—Un poco mejor que la tuya, pero solo un poco.

—Mentirosa.

Cuando regresaron al hostal, Megan trabajaba duro en la mesa circular del salón, rodeada de papeles y expedientes desperdigados a su alrededor.

Alzó la vista cuando entraron en la sala.

—¿Qué estás haciendo? —preguntó Sean.

—Trabajando en los documentos de una petición.

—¿Con respecto a qué?

—La información de la señora Paul me ha dejado muy intrigada. Quiero saber qué sabe el gobierno del pasado de Edgar Roy y lo que realmente hace para ellos.

—Pero si trabaja en inteligencia no nos dirán nada —dijo Michelle—. Lo enterrarán bajo la palabrería de la seguridad nacional.

—Es cierto. Pero si conseguimos que haya constancia de eso, quizá baste para plantear una duda razonable en la mente del jurado. Sin duda se trata de una evidencia crítica. Y a fin de conseguir esa evidencia tenemos que tirar del hilo del gobierno. Con fuerza.

—Pero es posible que nunca vaya a juicio —señaló Michelle.

—Pero si va a juicio —dijo Sean—, algunas pruebas forenses nos ayudarán. La tierra distinta, por ejemplo, que encontraron en los cadáveres. Es posible que los trajeran de algún otro sitio y los enterraran en el granero de Roy.

—Bueno, podría bastar con esa prueba exculpatoria —dijo Megan esperanzada.

—A no ser que arguyan que Roy los matara en algún otro sitio, escondiera los cadáveres durante un tiempo y luego los desenterrara y los trasladara a Virginia.

—¿Y los enterrara en su granero para que alguien los encontrara y lo detuviera? —planteó Megan con incredulidad—. Para ser un tío tan listo, parece una soberana tontería.

—Y luego está la persona misteriosa que llamó a la policía para dar el chivatazo de forma tan oportuna. Para empezar, ¿quién es esa persona y cómo sabía de la existencia de los cadáveres? Quizás el chivato matara a esa gente y le cargara el muerto a Roy.

—Eso está por demostrar —observó Michelle.

—No, la prueba de culpabilidad es responsabilidad del gobierno. Nosotros solo tenemos que sacarlo de forma que provoque una duda razonable en la mente del jurado —respondió Sean.

—Murdock se cabreará mucho cuando vea las instancias presentadas.

—Pues que se cabree. —Miró a Megan—. ¿A ti no te importa? Megan sonrió.

—El FBI ya no me asusta.

Sean y Michelle se encaminaron a la habitación de él.

—Podríamos seguir muchas vías, pero quiero centrarme en Carla Dukes.

—Probablemente sea agente del FBI.

—No creo.

—¿Por qué?

—Tú y yo hemos tratado con un montón de agentes del FBI. Ya no es una jovencita, o sea que si fuese del FBI, hace años que pertenecería al cuerpo. No tiene los andares ni el habla de una veterana del FBI. Y un agente del FBI habría previsto que la amenazaríamos con ir a los medios para conseguir ver a Roy y habría tenido una respuesta preparada. No fue el caso.

—De todos modos para ella somos el enemigo —repuso Michelle.

—Aun así los enemigos pueden llegar a un terreno común.

Michelle ladeó la cabeza.

—¿Te refieres a que consigamos presionarla?

—Exacto.

—Tendremos que currárnoslo de lo lindo.

—Seguro —dijo Sean.

—¿Tienes algo en mente?

—Sí.

—¿Cuándo lo hacemos?

—Esta noche, por supuesto.

36

Carla Dukes aparcó el coche en el garaje alrededor de las nueve de la noche. Abrió la puerta que conducía a la cocina, dejó el bolso y se colocó delante del panel de la alarma con el dedo preparado para pulsar los botones adecuados. Tardó unos segundos en darse cuenta de que el sistema de alarma no emitía ningún pitido agudo que le indicara que tenía que desactivarlo antes de que se agotara el intervalo previsto.

Eso se debía a que la alarma estaba desconectada.

Giró en redondo.

Se encontró con Sean de pie con la culata del arma visible en la cintura.

—¿Qué coño estás haciendo aquí? —exigió Dukes.

—Tengo que hablar contigo.

—Has allanado mi casa.

—No, la puerta estaba abierta.

—Imposible. Lo cierro todo con llave antes de marcharme y luego activo la alarma.

—Pues se te debe de haber olvidado. Como puedes ver, la alarma está desactivada.

—La habrás desactivado tú.

—Di lo que quieras.

—Estás en mi casa, voy a llamar a la policía. —Miró la pistola que él llevaba.

Sean miró hacia la misma dirección.

—Es una Beretta de nueve milímetros. Un modelo estándar para el FBI, fíjate qué casualidad.

La mujer sacó el móvil del bolso.

—Pues muy bien, ¿por qué no les llamamos para que vengan a recogerte a ti y al arma?

Antes de que tuviera tiempo de marcar una sola tecla, Sean habló.

—¿Tú crees que al agente Murdock le gustaría saber que trabajas para alguien más?

—Vale. Soy del FBI, así que puedo detenerte ahora mismo. Pero en cambio te voy a dar cinco segundos para que te largues de aquí.

Sean ni se movió. Se limitó a mirarla con una sonrisa tensa en la comisura de los labios.

—A ver si lo entiendes, Carla, lo que pase en los siguientes minutos determinará que tú también acabes en una prisión federal o no.

—¿De qué estás hablando?

—Acabas de cometer un grave error.

—Te estoy advirtiendo.

—No eres del FBI. Ni por asomo. Así que si alguien va a llamar a los federales, lo más probable es que sea yo. —Sacó el teléfono y colocó el dedo encima de los números. Ella lo observaba sin decir palabra—. Pero quizás antes quieras hablar —dijo él.

—Quizá —repuso ella nerviosa.

Sean le quitó el teléfono de la mano y lo dejó en la encimera de la cocina.

—Me parece que quieres que el FBI crea que trabajas para ellos. Sin duda haces las cosas por inercia. A Murdock lo tienes convencido. Pero él no te colocó en Cutter's Rock.

—Mira, ya te he dicho que soy del FBI.

—Entonces enséñame las credenciales.

—Soy agente secreta. No las llevo.

—¿Dónde está tu Beretta?

—En mi habitación.

Sean negó con la cabeza.

—El procedimiento estándar para un agente secreto del FBI

es meterse en el papel. Tu despacho está vacío. Ni siquiera hay una foto de familia falsa en la mesa. —Señaló su pistola—. Y, para que te enteres, el FBI no utiliza Berettas. Llevan Glocks o Sigs.

Dukes no dijo nada.

O sea que alguien te colocó en Cutter's —prosiguió Sean—. Lo cual significa que prestas servicio a otros. Al FBI no le gusta nada que la gente se haga pasar por loca.

—Me destinaron a trabajar en Cutter's Rock. Tengo una larga trayectoria en los correccionales federales.

—Da igual. Estás aquí de forma temporal. Ni siquiera te has molestado en mudarte a tu despacho. Y esta casa es de alquiler. Con un contrato de seis meses.

—¿Me has estado espiando? —preguntó.

—Soy detective. Dediqué una tarde muy productiva a buscar información sobre ti. Y no soy el único.

Dukes empalideció ante el comentario.

—¿A qué te refieres?

—A que hay mucha gente interesada en ti, Carla. ¿De verdad pensabas que podías meterte en esto como si tal cosa, jugar a dos bandas y pensar que nadie se daría cuenta? Tanta ingenuidad podría acabar contigo.

—No son gente con la que se pueda jugar.

—Créeme, ese mensaje lo tengo clarísimo.

—Entonces ya sabes que no puedo contarte nada. Márchate, por favor, ahora mismo.

—Te citaré para el juicio.

—¿Qué juicio?

—¿Edgar Roy? ¿Seis cadáveres? No me digas que se te ha olvidado.

—¿Qué tiene eso que ver conmigo?

—Edgar Roy es el único motivo por el que estás en Cutter's Rock, Carla. Y dado que represento a Roy, por ética tengo el deber de intentar que lo exoneren. Para ello tengo que enturbiar el asunto. Se llama duda razonable.

—Eres un insensato.

—¿Y tú no?

—Por cierto, Murdock ya sabe quién eres realmente.

—Es imposi... —Se dio cuenta del error demasiado tarde.

—Di lo que quieras sobre el FBI pero tienden a obtener la respuesta correcta.

—Tienes que marcharte, inmediatamente.

Sean se volvió hacia la puerta.

—Una cosa más... el Bureau te ha pinchado el teléfono y el correo electrónico.

—¿Por qué me lo adviertes?

—Con la esperanza de que entres en razón y quieras hacer un trato conmigo y no con ellos. —Dejó que asimilara su propuesta—. ¿Carla? ¿Te estás enterando de lo que te digo?

—Me lo... me lo pensaré.

—Vale. Pero no tardes demasiado.

Sean bajó la calle y subió al Land Cruiser que había estacionado allí con anterioridad. Puso el motor en marcha y salió disparado. En cuanto estuvieron fuera del ángulo de visión de la casa de Carla Dukes, Michelle, que se había agachado en la parte de atrás, se acomodó en el asiento del copiloto.

—¿Ha ido todo bien? —preguntó Sean.

—Fácil. Debería quedarse a comprobar que la puerta del garaje baja del todo antes de entrar en casa. He podido entrar a hurtadillas detrás de ella.

Sean consultó la hora.

—Vale, la he asustado con lo del teléfono y el correo electrónico. Ahora solo tiene un medio de comunicación.

—Cara a cara. Pero si cree que no puede comunicarse por teléfono ni por correo electrónico, ¿cómo concertará una reunión?

—Con un mensaje en clave, supongo. Inocuo aparentemente, y establecerá una hora en un lugar predeterminado. —Observó el sistema de rastreo electrónico alojado en su mano—. ¿Qué alcance tiene?

—Poco más de tres kilómetros. Más que suficiente para nuestro objetivo, incluso en los remotos parajes de Maine.

—¿Dónde has puesto el aparato?

—En la parte inferior del mecanismo de acción del limpiaparabrisas trasero. Ahí no mira nadie. Luego he saltado por la ventana del garaje. La verdad es que se me empieza a dar bien.

—O sea que ahora esperamos —dijo Sean.

—No creo que tengamos que esperar mucho. —Contempló el dispositivo más de cerca—. Parece que ya se ha puesto en marcha. Chico, realmente le has metido el miedo en el cuerpo.

—He ido en plan abogado. Por naturaleza damos sustos de muerte a todo el mundo.

37

Después de aterrizar en LaGuardia y ser conducido a la ciudad, Peter Bunting no fue a casa para reencontrarse con su encantadora y socialmente activa esposa y sus tres hijos privilegiados y talentosos en su lujosa casa de ladrillo visto de la Quinta Avenida, frente a Central Park.

Ni tampoco regresó a su despacho. Tenía otro sitio adonde ir porque se había empeñado en mantener con vida a Edgar Roy.

«Y a mí mismo probablemente», pensó. Caminó quince manzanas hasta un edificio de seis plantas en malas condiciones alejado de las famosas avenidas de Manhattan. Se cuidó de que no le siguieran entrando en los vestíbulos de los edificios y saliendo por lugares distintos. En la planta baja del edificio de seis pisos había una pizzería. En las plantas superiores había oficinas de pequeñas empresas. En la planta superior había dos salas. Subió por las escaleras y llamó.

El hombre le hizo pasar y cerró la puerta detrás de él. Bunting pasó a la sala contigua. El hombre le siguió y cerró la puerta también de esa habitación. Indicó a Bunting que se sentara en una silla cercana a una mesita.

Bunting tomó asiento, se desabotonó la americana del traje e intentó acomodarse en una silla que no era nada cómoda. El hombre permaneció de pie.

James Harkes iba vestido, como siempre, con un traje negro de dos piezas, una camisa blanca almidonada y una corbata recta negra. Pasaría desapercibido entre el resto de millones de hombres de la ciudad.

—Gracias por recibirme tan rápido —empezó diciendo Bunting.

—Ya sabe que mi función es cuidar de usted, señor Bunting —dijo Harkes.

—Por el momento has hecho un buen trabajo.

—Por el momento.

—¿Los seis cadáveres en la granja? Creo que a Roy le tendieron una trampa.

—¿Y quién querría hacer tal cosa?

Bunting vaciló antes de responder.

—Estás de broma, ¿no?

—No suelo emplear el sentido del humor en mi trabajo.

—Me refiero a que es obvio que hay gente que no está de acuerdo con el programa.

—Pero ¿por qué tenderle una trampa a Roy? Yo lo habría matado o lo habría llevado a mi terreno.

Bunting habló pero sin demasiada seguridad.

—Pero nosotros tampoco podemos usarle. Eso nos debilita.

—Pero quizás algún día esté en libertad. Para nuestros enemigos es mejor matarlo. Así no podrá volver a trabajar.

Bunting lo observó a conciencia.

—Foster habla de emprender acciones preventivas contra Edgar Roy. ¿Sabes algo de eso?

Harkes no dijo nada.

—Harkes, ¿emprendiste una acción preventiva con Ted Bergin, el abogado?

Harkes guardó silencio.

—¿Por qué matarlo?

Harkes seguía con la vista fija en Bunting pero continuó sin decir nada.

—¿Quién está autorizando esto? Porque está claro que yo no.

—Yo no hago nada sin la aprobación necesaria.

—¿Quién la da? ¿Foster?

—Seguiremos en contacto.

—Harkes, cuando se toma ese camino, ya no hay vuelta atrás.

—¿Algo más, señor? —Harkes abrió la puerta para dejar pasar a Bunting.

—Por favor, no lo hagas, Harkes. Edgar Roy es una persona única. No se merece esto. Es inocente. Sé que lo es.

—Cuídese, señor Bunting.

En cuanto llegó a la calle Bunting se puso a caminar de regreso a su oficina pero en el último momento se desvió. Entró en un bar, buscó sitio y se tomó un gin-tonic de Bombay Sapphire. Comprobó el correo electrónico, hizo unas cuantas llamadas, todas rutinarias, más que nada para quitarse el embrollo de Edgar Roy de la cabeza. Estaba entre la espada y la pared. Estaban matando a gente y él no podía hacer nada.

Absorto en sus problemas, no se fijó en la mujer alta que había entrado detrás de él. Se acomodó en un asiento en la parte posterior del bar, pidió un Arnold Palmer y observó todos sus movimientos sin que se notara.

Kelly Paul esperó pacientemente a que Peter Bunting acabara de ahogar sus penas en un buen gin-tonic.

38

—¡Se ha parado! —exclamó Sean mientras contemplaba la minúscula pantalla—. Reduce la velocidad un poco cuando dobles la siguiente esquina.

Michelle desaceleró cuando llegaron a la curva. A unos quinientos metros por delante vieron que las luces traseras del coche de Duke se apagaban.

—Es un lugar solitario —dijo Michelle.

—¿Cómo iba a ser si no para una reunión de este tipo?

—Tenemos que acercarnos más.

—A pie. Vamos.

Un muro bajo de piedra les ofrecía cobijo y les permitía acercarse lo suficiente para ver con quién había quedado Carla Dukes en el pequeño claro que tenía una vieja mesa de picnic y una barbacoa de carbón oxidada.

El hombre era más bajo que ella, joven y delgado.

Ella caminó arriba y abajo delante del joven, hablando animadamente mientras él se quedaba quieto, observándola y asintiendo de vez en cuando. Sean y Michelle presenciaban la escena pero no oían lo que decían.

Sean sacó la cámara, que había extraído del coche e hizo unas cuantas fotos de la pareja. Observó la pantalla y luego se la enseñó a Michelle.

—¿Lo reconoces? —preguntó en voz baja.

Ella escudriñó el rostro.

—No. Joven y ridículo. No es la idea que tengo de un superespía cachas.

—Hoy en día los hay para todos los gustos. De hecho, los más valorados son los que no tienen pinta de espías.

—Pues entonces este tío se lleva la palma.

Cuando Dukes se marchó en el coche, no volvieron a seguirla sino que siguieron al hombre. Era el siguiente eslabón de la enigmática cadena. Y quizá les condujera adonde necesitaban. Como no tenían un dispositivo de seguimiento en el coche de él tuvieron que mantenerse más cerca de lo que a Michelle le habría gustado pero el hombre no dio muestras de darse cuenta.

Al cabo de varias horas resultó obvio cuál era el destino.

—Bangor —dijo Sean.

Michelle asintió y preguntó:

—¿Crees que vive ahí?

—No —respondió Sean alzando la vista—. Parece que lleva un coche de los que se alquilan en el aeropuerto.

—Entonces va a coger un avión en Bangor —apuntó Michelle.

—Eso creo, sí.

Al cabo de un rato se dieron cuenta de que estaban en lo cierto porque el coche entró en el aeropuerto situado en las afueras de Bangor.

Sean y Michelle ya habían hecho sus planes por el camino. Ella aparcó. Sean se apeó del vehículo y dijo:

—Vuelve a Martha's Inn y cuida de Megan. No quiero que acabe como Bergin o Hilary.

—Llámame cuando sepas adónde vas.

—Descuida. —Sean sacó la pistola de la funda y se la tendió—. Cógela.

—Quizá la necesites.

—No tengo excusa para llevarla en el avión —dijo Sean—. Y si me para la policía y pierdo a este hombre, no avanzaremos. —Giró sobre sus talones y echó a andar.

—¿Sean?

Sean se volvió.

—¿Sí?

—¡No te mueras!

—Lo intentaré con todas mis fuerzas —repuso Sean con una sonrisa.

Hasta que Sean no desapareció de su vista, Michelle no puso en marcha el motor del Toyota y se marchó. No le hacía ni pizca de gracia tener que separarse otra vez de él.

39

Durante el viaje de regreso a Machias, Michelle había recibido una llamada de Sean desde el aeropuerto. El hombre iba en el vuelo de las seis de la mañana al aeropuerto de Dulles, en el norte de Virginia y luego continuaba hasta Nueva York. Sean había comprado un billete para el mismo vuelo.

—He podido ver el billete. Está en la tercera fila en ambos trayectos. He cogido asiento al final del avión en los dos vuelos. El primero es de Delta y el segundo de United. Ya te llamaré cuando lleguemos, un poco antes del mediodía.

—¿Has visto el nombre del billete?

—Por desgracia, no.

Había colgado y Michelle había continuado conduciendo. A eso de las cuatro de la mañana entró en el oscuro aparcamiento de Martha's Inn. Los huéspedes tenían una llave que abría la puerta exterior. Paró en la cocina y se tomó un tentempié antes de subir por las escaleras. Se paró en el segundo rellano al ver luz en la habitación de Megan. Llamó a la puerta.

—¿Megan?

La puerta se abrió apenas y Michelle miró a Megan y preguntó:

—¿Pasa algo?

—He oído que llegabas —respondió Megan—. He pensado que podríamos hablar.

—Vale. —Michelle se acomodó en una silla situada junto al pequeño escritorio de pino—. ¿Qué ocurre? —preguntó.

Megan llevaba una vestimenta verde de cirujano, que obviamente usaba de pijama.

—¿Dónde os habéis metido? Desaparecisteis sin más después de que habláramos por la tarde.

—Teníamos que hacer de sabuesos.

—Pensaba que habíais dicho que ibais a protegerme, pero lo único que hacéis es largaros y yo no me entero de nada hasta que volvéis.

—Mira, Megan, tienes parte de razón, pero hacemos lo posible con los recursos limitados que tenemos. De hecho, ahora Sean está siguiendo una pista pero me ha enviado de vuelta aquí para que me encargue de ti.

—¿Una pista dónde?

—A Washington D.C., por lo que parece.

Megan se sentó en el borde de la cama.

—Lo siento. Ya sé que hacéis todo lo que podéis. Es que...

—¿Miedo?

—No tenía intención de dedicarme a la defensa criminalista cuando entré a trabajar para el señor Bergin. Este caso me ha caído por casualidad.

—Pero Sean es un abogado excelente y ha llevado muchos casos criminalistas.

—Pero ahora mismo no está aquí. Intento redactar estas peticiones pero no es fácil.

—Bueno, me temo que en eso no puedo ayudarte.

—Murdock vino a verme otra vez.

—¿Qué coño quería?

—Parecía especialmente interesado en lo que tú y Sean estabais haciendo.

—Ya me lo imagino.

—Da la impresión de que con cada paso que damos nos alejamos más de la verdad.

—Pero normalmente se encuentra una pequeña pieza que encaja y todo cobra sentido —dijo Michelle.

—No podemos dar por supuesto que vaya a pasar.

—Intentamos llamar a la buena suerte.

—Supongo.

—Duerme un poco. ¿Qué te parece si desayunamos juntas a eso de las nueve? Entonces podemos hablar más. Pero ahora mismo necesito dormir.

—De acuerdo, pero voy a cerrar la puerta con llave y a apoyar el escritorio contra la misma.

—La verdad es que no es mala idea.

Michelle salió de la habitación y se dirigió a la de ella. Bostezó y se liberó de ciertos nudos de tensión con unos estiramientos para despertarse por completo. Alguien se movía abajo. Al principio pensó que quizá se tratase de la señora Burke, pero la anciana casera seguro que habría encendido alguna luz de su hostal. Michelle se agachó y salió con sigilo a la escalera, pistola en mano. Se centró en los movimientos que notaba abajo.

Realmente se necesitaba mucha energía para caminar sin hacer ruido. Había que mantener la posición, cambiar y conservar el equilibrio en los puntos precisos.

Joven. En forma. Preparado.

Estaba claro que no era la señora Burke.

—¿Maxwell? ¿Eres tú?

—¿Dobkin?

—Si tienes la pistola desenfundada, guárdala. No quiero que me dispares por equivocación.

—Entonces evita entrar en casas que no son la tuya a las tantas de la noche.

—Tengo una llave. Soy la policía. Se me permite entrar.

Michelle enfundó la pistola y bajó por las escaleras.

—Por aquí.

Él se colocó delante de una ventana por la que entraba el claro de luna. Eric Dobkin iba de uniforme y se le veía angustiado.

—¿Dónde está tu compañero? —preguntó—. ¿Arriba?

—No, se ha marchado. ¿Qué pasa?

—¿No te has enterado?

—¿De qué?

—Han encontrado a Carla Dukes muerta en su casa, hace una hora.

40

El piloto supo lidiar bien con el viento arremolinado que soplaba encima del East River y el avión aterrizó en el aeropuerto de LaGuardia a la hora exacta. Sean fue uno de los últimos pasajeros en salir pero enseguida aceleró el paso en cuanto salió de la pasarela y entró en el aeropuerto. El hombre al que seguía iba por delante, caminando a paso tranquilo. Sean aminoró el paso pero no lo perdió de vista. La azafata del vuelo Bangor-Nueva York había anunciado el número de su siguiente puerta de embarque y los pasajeros en tránsito se dirigían a ella. Al llegar, el vuelo todavía no aparecía en la marquesina porque hacían una escala de tres horas antes del corto vuelo hasta Virginia.

Sean se compró un café y un sándwich de huevo. Recordó algo, se introdujo la mano en el bolsillo y encendió el teléfono. Vio inmediatamente que Michelle le había llamado varias veces. La telefoneó enseguida.

—Gracias a Dios —dijo ella al oír su voz—. Te he llamado un montón de veces pero no había manera. Tengo muchas cosas que contarte.

—No me digas que... hay más muertes —dijo con tono jocoso.

—¿Cómo demonios te has enterado?

A Sean se le cayó el alma a los pies.

—¿Cómo? Lo decía en broma. ¿De quién se trata?

—Carla Dukes. Dobkin vino al hostal poco después de que yo llegara y me lo dijo.

—¿A las tantas de la noche? ¿Por qué ha hecho una cosa así? —preguntó Sean con suspicacia.

—No lo sé. Quizá crea que todavía nos debe una por encubrir a sus hombres delante de Murdock. Sea como sea, ella está muerta y no tienen pistas. El FBI se ha hecho cargo del caso.

Sean tomó un sorbo de café y le dio un mordisco al sándwich. En ninguno de los dos vuelos habían servido comida. No recordaba con exactitud cuándo había comido por última vez pero hacía bastante tiempo. La grasa y las calorías le sentaron de maravilla.

—¿Le contaste a Dobkin lo que vimos anoche?

—¿Qué? ¿Estás borracho? Por supuesto que no. Antes quería hablar contigo.

Sean frunció el ceño.

—No quiero que me acusen de obstrucción a la justicia pero tampoco estoy dispuesto a ponernos en un compromiso.

—¿O sea que por ahora no decimos nada?

—Eso mismo. Nada.

—Si Dukes fue asesinada por hablar con el tío que estás siguiendo, es muy probable que la situación se ponga peliaguda rápidamente.

—Pero si averiguo para quién trabaja, daremos un paso de gigante en el caso.

—También podrías acabar asesinado.

—Iré con cuidado. Tú cuida de ti y de Megan.

—¿Cómo vas a seguirle cuando lleguéis a Washington D.C.?

Sean lanzó una mirada hacia una tienda de artículos de regalo situada un poco más abajo del vestíbulo que conducía a su puerta.

—Creo que estoy viendo una respuesta. Te llamaré cuando averigüe algo sobre este tipo.

Colgó, comprobó que el hombre seguía sentado trabajando en el portátil y se dirigió rápidamente a la tienda de regalos. Tardó un par de minutos en ver lo que necesitaba.

Un casco de bombero de juguete. Y un bote pequeño de cola. Entró en el baño, se encerró en un compartimento vacío, abrió la caja y arrancó el plástico dorado de la parte delantera del casco. Abrió la cola, sacó sus credenciales de investigador privado y, con la cola, pegó la pieza de plástico en una de las hojas del documento de identidad. Se lo volvió a guardar en el bolsillo, tiró la caja, el casco y la cola en el cubo de la basura, se lavó las manos y la cara y volvió a salir.

El vuelo hasta el aeropuerto de Dulles fue en un avión bimotor de Canadian Regional operado por United Express. Sean se colocó por delante del hombre que seguía. Se acomodó en la parte trasera en un asiento de pasillo y abrió un periódico que alguien había dejado en el bolsillo del asiento que tenía delante. Fue alternando la lectura del periódico y la observación de su objetivo mientras se quitaba la americana, la doblaba pausadamente, la colocaba en el compartimento superior y se sentaba. Había sacado el teléfono y hablaba con alguien pero Sean no tenía forma de oír ningún fragmento de la conversación. Cuando la puerta del avión se cerró y las azafatas hicieron el anuncio sobre los dispositivos electrónicos, el hombre apagó el teléfono. Al cabo de un minuto, el avión reculó y el hombre se agarró al reposabrazos mientras empezaban a rodar por la pista de despegue.

«Se pone nervioso cuando viaja en avión», pensó Sean.

Sobrevolaron el espacio aéreo de la ciudad de Nueva York. Giraron hacia el sur, aceleraron al ascender y en cuanto alcanzaron la altitud de crucero, el ordenador de a bordo se puso a todo gas y enseguida estuvieron volando a casi 900 km por hora.

Al cabo de media hora iniciaron el descenso a Dulles a través de unas cuantas nubes. Rodaron con rapidez luchando contra un fuerte viento de cara y el cambio de altitud. Sean se fijó en que el hombre apretaba el reposabrazos con la mano a cada pequeña interrupción de la relativamente fluida trayectoria del vuelo.

«Este tipo nunca habría dado la talla para el Servicio Secreto», pensó Sean.

Aterrizaron y rodaron hasta la puerta. Los pasajeros abandonaron el avión y se dirigieron a la terminal principal. Habían llegado a la Terminal B, así que no necesitaron utilizar el servicio de traslado de pasajeros entre las terminales más alejadas.

Sean siguió al tipo por los pasillos con cinta transportadora, subió y bajó escaleras mecánicas hasta que aparecieron en el interior de la terminal principal. Cuando el tipo se dirigió a la zona de recogida de equipajes, Sean supo a qué atenerse. El tío no había facturado equipaje. Debía de ir a reunirse con su chófer.

«Y ahora llega la parte arriesgada.»

Cuando se acercaron a la zona de equipajes, los conductores de limusinas estaban en fila alzando carteles blancos con nombres en ellos. Sean se puso tenso cuando el hombre que seguía señaló a uno de los chóferes. Sean observó el cartel que sostenía el fornido chófer.

«¿Señor Avery?»

Sean los siguió por el aeropuerto hasta la salida. Se fijó en la cola para coger los taxis de Dulles Flyer. Estaba a tope. No dejó de mirar mientras Avery y el chófer se dirigían a la zona situada frente a la terminal donde solían estacionar los vehículos de servicio.

Sean se puso en movimiento.

Se abrió paso entre la gente que hacía fila para los taxis. Cuando se quejaron y un trabajador del aeropuerto cuya función era coordinar la subida y bajada de los taxis se le acercó, Sean sacó su identificación y enseñó rápidamente la placa de plástico y tarjeta de identidad. Con tanta rapidez y seguridad que nadie tuvo tiempo de fijarse en lo que enseñaba.

—FBI. Tengo que requisar este taxi. Estoy vigilando a un sospechoso.

La gente de la cola retrocedió al ver la placa y el empleado del aeropuerto incluso le abrió la puerta.

—A por él —le dijo a Sean.

Sean se sintió un poco culpable pero esbozó una sonrisa.

—A eso voy.

El taxi se puso en marcha y Sean dio instrucciones al conductor. Salieron del aeropuerto y se colocaron detrás del Lincoln Town Car. Anotó la matrícula por si la necesitaba más adelante. Circularon a lo largo de la autopista de peaje de Dulles, también llamada Silicon Valley Este debido a la gran cantidad de empresas de tecnología que tenían una sede a lo largo de la misma. Sean sabía que ahí también había muchos contratistas de Defensa y empresas que trabajaban en el campo de la inteligencia. Varios ex agentes del Servicio Secreto con los que había trabajado ganaban ahora más dinero en la empresa privada trabajando arduamente en alguna de esas compañías con ánimo de lucro.

El coche que tenían delante tomó una salida y continuó hacia el oeste. El taxi lo siguió. Cuando el Town Car entró en un complejo de oficinas, Sean indicó al taxista que parara. Salió y le tendió veinte dólares al hombre, que se negó a aceptarlos.

—Vele por nuestra seguridad —dijo el hombre antes de marcharse.

Sean se guardó el dinero un tanto avergonzado y contempló el edificio de oficinas. Enseguida se dio cuenta de que no pertenecía a una sola empresa sino que albergaba a varias. Aquello resultaba un problema pero tenía que seguir adelante. Durante la investigación de un caso lo normal era encontrarse con una única oportunidad verdadera, y quizá fuera aquella.

Observó que el chófer de Town Car se marchaba y vio que Avery entraba en el edificio. Llegó al vestíbulo en el preciso instante en que llegaba el ascensor para subir a Avery. A Sean le bastó una mirada rápida para cerciorarse de que no había nadie en el interior. El guardia de seguridad que había en el vestíbulo detrás de una consola de mármol lanzó una mirada a Sean.

—Las visitas tienen que firmar aquí, señor.

Sean se le acercó y sacó la cartera. La dejó caer y se tomó su tiempo para recogerlo todo y colocar las tarjetas en los huecos correspondientes. Cuando se levantó y se volvió vio que el ascensor que transportaba a Avery se había detenido en la sexta planta.

Entonces el ascensor empezó a descender. Avery debía de haber bajado.

Se volvió hacia el guardia.

—Cuesta de creer, pero soy de fuera y estoy un poco perdido.

—Suele pasar —reconoció el guardia, aunque no pareció agradarle demasiado la confesión de Sean.

—Busco la Kryton Corporation. Se supone que están por aquí pero creo que mi secretaria no anotó bien la dichosa dirección.

—¿Kryton? —dijo el guardia, frunciendo el entrecejo—. No me suenan de nada. Sé que no está en este edificio.

—Están en la sexta planta. Eso sí lo sé.

El guardia negó con la cabeza y dijo:

—La única empresa que hay en la sexta planta es BIC Corp.

—BIC. No se parece en nada a Kryton.

—No, eso está claro —convino el guardia.

—Kryton se dedica al sector de la inteligencia. Es contratista del gobierno.

—Como casi todas las empresas de esta zona. Todas van detrás de los dólares del Tío Sam. Es decir, los dólares que aporto como contribuyente.

Sean sonrió.

—Le entiendo perfectamente. Bueno, gracias. —Se volvió para marcharse, pero antes dijo—: BIC. ¿Como los bolígrafos?

—No. Bunting International Corp.

—¿Bunting? ¿El mismo que fue jugador de béisbol y luego senador?

—Se está confundiendo con Jim Bunning. De Kentucky. Ahora ya está jubilado.

Como notó que al guardia se le estaba acabando la paciencia y cada vez se mostraba más suspicaz, dijo:

—Bueno, mejor que me marche o voy a llegar tarde a la reunión. —Sacó el teléfono—. Pero ahora mismo le voy a pegar una buena bronca a mi secretaria.

—Que pase un buen día, caballero.

Sean salió por la puerta y llamó a Michelle.

—Por fin tenemos una oportunidad —anunció con aire triunfante.

41

—¿Cuándo? —preguntó Peter Bunting con voz temblorosa.

Estaba sentado detrás de su gran escritorio con el auricular del teléfono pegado al oído. Le acababan de decir que Carla Dukes había sido asesinada en su casa.

—¿La policía tiene alguna pista? ¿Algún sospechoso? —Hizo una pausa escuchando la respuesta—. De acuerdo, pero en cuanto te enteres de algo, infórmame.

Había elegido personalmente a Carla Dukes para que ocupara el cargo de directora de Cutter's cuando quedó vacante. Se conocían desde hacía mucho tiempo. No habían sido amigos íntimos pero sí colegas de profesión. Era buena en su trabajo. Y Bunting la había respetado. Sin querer también la había conducido a la muerte.

En vez de recorrer el largo camino que lo separaba del edificio de la pizzería decidió telefonear.

James Harkes respondió al segundo ring.

—¿Qué demonios pasa? —dijo Bunting.

—No sé a qué se refiere.

—Anoche asesinaron a Carla Dukes.

Harkes no dijo nada. Bunting solo oía la respiración del hombre. Regular, pausada.

—¿Me has oído?

—Tengo muy buen oído, señor Bunting.

—Era mi agente. La coloqué en Cutter's por un motivo concreto.

—Comprendo.

—¿Comprendo? ¿Qué significa eso? Si lo comprendes, ¿por qué hiciste que la mataran?

—Tranquilícese, señor Bunting. Está desvariando. No tengo motivos para matar a la señora Dukes.

Bunting no tenía forma de saber si Harkes decía la verdad o no, pero tenía la impresión de que mentía.

—No solo ha muerto una buena persona sino que ahora no tengo un contacto en Cutter's. Roy está ahí arriba sin cobertura.

—Yo no me preocuparía de eso, señor. Tenemos la situación controlada.

—¿Cómo?

—Tendrá que confiar en mi palabra.

—¿Estás loco? No confío en nadie, Harkes. Y mucho menos en las personas que no responden a mis preguntas.

—Si tiene otras preocupaciones, ya me informará. —Harkes colgó.

Bunting dejó el teléfono lentamente, se levantó, se acercó a la ventana y bajó la vista hacia la calle. Su mente se catapultaba literalmente de una situación devastadora a otra.

¿Por qué habrían querido matar a Dukes? Era la directora de Cutter's, pero no tenía ningún poder real. Si Harkes la había matado, ¿por qué?

Se sentó y llamó a Avery, que acababa de llegar a la oficina de Washington D.C. Bunting sabía que se había reunido con Dukes la noche anterior. Había sido una decisión de última hora, provocada por un SMS frenético a Avery, que había regresado a Maine un día antes. Dukes quería reunirse con Bunting pero como Avery ya estaba en la zona y Dukes quería que fuese inmediato, Avery había ido en su lugar.

—Avery, Carla Dukes está muerta, asesinada, poco después de que se reuniera contigo.

—Lo sé, acabo de oír la noticia —dijo Avery con voz temblorosa.

—¿Por qué quería reunirse? Cuando me envió un SMS diciendo que quería verme, no dijo por qué. Por eso le respondí en un SMS que contactara contigo directamente.

—Sean King la había abordado en su casa.

—¿King? ¿Con qué objetivo?

—Le dijo que sabía que trabajaba para alguien que no era el FBI. Que al FBI no le haría ninguna gracia cuando se enterara. La dejó verdaderamente conmocionada.

—¿Cómo coño lo sabía él?

—Ni idea.

Bunting reflexionó un instante y dijo:

—Debió de hacer conjeturas.

—Pero estaba asustada. Él le dio una especie de ultimátum.

—¿Qué quería?

—A nosotros, supongo.

—¿Cuán bueno es nuestro muro?

—Nadie de Cutter's Rock hablará con él.

—Pero sospechan que hay alguien más implicado. —A Bunting se le ocurrió una idea repentina y terrible—. ¿King estuvo con ella justo antes de que quedara contigo?

—Sí. Estaba muy afectada. Me envió un mensaje cifrado en el que decía que Sean le había dicho que el FBI le había pinchado los teléfonos y el correo electrónico.

—¿Y dónde quedaste con ella?

—En el punto de reunión que habíamos designado previamente. Es un pequeño merendero muy poco transitado, incluso estando en Maine.

—O sea que King asustó tanto a Carla que se le pusieron los pelos de punta y fue corriendo hacia ti. ¿Michelle Maxwell estaba con King cuando habló con Carla?

—Dijo que estaba solo.

—¡Mierda!

—¿Qué pasa?

—Nos la han jugado.

—¿Qué? ¿Cómo?

—Mientras King se encargaba de darle un susto de muerte a Carla, Maxwell hacía otra cosa, quizá colocar un dispositivo de seguimiento en su coche. Luego King le tomó el pelo diciéndole que el FBI le había pinchado el teléfono y el correo electrónico. Por eso pensó que la única forma de comunicarse con seguridad con nosotros era cara a cara.

—¿Siguieron a Dukes a la reunión?

—Por supuesto que sí. Y entonces te vieron ahí. —Bunting notó un dolor velado en la cabeza—. Y entonces te siguieron. Probablemente estén al otro lado de la puerta mientras hablamos.

—Mierda.

—¿Has visto a alguien que se pareciera a Sean King en los vuelos? —preguntó Bunting, frotándose las sienes.

—No, pero la verdad es que no me he fijado.

Bunting tamborileó nerviosamente con los dedos sobre el escritorio.

—¿Has cogido un taxi desde el aeropuerto?

—No, un chófer me ha recogido.

Bunting hizo rechinar los dientes.

—O sea que ahora también saben tu nombre. Bueno, te siguieron hasta la oficina y sin duda han descubierto que trabajas para BIC. Basta con introducir BIC en Google para llegar a Peter Bunting.

—Pero, señor...

Bunting colgó y se puso a caminar arriba y abajo por el gran despacho, al borde de la histeria. Finalmente consiguió serenarse y volvió a sentarse. Necesitaba pensar. Aunque King hubiera atado cabos y llegado hasta BIC, no tenía pruebas de ninguna fechoría porque no la había. Pero aquella no era la cuestión. Revelar al público a qué se dedicaba Edgar Roy realmente podía resultar catastrófico.

Y ahora Bunting no tenía nadie en quien confiar. «Excepto en mí mismo, por lo que parece», decidió, lo cual, en esos momentos, resultaba de poco alivio.

42

Kelly Paul estaba sentada al escritorio de una habitación de hotel en Nueva York y observó el espacio pequeño y cómodo. ¿En cuántas habitaciones como aquella había habitado en los últimos veinte años? Sería un tópico decir que «demasiadas» pero en realidad la cantidad había sido considerable.

Evitó hacer garabatos con el bolígrafo en el papel del hotel para no dejar ninguna pista que pudiera conducir hasta ella. Había hecho la maleta y tenía los documentos de viaje preparados. No llevaba arma pero disponía de acceso directo a cualquiera que pudiera necesitar a cinco minutos de ahí.

Se había enterado de la muerte de Carla Dukes a las seis y media de la mañana. No dedicó demasiado tiempo a pensar quién la había matado. La respuesta a esa pregunta era importante pero no tan importante como los asuntos que la ocupaban en esos momentos.

A esas alturas Peter Bunting también habría sido ya informado de la muerte de la mujer. Su contacto en Cutter's Rock le había permitido tomarse ciertas libertades para ver a su hermano. Bueno, Paul disponía de contactos propios y le habían dicho que la situación del preso no había cambiado.

«Continúa así, Eddie, continúa así. Por ahora. No permitas que te afecten.»

Bajó la vista hacia el móvil, vaciló y lo cogió. Marcó el número. Sonó dos veces.

—¿Diga?

—Señor King, soy Kelly Paul.

—Esperaba tener noticias suyas. ¿Se ha enterado de lo de Carla Dukes?

—Sí.

—¿Alguna teoría?

—Varias. Pero eso ahora no viene a cuento. ¿Dónde está?

—¿Dónde está usted?

—En la Costa Este.

—Yo también. Esta tarde he hecho una búsqueda interesante por Internet.

—¿Sobre qué tema? —preguntó ella.

—BIC, que significa Bunting International Corporation. Peter Bunting es el presidente. ¿Le suena?

—¿Debería sonarme?

—Por eso se lo pregunto.

—¿Qué ha averiguado? —Paul quería saberlo.

—BIC tiene sede en Nueva York, pero las instalaciones están en la zona de Washington D.C. porque es un contratista del gobierno. Vende servicios de inteligencia. He hablado con algunos compañeros que tengo dentro. Dicen que el contrato que el gobierno tiene con BIC es de muchos millones de dólares pero que desconocen qué hace la empresa exactamente. Al parecer nadie me lo quiere contar. Alto secreto.

—Algunos saben a qué se dedica. De lo contrario el Tío Sam no pagaría esas facturas desorbitadas.

—¿Entonces sabe quién es?

—Yo diría que ya va siendo hora de que nos veamos.

—¿Dónde?

—Estoy en Nueva York.

—Puedo subir hasta allí.

—¿Subir? —preguntó Paul—. ¿O sea que está en Washington D.C.?

—¿Cuándo?

—Lo antes posible.

—¿Tiene algo que contarme? —preguntó Sean.

—De lo contrario no le haría perder el tiempo. ¿Cómo encontró lo de BIC?

—Haciendo de detective de la vieja escuela —repuso él.

—Creo que amilanó a Dukes, se asustó y ella le condujo hasta ellos. Y pagó con su vida el precio de ser débil y estúpida.

—¿De verdad cree que por eso la mataron? —preguntó.

—No, la verdad es que no. Pero ahora mismo no quiero hacer especulaciones. ¿Puede llegar a Nueva York a última hora de la tarde?

—Puedo coger el siguiente tren rápido de Acela. Llegaré a las seis.

—Hay un pequeño restaurante francés en la calle Ochenta y cinco. —Le dio la dirección—. ¿Quedamos ahí a las siete?

—Nos vemos allí.

Paul colgó y dejó el teléfono sobre el escritorio. Se levantó y se acercó a la ventana, descorrió la gruesa cortina y contempló Central Park al otro lado de la calle. Las hojas revoloteaban, las multitudes iban desapareciendo y los abrigos eran cada vez más gruesos. Había empezado a lloviznar pero el cielo que iba oscureciéndose presagiaba mal tiempo. Con aquellas condiciones climatológicas, la ciudad se veía de lo más mugrienta. La suciedad y la porquería se mostraban en toda su abundancia.

«Pero este también es mi mundo. Negro, mugriento y lleno de porquería.»

Paul se enfundó una gabardina, se puso la capucha y salió a pasear. Cruzó la calle Cincuenta y nueve y dejó atrás la hilera de carruajes. Dio una palmada a un caballo en el hocico y observó al cochero. Eran todos irlandeses. Respondía a una ley antigua o a una vieja tradición, Paul no recordaba exactamente a qué.

—Hola, Shaunnie. —El nombre completo era Tom O'Shaunnessy, pero siempre lo había llamado Shaunnie.

—Hacía tiempo que no te veía —dijo Shaunnie sin apartar la vista del coche.

—He estado fuera bastante tiempo.

—He oído decir que te jubilaste.

—Me he «desjubilado».

—¿Eso se puede hacer? —La miró con interés.

—¿Kenny sigue en el mismo sitio?

—¿Dónde iba a estar si no? —dijo Shaunnie rellenando el cubo de copos de avena.

—Es lo único que quería saber.

—¿O sea que has vuelto al trabajo? —preguntó Shaunnie.

—Por ahora.

—Tenías que haber seguido jubilada, Kelly.

—¿Por qué?

—Se vive más.

—Todos morimos tarde o temprano, Shaunnie. Los afortunados eligen el momento.

—No creo que pertenezca a ese grupo.

—Eres irlandés, seguro que sí.

—¿Y tú?

—Yo no soy tan irlandesa —repuso Paul.

La lluvia fue en aumento mientras cruzaba el parque. Siguió los senderos marcados hasta que se acercó a su destino. Llevaba unas botas impermeables que aumentaban su altura, ya de por sí considerable, en cinco centímetros. El anciano estaba encorvado en un banco detrás de un gran afloramiento rocoso. Cuando hacía sol, la gente se encaramaba a la roca para broncearse. En aquel día lluvioso estaba desierta.

Kenny estaba sentado de espaldas a ella. Al oír que se acercaba, se volvió. Iba vestido ligeramente mejor que un vagabundo. Era intencionado, así llamaba menos la atención. Sin embargo, llevaba la cara y las manos limpias y tenía la mirada clara. Se hundió el sombrero arrugado en la cabeza y la observó.

—Me han dicho que estabas en la ciudad.

Ella se sentó a su lado. Era bajito y parecía incluso más pequeño en comparación con ella.

—Hoy en día las noticias vuelan demasiado rápido.

—No tanto. Shaunnie me acaba de llamar al móvil. ¿Qué necesitas?

—Dos.

—¿Lo de siempre?

—Siempre me funcionó.

—¿Qué tal tienes el dedo de apretar gatillos?

—Pues la verdad es que un poco rígido. Tal vez tenga un comienzo de artritis.

—Lo tendré en cuenta. ¿Cuándo?

—Dos horas. Aquí.

El hombre se levantó.

—Hasta dentro de dos horas.

Ella le ofreció dinero.

—Luego —dijo él—. Me fío.

—Pues no te fíes de nadie, Kenny. No en este negocio.

Paul regresó lentamente al hotel. Llovía con más fuerza pero estaba absorta en sus pensamientos y no parecía darse cuenta. Había caminado bajo muchas lluvias como aquella en muchos países del mundo. Daba la impresión de que la ayudaba a pensar, la mente se le aclaraba mientras las nubes se tornaban cada vez más densas. La luz que surgía de entre la oscuridad o algo así.

Bunting. King. Su hermano. El siguiente movimiento. Todo iba complicándose. Y cuando la presión llegara al máximo, explotaría como un cohete lanzado al espacio. Y ese preciso instante decidiría quién ganaba y quién perdía. Siempre funcionaba así.

Esperó estar a la altura de las circunstancias, una vez más.

43

El tren partió de Union Station en Washington D.C. y aceleró camino de Nueva York. Sean se recostó en su cómodo asiento de primera clase. Al ritmo que llevaban con los gastos de viaje para aquel caso, acabaría declarándose en bancarrota a final de mes cuando le llegara la factura de la tarjeta de crédito.

Ciento sesenta minutos más tarde el tren entró en Penn Station, Nueva York. Antes de salir de Virginia, Sean había pasado por su apartamento y se había preparado una bolsa de viaje para llevar algunas cosas. Salió de la estación, tomó un taxi y se marchó. Llovía y hacía frío, por lo que se alegró de llevar una trinchera larga y paraguas. Por culpa del tráfico vespertino, el taxi paró en la acera de la calle Ochenta y cinco a las siete y un minuto. Pagó al taxista y entró con la bolsa en el restaurante, que resultó ser un local pequeño y pintoresco lleno de camareras y clientes de habla francesa.

Encontró a Kelly Paul en la esquina del fondo, detrás de una pared maestra que sobresalía dentro del espacio de la sala como una cuña, de espaldas al espejo de la pared. Se quitó el abrigo, dejó la bolsa en un pequeño hueco situado al lado de la mesa y se sentó. Ninguno de los dos dijo nada durante unos cuantos segundos. Al final Paul habló.

—Mal tiempo.

—Es la época del año.

—No me refería a la lluvia.

Sean se acomodó en el asiento y estiró un poco las largas piernas. No había demasiado espacio bajo la mesa para dos personas altas.

—Vale. Sí, el tiempo también da asco.

—¿Qué tal está Michelle?

—Con su dureza habitual.

—¿Y Megan?

—Frustrada. No me extraña.

Paul echó un vistazo a la carta y dijo:

—Las vieiras están muy buenas.

Sean dejó la carta.

—A mí ya me va bien.

—¿Llevas pistola?

Sean se mostró sorprendido por la pregunta.

—No. Regresé a Washington D.C. en avión. No quería problemas en el aeropuerto.

—Tendrás problemas mucho peores si necesitas un arma y no llevas una. —Dio una palmadita al bolso—. Aquí tengo una para ti. Glock. Prefiero el modelo Veintiuno.

—¿La de gran calibre 45. Típicamente americana o lo máximo a lo que un fabricante austriaco puede aspirar para conseguirlo.

—Siempre me ha gustado la del cargador de trece balas. Para mí el trece es un número de la suerte.

—¿Necesitabas trece disparos?

—Solo si el del otro bando tenía doce. ¿La quieres?

Se miraron largamente.

—Sí.

—Después de cenar, entonces.

—¿BIC?

—Peter Bunting es un hombre influyente y muy respetado en el mundo de los servicios de inteligencia. Fundó su propia empresa con veintiséis años. Ahora tiene cuarenta y siete y ha amasado una gran fortuna vendiéndole al Tío Sam. Tiene casa aquí en Nueva York y también en Nueva Jersey. Está casado y tiene tres hijos, el mayor de dieciséis años. Su mujer destaca en sus actividades sociales, participa generosamente en obras de beneficencia y es copropietaria de un restaurante de moda. Los hijos, como era de esperar, son igual de privilegiados y están igual de mimados que los de su condición. Por lo que he oído, parecen una familia bastante agradable.

—¿Y él es el dueño de la plataforma del Programa E del que hablaste?

—Se lo inventó él. Brillante y adelantado a su tiempo.

—Lo cual significa que es dueño de tu hermano.

—Peter Bunting también tiene mucho que perder. Lo cual le hace vulnerable.

—¿Crees que él fue quien le tendió una trampa a tu hermano?

—No. Su mejor baza está encerrada en una celda. Tengo entendido que la última reunión de Bunting en Washington D.C. fue un desastre. Tiene el máximo interés en recuperar a su Analista lo antes posible. Y hay algo más.

—¿Qué?

—Hay ciertas personas muy importantes a las que Bunting y su Programa E no caen nada bien.

—¿Quiénes son esos peces gordos?

—Probablemente hayas oído hablar de Ellen Foster.

Sean palideció.

—¿La secretaria de Seguridad Interior? ¿Por qué no iba a gustarle el Programa E? Dijiste que era una idea genial.

—A las agencias de inteligencia no les gusta compartir. El Programa E les obliga a hacerlo. Y Bunting lleva la batuta. De una orquesta que solía ser de ellas. Algunas se mosquean. Se rumorea que Foster se ha propuesto machacar a Bunting. Tiene todo el apoyo de la CIA, la DIA, la NSA, etc.

—¿Y qué hará entonces?

—Retroceder en el tiempo a cuando cada una se dedicaba a lo suyo.

—¿Crees entonces que podrían haberle tendido una trampa a tu hermano? ¿Para desacreditar y destruir el Programa E? Es muy poco probable, ¿no? Me refiero a que mientras tu hermano no hace su trabajo el país corre peligro.

—La seguridad nacional va por delante. Puede pisotear los derechos civiles. Puede despojar de las libertades personales. Pero nunca triunfa ni triunfará por encima de la estrategia política.

—¿De verdad lo crees?

Paul bebió un sorbo de vino.

—Lo he vivido personalmente, Sean.

Él la miró largamente antes de decir:

—De acuerdo, entonces ¿podemos competir con esta gente?

—David venció a Goliat en el valle de Elá.

—Pero ¿tenemos un tirachinas lo bastante grande?

—Supongo que ya lo averiguaremos.

Sean suspiró y tamborileó con los dedos sobre la mesa.

—Resulta reconfortante —dijo—. ¿Y qué pasa con Bunting?

—A estas alturas ya habrá descubierto cómo llegaste hasta él.

—¿Tú crees?

—Es un hombre muy listo. De lo contrario no habría llegado tan lejos. Sin embargo, ahora mismo debe de estar muy nervioso. Le he estado siguiendo por la ciudad. Se ha reunido con distintas personas, una de las cuales me resulta muy intrigante.

—¿Por qué?

—Cuando ves a un rey de los espías rico fuera de sus locales de postín en Manhattan para entrar en un edificio desvencijado de seis plantas sin ascensor con una pizzería barata en la planta baja, sabes que algo huele mal.

—¿Con quién quedó allí?

—Se llama James Harkes. Un hombre que incluso a mí me resulta intimidante. Y aunque no me conoces realmente, créeme si te digo que eso es mucho decir.

—¿Conoces a ese tal Harkes?

—Solo sé la fama que tiene. Pero es impresionante.

—¿Es como una salvaguarda para Bunting?

—Más bien su ángel de la guarda. Por ahora. Pero sirve a más de un amo. Por ese motivo te he dado la pistola. Supongo que se te habrá ocurrido que como Bunting sabe que vas a por él, Harkes podría tener vía libre contra ti y Michelle.

—Lo entiendo —reconoció Sean.

—Y eso no incluye otras bazas a las que Foster y sus aliados podrían recurrir.

—Unas bazas bastante aplastantes, imagino.

Paul se inclinó hacia delante y apartó la botella de aceite de oliva para tomar la mano de Sean.

—¿A qué viene esto? —preguntó Sean sorprendido.

—No soy una persona demasiado afectuosa. Quería ver si tenías la mano húmeda, fría y temblorosa.

—¿Y?

—Y estoy impresionada porque no se ha producido ninguna de esas reacciones fisiológicas. Sé que custodiaste al presidente, que tuviste una carrera excepcional hasta que cometiste un único error que acabó con todo. También estoy al corriente de la historia de Maxwell. Es una apisonadora capaz de quitarle los calzoncillos de un disparo a la mayoría de los mejores francotiradores del ejército.

—Y todavía no he conocido al hombre que ella no sea capaz de derribar.

Paul le soltó la mano y se recostó en el asiento.

—Bueno, eso podría cambiar. Pronto.

—¿Ahora jugamos en el mismo equipo? Porque todo lo que acabas de decir acerca de nosotros podría aplicarse a ti.

—Creo que todavía no saben que voy a por ellos, pero no estoy segura.

—Entonces ¿somos un equipo?

—Me lo pensaré.

—No nos sobra el tiempo.

—Nunca he dicho tal cosa.

—¿Por qué quisiste que viniera a Nueva York? Todo esto nos lo podríamos haber dicho por teléfono.

—Esto no. —Le acercó un paquete—. La Glock, tal como prometí.

—¿Eso es todo?

—No. Una cosa más. ¿Te gustaría ver dónde vive Peter Bunting?

Sean la miró sorprendido.

—¿Por qué?

—¿Por qué no?

44

Edgar Roy se había percatado de que algo iba mal porque la rutina de Cutter's Rock había cambiado. Cada mañana desde su llegada, Carla Dukes había hecho la ronda. Cutter's Rock tenía capacidad para doscientos catorce presos pero en la actualidad solo contaba con cincuenta. Roy lo sabía gracias a sus dotes de observación y deducción. Lo sabía porque escuchaba el sonido de las bandejas metálicas que se entregaban en las celdas. Lo sabía porque escuchaba y distinguía cuarenta y nueve voces distintas que emanaban de esas celdas. Lo sabía porque oía las llamadas de comprobación de los guardias a la hora de acostarse.

Y Carla Dukes se había propuesto pasar por delante de cada una de esas celdas exactamente a las ocho y cuatro minutos cada mañana y a las cuatro y cuatro cada tarde. Eran las seis de la tarde y Roy no había visto a la mujer en todo el día.

Sin embargo, había oído muchas cosas. Susurros entre los guardias. Carla Dukes estaba muerta. La habían disparado en su casa. Nadie sabía quién había sido.

Roy estaba tumbado en la cama contemplando el techo. El asesinato de Dukes había interrumpido la cronología de todos los recuerdos que había tenido en su vida. No le deseaba ningún mal a nadie, la verdad, y en cierto modo le sabía mal que la hubieran matado. La habían llevado allí para que le echara el ojo. Ella no quería estar allí. Y por consiguiente le culpaba de su disyuntiva.

Notó una presencia cerca de la puerta de la celda. No miró.

Olió el aire. Edgar Roy no solo tenía una capacidad intelectual asombrosa, tenía los sentidos aguzados hasta un límite insospechado. Todo se debía a la excepcionalidad de los circuitos de su cerebro.

No era un guardia. Había procesado y clasificado los olores y sonidos de todos los guardias. Había poco personal de apoyo con acceso a la zona de celdas, pero tampoco era ninguno de ellos. Había olido a esa persona con anterioridad. También había registrado el ritmo de su respiración y la forma especial de caminar que tenía.

Era el agente Murdock del FBI.

—Hola, Edgar —dijo.

Roy permaneció en la cama, incluso a pesar de oír que se acercaba otro hombre. Esta vez era un guardia. Era el bajito: caderas anchas, pecho fornido, cuello grueso. En el distintivo con el nombre ponía Tarkington. Bebía y fumaba. A Roy no le hacía falta aguzar los sentidos para saberlo. Demasiadas pastillas de menta para el aliento, demasiados elixires bucales.

La puerta controlada electrónicamente se deslizó hacia atrás. Pasos.

—Mírame, Edgar. Sé que puedes si quieres —dijo Murdock.

Roy permaneció donde estaba. Cerró los ojos y dejó que la oscuridad de su mente se acomodara en un lugar que no quedara al alcance de aquel hombre. Otro sonido. El roce de las suelas de unos zapatos en el cemento. Murdock se acomodó en una silla atornillada al suelo y agregó:

Bueno, Edgar. No hace falta que me mires. Yo hablo y tú escuchas.

Murdock hizo una pausa y entonces, cuando oyó el siguiente sonido, Roy se percató del motivo. El guardia se marchó. Murdock quería privacidad. Entonces se produjo el cese casi imperceptible de una máquina. Roy sabía qué era. La cámara de vídeo empotrada en la pared había sido desconectada. Se imaginó que la grabación de audio también.

—Por fin podemos mantener una conversación en privado —dijo Murdock—. Creo que ya era hora.

Roy no se movió. Mantenía los ojos cerrados, obligándose a

sumergirse en sus recuerdos. Sus padres se peleaban. Solía pasar. A pesar de ser profesores universitarios que habitaban en un mundo de discursos teóricos finos, eran extraordinariamente beligerantes. Y su padre bebía. Y cuando estaba bebido, dejaba de ser fino.

Su siguiente imagen fue la de su hermana entrando en la habitación. Ya era alta y fuerte y se había metido entre los dos para separarlos, obligándolos a llegar a una tregua temporal. Entonces había cogido a Roy y lo había llevado al dormitorio. Le leía cuentos. Lo tranquilizaba porque el hecho de que sus padres se pelearan de ese modo siempre le había aterrorizado. Su hermana había comprendido su apuro. Sabía lo que él soportaba, tanto en el mundo exterior como dentro de los confines más sutiles y complejos de su mente.

—Edgar, de verdad que tenemos que acabar con esto —insistió Murdock con un tono bajo y reconfortante—. Se nos acaba el tiempo. Yo lo sé tan bien como tú.

Roy pasó a los cinco años en su cronología. Su cumpleaños. Ningún invitado, sus padres no hacían esas cosas. Su hermana, que entonces ya tenía dieciséis años, ya había alcanzado su altura definitiva. Era más alta que su padrastro.

Roy ya medía un metro cincuenta y pesaba más de cincuenta kilos. Algunas mañanas se tumbaba en la cama y notaba realmente cómo se le alargaban los huesos, los tendones y los ligamentos.

Tenía un pastel pequeño, cinco velas y otra discusión. Se había vuelto violenta, con cuchillo de cocina incluido. Su madre se había cortado. Y entonces Roy había contemplado con asombro cómo su hermana desarmaba a su padrastro, le hacía una llave de palanca y lo echaba de casa. Había querido llamar a la policía pero su madre le había rogado que no lo hiciera.

Roy se tensó un poco al oír el crujido de los pies contra el cemento. Murdock se estaba moviendo. Se cernía sobre él. Le pinchó sutilmente en la espalda.

—Edgar, necesito que me prestes toda tu atención.

Roy no se movió.

—Sé que sabes que Carla Dukes está muerta —dijo.

Otro toque en la espalda más fuerte.

—Sacamos la bala. Corresponde a la misma arma que mató a Tom Bergin. El mismo asesino.

Seis años. Su querida hermana se preparaba para ir a la universidad. Era una atleta consumada, baloncesto, vóleibol y remo. Un portento académico, había pronunciado el discurso de despedida en la ceremonia de graduación, hazaña que repetiría en la universidad. A Roy le asombraba su capacidad, su férrea voluntad para ganar, independientemente de los obstáculos que tuviera que vencer.

La había despedido con la mano desde la puerta de la vieja granja mientras cargaba sus cosas en el coche que se había comprado con su propio dinero, obtenido haciendo trabajillos. Había regresado y le había dado un abrazo. Había captado su aroma, un olor que era capaz de evocar a la perfección en ese preciso instante en la celda de la prisión.

—Kel —le había dicho—. Te echaré de menos.

—Volveré, Eddie. Con frecuencia —le había dicho ella. Entonces le había dado una cosa. Él se la había guardado en la mano. Era una pieza de metal en una cadena.

—Es la medalla del arcángel san Miguel —le había dicho ella.

Roy le había repetido la frase, algo que hacía de forma inconsciente siempre que alguien le daba información nueva. A su hermana siempre le hacía reír pero mantuvo una expresión seria.

—Es el protector de los niños —había añadido ella—. El líder del bien contra el mal, Eddie. En hebreo Miguel significa: «¿Quién es como Dios?» Y la respuesta a la pregunta es que no hay nadie como Dios. San Miguel representa la humildad frente a Dios. ¿Vale?

Él se lo había repetido palabra por palabra a ella, inflexiones de voz incluidas.

—Vale.

—Es un arcángel. Es el enemigo supremo de Satán y de todos los ángeles caídos.

Había dicho esta última parte mirando directamente a su padrastro, que había mirado hacia otro lado con el rostro enrojecido.

Entonces se había marchado.

Al cabo de media hora se había producido otra discusión y

Roy había estado en medio. Había empezado con un bofetón. Su padre estaba borracho. El siguiente golpe fue más duro y lo tiró de la silla. Su madre había intentado intervenir pero esta vez su padre no pensaba claudicar. Ella acabó cayendo inconsciente al suelo por culpa de una paliza.

Su padre se había vuelto hacia él, le había hecho bajarse los pantalones. El Eddie de seis años lloraba. No quería hacerlo pero lo hizo porque estaba aterrado. Los pantalones cayeron al suelo de la cocina. Su padre hablaba con voz baja y suave, con un tono cantarín producto de su aturdimiento etílico. Roy había notado las manos del hombre en sus partes. Le había olido el alcohol en las mejillas. El hombre —Roy era incapaz de seguir llamándolo «su padre»— se había arrimado a él.

Entonces lo habían arrancado con fuerza de su hijo. Se produjo un estrépito. Roy se había vuelto a subir los pantalones y se había vuelto. Había acabado empotrado contra la pared cuando los dos se le cayeron encima durante el forcejeo. Su hermana había regresado. Peleaba contra su padre con la fuerza de una leona. Fueron derribándolo todo. Ella era más alta, más joven, con el mismo peso que su contrincante pero él era un hombre. Luchó con saña. Ella le dio un puñetazo en la cara. Él volvió a levantarse y ella le asestó un puntapié en el estómago. Él cayó hacia atrás pero el alcohol y la furia de haber sido descubierto cometiendo vilezas contra su hijo pareció darle energía. Cogió un cuchillo de la cocina y se abalanzó sobre ella. Ella se volvió.

A pesar de su prodigiosa capacidad mental, aquel era el único recuerdo que Roy nunca había sido capaz de evocar a voluntad.

Ella se volvió.

Y entonces surgió un vacío. La única laguna en su memoria que había tenido en la vida.

Cuando el vacío terminaba, recordaba a su padre tumbado en el suelo con el pecho ensangrentado. Tenía el cuchillo clavado en el cuerpo, su hermana estaba cernida sobre el hombre y respiraba con fuerza. Roy nunca había visto morir a nadie hasta ese momento. Su padre emitió un pequeño borboteo, el cuerpo se le puso tenso y luego se relajó, y los ojos se le quedaron totalmente inmóviles. Parecían estarle mirando únicamente a él.

Ella había corrido a cogerlo, a asegurarse de que estaba bien. Él había frotado la medalla, la medalla de san Miguel que le colgaba del cuello.

San Miguel, protector de los niños. La pesadilla de Satanás. El alma de la redención.

Y entonces el recuerdo se debilitaba y acababa desapareciendo.

—¿Edgar? —dijo Murdock con severidad.

Le habían quitado la medalla de san Miguel al llegar allí. Era la primera vez que no la llevaba desde aquel día después de tantos años. Roy notaba un vacío inmenso en su corazón sin ella. No sabía si la recuperaría algún día.

—¿Edgar? Lo sé. Me he enterado de lo del Programa E. Tenemos que hablar. Esto lo cambia todo. Tenemos que ir a por ciertas personas. La situación pinta muy mal.

Pero el agente del FBI no pudo ir más allá. Ni ahora ni nunca. Al final se oyó el crujido de las suelas en el cemento. La puerta se abrió y se cerró deslizándose. Los olores, los sonidos del hombre se desvanecieron.

«San Miguel, protégenos.»

45

—Es ahí —indicó Kelly Paul.

Ella y Sean estaban ante un bloque de casas de piedra rojiza de cuatro plantas en la Quinta Avenida entre la calle Sesenta y la Sesenta y Nueve Este.

—¿Cuál en concreto? —preguntó Sean desde la acera de enfrente, de pie bajo un árbol que los protegía de la lluvia.

Paul señaló la de mayor tamaño, que tenía molduras, frontones y columnas talladas a mano por artesanos habilidosos hacía más de un siglo.

—Ochocientos metros cuadrados. Con una hermosa vista de las copas de los árboles del parque desde las ventanas delanteras. Y el interior es tan espléndido como el exterior.

—¿Has estado dentro? —preguntó Sean.

—Una vez.

—¿Cómo?

—Nunca revelo mis fuentes.

—¿Ahora está en casa?

—Sí.

—Descríbemelo.

—Tengo algo mejor. —Paul sacó una foto y se la enseñó.

—Tiene pinta de arrogante —señaló Sean.

—Lo es —reconoció Paul—. Pero no más que otros que ocupan cargos como el suyo. También es un paranoico, lo cual le hace ser muy cuidadoso. A veces demasiado, lo cual puede aprovecharse.

—¿Por qué me has traído aquí realmente?

—Por esto.

Lo tomó del brazo y le hizo retroceder más en la sombra.

Al cabo de unos minutos salieron cinco personas de la casa, todas ellas con paraguas grandes y abiertos. Bunting, su esposa y sus tres hijos: dos niñas y un chico. Los chavales llevaban jerséis de doscientos dólares y zapatos igual de caros. Nunca habían estado en una barbería, solo en salones de belleza. La esposa era guapa, refinada, alta, esbelta y vestía de forma exquisita, con el pelo y el maquillaje a la altura de una reunión de etiqueta. Bunting llevaba una americana de *tweed*, vaqueros planchados, botas Crocs de mil dólares y se pavoneaba al caminar.

Eran la viva imagen del sueño americano, mostrado en el ilustre cemento de una de las zonas más caras de Nueva York.

—¿La familia?

Paul asintió.

—Y sus guardaespaldas.

Sean giró la cabeza y vio a dos hombres que aparecían de entre las sombras y seguían a los Bunting.

—Uno es un ex SEAL. El otro trabajó en la DEA. Los dos son contratistas que trabajan para una subdivisión de BIC. Tiene a otros dos hombres como cuerpo de seguridad. A veces van los cuatro, sobre todo cuando viajan al extranjero, otras veces se rotan de dos en dos. Como ahora.

—¿Cómo sabías que saldrían esta noche?

—Lo hacen cuatro veces por semana más o menos a la misma hora. Creo que la mujer insiste. A Bunting no le gusta. Por norma general no le gustan las rutinas pero quiere que reine la paz en su hogar. La verdad es que quiere mucho a su mujer y a su familia.

—¿Cómo lo sabes?

—Otra vez las fuentes, Sean.

Mientras observaban, Bunting se introdujo la mano en el bolsillo y sacó el teléfono para responder a una llamada. Dejó de caminar e indicó a su mujer que ya les alcanzaría. Sean se fijó en que uno de los guardias se quedaba con Bunting.

—Da la impresión de que justo ahora acaba de recibir una llamada interesante —dijo Paul.

Se quedaron mirando mientras Bunting caminaba en un círculo cerrado mientras su guardia esperaba pacientemente. Gesticulaba y quedaba claro que no estaba muy contento. Colgó e inmediatamente hizo otra llamada. Duró menos de cinco minutos. Guardó el teléfono y corrió hacia delante para alcanzar a su familia.

—¿Y adónde van en estas salidas? —preguntó Sean.

—Caminan diez manzanas, entran en el parque, van hacia abajo, salen a la altura de la calle Sesenta, van en dirección norte y regresan aquí. Hablan, los niños pueden ser niños, normales.

—¿Es que no son normales?

—La verdad es que Bunting no. Existe en este mundo pero no vive en él realmente. Si pudiera elegir, viviría solo en su mundo. Pero por supuesto no puede, así que hace ciertas concesiones. Pero te aseguro que aunque ahora esté fuera con su familia y hable sobre el colegio y las notas y el siguiente acto de beneficencia que ha organizado la señora Bunting, él está pensado qué hacer con mi hermano.

—¿Cuán informada está su mujer de las actividades de su marido?

—Digamos que no tiene un interés intelectual al respecto. Representa el papel de la buena esposa. Es lista, ambiciosa hasta cierto punto, buena con los niños. Pero le da igual qué hace su marido exactamente para generar el dinero necesario para mantener la casa en la ciudad y la segunda residencia, pagar la escuela privada de los niños y todo lo demás.

—Has hecho un estudio realmente riguroso de los Bunting.

—En cuanto me enteré de que mi hermano iba a trabajar para él, me pareció que era mi obligación.

—¿Querías que trabajara ahí?

—Me pareció que sí. Por supuesto me equivoqué. Eddie ya estaba bien donde estaba. Pero yo no quise darme cuenta. Lealtad mal entendida. Poner el país por delante de la familia. No volveré a cometer ese error.

—Entonces, ¿te sientes culpable de esto?

—Sí.

Sean la miró de hito en hito, obviamente algo más que un poco sorprendido. Era un reconocimiento sincero de alguien que claramente desvelaba poco. Él había supuesto que haría lo que solía hacer, responder a una pregunta con otra pregunta. Intuyendo que estaba más dispuesta a abrirse, Sean dijo:

—¿Puedo hacerte una pregunta?

—Por supuesto.

—¿Vamos a seguirles?

—Ya les siguen, pero no nosotros.

—¿Tienes ayuda?

—Tengo conocidos que me ayudan de vez en cuando —respondió.

—¿Otra pregunta?

Ella empezó a caminar en la dirección contraria a los Bunting y él la siguió, arrastrando la bolsa de viaje detrás de él.

Él interpretó su silencio como consentimiento.

—Me has hablado del Programa E, pero ¿cómo reclutan a la gente?

—Nunca te piden que acudas a no ser que seas el mejor de entre los mejores basado en tu historial. Hay muchas pruebas preliminares que todas las personas normales suspenderían, pero que todos los aspirantes al Programa E aprueban con buena nota. Luego las pruebas son cada vez más duras. La gente empieza a fallar en esos intervalos. Al final todo se reduce al Muro. Apenas el tres por ciento llega tan lejos.

Se había introducido por una de las entradas de Central Park. Poco a poco fueron siguiendo uno de los senderos. Sean guardó silencio hasta que se hubieron internado plenamente en el parque.

—¿El Muro?

Ella asintió.

—Así es como lo llaman. Es el monstruo a través del cual fluye toda la inteligencia. El Muro es como pasar de un equipo de fútbol americano del instituto a ser el mejor jugador de la liga profesional. Muy pocos lo consiguen.

Se paró y se sentó en un banco.

—¿Cómo sabes todo esto? ¿Por tu hermano?

Paul negó con la cabeza.

—Eddie me lo habría contado, pero no le dejé que me hablara de ello. Se podría haber metido en un buen lío.

—Entonces otra vez las fuentes.

Paul dejó la mirada perdida en la oscuridad, la penumbra disipada tan solo por las luces del sendero. Volvía a llover y Sean notaba que la frialdad le calaba los huesos.

—No —dijo ella al final.

—¿Cómo fue entonces?

—Peter Bunting me reclutó para el programa hace siete años.

46

Michelle Maxwell había estado ajetreada en Maine mientras su socio no dejaba de patear las calles de Washington D.C. y de Nueva York. Se había reunido con Eric Dobkin y habían repasado lo que la policía estatal de Maine sabía sobre la muerte de Carla Dukes. La parte más reveladora era que se le había practicado una autopsia apresurada y habían retirado la bala alojada en el cerebro de la mujer. Era del calibre 32 y se había comparado con la encontrada en Ted Bergin. No habían forzado ninguna entrada en casa de Dukes, por lo que seguramente ella misma había dejado entrar a la persona. Eso significaba que probablemente Dukes y Bergin conocían al mismo asesino. Pero ¿cómo era eso posible? Hacía poco tiempo que ambos habían llegado a la zona y, que se supiera, no se conocían.

¿Acaso el asesino era policía? ¿O agente del FBI?

Eso era lo que Michelle pensaba en esos momentos, incluso con más intensidad que antes. Y si era cierto, resultaba de lo más perturbador.

También se había acercado a Cutter's Rock para ver desde la lejanía si ocurría algo inusual. Se había montado un puesto de observación en un lugar elevado que le permitía ver el complejo casi por completo. Por fuera todo parecía normal. Los guardias estaban en sus puestos. Las puertas estaban cerradas. Las patrullas eran continuas. Sin duda la verja estaba electrificada. Estuvo allí una hora y solo vio a un visitante entrar y salir en todo ese tiempo.

Pero ese único visitante había sido Brandon Murdock. ¿Había ido a ver a Edgar Roy? Aquello no entraba dentro de la legalidad, puesto que Roy estaba representado por un abogado y no estaba en condiciones de ser interrogado ni de renunciar a ninguno de sus derechos. ¿O habría ido Murdock a registrar el despacho de Dukes? Para ver si encontraba alguna prueba incriminatoria. Pruebas que quizá condujeran a Murdock, si es que tenía alguna implicación en todo aquello.

Cuando Michelle estaba a punto de marcharse de su puesto, se fijó en algo inusual. Había realizado otro barrido del campo circundante y su objetivo había captado otro par de ojos artificiales a poco menos de un kilómetro de donde ella se encontraba. Enfocó los prismáticos a ese lugar, pero lo único que vio fue el sol que se reflejaba en la mira.

¿Había alguien más vigilando la institución federal?

Calculó la ubicación de aquel observador, subió a su coche y se dirigió hacia allí lo más rápido posible. Sin embargo, para cuando bajó por la carretera, dejó el vehículo en la cuneta y avanzó furtivamente por el bosque, quienquiera que hubiera estado allí había desaparecido. Miró a ver si encontraba marcas recientes en la carretera pero no encontró ninguna. Quizás hubieran llegado a pie y se hubieran marchado del mismo modo. Buscó pruebas pero tampoco encontró nada útil.

Regresó en coche al hostal con un montón de interrogantes.

Un poco antes de la hora de la cena bajó las escaleras de Martha's Inn y se encontró con la señora Burke en el recibidor mirándola con desaprobación.

—Lleva usted un horario muy irregular, joven —dijo Burke—. Y siempre come a deshoras. No me gusta. Me da más trabajo.

Michelle miró de arriba abajo a la mujer con expresión de fastidio y dijo:

—¿Cuándo le he pedido yo que me prepare una comida especial?

—La cuestión es que tengo que estar dispuesta para prepararla si la necesita.

—¿Quién lo dice?

—Es cortesía de nuestro hostal.

—Pues gracias, pero no hace falta —dijo Michelle con aspereza—. Así que problema solucionado. —Pasó de largo en dirección a la puerta de salida.

—¿Adónde va ahora? —preguntó Burke.

—Pues voy a salir por la puerta y me voy a meter en el coche.

—Me refiero a adónde va en su coche —insistió Burke.

—No es asunto suyo —espetó Michelle.

—¿Las chicas sureñas son siempre tan maleducadas?

—¿Quién le ha dicho que soy del Sur?

—Se le nota el acento.

—Bueno, no pretendo ser maleducada. Pero soy detective e investigo una serie de asesinatos. Así que cuando digo que no es asunto suyo, es una forma educada de decir que no es asunto suyo.

Burke lanzó una mirada a la cintura de Michelle.

—¿Tiene que llevar esa cosa aquí?

Michelle vio que la funda de la pistola se le veía por la abertura del abrigo.

—Han muerto dos personas —dijo—. Pensaba que agradecería tener a alguien armado por aquí. Por si al asesino se le ocurre venir.

Burke soltó un grito ahogado y retrocedió.

—¿Por qué iba a hacer tal cosa? —preguntó—. Lo único que intenta es asustar a una anciana. No es muy amable por su parte.

Como la verdad es que Burke parecía muy asustada, Michelle suspiró y dijo:

—A lo mejor intentaba asustarla, pero es que me saca de quicio.

—No era mi intención.

—Me lo imagino. —Michelle pensó que Burke iba a lanzarle una diatriba, pero, en cambio, la anciana se sentó en una silla y se envolvió todavía más con el suéter.

—Tiene razón, sí que lo era.

Michelle se relajó un poco.

—¿Por qué?

—Me recuerda usted mucho a mi hija —repuso Burke—. Bueno, cuando era más joven. Fogosa, independiente, las cosas se hacían a su manera o no se hacían.

—Vale.

—Hubo sus más y sus menos entre nosotras. Nos dijimos ciertas cosas.

—Suele pasar entre madres e hijas.

—¿Está usted muy unida a su madre? —preguntó Burke.

Michelle vaciló.

—Lo... estaba.

—Lo estaba... —repitió Burke, confusa—. Oh, sí, oh, entiendo. Lo siento. ¿Es reciente?

—Bastante reciente, sí.

Se hizo el silencio.

—¿Y qué pasó con su hija? —preguntó al cabo Michelle.

—Se marchó a la universidad. Supuse que volvería aquí, pero nunca volvió.

—¿Dónde está ahora?

—En Hawai.

—Eso es muy lejos.

—Lo más lejos posible sin que deje de ser América. Estoy convencida de que lo hizo a propósito.

—¿La ve de vez en cuando? —quiso saber Burke.

—No —respondió Michelle—. Hace décadas ya. Me quedo atónita cuando lo pienso. Todos estos años. Qué rápido pasa el tiempo. Me envía fotos. Tengo tres nietos. Antes de que mi esposo muriera teníamos planes de viajar hasta allí y romper el hielo. Pero entonces murió y... Bueno.

—Creo que debería ir de todos modos.

Ella negó con la cabeza enérgicamente.

—Creo que me daría demasiado miedo. Cuando mi esposo estaba vivo él hacía de parachoques. Con él sí que habría viajado, pero sola no.

—¿Ni siquiera para ver a sus nietos?

—Ni me conocen.

—Pero si va allí la conocerán.

—Creo que es demasiado tarde. —Se levantó—. Bueno, ándese con cuidado ahí fuera. Y le dejaré algo de comer en la nevera. Y dejaré la cafetera preparada, solo tiene que encenderla.

—Se lo agradezco.

—Y ya estaré al tanto de su joven amiga. Parece muy retraída. Asustada, incluso.

—Está sometida a mucha presión.

—¿Cuándo regresará el señor King?

—No lo sé con seguridad.

—Es muy guapo.

Michelle apartó la mirada.

—Sí, supongo que sí.

—¿La festeja?

Michelle se esforzó para no sonreír ante aquel término.

—A lo mejor.

—Entonces deberían casarse.

—Es complicado.

—No, es la gente quien lo complica todo. ¿Quiere casarse con él?

Aquella pregunta pilló desprevenida a Michelle.

—¿Cómo? Yo... no lo he pensado, la verdad.

Burke la miró fijamente, y Michelle notó que se sonrojaba.

—Entiendo —dijo Burke con cierto tono de escepticismo—. Bueno, buenas noches.

—Buenas noches. Y si me permite que se lo diga, creo que debería ir a ver a su hija.

—¿Por qué?

—Yo no volví a ver a mi madre. Siempre me arrepentiré. Hay que aprovechar las ocasiones cuando se presentan.

—Gracias, Michelle, agradezco el consejo.

Michelle corrió al exterior pero estaba descentrada. Una llamada de teléfono estaba a punto de cambiar todo eso.

—¿Diga?

—¿Maxwell?

—¿Quién llama?

—Murdock.

—¿Qué ocurre?

—Tenemos que vernos.

—¿Por qué?

—Por el caso.

—¿Qué pasa con él?

—Cosas que tú y tu compañero tenéis que saber. Cosas que he descubierto.

—¿Por qué eres tan amable de repente?

—Porque no sé si puedo confiar en alguno de los míos.

—Eso es decir mucho para un agente del FBI.

—Es una situación horrenda.

—¿Dónde y cuándo?

—A las diez. Te indicaré el lugar.

Michelle anotó la información, empezó a andar hacia su coche pero se paró.

Aquello era un poco demasiado sospechoso.

Sacó el teléfono, llamó a Sean. No hubo respuesta.

—¡Mierda! —Caviló durante unos instantes y entonces llamó a otro número.

—Dobkin —dijo la voz.

—Eric, soy Michelle Maxwell. ¿Qué te parecería hacerme de refuerzo esta noche?

47

—¿Te reclutaron? —exclamó Sean.

Kelly Paul asintió.

—No para ser Analista. Era lista pero mi agudeza mental no alcanzaba el nivel requerido.

—¿Para qué, entonces?

—Ellos querían que llevara el programa.

—¿Ellos? ¿Te refieres a Peter Bunting?

Paul se levantó.

—¿Te apetece un café? Conozco un lugar aquí cerca donde podemos hablar en privado.

No era una cafetería ni un restaurante. Era un apartamento de una sola habitación a tres manzanas del parque, en una calle residencial de aspecto normal donde era probable que los niños jugaran en la calle si hacía buen tiempo.

El interior contenía poco más de lo imprescindible para sobrevivir. Tenía una puerta con cerrojos, una ventana, una cocina, una cama, una tele y un baño. Ni cuadros, ni cortinas, ni plantas, estaba la moqueta gris original y paredes blancas semimate. Unos pocos muebles.

Paul preparó el café y trajo dos tazas con azúcar y leche al salón. La decisión de ponerse a cubierto había sido acertada. La lluvia golpeaba contra la ventana y había truenos y destellos de relámpago.

Sean contempló el espacio mientras sorbía el café caliente.

—¿Es tuyo?

—No solo mío, no —respondió Paul.

—¿Instalaciones compartidas?

—Han recortado todos los presupuestos.

—Debe de estar bien tener al menos un presupuesto.

Paul lo miró por encima del borde de la taza y dijo:

—Eso mismo pienso yo.

—Estábamos hablando de cuando te reclutaron. ¿Bunting quiso contratarte?

—Tienes que entender que el Programa E de hace siete años no era lo que es en la actualidad. Se creó dos años después del 11-S. Desde entonces ha crecido de forma desmesurada tanto con respecto a la asignación fiscal como al alcance operativo. Su presupuesto es de miles de millones y no hay ningún ruedo de la inteligencia al servicio del cual no esté. Solo eso ya lo convierte en excepcional. Bueno, las dotes intelectuales de mi hermano lo hicieron incluso más especial.

—Y él quería que tú lo gestionaras —apuntó Sean—. Estoy seguro de que eras perfectamente capaz pero ¿no era ese su trabajo?

—Por aquel entonces Bunting estaba ampliando su negocio —dijo Paul—. Quería delegar. Yo había tenido una carrera plagada de éxitos. Y mis éxitos eran bien conocidos en el gremio. Llamé su atención. Éramos de la misma quinta. Nuestra identidad filosófica no era tan distinta. Habría ganado un montón de dinero y me habría sacado de lo que se había convertido en un trabajo muy peligroso. Y así él quedaría liberado para dedicarse a otras oportunidades de negocio. Sobre el papel parecía perfecto.

—Sobre el papel —dijo Sean—, ¿pero no en la práctica?

—Estuve a punto de aceptar —dijo Paul. Dejó la taza y continuó—. Por varias razones. Por aquel entonces, Eddie trabajaba en Hacienda. Parecía contento y motivado. Bueno, teniendo en cuenta lo que cuesta motivarlo. Pero nuestra madre acababa de morir.

—¿Y él iba a quedarse solo?

—Sí. No estaba convencida de que pudiera asumirlo solo. Ese trabajo me permitiría pasar más tiempo con él, ser una presencia más permanente en su vida.

—¿Y qué pasó? —preguntó Sean—. Parecía perfecto...

—Al final no pude —respondió Paul—. No estaba preparada para lo que acabaría siendo un trabajo de oficina. Además, me había acostumbrado a no tener jefe, a hacer las cosas a mi manera. Bunting tenía fama de supervisar hasta el último detalle. No estaba preparada para eso.

—Quizá tampoco estuvieras preparada para ser la cuidadora de tu hermano.

—Tal vez no —reconoció Paul—. Volviendo la vista atrás soy consciente de que fue un acto de gran egoísmo por mi parte. Puse mis necesidades profesionales por delante de las necesidades de mi hermano. Supongo que es lo que siempre había hecho.

—No serías la primera en hacerlo —apuntó Sean.

—Menudo consuelo. —Paul vaciló—. Fui quien le protegió mientras era pequeño.

—¿De su padre? —preguntó Sean con voz queda.

Paul se levantó y se acercó a la ventana, contempló la noche tormentosa.

—No era más que un niño —dijo—. No podía cuidar de sí mismo.

—Pero lo hiciste.

—Hice lo que consideré correcto.

—¿La muerte de tu padrastro...?

Paul se volvió para mirarlo.

—Me arrepiento de muchas cosas, pero no de esa.

—¿O sea que recomendaste a tu hermano para el programa al cabo de unos años?

Paul pareció sentirse aliviada por el cambio de rumbo de la conversación. Volvió a sentarse.

—No había nadie a su altura en la serie de habilidades que el programa exigía. Era tan bueno que lo nombraron E-Seis, el primero de la historia —dijo con orgullo fraternal.

—¿Y Bunting y tú? —dijo Sean.

—¿Qué pasa con eso?

—A ti y a tu hermano os ofrecieron un cargo dentro del Programa E. Bunting debe de saber el parentesco que tienes con tu hermano.

—¿Y qué? Dudo seriamente que Bunting piense que le tendí una trampa a mi propio hermano para que lo acusaran de asesinato.

—Pero quizá piense que trabajas en la sombra para ayudarle —dijo Sean.

—Sí, cierto —reconoció Paul—. Pero de todos modos no creo que Bunting se lo tome como una amenaza. Si Eddie es absuelto, Bunting lo recupera.

—En Cutter's tu hermano se limita a mirar el techo, nunca dice ni una palabra, no mueve un músculo. ¿Finge? —preguntó Sean.

—Sí y no —contestó Paul—. Es difícil de explicar. Eddie es capaz de perderse en el interior de su mente como pocos. De pequeño también lo hacía.

—¿Por culpa de su padre?

—A veces.

—¿O sea que ahora tu hermano se ha retirado a su mente como forma de protección?

—Tiene miedo.

—Bueno, si lo condenan por esas muertes es muy probable que lo ejecuten. ¿Y qué hay más peligroso que enfrentarse a la inyección letal? —inquirió Sean.

—Sí, pero al menos la inyección letal es indolora —repuso Paul—. La gente con la que nos enfrentamos no será tan generosa. Te lo aseguro.

48

El lugar elegido por Murdock para su encuentro resultó ser un edificio de correos a unos tres kilómetros de la carretera general de Eastport a Machias. Era una construcción de ladrillo y cristal con un aparcamiento al aire libre y una bandera americana que ondeaba mecida por la brisa en lo alto de un mástil de diez metros.

Había un coche estacionado junto al buzón del aparcamiento.

Michelle distinguió una figura masculina en el asiento delantero e iluminó la matrícula con los faros: era un vehículo gubernamental. El hombre se movió en el asiento y ella aparcó a su lado. Apagó las luces y el motor y salió.

Michelle estudió el terreno que tenía a su alrededor. El edificio de correos se hallaba en una manzana aislada con parterres de césped, aceras de hormigón y un amplio aparcamiento con un asfalto que agarraba bien las ruedas. En derredor, solo campo.

Se preguntó dónde se habría apostado Dobkin. Había donde elegir. Ella se hubiera colocado a la izquierda del edificio, cerca de la arboleda, que ofrecía resguardo y una buena línea de visión.

—Gracias por venir —dijo Murdock a modo de saludo al salir del coche.

—Parecía importante.

—Lo es.

Michelle se apoyó en su vehículo y se cruzó de brazos.

—Antes quiero preguntarte algo.

—Dime —instó Murdock con el ceño fruncido.

—Sean y yo hemos estado en tu lista negra desde que nos pusiste la vista encima, ¿por qué quieres que trabajemos juntos ahora?

Murdock sacó un chicle y se lo introdujo en la boca.

—Perdí los estribos. Me pasa más a menudo de lo que debiera.

—Es algo que nos pasa a todos.

—Este caso me está dando una úlcera.

—No eres el único.

—Cada vez que estoy a punto de descubrir algo, sucede alguna cosa.

—Pues yo diría que ni tú ni nosotros estamos a punto de resolver el caso.

—Quizá tengas razón —admitió Murdock.

—¿Por eso has decidido cambiar de táctica? Me has dicho antes que ya no confiabas en los tuyos.

—Digamos que me están volviendo paranoico con tanta cháchara. Quiero conseguir resultados. Mi jefe me llama para pegarme un grito cada cinco minutos. Si pierdo el tiempo peleándome con vosotros y sin resolver el caso, acabaré metido en un cubículo en alguna oficina perdida del FBI preguntándome qué demonios ha pasado con mi carrera profesional.

—Sean acertó cuando dijo que trabajabas para Seguridad Nacional, ¿verdad?

—No es algo que proclame a los cuatro vientos, pero sí, estoy en la unidad antiterrorista.

—Seguridad Nacional y Edgar Roy. ¿Cuál es la conexión?

—Lo único que puedo decirte es que cuando lo arrestaron y enviaron aquí, el FBI recibió la orden de muy arriba de no quitarle la vista de encima. Es una persona de interés especial y debemos vigilarle de cerca. Bueno, ya te lo he dicho. ¿Qué me cuentas tú?

—Estamos siguiendo varias pistas, pero nada definitivo.

—¿Vas a explicármelo?

—No. Has sido tú quien me ha llamado porque tenías algo

que contarme. Te escucho. Si hubiera sabido que buscabas un intercambio de información, no hubiera venido.

—Vale, vale. Es justo —respondió Murdock, y escupió el chicle—. Hoy he ido a ver a Edgar Roy.

—¿Por qué?

—Para hablar con él.

—¿Y él ha hablado contigo?

—No mucho.

—¿No mucho?

—Bueno, nada. No emitió sonido.

—¿Entonces?

—Tampoco esperaba que lo hiciera. Ese tío es un genio. De hecho, es tan listo que es un activo muy valioso para el gobierno federal.

—¿Ah sí?

—¿Por qué tengo la impresión de que no me estás prestando atención? —preguntó con la cabeza ladeada.

—Te equivocas. Me tienes en ascuas.

Murdock se acercó a ella.

—Iré al grano. He estado indagando un poco, he pedido algunos favores que me debían y por fin he descubierto algo. Ahora ya sé lo que hacía Roy para el Tío Sam. Y también sé que hay personas en Washington que tienen motivos para perjudicarle.

—¿Quién?

Murdock se acercó un poco más hasta encontrarse a tan solo unos centímetros de Michelle.

—¿Has oído hablar del Progra...?

Michelle notó una especie de bofetón y el sabor en la boca de un líquido que le cubría la cara. Lo escupió. También sentía una molestia en el brazo. De pronto Murdock se desplomó sobre ella y entendió lo que había sucedido. Lo agarró por los hombros y lo arrastró consigo detrás del coche. El siguiente disparo fue a parar a unos cinco metros de donde habían estado hablando. La bala golpeó el suelo. Varios retazos de césped salieron volando en espiral mientras un fragmento de asfalto descantillaba el metal azulado del buzón. Si Michelle no se hubiera movido, el buzón habría acabado salpicado de su materia gris.

Oyó unos disparos distintos de los del rifle.

Dobkin.

Michelle tenía el cuerpo de Murdock encima.

—¿Murdock? ¡Agente Murdock!

Lo apartó a un lado y le comprobó el pulso. Nada. Estudió su rostro. Tenía los ojos vidriosos y le salía un hilillo de sangre de la boca ligeramente abierta. Tenía cara de sorpresa. Vio el agujero de la camisa teñida de rojo y le dio la vuelta. La bala había penetrado a media columna. Un disparo mortal. Michelle se revisó a sí misma. Tenía sangre en la cara. La sangre de Murdock.

Se miró el brazo.

«Mi sangre.»

La bala había atravesado el pecho del agente del FBI y rozado el brazo de Michelle, que se quitó la cazadora y se remangó. No era más que un rasguño. Algo crujió a sus pies. Lo recogió. Era el casquillo maltrecho del rifle. Se lo metió en el bolsillo de la chaqueta.

Sacó la pistola y el móvil. Marcó el 911 y explicó lo sucedido a la operadora.

Todavía se oían disparos. Una pistola. Estaba casi segura de que era la H&K 45 de Eric Dobkin. El sonido de las balas cesó de repente.

Marcó el teléfono de Dobkin, que sonó cuatro veces. Cuando empezaba a temer que le había pasado algo o que estaría muerto, respondió a la llamada.

—¿Estás bien? —preguntó Dobkin.

—Yo sí. Murdock está muerto.

—Me lo imaginé al ver que se desplomaba.

—¿Has visto al que ha disparado?

—No, pero calculé la trayectoria inversa de los disparos y apunté en esa dirección. Disparé ocho veces. He pedido refuerzos.

—Yo también.

—No he visto a nadie.

—Se habrá vuelto a escapar por el bosque. Malditos árboles.

—¿De verdad está muerto? ¿Estás segura?

Michelle contempló el cuerpo inerte.

—Sí, está muerto. Es imposible que sobreviviera al impacto. El que ha disparado sabía lo que se hacía.

—¿Y tú seguro que estás bien?

—No tengo nada que no se cure con una tirita. No bajes la guardia mientras llegan los refuerzos. En el aparcamiento estábamos muy expuestos, pero es un buen tirador. Aunque esté lejos, puede darte. Mantén la cabeza baja.

—De acuerdo. ¿Te contó algo Murdock?

—Por desgracia, nada nuevo, pero él no podía saber que yo ya tenía esa información. —Michelle dudó antes de continuar. Le costaba formular sus pensamientos en palabras—. Solo pretendía hacer lo correcto.

Permaneció junto al hombre muerto. Curiosamente, cuanto más lejos dispara un rifle de largo alcance, más daño hace. Sacó el casquillo del bolsillo y lo observó con detenimiento. Acto seguido revisó el agujero en la espalda de Murdock y calculó la trayectoria inversa de la bala.

«El disparo se ha realizado desde más de medio kilómetro de distancia.»

A pesar de que Murdock nunca había sido santo de su devoción, era un agente federal, lo mismo que había sido ella. Y eso creaba un vínculo tácito. Cuando un agente moría, se llevaba consigo un trocito del alma de todos los agentes. Su muerte era intolerable. No debía quedar impune. El culpable sufriría las consecuencias, graves consecuencias.

Michelle se arrancó un trozó de manga, se vendó la herida y detuvo el pequeño flujo de sangre. Era una lesión insignificante comparada con la herida mortal de Murdock.

Abrió la puerta del coche, cogió una botella de agua y se limpió la sangre de la cara.

La sangre de Murdock.

Hizo gárgaras y escupió. Intentó no pensar en la cantidad de sangre que había tragado ni en su sabor salado.

En cuanto hubo acabado, se volvió de nuevo hacia Murdock. Sabía que no debía interferir con la escena de un crimen, pero se acercó y le cogió la cartera. La abrió.

Tres niños. Tres muchachitos de altura escalonada y una mujer con el aspecto cansado de una madre con tres críos rebosantes de energía y un marido en el FBI que trabajaba demasiado y casi siempre estaba ausente.

Michelle devolvió la cartera a su sitio y se apoyó contra el estribo de la puerta del coche. Trató de contener las lágrimas, pero no pudo.

Se tapó los ojos pero las lágrimas brotaron igualmente.

49

—¿Qué más podemos hacer ahora? —preguntó Sean, sentado en el pequeño apartamento.

—No lo tengo claro —respondió Paul.

—Bunting no tiene ningún motivo para tender una trampa a tu hermano.

—Él no, pero no puede decirse lo mismo sobre Bergin o Dukes. Con la muerte de Bergin se retrasa el juicio y quizá Dukes cometió un error y puso nerviosa a la gente equivocada.

—De acuerdo, eso es un motivo, pero tu hermano no está en condiciones de ir a juicio, por lo que no era absolutamente necesario matar a su abogado defensor.

—Con que la necesidad fuera del quince por ciento, ya era suficiente. Es probable que temieran que Bergin descubriera algo.

—Bergin era amigo mío —dijo Sean.

—También era amigo mío y no sabes cuánto siento haberle implicado en esto.

Sonó el móvil de Sean y respondió.

—Michelle, ¿qué? ¿Qué pasa?... Más despacio... Vale, vale, ¿y Murdock? —Escuchó unos sesenta segundos en silencio—. Voy para allá. Llegaré lo antes posible.

Colgó y miró a Paul.

—Murdock ha muerto, ¿no? —inquirió Kelly.

—¿Cómo lo sabes?

—Me preguntaba con quién debía de estar hablando Bunting tan agitado antes.

—¿Crees que mientras le observábamos estaba ordenando que mataran a Murdock? ¿Mientras paseaba con su mujer y sus hijos?

—No, no quería decir eso, pero Bunting siempre está conectado. ¿Vas a volver a Maine?

—Sí, tengo que volver. Michelle también me ha dicho otra cosa.

—¿Qué?

—Fue a Cutter's a echar un vistazo.

—¿Y?

—Está segura de que había alguien más vigilando el lugar.

Paul respiró hondo, como si olisqueara el ambiente en busca de una pista.

—Te acompañaré a Maine. Necesito unos minutos para prepararme la bolsa.

En cinco minutos estuvo lista para salir.

Tomaron un taxi hasta la oficina de alquiler de coches, eligieron un Chevy de cuatro puertas y abandonaron Manhattan rumbo al norte. A esa hora de la noche el tráfico era bastante fluido, incluso para una ciudad que nunca duerme. Llegaron a Boston a altas horas de la madrugada y decidieron dormir en un motel a las afueras porque se les cerraban los ojos. Durmieron cuatro horas y se levantaron a las ocho. Llegaron al hostal de Machias por la tarde, tras haber consumido varias tazas de café y dos comidas rápidas.

Habían llamado a Michelle cuando estaban cerca y les esperaba fuera.

Sean miró boquiabierto el vendaje del brazo.

—¿A ti también te dispararon?

—No exactamente.

—¿Qué quiere decir no exactamente?

—Me dio la misma bala que mató a Murdock. No es más que un rasguño.

Sean la abrazó tembloroso.

—Estoy bien, Sean, de verdad —insistió, pero le devolvió el abrazo con fuerza.

—No volveremos a separarnos nunca. Cada vez que nos separamos, pasa algo malo.

Michelle miró a Kelly Paul.

—No esperaba verte aquí.

—Tampoco yo esperaba estar aquí.

Entraron en el hostal. Estaba claro que la señora Burke estaba mimando a Michelle. Antes de dejarlos solos, le revisó el vendaje y le trajo otra taza de café. Megan estaba sentada en el salón con una taza de té en el regazo.

—No para de morir gente —comentó la abogada con un hilo de voz.

Todos la miraron, pero nadie dijo nada.

Megan se volvió hacia Paul.

—No me volverás a poner una navaja al cuello, ¿verdad?

—No, salvo que me des un motivo para ello.

Megan sintió un escalofrío y guardó silencio.

—Dinos todo lo que recuerdas de anoche, Michelle —pidió Sean.

Michelle contó lo sucedido y Sean y Paul solo la interrumpieron para hacerle preguntas.

—¿Significa eso que Murdock conocía o había descubierto la existencia del Programa E? —inquirió Sean.

—Creo que sí, pero el balazo le cortó cuando empezaba a explicármelo. Dijo que había gente en Washington con motivos para perjudicar a Edgar Roy.

—¿Tendiéndole una trampa? —preguntó Sean.

—Si se tiene en cuenta que podría acabar condenado a muerte, pues sí.

Sean miró a Megan.

—¿Cómo va el caso?

—He redactado varias peticiones para el juicio, pero necesito que las revises.

—Muy bien. ¿Sabes algo del fiscal? ¿Te han llamado del juzgado?

Megan negó con la cabeza.

—No queda nadie en el despacho del señor Bergin, pero he revisado los mensajes de voz y el correo electrónico. Técnicamente, el caso se encuentra en un limbo legal debido al estado psíquico de Roy. El juzgado ordenó que se le hicieran revisiones periódicas para ver si es mentalmente competente para ser juzgado. Pronto le harán la próxima revisión.

Sean miró a Paul.

—¿Te gustaría ver a tu hermano?

Ella se volvió hacia él.

—¿Cuándo? —preguntó con tono pausado.

—¿Qué tal ahora?

50

Como no tenía más opciones, Bunting emprendió de nuevo la excursión desde la rica y bulliciosa Manhattan hasta la Manhattan más pobre, pero igual de ajetreada. Levantó la mirada y vio el letrero: PIZZA, PORCIONES A UN DÓLAR.

Ojalá se encontrara allí para comprar una pizza de queso con *pepperoni.* Estaba tan furioso que sentía unas ganas tremendas de propinar un puñetazo a algo o alguien.

Subió los seis pisos a pie. A pesar de estar en forma y acudir regularmente a su exclusivo gimnasio, llegó arriba exhausto y sudoroso.

Llamó a la puerta.

Se abrió.

James Harkes iba vestido como siempre. Cuando le invitó a entrar, Bunting se preguntó si su armario constaba únicamente de trajes negros, camisas blancas y corbatas negras.

Se sentaron a la misma mesa pequeña de la vez anterior. Un pequeño ventilador zumbaba y oscilaba sobre una mesita. Era la única fuente de aire, aparte de la respiración de los hombres. Bunting notó el calor que ascendía de los hornos de la pizzería, seis pisos más abajo.

—¡Murdock! —comenzó Bunting.

—¿Qué pasa con él?

—Ha muerto, pero ya lo sabes.

Harkes no dijo nada. Permaneció sentado con las manos posadas sobre el vientre liso.

—Está muerto, Harkes —repitió Bunting.

—Ya le he oído la primera vez, señor Bunting.

—Cuando anoche me llamaste para decirme que Murdock había descubierto la existencia del Programa E, no te ordené que lo mataras.

Harkes se inclinó ligeramente hacia delante.

—Está asumiendo que yo he llevado a cabo determinadas acciones.

—¿Fuiste tú?

—Yo estoy aquí para protegerle, señor Bunting.

—Era un agente del FBI y ordenaste que lo mataran.

—Son palabras suyas, no mías.

—¡Por todos los santos! ¿Ahora nos vamos a liar con cuestiones semánticas?

—Estoy muy ocupado, señor Bunting. ¿Puedo hacer algo más por usted?

—Sí, deja de matar a gente. Has hecho que una situación complicada se vuelva imposible.

—Yo no lo diría así.

—Yo sí.

—Maxwell lo sabe y King también.

—¿Saben que Edgar Roy era el Analista?

—Sí —respondió Harkes.

—¿Cómo es que lo saben?

—Por una fuente externa.

—¿Quién?

—Kelly Paul.

Bunting lo miró de hito en hito.

—Kelly Paul —repitió Harkes—. Sé que la conoce.

—¿Cuál es su implicación en todo esto?

—Es la hermanastra de Edgar Roy —respondió Harkes estudiando su reacción—, pero usted ya lo sabía.

—¿Es ahí adonde fueron King y Maxwell cuando les perdimos la pista?

—Posiblemente.

Bunting amenazó a Harkes con el dedo.

—Escúchame bien. Ni se te ocurra acercarte a Kelly Paul. Ni a Sean King. Ni a Michelle Maxwell. ¿Lo has entendido?

—Me temo que no capta usted la gravedad de la situación.

—¿Cuál es el plan, entonces? ¿Matarlos a todos?

—Los planes evolucionan de forma constante —declaró Harkes con una calma enervante.

—¿Por qué querría Paul hacer daño a su hermano? Es ridículo.

—Usted está dando por sentado que Paul todavía está con nosotros, pero hace tiempo que no está en plantilla. Ahora trabaja por su cuenta y podría estar del lado del enemigo.

—No me lo creo. Kelly Paul es tan patriótica como el que más.

—Esa es una perspectiva peligrosa para alguien en su situación.

—¿Qué perspectiva? —espetó Bunting.

—Pensar que alguien es incorruptible.

—Yo soy incorruptible. Jamás haría nada que pudiera perjudicar a mi país.

—Es un bonito discurso, pero con el aliciente adecuado, también usted caería.

—Jamás.

—Es igual. No es esta la cuestión.

—Si muere alguien más, será tu fin, Harkes. Te lo prometo.

—Que pase un buen día, señor Bunting.

Harkes abrió la puerta y Bunting salió airadamente.

51

Dos horas más tarde, Bunting estaba sentado en una cómoda butaca del jet privado de su empresa y rodaba por la pista de despegue. Era un Gulfstream G550 con autonomía para volar de Londres a Singapur sin repostar. Contaba con un despacho, una cama, televisores, wi-fi, lo último en aviónica, un bar bien surtido, capacidad para catorce personas, dos pilotos y dos auxiliares de vuelo. Podía alcanzar hasta casi los mil kilómetros por hora a una altura máxima de unos cincuenta y dos mil pies. El avión había costado a la empresa de Bunting, BIC, más de cincuenta millones de dólares, además de varios millones al año de uso y mantenimiento.

El vuelo de Nueva York a Dulles, Virginia, duraría menos de media hora. Se acomodó en el asiento mientras el G550 ejecutaba el ascenso por el espacio aéreo amigo, si bien abarrotado, de Manhattan. Se desvió ligeramente al sur y tomó rumbo a Washington. Antes de que Bunting pudiera ponerse a trabajar, el piloto anunció el aterrizaje en Dulles. Veinte minutos más tarde, tocaron tierra. Rodaron hasta una zona reservada del aeropuerto y Bunting bajó del avión y subió a la limusina que le esperaba, que se puso en marcha en cuanto su trasero rozó el asiento.

Era la mejor manera de viajar, aunque su gasto superara los cincuenta millones de dólares. No obstante, en esos momentos Bunting no pensaba en su capacidad para viajar con tal celeridad y lujo, sino en la posibilidad de que perdiera todo por lo que había trabajado tan duro. La reunión con Harkes le había dejado intranquilo. Notaba que estaba perdiendo el control.

En cuanto abandonaron el aeropuerto, Bunting topó con la caravana de coches de la plebe que regresaba a casa después del trabajo. Tardó más en recorrer diez kilómetros en coche que 300 kilómetros en avión. Pero por fin llegó.

El edificio tenía un aspecto tan anodino que nadie que pasara por allí le echaría un segundo vistazo. No era el mismo bloque de oficinas al que Sean había seguido a Avery. Aquel se encontraba a varios kilómetros de distancia. Este edificio era el más importante del imperio de Bunting. Allí estaba el Muro. Entró en el edificio, cruzó rápido los controles de seguridad, tomó el ascensor a un piso inferior y empezó a caminar por un pasillo.

Bunting había invertido muchos años, millones de dólares y momentos de nervios en convencer a los responsables de la Seguridad Nacional de que abrazaran la tecnología del siglo XXI de recopilación y análisis de datos. Cuando por fin lo consiguió, se abrieron las compuertas del dinero de par en par y comenzaron a lloverle miles de millones de dólares del gobierno. Fue el mayor triunfo de su vida porque, aparte del dinero, el Programa E funcionaba. Su invención había predicho e impedido innumerables atentados terroristas, tanto en suelo estadounidense como contra los intereses del país en el extranjero, lo cual había permitido cosechar éxito tras éxito a la CIA, el DHS, la DIA, la agencia Geoespacial y la NSA, así como a otras agencias de inteligencia menos conocidas. El FBI había dado caza a criminales y terroristas e impedido futuros ataques gracias a la información proporcionada por el Programa E.

El Muro era la clave de todo, la obra maestra de Bunting. Los equipos de analistas convencionales estaban tan enmarañados en los árboles que eran incapaces de ver el bosque, y mucho menos de detectar cualquier amenaza, mientras que una sola persona —la persona adecuada— sentada en una silla delante del Muro les había llevado a la tierra prometida. El Muro revelaba sus secretos más íntimos a la persona apropiada. Y la recompensa era inmensa e instantánea.

El programa funcionó bien durante varios años, pero entonces apareció la pega: la información que debía analizarse sobrepasó a las mejores mentes del momento. Habían descubierto el punto flaco del Programa E y sus detractores, como Ellen Foster del Departamento de Seguridad Interior y Mason Quantrell del sector privado, habían empezado a sobrevolarlo en círculos como aves de rapiña.

Fue entonces cuando Bunting dio con Edgar Roy, que superaba con creces el muy elevado listón del Programa E. Roy captaba patrones que no percibían cientos de miles de analistas con ordenadores ultrapotentes. Bunting estaba convencido de que si Edgar Roy hubiera estado sentado delante del Muro antes del 11 de septiembre de 2001, ese día hubiera sido un día tan normal como otro cualquiera.

Bunting entró en una sala ubicada muy por debajo del sótano del edificio y saludó con una inclinación de cabeza a los que estaban allí, que le devolvieron el saludo y apartaron la vista enseguida al percibir su ademán nervioso. Foster le había dejado muy claro que había perdido su oportunidad, pero Bunting había ideado un último intento para salvar el programa, aunque con pocos resultados por el momento.

Entró en la sala de control y saludó con una inclinación de cabeza a Avery, que estaba sentado como siempre delante de las pantallas que gestionaban no solo el Muro, sino también las respuestas del Analista. Ese día había tres analistas: dos mujeres y un hombre que llevaban mucho tiempo trabajando en BIC.

Bunting se sentó en su sitio y encendió la tableta que llevaba. Comprobó que dos de los analistas eran E-Cincos muy competentes y, el otro, un E-Cuatro de alto nivel. De hecho, los dos E-Cincos eran lo mejor que tenían hasta que Edgar Roy había entrado en escena y elevado las posibilidades del Muro a la enésima potencia.

Pero, tal y como había señalado Avery, las cosas habían cambiado y el flujo de información crecía exponencialmente y superaba la capacidad de las mentes que un año antes podían manejarla. Solo Roy era capaz de gestionarla, pero ya no estaba.

Bunting miró a través del cristal. Los tres analistas hacían lo que podían, pero el flujo de información del Muro se había rebajado al sesenta por ciento. A ese ritmo, las conclusiones alcanzadas estarían obsoletas antes de que los analistas redactaran los informes pertinentes. Simplemente, no valían.

Dejó que prosiguieran con el ejercicio cinco minutos más hasta que al final, abatido, miró a Avery y le hizo un gesto con el dedo en el cuello para que lo cortara.

Avery habló por los auriculares que llevaba puestos.

—Gracias a todos. El Muro va a apagarse. Cinco, cuatro, tres, dos, uno.

Tecleó una combinación de botones y la pantalla se tornó negra al instante.

Desalentado, Bunting se recostó en la silla con la vista clavada en el suelo. Foster tenía razón. Era el fin, su fin. Seguramente lo matarían, y después a Roy.

Un hombre abrió la puerta de la sala de control.

—¿Señor Bunting?

Bunting levantó la mirada.

—La secretaria Foster desea reunirse con usted a la mayor brevedad posible.

«Dios Mío.»

52

Sean pensó que tendrían problemas para entrar en Cutter's Rock, sobre todo tras la muerte de Carla Dukes, pero su ausencia parecía haber flexibilizado los obstáculos para acceder al recluso, a pesar de la presencia de Kelly Paul.

Se abrieron las grandes verjas de la prisión, los guardias les cachearon y al poco rato estaban en la sala de visitas esperando a Edgar Roy.

Megan estaba de pie junto a la pared de cristal con Michelle a su lado. Sean tenía la mirada clavada en la puerta mientras Kelly Paul caminaba de un lado a otro sin levantar la vista del suelo. Sean se imaginaba lo que estaba pensando y quizá tuviera razón: al verla, Roy podía reaccionar y dar al traste con su tapadera.

Se abrió la puerta y entró Edgar Roy, que iba vestido igual que la última vez. El mismo aspecto y el mismo olor. Le sacaba varias cabezas a los guardias y a Sean y Michelle, pero sobre todo a la menuda Megan.

Sean fue el primero en oír el silbido largo y suave, una melodía conocida que no logró identificar. Dio media vuelta en busca del origen: Kelly Paul estaba apoyada contra la pared con la cara vuelta hacia el otro lado, oculta para su hermano. Sean se volvió rápido hacia Roy. El silbido había comenzado cuando el preso todavía estaba mirando al suelo, sus ojos invisibles. Sean creyó percibir un ligero estremecimiento del hombro. Los guardias lo sentaron detrás del cristal y lo sujetaron a la anilla del suelo antes de salir de la habitación y cerrar la puerta tras de sí. Roy se quedó sentado, las piernas estiradas y el rostro hacia el techo. Tenía la vista clavada en el mismo maldito punto. Como siempre.

«Excepto por el estremecimiento del hombro», pensó Sean.

La melodía silbada sonó de nuevo. Sean volvió a girarse y esta vez Michelle también.

Kelly Paul se había vuelto hacia su hermano.

—Hola Eddie, qué alegría verte —saludó tranquila con una sonrisa genuina.

Se aproximó rodeando la pared de cristal y se plantó delante de él muy erguida y con las manos en el pecho.

Sean recorrió la habitación con la mirada y entonces lo vio. Se preguntó cómo era posible que no se hubiera percatado antes de esa pequeña imperfección allá arriba, en la pared: la cámara apuntaba al habitáculo de cristal, a la silla del preso, pero Paul estaba bloqueando con su cuerpo la imagen de su hermano.

Sean avanzó unos pasos y rodeó la pared de cristal hasta tener a Paul enfrente. Ahora entendía por qué estaba tan erguida: sujetaba un mensaje justo delante de la línea de visión de su hermano en el que había escrito unas palabras en lápiz en mayúsculas:

LO SÉ. E. BUNTING. TRAMPA. ¿SOSPECHAS?

Roy no pareció reaccionar, pero Sean observó que sus ojos habían cobrado vida y que incluso se había permitido el lujo de esbozar una minúscula sonrisa, consciente de que su hermana le protegía de la cámara.

El zombi había despertado.

Paul empezó a dar unos golpecitos en el papel con el dedo. Era un movimiento casi imperceptible, lento y metódico. Sean no comprendió lo que hacía hasta que de pronto cayó en la cuenta.

«Se está comunicando en Morse.»

A continuación oyó otro sonido. Sean bajó la mirada. Roy se estaba dando unos golpecitos en la pierna. Le estaba respondiendo. Ella contestó.

Edgar Roy volvió a fijar la vista en el punto del techo.

Paul arrugó el papel, se lo metió en la boca y lo engulló.

—¿Qué ha sido eso? —susurró Sean al salir.

—Le he dado unos datos y le he pedido que los analizara.

—¿Y él qué te ha dicho?

—Quería saber si le había explicado a Bergin lo del Programa E. Le he dicho que no.

—¿Qué hacemos ahora?

—Ahora, atacamos —respondió Paul.

—¿Cómo?

—Ya te lo explicaré. Michelle y tú seréis la punta de lanza.

—¿Crees que Bunting está detrás de todo esto?

—Pronto lo averiguaremos.

Roy fue conducido de vuelta a su celda. En cuanto entró, se volvió de espaldas a la cámara para cerrar los ojos un rato. Estaba cansado, pero la visita le había animado.

Su hermana había venido. Había albergado la esperanza de que viniera. Su mensaje le había dejado claro que comprendía la situación y le había contado varias cosas más en Morse, un lenguaje que Kelly le había enseñado de pequeño.

Edgar abrió los ojos y clavó la mirada en la pared que tenía delante que, por algún motivo, habían pintado de amarillo, quizá para calmar a los internos. Como si un color pudiera borrar lo que significaba estar allí.

«Ted Bergin, Hilary Cunningham, Carla Dukes, Brandon Murdock, todos muertos. Piensa en un patrón.»

Eso es lo que su hermana le había pedido que hiciera.

Y eso hizo. Con diligencia.

Bergin y Dukes con una pistola a quemarropa. Cunningham asesinada y su cuerpo arrastrado hasta la casa de Bergin. Murdock con un rifle de largo alcance. ¿Quién tenía un motivo? ¿Quién había tenido la oportunidad?

Roy estudió mentalmente todas las posibilidades a un ritmo endiablado. Analizaba y rechazaba a una velocidad vertiginosa posibilidades que una persona normal hubiera necesitado meses para comprender.

De pronto lentificó el ritmo: había agotado su base fáctica. No contaba con demasiados datos, pero era suficiente. No había identificado un único patrón, sino cuatro. Pero no tenía manera de comunicárselo a su hermana. Quizá no volviera a verla jamás.

53

Varios escoltas armados guiaron a Bunting por los pasillos de la nueva sede del Departamento de Seguridad Interior en Washington, un complejo gigantesco cuyo precio jamás había sido hecho público porque era información clasificada, lo cual significaba —como Bunting bien sabía— que tenían un cheque en blanco.

Le condujeron a una sala y, en cuanto entró, cerraron la puerta con llave tras él. Bunting echó un vistazo a la habitación vacía y se preguntó si no le habrían llevado al lugar incorrecto, pero sus dudas se disiparon cuando Mason Quantrell y Ellen Foster entraron por la puerta de una habitación contigua.

—Siéntate, Peter, no estaremos demasiado tiempo —ordenó Foster.

Abrió un portátil mientras Quantrell se sentaba a su lado y sonreía a Bunting.

—¿Cómo va todo, Pete?

Bunting le ignoró y se dirigió a Foster.

—Secretaria Foster, una vez más, quisiera dejar constancia de mi incomodidad ante la presencia de mi principal competidor durante una reunión confidencial.

—Pero si tú y yo no tenemos secretos, Peter —replicó Foster con coqueta timidez.

—Sí los tenemos. Tengo a muchas personas trabajando para mí con procedimientos, protocolos, software, hardware y algoritmos patentados en cuyo desarrollo he invertido muchos años de trabajo y mucho dinero —protestó Bunting y miró a Quantrell, que le contemplaba con expresión divertida.

Sintió un deseo repentino de alargar la mano y estrangularlo.

—Pues el Programa E exige que tus competidores te envíen toda la información que recopilan. Yo también he invertido mucho dinero en mi negocio, pero sé compartir.

Nada más lejos de la verdad. Bunting sabía que solo fingía compartirla, pero aun así nunca dejaba de cobrar su cheque del gobierno. Quantrell llevaba años esperando la ocasión de acabar con Bunting y estaba claro que pensaba que había llegado el momento.

—Si tú hubieras creado el Programa E, Mason, verías que es mucho mejor que los métodos que usábamos en la Edad de Piedra, cuando tú eras el cancerbero del sector privado y cada agencia iba en una dirección distinta. Ya sabes, cuando lo del 11 de Septiembre...

La sonrisa condescendiente de Quantrell se desvaneció por completo.

—No sabes con quién estás lidiando, capullo.

—Ya vale, chicos, no hay tiempo para chulerías de patio de colegio —amonestó Foster.

Bunting se sentó delante de ambos y esperó a que hablaran.

Foster introdujo una contraseña en el portátil, tecleó algo, leyó la información en pantalla y se la mostró a Quantrell, que miró a Bunting y asintió.

Si pretendían intimidarle, lo estaban haciendo muy bien, pero el rostro de Bunting permaneció inmutable. Él también sabía jugar a ese juego.

—¿Hay algún orden del día para esta reunión? —preguntó.

Foster le pidió con un gesto de la mano que aguardara unos segundos. Daba la impresión de estar enviando un correo electrónico. Después cerró el portátil y levantó la mirada hacia él.

—Te agradezco que hayas venido tan rápido, Peter.

—Claro, ningún problema —respondió Bunting a regañadientes.

Foster apoyó los codos en la mesa.

—Tengo que hacerte una pregunta y te pido que me respondas con total franqueza.

Bunting la miró sorprendido.

—Siempre he sido sincero con usted y espero que no piense lo contrario.

—La pregunta no es muy difícil, pero la respuesta puede serlo —continuó Foster e hizo una pausa—. ¿Ordenaste tú el asesinato de Ted Bergin, el abogado de Edgar Roy; de Hilary Cunningham, su secretaria; de la directora de Cutter's Rock, Carla Dukes y de Brandon Murdock, agente especial del FBI?

A Bunting se le bloqueó la mente un instante antes de responder a gritos, literalmente.

—¡Por supuesto que no! No puedo creer que me pregunte eso.

—Tranquilízate, por favor. Dime, ¿sabes quién los ha matado? Si lo sabes, necesitamos que nos lo digas.

—Yo no voy por ahí ordenando que maten a gente. No tengo ni idea de quién ha sido.

—Las bravuconadas no te van a servir de nada, Pete. ¿Sabes quién ha sido? —preguntó de nuevo.

Bunting miró a Quantrell.

—¿Por qué está aquí él?

—Porque yo se lo he pedido. Nos ha sido de gran ayuda para atar ciertos cabos.

—¿Qué cabos?

—Digamos que el señor Quantrell y su gente han estado indagando y han descubierto algunas cosas interesantes.

—¿Qué cosas? —inquirió Bunting.

—No voy a discutirlo contigo ahora.

—Si se me acusa de algo, tengo todo el derecho del mundo a saberlo —replicó no sin antes lanzar una mirada furiosa a Quantrell—. Sobre todo si él está implicado; sería capaz de matar a su propia madre para recuperar el negocio que le arrebaté por ser más inteligente que él.

Quantrell se incorporó de golpe. Parecía dispuesto a saltar por encima de la mesa para abalanzarse sobre Bunting.

Foster posó la mano sobre su brazo para contenerlo y miró a Bunting con desprecio.

—Otro comentario así, Peter, y me veré obligada a tomar medidas que prefiero no tomar.

—Que conste en acta que cualquier cosa que haya dicho este hombre sobre mí tiene como fin destruir el Programa E.

—¿Estás dispuesto a someterte al detector de mentiras? —preguntó Foster.

—No soy sospechoso de nada en esta investigación.

—¿Es eso un no? —inquirió Quantrell.

—Sí, es un no —espetó Bunting.

Quantrell sonrió, miró a Foster y sacudió la cabeza.

—Peter, espero que seas consciente de la gravedad del lío en que te has metido —advirtió Foster.

—No tengo ni idea de lo que está hablando, señora secretaria. Realmente no lo sé.

Si alguien hubiera medido la frecuencia cardiaca de Bunting en ese instante, lo más probable es que lo hubieran mandado corriendo a urgencias.

«Pero estos dos gilipollas quizá me dejarían morir en el suelo», pensó.

—Última oportunidad, Bunting —avisó Quantrell.

—¿Última oportunidad para qué? ¿Para quedarme sentado y confesar unos delitos que no he cometido? —saltó—. Y, tú, Mason, no tienes derecho a exigirme nada. Deja de actuar como si fueras del FBI. Es patético.

—En realidad, sí tiene derecho —declaró Foster.

—¿Cómo dice? —inquirió Bunting nervioso.

—Ya sabes que la frontera entre el sector privado y el público es muy difusa. Como el cometido de la empresa del señor Quantrell es desvelar casos de corrupción e ilegalidad en el ámbito de la inteligencia, él y su gente tienen cierta autoridad gubernamental.

Bunting miró incrédulo a Quantrell.

—¿Como lo de los estúpidos mercenarios de Oriente Medio que disparaban primero y preguntaban después? Un gran triunfo para la reputación global de Estados Unidos.

—Es lo que hay —replicó Foster—. ¿Quién más tenía motivos para matar a esa gente? ¿Lo hiciste porque descubrieron la existencia del Programa E?

—Tu programa —agregó Quantrell—, ese que nos estás pasando siempre por delante de las narices.

—¿A qué viene todo esto? —preguntó Bunting.

—Viene a que el director del FBI me estuvo haciendo preguntas que me vi obligada a contestar por el cargo que ocupo, Peter. Y, como resultado, me temo que ahora eres sospechoso.

—Ya veo —dijo Bunting con tono gélido—. ¿Y qué es exactamente lo que le contó al director?

—Me temo que no puedo decírtelo, lo siento.

—¿Soy sospechoso y no puede decirme por qué?

—Es algo que yo no puedo controlar, pero intenté protegerte.

«Y yo que me lo creo.»

—No tienen pruebas de que haya hecho nada mal —comentó Bunting.

—Seguro que el FBI está trabajando en ello —replicó Foster.

Bunting trató de asimilar la información que le acababan de proporcionar.

—¿Eso es todo?

—Creo que sí —contestó Foster.

—Pues será mejor que regrese al trabajo.

—Mientras puedas —agregó Quantrell.

—Seis cadáveres en el granero. Un número interesante —comentó Bunting.

Quantrell y Foster lo miraron con expresión inescrutable.

—Seis cadáveres. ¿El programa E-Seis? Si no supiera que es imposible, pensaría que alguien me está gastando una broma pesada.

Bunting dio media vuelta para marcharse.

—Peter, si por algún milagro eres inocente, espero que consigas salir de esta de una pieza —dijo Foster.

Bunting se volvió hacia ella.

—Lo mismo digo, señora secretaria.

54

Bunting se pasó el breve vuelo en el G550 mirando por la ventana, contemplando el gran banco de apacibles nubes. No se dio cuenta de que habían aterrizado hasta que el auxiliar de vuelo le entregó el abrigo y le comunicó que su coche le estaba esperando. El trayecto por carretera hasta la ciudad duró más que el vuelo. Cuando llegó a su casa en la Quinta Avenida, la sirvienta le abrió la puerta.

—¿Está mi mujer en casa? —preguntó a la sirvienta, una latinoamericana delgada y menuda.

—Está en su despacho, señor.

Bunting encontró a su mujer repasando los pormenores del último acto benéfico. Ignoraba cuál era pues estaba implicada en muchas iniciativas de ese tipo. Todas eran buenas obras, pero sabía que esos eventos también le brindaban la ocasión, tanto a ella como a sus amigas, de ponerse guapas e ir a lugares elegantes con buena comida a la vez que se sentían muy bien consigo mismas por todo lo que hacían por las personas que no podían permitirse el lujo de vivir en una casa unifamiliar de veinte millones de dólares en la Quinta Avenida. «No estoy siendo justo», pensó. Sabía que su mujer también acudía a los hospitales sin estar rodeada de una nube de fotógrafos para acunar durante horas a bebés con sida o con mono de crack porque le daban pena, porque quería ayudar. También trabajaba de voluntaria en un comedor comunitario y enseñaba a leer a los sin techo en un albergue. Y muchas veces llevaba consigo a sus hijos para que fueran conscientes de que la vida no era tan maravillosa para todas las personas. Además, había creado una fundación que aportaba fondos a los más pobres y necesitados.

«Yo no hago cosas así, pero mantengo el país a salvo.»

Esa era la excusa que solía ponerse Bunting a sí mismo por no compartir los esfuerzos filantrópicos de su esposa, pero en esos momentos no sonaba demasiado convincente.

Dio un beso a su mujer, que levantó la vista sorprendida. Hacía años que su marido no llegaba tan temprano a casa.

—¿Todo bien en el trabajo? —inquirió preocupada.

Bunting sonrió y se sentó enfrente de ella en su despacho, cuya exquisita decoración seguramente había costado un cuarto de millón de dólares.

Quería hablarle de sus problemas, pero para ello su mujer debía tener una autorización de seguridad de alto nivel. Bunting poseía el máximo nivel, pero ella carecía de toda autorización. Era como vivir con alguien de otro planeta. No podía hablar del trabajo con la mujer que amaba. Nunca. Así que se limitó a sonreír, pese a que deseaba gritar.

—Todo bien. Simplemente he pensado que podía venir a casa y pasar un rato contigo y los niños.

—Pues yo tengo un acto benéfico en el Lincoln Center; lo han dejado muy bonito tras la reforma. Algún día deberías acompañarme.

—Sí, algún día —dijo distraído—. ¿Y los niños?

—Están en casa de mi hermana. ¿No te acuerdas? Te lo dije. Vuelven mañana por la mañana. De verdad que te lo dije —añadió con dulzura.

Bunting dejó de sonreír.

«Soy un idiota. Gestiono toda la inteligencia del país para que los americanos estén más seguros y ni siquiera sé dónde están mis hijos.»

Intentó reír para quitarle importancia al asunto.

—Sí, es verdad. Bueno, me voy al estudio, que tengo cosas que hacer.

Bunting fue al dormitorio y dejó caer en el suelo la americana de dos mil dólares, se deshizo el nudo de la corbata de trescientos dólares, se sirvió una copa del minibar en el salón adyacente y contempló por la ventana el cielo, cada vez más oscuro. El otoño había llegado y traído consigo el frío y el mal tiempo, lo cual no hacía más que agravar su decaimiento.

Recorrió con la vista el dormitorio, diseñado por alguien conocido que se hacía llamar solo por el nombre de pila, un nombre que siempre aparecía en todas esas revistas que Bunting jamás leía. La estancia era muy elegante; estaba todo muy ordenado y limpio como los chorros del oro. Era una casa de revista, pero debido a su trabajo, jamás podría salir en una revista. Los máximos responsables de la seguridad del país exigían que sus lacayos fueran por la vida de puntillas, no dando brincos por los pasillos con fajos de billetes en las manos.

El dormitorio incluía una biblioteca de hermosos libros encuadernados en piel, muchas primeras ediciones de fantásticas novelas escritas por autores de antaño, o al menos eso le habían dicho. El diseñador del nombre de pila y su mujer los habían comprado todos en un mismo lote. Bunting no había leído ninguno. No tenía tiempo para leer, ni le gustaban las novelas. Su existencia se regía por datos puros y duros.

Bajó al estudio, situado en la planta inferior, y estuvo trabajando durante casi una hora. Cuando empezó a fallarle la concentración, apagó el ordenador, se frotó los ojos y regresó arriba. Su mujer estaba acabando de arreglarse para salir.

—Si quieres puedes acompañarme. Como estoy en la junta, seguro que te consigo un sitio.

—Gracias, pero en otra ocasión. Hoy estoy hecho polvo.

Su mujer le dio la espalda, se recogió el cabello y señaló la cremallera.

—¿Me puedes ayudar, cariño?

Antes de subirle la cremallera, Bunting echó un vistazo dentro del vestido y reparó en el tanga negro. Metió la mano por dentro y pellizcó las tersas nalgas.

—Pensaba que estabas hecho polvo —bromeó su mujer.

—Eso era antes de verte desnuda.

—Realmente tienes el don de la oportunidad.

—Lo sé —reconoció Bunting.

Le subió la cremallera y le acarició la espalda. Ella se estremeció de placer.

—No creo que regrese muy tarde, si te apetece podemos jugar un rato después. Tengo un conjunto de lencería nuevo.

—Me encantaría —respondió Bunting.

Por un instante dejó de pensar en toda la gente que le estaba boicoteando, en su posible debacle profesional e incluso en su muerte temprana y violenta, pero todos esos pensamientos combinados con su aparente felicidad doméstica le causaron una repentina sensación de vértigo.

Su mujer le dio un beso.

—Había pedido a Leon que me llevara y esperara, pero puedo decirle que regrese si necesitas el coche.

—No lo necesito, no voy a salir. Nos vemos después, cariño.

Bunting observó a su mujer mientras se marchaba. A sus cuarenta y seis años, seguía siendo muy atractiva. Llevaban más de diecisiete años casados, pero para él siempre era como el primer año.

«Soy un hombre afortunado en muchos aspectos, pero no en todos.»

Bunting empezó a deambular por la casa con una segunda copa de ginebra que se tambaleaba peligrosamente en la mano. Apuró el contenido y masticó el hielo, sorbiendo hasta la última gota de alcohol.

Foster y Quantrell estaban juntos en esto y era evidente que llevaban tiempo en ello. Bunting tenía topos en todas partes, pero esa alianza se les había escapado por completo. Pese a su valía probada, el Programa E estaba a punto de estallar y esos dos iban a escapar indemnes con sus feudos intactos, incluso mayores, pero ¿y él?

«Yo acabaré muerto o en prisión. Me han tendido una buena trampa.»

Bunting había llamado a James Harkes, pero no había respondido. Estaba claro lo que eso significaba. Se suponía que era su perro guardián, pero ahora había regresado a su verdadero amo, como Cerbero a Hades.

Se pasó la mano por la frente. Harkes era un topo de Foster o

Quantrell, o ambos. ¿Había sido él quien había matado a toda esa gente? Si el FBI pensaba que había sido Bunting, seguro que encontrarían pruebas suficientes para encarcelarlo para siempre. Era un buen montaje. Foster era muy meticulosa en todo lo que hacía.

Se sentó en el borde de la cama. El edredón, bordado a mano en Italia, había costado más que su primer año de universidad. Bunting jamás había pensado en esos términos antes, ni tampoco en ese momento. Compraría gustoso cien edredones más como ese con tal de salir del embrollo en el que estaba metido.

Exhaló un profundo suspiro y percibió el alcohol que le emanaba de la boca, que le acarició la nariz con calidez. Se sirvió otra ginebra. El líquido le descendió por la garganta y salpicó el estómago produciéndole una fría quemazón, como la sensación de bañarse desnudo en aguas heladas.

Sonó el móvil. Se lo sacó del bolsillo y miró la pantalla con aire preocupado. Al ver quién era, pensó en no responder, pero al final se impuso la costumbre y contestó.

—Avery, dime.

—Acabo de recibir una llamada de Sean King. Quiere hablar.

Bunting no dijo nada, pero notó un pinchazo en el pecho.

—¿Señor Bunting?

—¿Sí? —dijo Bunting tratando de sonar sereno, pero le tembló la voz.

—Quiere hablar.

—Ya te he oído. ¿Contigo?

—No, con usted.

Bunting se aclaró la garganta e intentó tragar saliva.

—¿Cuándo?

Avery no respondió.

—¡Cuándo! —insistió Bunting.

—Según me ha dicho, en estos momentos se encuentra delante de su casa.

55

Kelly Paul bajó los prismáticos y contempló el paisaje vespertino en el este de Maine. Pertrechada con libreta y bolígrafo, anotó
varias cosas: números, ubicaciones, grados en la brújula, obstáculos y posibles ventajas. Echó un vistazo al mar. Estaba tranquilo.
Desde ese ángulo, Cutter's Rock no intimidaba tanto.

Miró por los prismáticos de nuevo cuando la furgoneta cruzó el control de seguridad y llegó a la puerta del centro peniten-
ciario. Ajustó los aumentos y leyó el nombre en el lateral de la
furgoneta. Cutter's debía de tener un problema con la red eléctrica y esa gente estaba allí para arreglarlo. Pasaron casi dos horas
trabajando en el edificio principal y después en un segundo edificio más pequeño. En cuanto acabaron, guardaron los equipos
en la furgoneta y se marcharon.

Paul bajó los prismáticos cuando perdió de vista la furgoneta. Había llegado a la conclusión de que esa prisión federal era
como una cebolla con capas que debían pelarse. Cuando Sean le
comentó que Michelle había visto a alguien más vigilando el centro, pidió la ubicación más exacta posible del otro observador. Era
fácil entender por qué había escogido ese lugar.

Estudió los planos de la prisión que tenía en las manos. Le había costado conseguirlos, pero a lo largo de los años había hecho
muchos favores y no se le ocurría mejor momento para solicitar
su devolución. También había descubierto que un nuevo director
ocupaba el puesto de la fallecida Carla Dukes. Seguro que había

sido tan cuidadosamente seleccionado como su antecesora, quizá más. Paul anotó unas cuantas cosas más e hizo varias llamadas con el móvil. Sospechaba que se habían iniciado varios movimientos tácticos y sus observaciones lo confirmaban. Necesitaba ayuda, así que se cobró varios favores más por teléfono para conseguir los activos que precisaba. El hecho de que nadie se negara a ayudarla ni le preguntaran para qué necesitaba lo que pedía era una prueba fehaciente de sus logros durante dos décadas de trabajo de campo.

Guardó el teléfono y regresó al lugar donde había aparcado el coche de alquiler. El trayecto a Machias era corto, pero le brindaba un tiempo precioso para pensar. Encontró a Megan Riley en el salón del hostal sentada a la amplia mesa ovalada que la señora Burke le había cedido para trabajar y que había ocupado con el portátil, varias libretas y documentación legal diversa. Kelly se sentó enfrente.

—¿Ha sido un día productivo? —preguntó.

Megan mordisqueó la punta del bolígrafo y la miró.

—Depende de lo que signifique productivo para ti.

—¿Algún progreso?

—Alguno. No es fácil.

—Las cosas difíciles nunca lo son.

—Sean y Michelle se han ido otra vez.

—Lo sé.

—¿Adónde?

—No lo sé.

—O no me lo quieres decir.

—¿Por qué lo dices?

—Todos pensáis que soy una cría y que voy a fastidiarla.

—Lo eres y quizá la fastidies.

—Muchas gracias por tu apoyo.

—El apoyo se gana.

—Lo hago lo mejor que puedo.

—¿Seguro?

—¿Siempre eres tan maleducada?

—Todavía no me has visto en acción. Cuando lo soy, es inconfundible.

—Quiero estar informada de todo.

—Ese derecho hay que ganárselo, insisto.

Megan se recostó en la silla y estudió a la otra mujer.

—Muy bien. ¿Por qué no me cuentas alguna cosa de tu hermano?

—¿Por qué?

—Estoy redactando varias peticiones para sacarle de Cutter's, pero necesito apelar a algo más que su fingida locura.

—¿Fingida?

—Vi lo que pasó en Cutter's. Te comunicaste con él de alguna forma.

—Quizá sí, quizá no. Según Sean, las pruebas forenses carecen de sentido porque los cadáveres estaban cubiertos de tierra de distintas procedencias. Puedes recurrir a eso.

—Eso no es más que una prueba sobre la que debe decidir el jurado. Con eso no voy a conseguir que se desestimen los cargos.

—El objetivo no es necesariamente ese. Tenemos que presionar a cierta gente para que se den cuenta de que hay mucho más en juego que el hecho de que mi hermano sea ejecutado por unos crímenes que no ha cometido.

—Eso no es algo que vayan a lograr unas estúpidas peticiones.

—Pueden lograrlo si ejecutamos bien el plan.

—¿Cómo vamos a llegar hasta esas personas?

—Creo que Sean y Michelle están en ello.

—¿Quiénes son esas personas?

Paul guardó silencio.

Megan apretó los labios y se cruzó de brazos.

—Soy yo quien tiene que presentar la defensa de tu hermano para salvarle el culo.

—Es una empresa que trabaja en inteligencia.

—¿Tiene un nombre la empresa? Puede ser relevante para el caso.

—Es información que no deseo revelar por ahora.

—¿Así que sabes de quién se trata?

—Quizá.

—No me lo estás poniendo fácil.

—Nadie ha dicho que fuera a serlo —dijo Kelly y se levantó para irse.

Megan la observó marcharse con el ceño fruncido.

56

Bunting colgó el teléfono y se dirigió presuroso a la ventana que daba a la calle. Fuera reinaba la más absoluta oscuridad, salvo por los faros de los coches y las farolas. Consultó la hora. Eran casi las diez. Recorrió con la mirada el exterior de la casa. Por un momento albergó la esperanza de que aquello fuera un farol, pero entonces vislumbró la figura de un hombre alto de pie bajo una farola junto a un árbol en la acera de enfrente, en el lado del parque.

Sean King también lo vio y levantó el móvil a modo de saludo.

Bunting se alejó de la ventana y se preguntó qué debía hacer. En otras circunstancias hubiera llamado a Harkes para que se ocupara del asunto, pero ya no era una opción.

«Debo arreglármelas por mi cuenta. Quizá ya va siendo hora.»

Se puso la chaqueta y bajó las escaleras. Se cruzó con la sirvienta, que inclinó la cabeza respetuosa, y con la cocinera, que hizo lo propio. Bunting intentó esbozar una sonrisa, pero el corazón le golpeaba con fuerza en el pecho. El guardia de seguridad de la puerta le lanzó una mirada inquisitiva cuando le dijo que salía a dar un paseo rápido.

—Pero, señor...

—Quédate aquí, Kramer. No me va a pasar nada, es solo un paseo.

El hombre dio un paso atrás y le abrió la puerta a su jefe.

Bunting se armó de valor, echó los hombros atrás y salió a la calle, solo.

Sean esperó a que cruzara antes de acercarse.

—Señor Bunting, le agradezco que se reúna conmigo.

—No estoy demasiado seguro de cómo sabe quién soy —replicó Bunting con tono gélido.

Sean miró al puñado de personas que caminaban por la calle.

—Quizá podamos ir a un sitio más tranquilo.

—Primero quisiera saber lo que quiere de mí.

Sean endureció el gesto.

—Si quiere podemos perder el tiempo con esas cosas pero, si lo perdemos demasiado, la situación va a escapar de su control, del control de todos.

En lugar de responder, Bunting dio media vuelta y comenzó a caminar. Sean le siguió. Al cabo de unos minutos estaban sentados frente a frente en la parte trasera de una cafetería mientras una camarera les servía un café.

—¿Qué quiere? —preguntó Bunting en cuanto se marchó la camarera.

—¿Edgar Roy?

Bunting no dijo nada.

—Le conoce —añadió Sean.

—No es una pregunta.

—No, es un hecho.

—Una vez más, ¿qué quiere usted de mí?

—Roy está acusado de asesinato y en estos momentos se encuentra en una celda de Cutter's Rock, pero eso ya lo sabe porque ha ido a visitarle.

—¿Acaso tiene fuentes internas?

Sean se recostó en la silla y sorbió un poco de café. Recién hecho y humeante, le calentó los huesos, que se le habían enfriado mientras esperaba delante de la maravillosa mansión de obra vista de Bunting.

—Ha muerto mucha gente. Mi amigo Ted Bergin y su secretaria. Su colega, Carla Dukes, y un agente del FBI, por no mencionar los seis cadáveres encontrados en el granero de Edgar Roy.

Bunting echó azúcar en el café.

—¿Es usted consciente de dónde se está metiendo?

—Está usted metido en un gran lío, señor Bunting. Podría perderlo todo.

—Gracias por pronosticarme el futuro. Creo que ya he oído suficiente.

Bunting se dispuso a levantarse, pero Sean le agarró la muñeca.

—No tengo ninguna duda de que es usted un hombre muy inteligente y que su trabajo hace que Estados Unidos sea un país más seguro. Le aseguro que si pensara que es usted de los malos, no estaría aquí, sino que dejaría que se hundiera en su propia mierda.

Bunting volvió a tomar asiento.

—Usted no sabe si soy de los malos, así que ¿es esto una prueba? En tal caso, ¿qué tal lo estoy haciendo?

—Ha aceptado reunirse conmigo. Pregúntese por qué —dijo Sean e hizo una pausa para que su interlocutor digiriera la información—. Quizá porque sabe que las cosas están fuera de control y que su propia libertad corre peligro. Sabe que si pueden matar a un agente del FBI, ¿cómo no van a matar al consejero delegado de una empresa de inteligencia y hacer ver que ha sido un accidente? —Sean volvió a hacer una pausa—. Tiene usted tres hijos.

—No meta a mis hijos en esto —rugió Bunting.

—Yo jamás le haría nada a su familia. Soy de los buenos. Pero ¿cree que la gente para la que trabaja dejará a sus hijos fuera de esto?

Bunting apartó la vista. Su cara desencajada respondía a la pregunta con total claridad.

—Está nadando en el agua con tiburones, señor Bunting, y son animales que atacan a cualquiera y a cualquier cosa. Son depredadores. Esa es la dura realidad.

—¿Piensa que no lo sé? —replicó con un hilo de voz—. Yo no sé nada de esas muertes. Me pongo enfermo solo de pensarlo.

—Le creo.

Bunting le miró sorprendido.

—¿Por qué?

—Porque ha salido solo de su palacio y ha tenido el valor de reunirse conmigo. Eso dice mucho de usted.

—No es tan fácil, King. No hay límites a lo que pueden hacer las personas que están detrás de esto.

—Edgar Roy es la clave. Si se demuestra su inocencia y sale de Cutters...

—Es un gran si...

Sean se inclinó hacia delante.

—Creo que debe usted plantearse una pregunta, señor Bunting.

—¿Cuál?

—¿Desea quedarse en el agua con los tiburones o nadar a tierra firme? Si se queda en el agua, creo que solo hay una conclusión en lo que a usted respecta, ¿no cree?

—Sí —respondió Bunting con franqueza—. Ya le diré algo. Le agradezco lo que intenta hacer, sobre todo por Edgar. No se merece lo que le está pasando. Es un hombre de buen corazón con un cerebro único que está atrapado entre unas fuerzas que nada tienen que ver con él.

Bunting se levantó y Sean posó la mano sobre su brazo.

—Ya sé que necesita pensárselo, pero recuerde que no tenemos mucho tiempo.

Bunting casi sonrió.

—Créame que lo sé, pero voy a decirle algo más. Aunque demostremos que Edgar es inocente, esto no acabará aquí.

—¿Por qué?

—Porque no es así como se juega a este juego.

—No es un maldito juego —replicó Sean.

Bunting sonrió cansado.

—Tiene usted razón, no lo es, pero hay quien piensa que sí y hará lo que sea para ganar.

57

Sean aceleró el paso. Hacía mal tiempo y había poca gente en la calle. Empezaba a llover y soplaba el viento.

Le habló una voz por el auricular que llevaba en la oreja derecha.

Michelle parecía tensa.

—Sean, hay un Escalade negro con las ventanillas tintadas y matrícula de otro estado que se aproxima a ti por las seis.

—No tiene por qué estar siguiéndome a mí.

—Se mueve rápido y está adelantando a los coches sin motivo aparente.

—¿Bunting ha hecho alguna llamada?

—No que yo haya visto. Sigue andando hacia casa con las manos en los bolsillos. Quizá lo tengan bajo vigilancia y han esperado a que os separéis para seguirte.

—¿Qué me recomiendas que haga?

—Entra en el parque por la siguiente puerta. Aprieta el paso, ya.

Sean comenzó a caminar lo más rápido posible sin echar a correr para evitar llamar la atención de forma innecesaria. Metió la mano en el bolsillo del abrigo y agarró la pistola que le había proporcionado Kelly Paul. Echó un vistazo atrás y vio el coche. Un Escalade negro con las ventanas tintadas, seguramente con matrícula falsa. Presentaba un aspecto siniestro.

—Gira a la derecha y entra en el parque —ordenó la voz de

Michelle—. Continúa por la izquierda, por el sendero. Allí hay gente.

—No van a detenerse porque haya testigos. Mostrarán sus credenciales reales o de aspecto lo bastante real y me llevarán adonde quieran.

—Pues gira a la derecha en el siguiente sendero y corre. Así me das tiempo de pensar en algo.

—¿Dónde estás?

—Subida a un árbol desde el cual lo veo todo. Ponte en marcha.

Sean siguió sus instrucciones al pie de la letra. Sabía que Michelle era buena —una de las mejores— en estas cosas, pero también sabía que los otros habían mandado a su mejor gente, y seguro que eran más de uno.

Aceleró el paso y giró a la derecha. En el sendero había una pareja paseando con sus hijos. Les adelantó lo más rápido posible. Lo último que quería era un fuego cruzado con niños por medio.

—Ahora, gira a la izquierda —indicó Michelle por el auricular.

Sean torció a la izquierda y topó con una gran roca rodeada de un parterre de flores moribundas.

—Sortea la roca y sigue el camino —ordenó Michelle—. ¡Vamos!

Sean King echó a correr.

Le seguían cinco hombres, todos armados y con insignias aparentemente federales. Y todos tenían la misma misión: atraparlo.

El jefe del grupo dividió a sus efectivos y comenzaron a peinar el parque, mientras dos hombres más patrullaban las salidas del sur de Central Park.

Uno de los hombres giró por el sendero mientras agarraba la pistola que llevaba en el bolsillo, lo cual significaba que solo le quedaba una mano para defenderse.

Insuficiente.

La bota le propinó un golpe seco en la mandíbula y la rompió. El hombre se encogió de dolor y sacó la pistola. El segundo puntapié le machacó el antebrazo y el arma cayó al suelo con el cañón por delante. El tercer golpe en la nuca, un par de centímetros por debajo del bulbo raquídeo, significaba que cuando volviera en sí unas horas más tarde tendría un dolor de cabeza tremendo, además de varios huesos rotos.

Michelle avanzó como una exhalación hasta el siguiente objetivo.

Dos de los hombres analizaron juntos la topografía del parque y después se dividieron. El primero cubrió el norte y el oeste y, el otro, la dirección opuesta. En la creciente oscuridad, el segundo hombre no prestó atención a la persona con la que acababa de cruzarse, que llevaba un abrigo largo y una gorra de béisbol. Cuando pensó que su aspecto le resultaba familiar, ya era demasiado tarde. El primer golpe le alcanzó en el riñón. Cuando se dobló de dolor, un potente puñetazo en la mandíbula lo dejó tumbado en el suelo inconsciente. Su rostro maltrecho empezó a inflamarse en el acto.

Michelle siguió avanzando.

—Sean, ¿dónde estás? —preguntó por el micrófono de muñeca.

—Voy a salir por el sur de Central Park, donde están los carruajes de caballos.

—Ni se te ocurra, la tienen cubierta. Avanza hasta Columbus Circle, pero no salgas del parque.

—¿Cuál es tu situación?

—Han caído dos. Me queda un par más.

Michelle se apartó, pero no lo bastante rápido. El puño le pasó por delante de la frente y le dio en la oreja, lo que hizo que se tambaleara a un lado. Cuando recobró el equilibrio, pivotó sobre el asfalto, apoyó el peso sobre el pie derecho y propinó una patada a la rodilla izquierda de su adversario.

A Michelle Maxwell le encantaba apuntar a la rodilla, la articulación más grande del cuerpo donde confluyen cuatro huesos —la rótula, el fémur, la tibia y el peroné— como cuatro carriles de una autopista que se acaban transformando en uno solo sostenido por ligamentos, músculos y tendones. La rodilla es una de las partes más complejas del cuerpo, imprescindible para la movilidad.

Michelle pulverizó la rodilla de su atacante.

Aplastó los huesos y desgarró los músculos, tendones y ligamentos, que se deshilacharon como muelles desenrollados. Machacó la rótula y torció el fémur y la tibia hacia atrás, en un ángulo antinatural. El hombre lanzó un alarido y se desplomó en el suelo agarrándose la pierna destrozada.

Cuando se rompe una rodilla, se acaba la pelea. Por regla general, los hombres, incluso hombres muy entrenados que Michelle conocía, apuntan a la cabeza porque piensan que su fuerza superior les permitirá abatir al adversario, pero la cabeza es problemática porque el cráneo es grueso y, por mucho que le partas la mandíbula o la nariz a alguien, no siempre quedan incapacitados, pero cuando les rompes la rodilla, sí. Nadie puede luchar de manera efectiva con una sola pierna y mucho menos cuando se está muriendo de dolor.

Michelle dobló el codo en un ángulo de cuarenta y cinco grados, la posición más fuerte, para dar el golpe de gracia a la cabeza del hombre. Una vez en el suelo, le arrancó las credenciales, el auricular de la oreja y la petaca de la batería sujeta al cinturón. Finalmente le rasgó la camisa, pero solo vio piel blanca, no llevaba chaleco antibalas. Estaba bien saberlo.

Se colocó el auricular en la oreja que tenía libre y escuchó lo que decían mientras seguía avanzando. Estaba claro que los otros habían sido alertados de la presencia de ella y que habían pedido refuerzos. Oyó varios nombres, pero no reconoció ninguno y nadie mencionó la agencia que representaban, si es que era una agencia. Estudió la identificación y la placa que había robado al hombre. Parecían oficiales, pero eran de una organización de la que jamás había oído hablar. En la actualidad existían muchas agencias y si a estas le sumaba el enorme número de contratistas privados, las cosas se volvían muy confusas.

Apagó los auriculares y habló por el micro.

—Sean, han caído tres, pero han pedido refuerzos. ¿Cuál es tu situación?

—Estoy llegando a Columbus Circle. ¿Dónde estás tú?

—Detrás de ti. Cuando llegues, métete en un taxi y vete.

—¿Y tú?

—Nos veremos en la estación, tal y como habíamos quedado.

—Michelle, no voy a dejarte aquí...

—Sean, no te hagas el caballero, no tenemos tiempo. Nos vemos en veinte minutos.

Fue entonces cuando oyó el clic de un gatillo y, a continuación, otro. Uno, a las cuatro y, el otro, a las siete, a medio metro de distancia. Habían fastidiado su táctica. Estaban cerca, demasiado cerca.

Michelle cerró los ojos y visualizó la maniobra en su mente.

El objetivo situado a las cuatro estaba a su derecha, en su línea de movimiento natural. Pivotaría sobre el pie izquierdo y se inclinaría en la misma dirección mientras levantaba la pierna derecha y daba una patada lateral a la rodilla derecha del hombre. Tras aplastarle la rodilla, pivotaría hacia el otro lado y rodaría por el suelo mientras el hombre caía agitando los brazos y soltando alaridos por la articulación destrozada y, sin poder evitarlo, le hacía de escudo. Entonces sacaría la pistola de lado y dispararía con una mano al otro hombre por la brecha que le dejaría su escudo humano, que instintivamente se desplazaría a la izquierda cuando su compañero cayera abatido hacia el mismo lado. Como no llevaba chaleco antibalas, dispararía al tronco para incapacitarlo y a la cabeza para matarlo. Después golpearía con el codo el cuello del hombre de las cuatro, que saldría con vida de esta, y echaría a correr hacia Columbus Circle.

Era factible. Tenía un cincuenta por ciento de posibilidades, quizás un sesenta por ciento, si lograba atacar en el momento exacto.

Lo había calculado todo, excepto una variable: Sean debía estar a salvo. Tenía que estarlo. En cualquier caso, seguro que lo estaba más que ella. Michelle abrió los ojos.

Pero antes de poder realizar un movimiento, sonaron los disparos.

58

Sean oyó los disparos desde la parada de taxis de Columbus Circle y dio media vuelta para regresar al parque.

—¿Michelle? Michelle, ¿estás bien? —preguntó asustado por el micro.

No hubo respuesta.

—¡Michelle!

Silencio.

Echó a correr otra vez hacia Central Park, pero alguien le agarró por el brazo.

—¿Qué demonios...? —empezó a decir palpando el arma en el bolsillo.

Eran dos hombres.

—Muévete, muévete —le dijo uno al oído.

—¿Quién demonios sois...?

—Kelly Paul —susurró el segundo hombre—. Ahora, muévete.

—Pero mi compañera...

—No hay tiempo. Muévete.

Lo condujeron a empellones hacia el interior del parque por otra puerta.

Al cabo de un minuto lo metían bajo una manta en el suelo de un carruaje que circulaba por el parque. Los dos hombres desaparecieron y el cochero, que llevaba un raído y anticuado sombrero de copa y un largo impermeable negro, dio un golpe de fusta al caballo, que aceleró el paso.

Sean empezó a destaparse, pero el conductor se lo desaconsejó.

—No se la quite, amigo. No hemos salido del bosque todavía.

Entonces Sean notó un cuerpo junto al suyo. Tocó un brazo, una mano y lo que parecía un pecho.

—¡Vaya! Realmente ahora no es el momento.

—¿Michelle?

Sean desplazó la manta hasta que logró vislumbrar su perfil en la oscuridad.

—¿Qué demonios ha pasado? —preguntó.

—He tenido un problemilla y a punto he estado de no contarlo, pero al parecer nosotros también contábamos con refuerzos en Central Park.

—Kelly Paul.

—Me lo imaginaba.

El caballo cruzó el parque a paso lento y salió de nuevo a la calle.

—Y yo que quería una escapatoria rápida —comentó Michelle.

El conductor la oyó.

—A veces es preferible tomarse las cosas con calma. Los otros han salido corriendo tras un señuelo que hemos organizado. Ya podéis salir y tomar el aire.

Sean y Michelle se sentaron y bajaron la manta al mismo tiempo.

El conductor giró la cabeza para mirarlos.

—Ha ido de poco.

—Sí —asintió Sean—. ¿De qué conoce a Kelly Paul?

—No pienso contárselo.

—Nos ha hecho un gran favor.

—Tienen suerte de que Kelly esté de su lado.

—¿Y los hombres del parque? ¿Los disparos?

—Su amiga le ha partido los huesos a tres de ellos como si nada. Los disparos los realizaron otros dos justo cuando atacamos nosotros. Al parecer, tenían órdenes de acabar con la dama. Erraron el tiro, como es obvio, pero por poco. Los nuestros no erraron, pero sobrevivirán. Ahora limpiarán la zona y no se presentará ninguna denuncia. Oficialmente, no habrá pasado nada.

—Esta gente recibe órdenes de muy arriba —comentó Michelle.

—Es evidente —dijo el hombre volviendo a mirar al frente.

—¿Kelly había previsto que esto sucedería?

—Siempre lo prevé todo. Dice que vosotros dos sois la punta de lanza, pero toda lanza necesita un asta y eso es lo que somos nosotros —declaró tocándose el ala del sombrero.

—Gracias, le debemos una —dijo Michelle.

—¿Habéis recorrido alguna vez la ciudad en coche de caballos? —preguntó por encima del hombro.

—No, pero me temo que ahora no tenemos tiempo —respondió Sean.

—En otra ocasión —agregó Michelle mirando a Sean de soslayo.

El conductor ralentizó el paso cerca de un cruce.

—Al final de esta calle encontraréis un coche esperándoos. Es un Toyota rojo de cuatro puertas. El tipo al volante se llama Charlie.

Michelle le dio la mano.

—Muchas gracias otra vez. Si no fuera por su ayuda, estaría muerta.

—Todos habríamos muerto alguna vez si no fuera por la ayuda de alguien —sentenció el cochero—. Ahora sigan con vida para que el esfuerzo no haya sido en vano.

Sean y Michelle bajaron del carruaje y caminaron bajo la lluvia hasta el coche. Al cabo de un rato ya estaban de camino a Penn Station.

Recuperaron el Land Cruiser de Michelle de un aparcamiento cercano, llenaron el depósito y tomaron rumbo al norte antes de la medianoche. Michelle había cambiado las matrículas por si acaso.

En cuanto dejaron Manhattan atrás, Sean posó la mano en el brazo de Michelle.

—Como bien ha dicho nuestro amigo, ha ido de poco. Demasiado poco.

—Pero estamos vivos. Eso es lo que importa.

—¿Sí?

Ella lo miró antes de cambiar de carril y acelerar.

—¿Qué quieres decir?

—¿Crees que podemos seguir haciendo esto hasta que demasiado poco se convierta en «si hubiera entrado por la otra puerta»?

—Los dos corremos riesgos. Podrías haber sido tú.

—Tú corres muchos más riesgos que yo.

—De acuerdo, ¿y qué? —dijo Michelle.

Sean retiró la mano y volvió la cara para contemplar por el retrovisor lateral las luces titilantes de la gran ciudad hasta que desaparecieron de su vista.

—¿Y qué? —insistió Michelle.

—No recuerdo lo que quería decirte.

—Creo que lo recuerdas perfectamente.

—Muy bien. Si hubiéramos estado solos tú y yo, estarías muerta.

—Has hecho lo que has podido. ¿Cuál es la alternativa? ¿No hacer nada?

—Quizá sería lo más inteligente.

—Inteligente para nuestra seguridad, quizá, pero no para resolver el caso, que además es nuestro trabajo —dijo Michelle, y ante el silencio de Sean, añadió—: Tenemos un trabajo peligroso, pero pensaba que eso lo teníamos los dos claro. Es como jugar en la liga nacional de fútbol americano: sabes que cada domingo te van a machacar, pero lo haces de todos modos.

—Los jugadores de fútbol se retiran antes de que sea demasiado tarde.

—Muchos no, al menos de forma voluntaria.

—Pues quizá debamos planteárnoslo en serio.

—¿Y qué haríamos entonces?

—Hay muchas otras cosas en la vida, Michelle.

—¿Estás diciendo esto porque nos acostamos juntos?

—Quizá —admitió Sean.

—¿Porque ahora tenemos algo que perder?

—Nosotros, podemos perdernos nosotros. Quizá tú... pudieras hacer otra cosa.

—Ah, ya lo entiendo —repuso Michelle—. Como soy la chica, vamos a dejar que el tío se ocupe de las cosas de hombres y juegue a ser un héroe mientras yo me quedo en casa con mis perlas, haciendo galletas y cuidando de los niños.

—Yo no he dicho eso.

—Por si no te habías dado cuenta, sé cuidar perfectamente de mí misma.

—No lo pongo en duda.

—Si tanto te atrae la vida doméstica, ¿por qué no te quedas tú en casa a jugar a mamás y papás mientras yo me dedico a tirar puertas abajo y a disparar?

—No podría vivir así, siempre preocupado por si no vuelves a casa.

Michelle salió de la autopista y aparcó en el arcén antes de volverse hacia él.

—¿Cómo crees que me sentiría yo si tuviera que esperarte en casa?

—Como yo —respondió Sean con voz queda.

—Así es. —Michelle asintió—. Igual que tú. Sin embargo, si los dos estamos fuera, nos tendremos el uno al otro para ayudarnos a llegar a casa cada noche.

—¿Y si caemos los dos? Casi nos pasa hoy.

—No se me ocurre una mejor forma de irme de este mundo. ¿Y a ti?

Tras una larga pausa, Sean dio unos golpecitos al volante.

—Arranca, tenemos trabajo que hacer.

—¿Volvemos a estar en la misma onda?

—Siempre lo hemos estado.

59

El todoterreno se detuvo de un frenazo en la Quinta Avenida. Se abrió la puerta y saltaron de su interior dos hombres fornidos que agarraron a Peter Bunting de los brazos y lo metieron en volandas dentro del vehículo antes de que supiera lo que estaba pasando. El coche se puso en marcha a toda velocidad y Bunting se encontró atrapado en el asiento entre sus dos captores, que no respondieron a sus preguntas. Ni siquiera lo miraron.

Le condujeron a unas instalaciones subterráneas con unas fuertes medidas de seguridad. Era un lugar por el que un neoyorquino podía pasar millones de veces al día y no darse cuenta de su existencia. Estaban en una habitación oscura. Bunting miró asustado al hombre que tenía delante.

El aspecto de James Harkes era distinto al habitual. Aunque llevaba el mismo traje negro de siempre que apenas contenía su musculoso físico, su actitud era diferente. Saltaba a la vista que Bunting ya no estaba al mando.

«Si es que alguna vez lo estuve.»

En ese momento era Harkes quien llevaba la batuta, o quienquiera que fuera que le diera las órdenes. Bunting tenía bastante claro quién debía de ser esa persona.

—Vamos a repasarlo todo una vez más, Bunting.

«Lo de "señor Bunting" ha pasado a la historia.»

—Ya lo hemos repasado tres veces. Te lo he explicado todo.

—Lo repasaremos tantas veces como yo diga —masculló Harkes, y en cuanto hubo acabado su relato, volvió al ataque—: ¿Por qué se ha reunido con Sean King?

—¿Ahora te encargas tú de mi agenda? —dijo Bunting en tono irónico.

Harkes no respondió. Estaba escribiendo un mensaje en la Blackberry. Cuando terminó, levantó la mirada.

—Hay ciertas personas que usted conoce que no están nada contentas con su manera de actuar últimamente.

—Ya me había dado cuenta —replicó Bunting—. Si eso es todo lo que tenías que decirme, quisiera irme ya.

Harkes se levantó, se acercó a la pared y accionó un interruptor. La pared se volvió transparente y Bunting observó que era un espejo unidireccional. Entonces vio a Avery, que estaba en la otra habitación atado a una camilla con una cánula intravenosa en cada brazo. Estaba aterrado. Tenía el rostro vuelto hacia Bunting y parecía que lo estuviera mirando, pero era imposible. Con ese cristal y las luces tan brillantes, lo único que podía ver el joven era su propio reflejo asustado. Junto a la camilla había un monitor de la frecuencia cardiaca que tenía un cable conectado al cuello de Avery.

—¿Qué demonios significa esto? —gritó Bunting.

—Avery la ha jodido. King te contactó a través de él y no me dijiste nada.

—A ti no tengo que rendirte cuentas de nada.

Harkes se movió a una velocidad sorprendente y propinó un puñetazo a Bunting encima del ojo izquierdo. La mano de Harkes era como un bloque de cemento. La sangre brotó de la herida y Bunting cayó hacia delante en la silla. La violencia de la agresión le provocó náuseas.

Recuperó el aliento con dificultad.

—¡Cabrón! Que sepas que Foster y Quantrell no son los únicos que juegan fuerte en la ciudad...

Por toda respuesta, Harkes hundió el puño en el riñón derecho de Bunting, que se dobló de dolor y cayó al suelo. Esta vez sucumbió a las náuseas. En cuanto dejó de vomitar, Harkes lo agarró sin miramientos y lo sentó en la silla con tal fuerza que casi cayó de espaldas.

—¿Qué demonios quieres de mí? —preguntó Bunting al recuperar el aliento.

Harkes le entregó un mando a distancia.

—Dale al botón rojo.

Bunting miró el dispositivo que tenía en la mano.

—¿Por qué?

—Porque yo lo digo.

—¿Qué pasará si aprieto el botón?

Harkes miró por el espejo a Avery.

—Eres un hombre muy listo. ¿Qué crees que pasará?

—¿Qué tiene conectado Avery al cuerpo?

—Dos vías intravenosas y un monitor de la frecuencia cardiaca.

—¿Por qué?

—Cuando aprietes el botón rojo, pondrás en marcha una secuencia de pasos. Para empezar, un suero empezará a fluir por ambas vías.

—¿Un suero?

—Para evitar que se bloqueen las vías y que las sustancias químicas que fluyan por ellas se mezclen y obstruyan las agujas. Si eso sucede, los fármacos no pueden llegar al cuerpo.

—¿Qué fármacos? ¿Es un suero de la verdad?

Una mueca divertida cruzó el rostro normalmente serio de Harkes.

—El primer fármaco es tiopental sódico, que en tres segundos dejará inconsciente a un peso pluma como Avery. El otro es pancuronio, que paraliza el esqueleto y las vías respiratorias. El último es cloruro potásico.

Bunting se puso lívido.

—¿Cloruro potásico? Pero eso le parará el corazón, lo matará.

—Ese es el objetivo. ¿Cómo pensabas que funcionaba esto, Bunting? ¿Creías que te daríamos un palmetazo en la mano y tan amigos?

—No pienso apretar el botón.

—Yo en tu lugar me lo pensaría dos veces.

—No voy a matar a Avery.

Harkes sacó una Magnum 44 de la pistolera del hombro y le puso el cañón en la frente.

—No me hagas explicarte lo que puede hacer una bala de este calibre en el cerebro —dijo.

Bunting sintió que se le aceleraba la respiración, y cerró los ojos.

—No quiero matar a Avery.

—Vamos progresando. Hemos pasado de «no voy a matar a Avery» a «no quiero matar a Avery». —Harkes accionó el percutor—. Con un solo disparo, tu espléndida materia gris acabará esparcida por la pared. ¿Es eso lo que quieres? —preguntó mientras deslizaba el cañón por la mejilla de Bunting—. Piénsalo. Eres rico. Tienes varias casas preciosas y avión privado, además de una mujercita *sexy* que piensa que eres la bomba y tres hijos de los que sentirse orgulloso cuando se hagan mayores. Tienes mucho por lo que vivir. Por el contrario, Avery es un obseso de la informática fácilmente reemplazable. Un perdedor. Un don nadie.

—Si aprieto el botón, después me matarás a mí.

—De acuerdo —dijo Harkes mientras enfundaba la pistola y sacaba un sobre del bolsillo con cuatro fotos, que colocó sobre la mesa—. Cambiemos de táctica. Dime por dónde prefieres que empiece —dijo señalando las fotos.

Bunting miró las fotos y se le encogió el corazón.

Su mujer y sus hijos estaban colocados en línea recta sobre la mesa.

Al no responder, Harkes volvió a tomar la palabra.

—Te dejaré elegir. Si la matamos a ella, los niños viven.

Bunting agarró las fotos y las apoyó contra su pecho, como si de esa manera intentara protegerlos.

—¡Ni se te ocurra tocar a mi familia!

—Podemos matar a tu mujer o a los tres niños, tú decides. Si me permites una sugerencia, yo me cargaría a los niños, ya que tú y tu señora siempre podéis adoptar otros.

—¡Hijo de puta! ¡Estás enfermo!

—Si no respondes en cinco segundos, estarán muertos dentro de cinco minutos. Todos ellos. Sabemos que los niños están en casa de tu cuñada en Jersey. Tenemos gente allí que puede liquidarlos en el acto. Y no te creas que no lo vamos a hacer.

Bunting cogió el mando y pulsó el botón rojo sin mirar a Avery. No podía. Mantuvo el botón pulsado y cerró los ojos.

Pasaron tres minutos.

—Ya puedes mirar.

—No.

—Te he dicho que mires —ordenó Harkes y le arreó un bofetón tan fuerte que Bunting abrió los ojos de golpe.

A continuación, la mano de hierro de Harkes le agarró por la nuca y le obligó a mirar hacia la pared de cristal. Bunting no daba crédito a sus ojos.

Avery seguía allí, vivo. Mientras Bunting lo observaba incrédulo, entraron varios hombres en la habitación, le quitaron las cánulas y le desataron de la camilla. Avery se incorporó, se frotó las muñecas y miró a su alrededor con expresión desconcertada y de alivio.

Bunting levantó la vista hacia Harkes y este lo soltó.

—¿Por qué me haces esto?

—Lárgate —masculló Harkes por toda respuesta.

Mientras Bunting se levantaba despacio, Harkes le arrancó las fotos de la mano y añadió:

—Pero recuerda que ellos pueden morir cuando yo quiera. Así que yo me lo pensaría dos veces antes de hablar de nuevo con King o el FBI.

—¿Así que todo esto ha sido un aviso? —inquirió Bunting con voz temblorosa.

—Es más que un aviso. Es algo ineludible.

Diez minutos más tarde Bunting iba en un coche de camino a casa. Le dolía la cara y el corazón y tenía el cuello de la camisa empapado de lágrimas. Hizo seis llamadas a seis altos cargos del gobierno. Eran números de su uso exclusivo para que no existiera ninguna duda sobre el autor de la llamada. Esos números siempre estaban disponibles, los siete días de la semana, las veinticuatro horas del día. Había llamado en contadas ocasiones, pero siempre le habían respondido.

Seis llamadas. Y nadie respondió.

60

Cuando por fin llegaron a Portsmouth, Sean y Michelle se detuvieron en una cafetería de la carretera para tomar un desayuno rápido que pagaron en efectivo. Después, exhaustos, decidieron dormir un rato en el coche, que estaba estacionado en el aparcamiento. Cuando una hora después les despertó la alarma del móvil de Michelle, se miraron aturdidos.

Sean consultó el reloj.

—Nos quedan seis horas, llegaremos a la hora de comer.

—Cuando haya acabado todo esto, jamás volveré a conducir hasta Maine.

—Y yo no volveré a meterme en un coche.

—No podemos regresar al hostal.

—Lo sé, por eso estoy llamando a Kelly Paul.

—¿Y si localizan la llamada?

—Cambié la tarjeta SIM en Nueva York y le he mandado un mensaje con el nuevo número.

—¿Cómo has quedado con Bunting?

—Dijo que se lo pensaría. También le pasé mi nueva información de contacto.

—¿Crees que te llamará?

—Espero que sí.

—¿Y qué hay de los hombres del parque? Iban a matarnos. ¿Crees que Bunting está con ellos?

—Estaba asustado, Michelle, se lo vi en los ojos. Y no solo por él, está aterrorizado por su familia. Mi instinto me dice que no tuvo nada que ver.

—¿Crees que puede haber muerto?

—¿Qué quieres decir?

—Está claro que esos hombres sabían que os habíais visto. Quizás hayan ido también a por él.

—No lo sé. Si ha muerto, no tardaremos en enterarnos.

Llegaron a Machias a la una y media. Tras recibir la llamada de Sean, Kelly Paul les buscó otro alojamiento, les indicó la dirección y trasladó allí sus pertenencias.

Cuando el coche se detuvo delante de la casa, Kelly Paul salió a recibirlos. Su nuevo alojamiento era una casa de campo situada en un tramo aislado de la costa, a unos ocho kilómetros de Martha's Inn.

—Muchas gracias por tu ayuda en Nueva York —dijo Michelle mientras estiraba las piernas para quitarse el entumecimiento de las rodillas después de tantas horas de coche.

—Jamás envío a nadie a una misión sin refuerzos. Es una variable imprescindible de la ecuación.

—Ojalá nos lo hubieras dicho. Casi disparo a uno de los tuyos —comentó Sean.

—Soy muy reservada para estas cosas, quizá demasiado —reconoció.

—Nos has salvado la vida.

—Después de que la arriesgarais para contactar con Bunting.

—El que algo quiere, algo le cuesta —dijo Michelle.

—¿Dónde está Megan? —inquirió Sean.

—Sigue en Martha's Inn.

—¿Sola?

—No, con protección policial.

—¿Cómo es eso?

—Hice unas llamadas y la gente a la que llamé hizo a su vez otras llamadas. Es lo mejor que podemos hacer por el momento. Está claro que a vosotros os tienen marcados. ¿Qué tal fue con Bunting?

—Está atrapado en medio de todo esto y su desesperación va

en aumento. Afirma que no tiene nada que ver con todas esas muertes y yo le creo. Tememos que lo hayan matado.

—¿Tú sabías que Bunting no estaba detrás de todo esto? —preguntó Michelle.

—No estaba segura, pero las cosas están cada vez más claras y la reunión con él ha cumplido un propósito importante.

—¿Cuál? —inquirió Sean.

—Ahora James Harkes tiene carta blanca para cortarle las alas.

—¿Así que crees que está muerto? —indagó Michelle.

—No, al menos todavía no. Cuando te siguieron, seguro que Bunting recibió un mensaje inequívoco: vuelve a hablar de esto con alguien y sufrirás. Es probable que también amenazaran a su familia.

—¿Y por qué es eso bueno para nosotros? —preguntó Michelle.

—Porque ahora podemos convencer a Bunting de que trabaje con nosotros.

—Pero acabas de decir que morirá si lo hace —protestó Sean.

—Peter Bunting es una persona muy inteligente y con muchos recursos. Seguro que ahora se siente acorralado, pero pronto empezará a darle vueltas al asunto. Odia perder, por eso es tan buen perro guardián de este país. Además, es un patriota convencido. Su padre era militar. Tiene la sangre roja, blanca y azul y defenderá al país hasta las últimas consecuencias.

—Pareces conocerle muy bien —comentó Michelle.

—Estuve a punto de trabajar para él y en estos casos siempre me gusta informarme antes.

—¿Cómo podemos contactarle? —preguntó Sean.

—Yo diría que será él quien nos contactará —respondió Paul.

61

Cuando llegó a casa a las tres de la madrugada su mujer llevaba puesto el nuevo conjunto de lencería sexy, pero dormía plácidamente y prefirió no despertarla. Harkes le había dado permiso antes para enviarle un mensaje de texto a fin de evitar que se preocupara y llamara a la policía. Bunting cruzó el dormitorio en dirección al cuarto de baño y se lavó la cara. Al mirarse en el espejo vio el reflejo de un hombre que había caído muy hondo en poco tiempo.

Tomó hielo del minibar, se lo puso sobre la herida de la cabeza y se sentó en el vestidor sin quitarse la ropa. El móvil sonó varias veces. Miró la pantalla. Tres de las llamadas eran de Avery. No contestó.

¿Qué iba a decirle?

«Lo siento, Avery, pero me asusté y te sacrifiqué. Estás vivo de milagro y porque en eso consisten las tácticas horripilantes que usan los capullos para los que trabajo.»

Bunting había pasado por las habitaciones de sus hijos y las había contemplado desde el umbral de la puerta. Eran habitaciones espléndidas, más espléndidas de lo que podía necesitar o apreciar cualquier chaval, por rico que fuera. Le alegraba que sus hijos estuvieran en Nueva Jersey, pero siendo realista, tampoco estaban mucho más seguros allí. Harkes podía dar con ellos en cualquier parte.

Regresó al vestidor y se sentó de nuevo para pensar. ¿Cuál era la situación? Edgar Roy seguía en prisión y el Programa E continuaba en marcha, si bien con mayor lentitud. Si se demostraba la inocencia de Edgar, el mundo de Bunting no sufriría variación alguna, pero no era eso lo que pretendía Foster, y mucho menos Quantrell. Querían destruir el Programa E y Bunting sabía que solo tenían una manera de hacerlo.

Se quitó la corbata y la chaqueta. Se quitó los zapatos de una patada y se sacó los calcetines. Caminó con paso fatigoso hasta el dormitorio y se quedó de pie junto a la cama, una pieza importada de Francia fabricada con una piel exclusiva y una madera antigua de cuyo nombre no se acordaba. Era tan enorme que su mujer y él casi necesitaban un GPS para encontrarse dentro de sus confines. Observó el movimiento ascendente y descendente de su pecho mientras dormía. Su esposa no era una de esas mujeres que los hombres solo quieren para lucir como trofeos. Tenían unos hijos en común. Tenían mucho juntos. La vida les iba bien. No, muy bien.

«Pero en realidad no tengo nada porque me lo pueden quitar todo. Me pueden quitar a mí de en medio y ella no tendría nada. Mis hijos no tendrían nada.»

No podía dejar de pensar en James Harkes entrando por la puerta con una navaja y una pistola en las manos y a su mujer y sus hijos indefensos ante él.

Bunting se pasó una hora deambulando por su mansión de Nueva York. Pasó por delante de las estancias de la sirvienta y la cocinera. El chófer no vivía con ellos, pero había una segunda criada que sí. También tenían una niñera que a esas horas dormía, como la gente normal.

Bunting estaba despierto porque no era normal. Harkes estaba despierto porque era anormal. Y seguramente Ellen Foster estaba sentada a su mesa de ejecutiva tramando con Mason Quantrell la destrucción total de Bunting.

Volvió a sonar el teléfono. Era Avery de nuevo. Esta vez respondió.

—Me alegro de que estés bien —dijo Bunting antes de que el joven pudiera hablar.

—¿Qué? ¿Cómo lo sabe? —dijo Avery.

—¿No te han dicho nada?

—¿Decirme el qué?

—Es complicado, Avery, muy complicado.

—Creo que iban a matarme, señor Bunting.

—Sí, yo también lo creo.

—¿Por qué?

—Edgar Roy. Carla Dukes. Errores, Avery, errores.

—Entonces, ¿por qué no lo han hecho? ¿Por qué no me han matado?

Bunting se apoyó contra la pared y dijo:

—Era un aviso.

—¿Un aviso? ¿Para mí?

—Tú no significas nada para ellos, Avery. Era un aviso para mí.

—¿Para usted? Pero ¿dónde estaba?

—En la habitación contigua —respondió Bunting.

—Dios mío. ¿Y ha visto lo que me han hecho?

Bunting se debatió entre contarle la verdad o no.

—No, no podía verte —respondió—. Me lo han dicho después. —«Soy tan débil que ni siquiera me atrevo a explicarle lo que he hecho», pensó.

—La situación se nos escapa de las manos —dijo Avery.

—Lleva escapándosenos mucho tiempo —repuso Bunting.

—¿Qué podemos hacer? ¿No puede llamar a nadie?

—Lo he intentado, pero al parecer no quieren escucharme.

—Pero si usted es Peter Bunting, por el amor de Dios.

—Me temo que eso no significa ni una mierda para esta gente.

—Si vienen a por mí otra vez, no creo que vuelva a tener tanta suerte —dijo Avery.

—Yo tampoco.

—A usted no le harían nada, señor.

A Bunting le entraron ganas de reír y de bajar deslizándose por el pasamanos dorado del vestíbulo de dos pisos de su casa súper cara gritando a pleno pulmón, pero en lugar de ello preguntó con tono quedo:

—¿Tú crees?

—¿Tan grave es la cosa?

—Me temo que sí.

Oyó a Avery exhalar un profundo suspiro.

—No me puedo creer que no haya nadie a quien acudir.

Sus palabras encendieron una bombilla en la agotada mente de Bunting.

—¿Está ahí, señor? —dijo Avery.

—Te llamo después. Descansa un poco y no hagas nada fuera de lo normal —dijo Bunting. Colgó y miró el teléfono.

¿Tenía alguien a quien acudir?

¿Se atrevería a ello?

¿Acaso existía otra opción?

Fue a su habitación, se tumbó junto a su esposa y le puso un brazo protector alrededor de los hombros. Había tomado una decisión.

«No caeré sin luchar.»

62

—¿Qué hacéis vosotros dos aquí? —preguntó Dobkin al entreabrir la puerta de su casa vestido con vaqueros, calcetines gruesos y jersey de algodón.

—Necesitamos hablar contigo.

—¿Nos vas a dejar pasar o tenemos que quedarnos de cháchara aquí fuera con este frío? —preguntó Michelle al ver que Dobkin no hacía ademán de abrir más la puerta para invitarles a entrar.

—Tampoco hace tanto frío.

—Yo me crie en Tennessee, Eric. Para mí esto es como la Antártida.

Al final Dobkin les dejó pasar, no sin echar un vistazo al exterior antes de cerrar la puerta.

Michelle tomó nota del gesto del policía.

—Nos hemos asegurado de que no nos seguía nadie.

—Me estáis poniendo en una situación delicada.

—Todos estamos en una situación delicada —replicó Sean.

—Pensaba que nos íbamos a informar mutuamente de todo —añadió Michelle.

—Con limitaciones.

—No es así como funciona —dijo Sean.

—O todo o nada —agregó Michelle.

—¿Qué queréis?

Sean y Michelle tomaron asiento en el sofá del salón, pero Dobkin permaneció de pie.

—¿Dónde están tu mujer y los niños?

—Fuera. Tengo el día libre y quería ocuparme de unos asuntos.

—Nosotros también tenemos varios asuntos de los que ocuparnos.

—¿Como qué?

—Para empezar, queríamos confirmar que a Bergin y Dukes los mató la misma arma.

Dobkin se sentó frente a ellos y asintió con la cabeza.

—Una 32 ACP.

—¿Hay alguna novedad en el caso? —preguntó Sean.

—Como ya os dije, nosotros solo ofrecemos apoyo al FBI. Ellos están a cargo de todo. Y tenemos a Megan Riley bajo protección policial.

—Lo sabemos —dijo Michelle.

—A vosotros también os iría bien un poco de protección. El que mató a Murdock iba a por ti, Michelle.

—Lo sé, pero no es mi estilo llevar protección.

—¿Qué más da el estilo cuando estás muerta?

—Eric, si nos ayudas a resolver el caso, tu carrera recibirá un buen impulso.

—Y si meto la nariz donde no me llaman y la cago, será el fin de mi carrera —replicó Dobkin.

—Pensaba que los de Maine erais unos tíos duros —dijo Michelle.

—¡También nacemos con cerebro!

—¡Pues empieza a usar el tuyo! —espetó ella.

Dobkin se incorporó.

—No tengo por qué escuchar estas gilipolleces. Te cubrí, Michelle, pero Murdock murió. Descargué todo el cargador en la dirección de la que provenían los disparos y os di información que no tenía por qué daros, así que no me agobiéis.

Sean se inclinó hacia delante en el sofá.

—De acuerdo. Tienes razón —reconoció. Guardó silencio hasta que Dobkin se calmó y retomó su asiento—. Cambiemos de tercio. ¿Quieres que te expliquemos lo que sabemos nosotros?

—No lo sé —respondió Dobkin con cautela—. ¿Está muy mal la cosa?

—Si me lo preguntas es porque has estado pensando en el caso —dijo Sean.

—Si no pensara en él, no merecería ser policía.

—Antes de que te expliquemos lo que sabemos, ¿qué crees que está pasando?

Dobkin se frotó la barbilla.

—Si tuviera que aventurar una hipótesis —dijo—, y eso es todo lo que estoy haciendo, diría que Roy tiene alguna conexión con el gobierno que va más allá del Departamento de Hacienda. ¿Por qué si no iba el FBI a interesarse tanto por él?

—Sin negar ni confirmar lo que acabas de decir, puedo decirte que Roy está muy vinculado a la seguridad nacional, que está del lado de Estados Unidos y que esos seis cadáveres aparecieron en un momento muy oportuno.

—¿Insinúas que le han tendido una trampa?

—Eso mismo.

—¿Puedes demostrarlo?

—Estamos en ello, pero los del otro bando pisan muy fuerte, mucho. Tuvimos el gusto de conocerlos en Nueva York y casi no lo contamos.

—¿Qué os pasó en Nueva York?

—Digamos que el enemigo va a por todas.

—Y sus credenciales abren las puertas de casi cualquier centro de seguridad del país.

—Un momento, ¿me estáis diciendo que los malos son de los nuestros?

—Bueno, mi filosofía es que si son malos, no pueden ser de los nuestros —respondió Michelle.

—Chicos, yo no soy más que un simple policía. No sé nada de estas cosas, no sé cómo funcionan los federales.

—O no funcionan —dijo Sean.

—¿Qué queréis de mí? —preguntó Dobkin.

—Queremos asegurarnos de que podemos contar contigo si necesitamos apoyo.

—Igual que la noche que mataron a Murdock —dijo Michelle.

—No me importa ayudaros, pero soy policía y no puedo ir por ahí haciendo de guardaespaldas. Me echarían del cuerpo.

—Ni tampoco esperamos que lo hagas. Solo te pedimos que nos eches una mano si los enemigos deciden visitarnos con la intención de perjudicar los intereses del país.

—Pero antes has dicho que son de los nuestros y no tienes ninguna prueba de ello.

—Estamos en ello, pero nuestros recursos son limitados, no como los del otro bando. Básicamente estamos pidiendo tu ayuda por si la necesitamos. Y te prometo que no te la pediremos salvo que la necesitemos de verdad porque, por lo que hemos visto, esta gente es muy peligrosa.

Dobkin guardó silencio un rato con la vista clavada en el suelo antes de levantarla para responder.

—No permitiré que nadie haga daño a mi país.

—Eso es todo lo que queríamos oír —dijo Sean.

—Gracias, Eric, significa mucho para nosotros —añadió Michelle.

—¿Creéis que podéis salir airosos de esta?

—Sí, con un poco de suerte y la ayuda de algunos amigos —respondió Sean.

63

Ellen Foster caminaba por el pasillo como si fuera el ama y señora del lugar, saludando y sonriendo a su paso a la gente que conocía. Todos le devolvían la sonrisa. Por un lado, era miembro del gabinete, lo cual infundía respeto de por sí y, por el otro, si bien hasta la fecha ningún secretario de Seguridad Interior había logrado ocupar el despacho del presidente, había algo en la actitud de Foster que inducía a pensar que podía ser la primera en conseguirlo.

El agente del Servicio Secreto la saludó con una respetuosa inclinación de cabeza y le abrió la puerta. Ellen Foster no se encontraba en el Despacho Oval, usado sobre todo para actos ceremoniosos, sino en el Ala Oeste, en el despacho de trabajo del presidente. Allí era donde se cocía todo.

El presidente se levantó para recibirla. La única otra persona en la sala era el asesor en seguridad nacional, un hombre grandullón con el ceño siempre fruncido que hacía veinte años que se cubría la calva peinándose el pelo de un lado a otro de la cabeza. Se sentaron e intercambiaron varias fórmulas de cortesía que a todos les importaban un comino. Acto seguido empezaron a hablar de trabajo. La reunión se había convocado de improviso y la habían colado entre otras dos, por lo que Foster disponía de un tiempo limitado. Fue al grano en cuanto el presidente se acomodó en la silla, momento que aprovechó para presentar su caso.

—Señor presidente, albergaba la esperanza de traerle mejores noticias, pero me temo que debo informarle de que el Programa E se ha vuelto insostenible.

El presidente se quitó las gafas y las dejó sobre la mesa. Miró a su asesor en seguridad nacional, cuya expresión no podía ser más triste. El bloc de notas le tembló ligeramente en las manos. Lo depositó sobre una mesa contigua y puso el tapón al bolígrafo. Esta vez no habría notas.

—Dame los detalles esenciales, Ellen —ordenó el presidente.

En cuanto hubo acabado, el presidente se retrepó en la silla.

—Es increíble.

—Estoy de acuerdo, señor, por eso llevo tanto tiempo solicitando un mayor control sobre el Programa E, por su éxito limitado. Peter Bunting tenía carta blanca y no se han implantado las medidas de control habituales. No es culpa del ejecutivo, señor presidente, sino de los órganos del Congreso, pero la situación conlleva riesgos para todos.

El presidente tenía el rostro encendido.

—Que nuestro principal analista esté en Cutter's Rock acusado de seis homicidios es una pesadilla, pero cuando hablé con Bunting del tema me aseguró que la situación estaba bajo control y que pasara lo que pasase con Edgar Roy, la viabilidad del programa no se vería comprometida.

—No puedo hablar en nombre del señor Bunting, señor, pero desde mi punto de vista la situación no podría estar más descontrolada.

—Y dices que sospechas que Bunting ha orquestado varios asesinatos, incluido el de un agente del FBI. Dios mío —dijo y lanzó otra mirada a su asesor, que estaba sentado con las manos en el regazo sin decir nada.

—Ya sé que es difícil de creer, también lo ha sido para mí cuando me lo dijeron apenas hace una hora, por eso he solicitado esta reunión. Para agravar más la situación, sospechamos que Bunting puede estar implicado en una quinta muerte.

Ambos hombres la miraron inquisitivos a la espera de más detalles.

—Un analista llamado Sohan Sharma se presentó a las pruebas del Programa E y llegó hasta el Muro, pero fracasó estrepitosamente. Se suponía que debía abandonar la empresa siguiendo el protocolo habitual.

—¿Y sospechas que no fue así? —preguntó el presidente.

—Poco después de fracasar en el Muro, Sohan Sharma murió en un accidente de tráfico. He visto el informe de la autopsia y tenía el cuello roto. Según la policía, Sharma estaba muerto antes de producirse el accidente.

—¿Me estás diciendo que Bunting lo mató? ¿Por qué?

—Según mis fuentes, Sharma era su última esperanza de encontrar un sustituto para el Analista. Cuando fracasó, perdió los estribos y ordenó que lo mataran. Bunting se halla bajo una enorme presión por el Programa E, señor. Este es otro de sus inconvenientes. Realmente no creo que Bunting esté mentalmente equilibrado.

—Increíble —dijo el presidente sacudiendo la cabeza—. Qué desastre. Y durante mi legislatura.

El asesor carraspeó.

—Te agradecemos que estés ocupándote del asunto, Ellen —dijo el presidente.

Foster le lanzó una mirada de agradecimiento. Sus palabras no eran casuales. Hacía exactamente sesenta minutos que había estado comentando con él el tema en detalle porque su apoyo era crucial para su objetivo.

—Necesito que estés al corriente de todo, Ellen —prosiguió el presidente—. Sé que has estado muy atada de pies y manos hasta ahora, pero quiero que te pongas con ello en serio.

—Será mi mayor prioridad.

—Me imagino que la CIA ya ha sido informada.

—Sí, he informado al director personalmente. En cuanto resolvamos el asunto del Programa E, es fundamental que se implementen una serie de cambios estructurales.

—¿Qué propones? —preguntó el asesor.

El presidente asintió.

—Llevamos demasiado tiempo jugándolo todo a una carta. Muchas voces afirman que la cooperación entre agencias es un problema, pero no lo es. La clave está en la redundancia, como llevo repitiendo desde que entré en el DHS. Con responsabilidad y un análisis inteligente distribuido a través de múltiples plataformas, la situación actual jamás se hubiera producido y es esencial evitar que se repita en el futuro.

—Estoy totalmente de acuerdo —dijo el presidente—. Tienes razón. A pesar de sus éxitos limitados, jamás me he sentido cómodo con el Programa E.

—Me lo imaginaba, señor, su intuición es siempre muy acertada.

De hecho, el presidente había alabado siempre que podía el trabajo clandestino del Programa E porque sus enormes éxitos habían elevado su popularidad en las encuestas a niveles sin precedentes.

No obstante, las tres personas que estaban en ese despacho sabían que los hechos jamás deben interferir con la supervivencia política.

—¿Y qué pasará con Bunting? —inquirió el presidente.

—Estoy trabajando en el caso con el FBI y lo manejaremos con discreción. Los medios nunca conocerán la historia completa, ni falta que hace. No podemos comprometer la seguridad nacional porque un megalómano haya logrado escalar hasta la cima de la cadena alimentaria de su sector.

—¿Y Edgar Roy? —preguntó el asesor.

—Es un problema distinto —admitió Foster.

—¿Crees que es culpable de haber matado a esas seis personas? —preguntó el presidente.

Foster dio varios golpecitos en la mesa con una uña.

—Roy es un tipo extraño. He coincidido con él en varias ocasiones y no me cuesta imaginar que tenga un lado oscuro. No puedo afirmar con seguridad que él sea el autor de esas muertes, pero aunque al final se le juzgue y se le declare inocente, será un proceso farragoso. Sus abogados presentarán muchas apelaciones que pueden revelar mucha información, demasiada.

—Asuntos que no queremos que se revelen, asuntos que no podemos revelar —agregó el asesor.

—Exacto. Y lo mismo puede decirse de Bunting. Si realmente está implicado en las muertes de esa gente, se montará un circo mediático tremendo. Por lo que sé de Bunting, usará todos los medios que estén en su mano para evitar que se le castigue por sus crímenes.

—¿Crees que incluso sería capaz de revelar información clasificada? —preguntó escandalizado el presidente—. No podemos permitirlo.

—A Peter Bunting solo le preocupa una persona: Peter Bunting. Créame, sé lo que me digo. Puede que no lo parezca, pero al final eso es lo único que le importa.

—Ya, ahora lo veo —comentó

—Acuérdese del desastre de Wikileaks. ¿Quién podía imaginar que algo así era posible? Tenemos que plantearnos el peor de los escenarios.

El presidente exhaló un hondo suspiro y miró a su asesor.

—¿Alguna sugerencia?

El hombre eligió sus palabras con cuidado.

—Hay diferentes maneras, señor presidente, siempre hay maneras de evitar un juicio y de impedir que se revele información delicada.

Foster observó atentamente al presidente para ver cómo reaccionaba ante la sugerencia. Algunos altos cargos mostraban reparos hacia ese tipo de cosas, mientras que otros tenían las espaldas anchas y la conciencia pequeña y no se lo pensaban dos veces.

—Supongo que podríamos evaluar alguna de esas vías —comentó el presidente.

Foster le dedicó una mirada empática llena de orgullo.

—Este tipo de decisiones son difíciles, señor, pero también resultan fáciles cuando el impacto sobre el país es tan claro.

—No voy a poner nada de esto por escrito. De hecho, oficialmente, esta reunión nunca se ha celebrado —dijo el presidente—. De todos modos, quiero que me presenten todas las opciones antes de emprender ninguna acción.

—Habría que incluir una salvedad, señor presidente —advirtió Foster.

Había llegado el momento de la verdad, el momento que había ensayado tantas veces delante del espejo de su cuarto de baño particular en el DHS.

El presidente le lanzó una mirada penetrante de furia contenida.

—¿Una salvedad?

A los presidentes no les gustaba que se añadieran salvedades a sus decisiones.

—Con respecto a un factor que no tenemos controlado —explicó Foster.

—¿Cuál?

—No sabemos lo que puede estar tramando Bunting.

—Pues vayan a verlo y asegúrense de que no trama nada.

—Debemos actuar con precaución, señor —dijo Foster que no quería «ir a ver» a Bunting—. Es un hombre listo y con recursos y prefiero dejar que juegue sus cartas.

Foster hizo una pausa y miró al asesor.

—Nos estás diciendo que le dejemos hacer para que cave su propia tumba.

—Me ha leído el pensamiento. Exacto, dejémosle hacer para que cave su propia tumba.

—¿Y entonces entraremos en acción? —preguntó el presidente.

—Entonces actuaremos del modo que resulte más ventajoso para nosotros —corrigió Foster—. Hay una cosa más, señor.

El presidente esbozó una sonrisa con expresión irritada.

—Hoy estás hecha una caja de sorpresas.

Foster tomó carrerilla, consciente de que estaba agotando la paciencia del presidente.

—La hermana de Edgar Roy.

—¿Su hermana?

—Hermanastra, para ser más exactos. Su nombre es Kelly Paul —añadió Foster al tiempo que miraba de soslayo al asesor.

—Era una de nuestras mejores agentes de campo, señor presidente. Esta mujer era capaz de ir a cualquier zona conflictiva del planeta y arreglar todo tipo de problemas, fuera lo que fuese —aclaró el asesor.

—Y es la hermana de Roy —dijo el presidente—. ¿Por qué no se me había informado de ello antes?

—Porque usted tiene muchas otras cosas de las que preocuparse y hasta ahora no era importante, pero creemos que ahora está trabajando para el otro lado —explicó Foster.

—¡Dios mío! ¿Va en serio?

—Oficialmente, se ha retirado, pero tenemos indicios de que vuelve a estar en activo, pero no trabaja para nosotros —puntualizó el asesor.

—¿Cuál es su objetivo? —inquirió el presidente.

—Edgar Roy puede ser muy valioso para los enemigos de este país.

—Tiene una enorme cantidad de información sobre la seguridad nacional y los objetivos tácticos y estratégicos del país —añadió el asesor.

—¿Y usaría a su propio hermano? —preguntó el presidente dubitativo.

—No están muy unidos —mintió Foster—. Kelly Paul tiene la reputación, una reputación ganada a pulso, de no dejar que nada se interponga en una misión, ni siquiera la familia. Por lo tanto, si consigue sacar a su hermano de Cutter's...

—Pero eso es imposible, ¿verdad? —interrumpió el presidente.

—Es un centro muy seguro, pero Paul es muy buena —contestó Foster.

—¿Estás segura de que está implicada en todo esto?

—Sí, de hecho sabemos que fue a visitar a Roy a Cutter's Rock.

—¿Y por qué no la detuvieron entonces?

—No teníamos pruebas de nada, señor —respondió Foster—. Ni siquiera disponíamos de datos suficientes para interrogarla.

—¿Por qué fue a ver a su hermano si no están unidos? —inquirió el presidente.

Foster vaciló, pero el asesor acudió en su ayuda.

—Quizá fuera por otro motivo, señor, quizás estaba echando una ojeada.

—¿Realmente creéis que va a intentar sacarlo de allí? —dijo el presidente.

—Si se cuenta con la gente adecuada para realizar una extracción, no hay ningún lugar a prueba de fugas —contestó el asesor—. Me imagino que estaréis preparados para esa eventualidad —preguntó a Foster.

—Sí, pero no existe ninguna garantía. Sería conveniente, por lo tanto, que nos planteáramos alguna de las acciones preventivas de las que hemos hablado antes.

—¿Para Roy y Bunting? —preguntó el presidente.

Foster asintió.

—Y para Kelly Paul también —añadió.

El presidente asintió.

—Le daré vueltas al asunto —dijo.

No era exactamente esa la respuesta que Foster deseaba oír, pero la expresión de su rostro permaneció inalterable. De todos modos, había conseguido casi todo lo que quería.

—Bueno, parece que tienes el asunto bajo control, Ellen —comentó el presidente.

Estaba claro que el presidente deseaba pasar a otros asuntos. El Programa E era un tema crítico para el país, pero solo era uno de los cientos de asuntos críticos con los que debía lidiar.

—Gracias por reunirse conmigo, señor —dijo Foster al tiempo que se levantaba para irse.

El presidente le estrechó la mano.

—Muy buen trabajo, Ellen, estupendo.

Mientras Foster se dirigía al grupo de coches que la esperaba, echó un vistazo a la Casa Blanca como si en su mente estuviera midiendo las ventanas para cambiar las cortinas.

En esos momentos, todo le parecía posible.

64

Sean miró por la ventana mientras Michelle limpiaba las pistolas de ambos en la mesa de la cocina. Había llamado a Megan Riley, que estaba molesta por ser relegada de nuevo a un segundo plano.

—Abandono este caso —dijo.

—Megan, no lo hagas, por favor. Te necesitamos.

—Lo que necesitas, Sean, es una patada en el culo.

—Formas parte del equipo.

—No tengo la impresión de formar parte de nada. Ahora ni siquiera me alojo en el mismo lugar que vosotros. ¿Qué sentido tiene esto? Dejaré los papeles del juicio en el hostal. Puedes venir a buscarlos cuando quieras. Yo me vuelvo a Virginia.

—Megan, danos un par de días más, por favor. Realmente te necesitamos.

—Palabras, Sean, nada más que palabras. ¿Qué tal un poco de acción?

—Te prometo que te llegará el momento.

Se produjo un largo silencio.

—Tienes dos días, Sean. Después, me vuelvo a Virginia.

Sean explicó a Michelle lo que había dicho Megan.

—No la culpo. Si abandona el barco, tendremos que encontrar a otro abogado o tendrás que ocupar tú su lugar.

—Pero sabe demasiado, podría estar en peligro.

—Cierto, pero no sé qué podemos hacer al respecto.

Sean se introdujo la mano en el bolsillo y sacó el teléfono. Acababa de recibir un mensaje.

—¡Mierda!

—¿Qué pasa? —preguntó Michelle levantado la mirada de la labor que tenía entre manos.

—Alguien me ha dejado un mensaje mientras hablaba con Megan.

Escuchó el mensaje de voz.

—¿Quién era?

—Peter Bunting.

—¿Qué dice? —preguntó Michelle.

—Quiere hablar.

—Kelly Paul tenía razón. Él ha venido a nosotros.

Sean le telefoneó. Bunting respondió al segundo ring.

—¿Diga?

—Soy Sean King.

—Gracias por llamar.

—Me ha sorprendido recibir su llamada tras nuestro último encuentro. Mi socia y yo tenemos suerte de seguir vivos.

—No sé lo que les sucedió después de que nos separáramos. Me disculpo si pasaron algún peligro, no era mi intención. Si le sirve de consuelo, el resto de la velada tampoco fue muy agradable para mí.

—Ya.

—No me cree, ¿verdad?

—De hecho, sí.

—Me gustaría verle.

—Eso decía en su mensaje. ¿Por qué?

—Tengo una propuesta.

—¿Ha cambiado de opinión?

—Podría decirse así.

—Le han apretado mucho las tuercas, ¿verdad?

—Necesito saber una cosa. ¿Kelly Paul está de su lado?

—¿Quién?

—No tenemos tiempo para eso. ¿Está con ustedes?

Sean vaciló.

—Sí.

Silencio.

—¿Bunting? —preguntó Sean.

—Tenemos que vernos.

—¿Cómo va a darles esquinazo? Sabe que lo están vigilando. Quizás estén escuchando ahora mismo esta conversación.

—Imposible —dijo Bunting.

—¿Por qué?

—Porque estoy usando una tecnología de codificación mejor que la que emplea el presidente de Estados Unidos para sus llamadas. Ni siquiera la NSA puede tocarla. Y en cuanto usted respondió a mi llamada, esta tecnología se ha extendido a su teléfono.

—Pero eso no responde a la pregunta de cómo se va a escapar físicamente de ellos.

—Déjelo en mis manos. No he creado una empresa de miles de millones de dólares en el sector de la inteligencia por ser imbécil.

—¿Y su familia?

—Ya me ocupo yo de eso. Supongo que ustedes estarán en algún lugar cercano a Edgar Roy. ¿Quedamos a medio camino? ¿Qué tal en Portland, Maine?

—¿Cuándo?

—Mañana por la noche.

—¿En qué lugar de Portland?

—Hay un restaurante en el puerto, Clancy's. Abren hasta medianoche. Mi mujer y yo solíamos ir allí de novios.

—Si nos está tendiendo una trampa...

—Mi familia está en peligro, señor King, y necesito arreglar este asunto.

Sean guardó silencio un instante. Podía oír la respiración del hombre al otro lado.

—Nos vemos en Portland —dijo Sean.

65

A la noche siguiente, la familia Bunting salió de su mansión de piedra rojiza con dos guardias de seguridad pisándoles los talones a unos metros de distancia. Hacía frío y todos iban bien tapados con gorros, guantes y bufandas. La señora Bunting llevaba de la mano a su hijo más pequeño. El hombre que caminaba a su lado no consultó los mensajes del móvil ni una sola vez.

Veinte minutos antes había llegado a la casa un camión de reparto de muebles con tres cajas grandes. Este tipo de entregas era habitual. La señora Bunting siempre estaba comprando cosas.

Los hombres que vigilaban la casa desde la acera de enfrente vieron que entraban tres cajas grandes y después salían las mismas cajas vacías, pero una no iba vacía. El camión arrancó con Bunting en una de las cajas rezando por que el truco hubiera funcionado. Cuando el camión hubo circulado unos tres kilómetros sin que lo detuvieran, levantó la tapa, salió de la caja de madera y se sentó sobre uno de los protectores metálicos de las ruedas.

No pensaba en su delicada situación. Ni en Edgar Roy. Ni en el Programa E. Solo pensaba en su mujer y sus hijos. Pensaba en la siguiente etapa del plan y se fustigó mentalmente por obligarles a pasar por esto. Y rogó que funcionara.

«Tiene que funcionar.»

Los Bunting estuvieron paseando casi una hora y luego regresaron a casa. Los niños subieron corriendo a su dormitorio. Julie Bunting se quitó el abrigo y lo colgó en el armario antes de volverse hacia el hombre que tenía detrás, que también se quitó el sombrero, el abrigo y la bufanda. Había entrado en la casa oculto en la misma caja en la que había salido Peter Bunting.

—Peter dice que usted sabe lo que tiene que hacer —dijo la señora Bunting al hombre, que tenía la misma altura y complexión que su marido. Vestido con su ropa, era el señuelo perfecto.

—Sí, señora Bunting. Estaré con usted en todo momento.

Al cabo de un momento, Julie Bunting estaba sentada en un sillón del vestíbulo masajeándose los muslos nerviosa. Cuando su marido le contó lo que debía hacer, su pequeño mundo perfecto se hundió de repente. Era una mujer lista y cultivada. Le encantaba ser madre y esposa, pero no era ninguna cabeza hueca. Pidió a su marido todo tipo de detalles y lo poco que le contó le heló la sangre.

Nunca había querido saber exactamente lo que hacía su marido. Sabía que trabajaba para el gobierno en algo que tenía que ver con la protección del país, pero eso era todo. Por ese motivo había contratado a unos guardaespaldas, por eso y porque eran ricos y la gente rica necesita protección. Julie Bunting había desarrollado una existencia que giraba en torno a la familia, las obras benéficas y la fantástica vida social que ofrece Nueva York cuando se tiene dinero a espuertas. Qué más podía pedir.

Pero la cruda realidad acababa de llamar a su puerta y se sintió culpable de haberse mantenido ajena a ese mundo durante tantos años, sobre todo cuando su vida era tan maravillosa.

—¿Estás en peligro? —había preguntado a su marido.

Quería a su marido. Se habían casado antes de que fuera rico. Se preocupaba por él. Deseaba que estuviera seguro.

No le respondió, lo que en sí ya era una respuesta.

—¿Cómo puedo ayudarte? —añadió.

Fue así como urdieron el plan.

Y había llegado el momento de poner en marcha la segunda parte del plan. Su marido había insistido mucho en esa parte y entendía por qué. Lo repasó con ella una y otra vez hasta que sintió que podía hacerlo a la perfección. Habían preparado a los niños y al servicio. Para el más pequeño de sus hijos era como un juego, pero los mayores sabían que algo no iba nada bien.

Su padre se había sentado con cada uno de ellos antes de marcharse en la caja. Les había dicho que sabía que serían valientes, que les quería mucho y que volvería a verlos pronto. Julie Bunting adivinó que eso era de lo único que no estaba seguro su marido.

La señora Bunting fue a su lujoso cuarto de baño que parecía un *spa*, lloró un rato, se lavó la cara y volvió a salir lista para hacer lo que tenía que hacer. Subió arriba. Los niños la esperaban sentados en la cama en el dormitorio del mayor. La miraron con ojos atentos y ella les sonrió para darles ánimos.

—¿Estáis listos? —preguntó.

Todos asintieron.

—¿Papá va a volver? —preguntó la pequeña.

—Sí, cariño —consiguió responder Julie Bunting.

Bajó las escaleras y abrió el pastillero que le había dado su marido. Se tomó tres pastillas. Se pondría muy enferma, pero eso era todo. Las pastillas le provocarían todos los síntomas que buscaba. A continuación cogió el teléfono e hizo la llamada. Explicó a la operadora que se había tomado unas pastillas y que necesitaba ayuda. Dio su dirección.

Acto seguido, se desplomó en el suelo.

Los hombres que vigilaban la casa oyeron las sirenas mucho antes de ver su procedencia. Los coches de policía, la ambulancia y el coche de bomberos pararon delante de la casa de los Bunting a los cinco minutos de que Julie Bunting colgara el teléfono. El equipo de urgencias entró corriendo en la casa junto con dos agentes de policía. Llegaron dos coches de policía más y establecieron un perímetro delante de la casa.

Uno de los hombres en la acera de enfrente llamó a sus superiores para explicar lo sucedido y pedir instrucciones. Le dijeron que no se movieran. Y no se movieron.

Quince minutos más tarde salía de la casa una camilla con Julie Bunting, muy pálida y con aspecto demacrado. Llevaba una vía intravenosa en el brazo. Al cabo de un momento salieron los hijos con cara asustada. La pequeña estaba llorando a lágrima viva en brazos del hombre que se hacía pasar por Bunting. Muy abrigado por el frío y rodeado por los sanitarios de urgencias, el falso Bunting quedaba oculto a la vista del equipo de vigilancia situado al otro lado de la calle. Todos subieron a la ambulancia en la que habían metido a Julie Bunting y se marcharon, con un coche de policía delante y otro atrás.

El hombre de la acera de enfrente volvió a llamar para informar de los hechos.

—Parece que la mujer está muy enferma. Toda la familia ha ido al hospital con ella, incluido Bunting.

Asintió al escuchar las instrucciones.

—De acuerdo. Entendido.

Casi todos los hombres permanecieron en sus puestos y dos siguieron a la ambulancia.

66

El avión privado aterrizó, bajaron las escalerillas y Peter Bunting salió al encuentro del aire frío de Portland, Maine, procedente del océano. No había usado el jet de la empresa, puesto que era demasiado fácil de seguir. Había volado en un avión alquilado por una de sus empresas. Durante el vuelo había recibido un mensaje de texto del hombre que le suplantaba.

Simplemente decía «LPS», el código que habían acordado para decir «listo para salir». Si el mensaje hubiera sido otro, Bunting habría sabido que les habían descubierto.

Caminó hasta el coche con paso rápido. No incluía chófer ni guardia de seguridad. El volante le esperaba. Se subió al coche y arrancó. Siendo neoyorquino y consejero delegado de una gran empresa, hacía años que no conducía. Era una sensación agradable.

Sean asomó la cabeza por una de las esquinas del edificio. El restaurante Clancy's estaba al otro lado de la avenida principal. Había poca gente a causa de la hora tardía y el frío. Se envolvió bien en el abrigo y echó un vistazo a la izquierda. Michelle estaba apostada en algún lado con un rifle de francotirador con balas 7.62 OTAN de doce gramos capaces de tumbar lo que fuera. Se había traído el arma de Virginia y había desaparecido en la oscuridad con la bolsa de nylon negra en la que llevaba el rifle y el trípode desmontados. Se comunicaban a través de los auriculares.

Cuando trabajaba en el Servicio Secreto, Sean se había pasado la vida con un receptor en la oreja. En esa época su trabajo había consistido en identificar cualquier amenaza para la vida del presidente y, llegado el caso, sacrificar la suya. Ahora las amenazas eran directamente contra él.

Antes de partir hacia Portland, habían trasladado a Megan a la casa donde se alojaban. La policía local solo podía asignar para su protección en Martha's Inn a un agente a punto de jubilarse. Cuando Sean lo conoció, no le impresionaron ni su aptitud ni su entusiasmo.

Sean llamó a Eric Dobkin y le pidió que vigilara a Megan mientras estaban fuera. El policía acudió de inmediato. Sean le explicó la situación por encima.

—Son gente peligrosa. ¿Seguro que no queréis que os acompañe? —preguntó Dobkin.

—Te necesitamos aquí con Megan. Nadie sabe que estamos aquí, pero no hay garantía alguna de que no nos vayan a encontrar.

—Haré lo que pueda, Sean.

—Eso es todo lo que te pido. Te estoy muy agradecido.

Megan volvió a protestar porque la mantenían al margen de todo. A pesar de que Sean entendía su malestar, no estaba de humor para hablar del tema.

—Cuanto menos sepas, Megan, más segura estarás. Si pasa algo, haz lo que te diga el agente Dobkin, ¿de acuerdo?

Megan lo miró desafiante, de pie en medio de la casa.

—Muy bien, pero para que lo sepas, cuando volváis, yo me largo.

—¿Estás lista? —preguntó Sean a Michelle por el micrófono de muñeca mientras recorría la calle con la mirada.

—Afirmativo —respondió la voz de su socia.

—¿Posición?

—Arriba, a unos treinta metros al oeste de donde estás. Desde aquí lo veo todo. Tengo una visión perfecta de Clancy's.

—¿Cómo has conseguido subir tan arriba?

—Es un edificio vacío con un cerrojo patético en la puerta de atrás. ¿Todo bien?

—Afirmativo.

—Muy bien. Avísame cuando lo veas.

—Recibido.

Sean volvió a asomar el cuello por la esquina del edificio. Contó los minutos mentalmente y después consultó el reloj. Faltaba un minuto para las diez. Habían llegado temprano por si acaso a Bunting se le ocurría tenderles una emboscada o por si no había logrado zafarse de los hombres que le vigilaban y habían acudido estos en su lugar.

Por la calle apareció un coche que aminoró la marcha y paró al encontrar un sitio libre para aparcar. Del vehículo salió un hombre alto.

Sean lo observó con atención.

—Es él —informó Michelle por el auricular.

—Lo veo. Echa un vistazo y dime algo.

Pasaron treinta segundos.

—Despejado. No hay nadie —dijo Michelle.

Sean salió de su escondite, la vista clavada en el hombre alto al otro lado de la calle. En lugar de cruzar en línea recta hacia él, dio un rodeo, subió a la acera y caminó pegado a las tiendas hasta colocarse a unos quince metros detrás de él.

Sean observó a Bunting mientras escudriñaba el interior de Clancy's y consultaba la hora una vez.

—Hola, señor Bunting. Me alegra verle de nuevo.

Bunting dio media vuelta con rapidez.

—¡Qué susto! No le he oído llegar.

—Ese es el objetivo —dijo Sean.

—¿Dónde está su socia, Maxwell?

—Por ahí.

—No me ha seguido nadie.

—Es bueno saberlo.

Bunting miró la puerta de Clancy's.

—Al parecer la cocina está abierta. ¿Entramos?

—Entremos.

67

El restaurante parecía vacío. Nadie salió a recibirles, así que Sean condujo a Bunting a una pequeña sala adyacente al comedor principal donde solo había una persona.

Bunting soltó un grito ahogado al verla sentada allí, la espalda apoyada contra la pared.

—Hola, Peter, cuánto tiempo —saludó ella con voz queda.

Bunting miró a Sean.

—No sabía que ella iba a estar aquí.

—¿Algún problema?

—No, estoy encantado de verla.

Bunting se sentó enfrente de Paul mientras Sean tomaba asiento a su lado, la mano en el bolsillo de la pistola.

—Me imagino que los dos vais armados —aventuró Bunting.

—¿Por qué? ¿Le hace sentirse más seguro? —preguntó Sean mientras tomaba la carta del restaurante con la mano libre.

—Sí.

Paul lo observó.

—¿Y tu familia?

—He tomado ciertas medidas. Por ahora están seguros. He recibido la confirmación. Gracias por preguntar.

—Yo también tengo familia en peligro, Peter.

—Lo sé —respondió Bunting con expresión de culpabilidad.

—¿La cosa pinta tan mal como yo me imagino?

—Quizá peor. —Bunting hizo una pausa cuando la camarera se acercó a tomar nota.

Era una mujer de caderas anchas y rostro cansado, con las pantorrillas rojas e hinchadas de estar sirviendo enormes bandejas de marisco y jarras de cerveza durante diez horas seguidas sin parar.

Todos pidieron café y pareció aliviada de que no quisieran nada más.

Bunting dejó la carta sobre la mesa y se quitó las gafas.

—Explícanos —pidió Paul sin más.

—Quieren cerrar el Programa E y acabar conmigo y con tu hermano.

—Es decir, quieren que las cosas vuelvan a estar como estaban antes —dijo Paul.

—Sí.

—Ya podías imaginarte que esto pasaría algún día.

—Saberlo y hacer algo al respecto son dos cosas muy distintas. Además, inocente de mí, albergaba la esperanza de que el clima político hubiera mejorado, pero está claro que me equivoqué.

—¿Quién juega con las negras en esta partida de ajedrez? —preguntó Paul.

—Espera, llega el café —interrumpió Sean.

La camarera depositó las tazas, la leche y el azúcar sobre la mesa.

—¿Querrán algo más? La cocina está a punto de cerrar.

—No, gracias —respondió Bunting, que le entregó un billete de cien dólares y le dijo que se quedara con el cambio.

La camarera se fue con una sonrisa de oreja a oreja y Bunting se volvió de nuevo hacia Paul.

—¿Las negras, Peter? —repitió Paul—. Creo que lo sé, pero necesito que me lo confirmes.

Bunting se sacó dos fotos de la chaqueta y las puso sobre el mantel a cuadros, una junto a la otra.

—Para que no haya dudas.

Paul asintió.

—Gracias por la confirmación.

—¿Lo sospechabas? —preguntó Bunting.

—Claro. Era la opción más lógica.

—¿Sabe quiénes son? —preguntó Bunting a Sean, que tenía los ojos clavados en las fotos.

—Ella es Ellen Foster, del Departamento de Seguridad Interior. A él no lo conozco.

—Mason Quantrell, consejero delegado de Mercury Group.

—¿No es una empresa de inteligencia muy importante? —preguntó Sean.

—Una de las más grandes y mi principal competidor, pero desde que el Programa E se puso en marcha y comenzó a desarrollar el trabajo que Quantrell antes realizaba para el gobierno, solo lleva a cabo tareas de menor enjundia, aunque sigue ganando montones de dinero por ello.

—Supongo que no le sentaría muy bien, ¿verdad? —comentó Paul.

—¿Le conoces?

—He oído hablar de él. Tiene fama de trabajar poco y cobrar mucho. En otro sector eso sería un desastre pero, en defensa e inteligencia, te permite conseguir más de lo que te mereces.

—No es solo una cuestión de dinero, sino de prestigio. A Quantrell no le gusta quedarse sentado en el banquillo y alimentarse únicamente de mis sobras. Me la tiene jurada. Su manera de trabajar consistía en lanzar un montón de mierda a la pared a ver si se quedaba algo pegado. Sin integración ni planificación algunas y sin compartir información ni recursos. Visto lo visto, es increíble que solo hayamos tenido un 11-S.

—Yo coincidí con Ellen Foster cuando todavía no era secretaria del gabinete y no conozco a nadie que tenga una ambición tan despiadada como la suya y un cerebro a la altura.

—Pero ¿el DHS? —dijo Sean—. Pensaba que los que se dedicaban a estos juegos sucios eran la CIA o la NSA. El DHS es seguridad interior. ¿Desde cuándo se dedican al ámbito de la inteligencia?

—Quieren ser los amos del juego —aclaró Bunting—. No solo disponen del presupuesto y el personal para ello, sino que tienen a alguien como Ellen Foster al frente, que es miembro del gabinete. Por mucho que el director de la CIA despache a diario con el presidente, no forma parte del gabinete. Foster está muy bien posicionada para hacerse con el trono del imperio de la inteligencia en Estados Unidos y eso es precisamente lo que está haciendo. Como el Programa E se basa en la integración y en la cooperación entre las distintas agencias, el modelo no encaja con sus planes.

—¿Y Quantrell? —inquirió Sean.

—Se vende al mejor postor y, al parecer, ahora le sigue el juego a Foster —contestó Paul—. ¿Los cadáveres en el granero? —preguntó a Bunting.

—Sí, creo que sí. Estoy seguro, vaya.

—Seis cadáveres. Eddie fue el primer E-Seis.

Bunting hizo una mueca.

—Ya lo había pensado. Es una broma pesada de unas mentes enfermas.

—No se han identificado los cuerpos —apuntó Sean.

Bunting se encogió de hombros.

—Eso es algo muy fácil. Ni te imaginas la cantidad de cuerpos sin identificar que hay perdidos por el mundo. Foster y Quantrell pueden obtener los que quieran de múltiples fuentes. Quantrell tiene contactos tanto en Latinoamérica como en Oriente Medio y Europa del Este. En esos sitios, puedes comprar una docena por diez centavos. Basta con transportarlos hasta aquí.

—Pero la tierra que los cubría procedía de lugares distintos. Eso haría saltar la alarma —protestó King.

—En un juicio normal, quizá —contestó Bunting, impaciente—. Pero el caso de Edgar Roy no es un caso normal y estoy convencido de que jamás llegará a los tribunales. No dejarán que ocurra. La tierra es irrelevante y Foster lo sabe.

—Además Eddie sabe demasiado —añadió Paul—. Lo cual nos obliga a plantearnos por qué han permitido que mi hermano viva todo este tiempo.

Sean la miró sorprendido ante la poca emoción que transmitía al hablar del potencial asesinato de su hermano.

Paul percibió su sorpresa.

—Si tuviera tiempo para desempeñar el papel de la hermana desconsolada, lo haría, Sean, pero no lo tengo —explicó antes de dirigirse de nuevo a Bunting—. ¿Por qué sigue vivo?

—Mi teoría es que Foster está orquestando todo esto como una sinfonía demencial. Cada pieza encaja como en un rompecabezas. Su objetivo es desacreditarme a mí y al Programa E. Seguro que ha envenenado las mentes de la gente que importa con mentiras acerca de mí. Matar a tu hermano sin más no es suficiente. No dudo que planea matarlo, pero no sé cómo ni cuándo. Y lo más probable es que intenten cargarme a mí el muerto. Me eliminarán a mí y al Programa E y jamás volverá a existir un concepto igual. Todo volverá a ser como siempre. Ese es su plan. De hecho, es un plan muy bueno.

—¿Cuánto hace que sospechas de ellos? —preguntó Paul.

—Yo siempre sospecho de todo el mundo, pero no sospeché en serio de ellos hasta hace poco. Aunque sé que todo es posible en el mundo de la inteligencia, jamás pensé que serían capaces de llegar tan lejos. Me equivoqué.

—Foster necesita apoyo político para llevar a cabo su plan —comentó Paul.

—Hace tiempo que trabaja en ello. Ha cortado todos los lazos que yo tenía con mis principales valedores y hace poco estuvo de visita en la Casa Blanca, donde debió de hablar de mí como de la mismísima reencarnación de Atila, rey de los hunos. Supongo que en la conversación también salió a colación tu hermano.

—Y yo, supongo.

—No lo sé, pero es obvio que conocen el parentesco y deben de imaginarse que no vas a quedarte de brazos cruzados si tu hermano está en peligro.

—Seguro que también saben que fuiste a verlo a Cutter's —agregó Sean.

—Ellen Foster habrá montado su coartada política al más alto nivel; es experta en dar puñaladas traperas y salir siempre indemne y oliendo a rosas —afirmó Bunting.

—Yo estuve mucho tiempo trabajando con los federales y sé lo disfuncional que puede ser todo, pero ¿de verdad pensáis que un miembro del gabinete es capaz de algo así?

Paul sonrió irónicamente.

—Tú estabas en el Servicio Secreto, Sean, con los Don Limpios del gobierno federal. Peter y yo jugamos en otro barrio.

Bunting asintió para expresar su acuerdo.

—Las agencias de inteligencia acumulan juguetes y consiguen triunfos ocasionales a expensas de ser un servicio de compostaje y de pisarse entre sí a cada instante. Así es como trabajan desde la Segunda Guerra Mundial.

—Hasta que creaste el Programa E y les obligaste a cambiar —puntualizó Paul.

—¿Y Foster es capaz de sacrificar la seguridad del pueblo americano? ¿Qué pasa si vuelve a producirse otro 11-S?

—Es el precio de este negocio, Sean. Además, desviaría las culpas. Cuando uno ambiciona cargos tan altos en esta vida, es por el poder que conllevan. Hace poco me reuní con Foster y Quantrell y sus intenciones no podían ser más claras. Me han arrinconado por completo.

—De acuerdo. Ahora ya sabemos contra quién jugamos y conocemos su estrategia. Ellos han repartido las cartas y ahora te echan la culpa del resultado. ¿Qué vamos a hacer al respecto? —preguntó Paul.

—Foster ha puesto a todos contra mí. No me quedan aliados en el gobierno. Soy un paria.

—¿Dices que fue a ver al presidente? —inquirió Paul.

—Sí, fue una reunión imprevista, así que debía de ser importante para que el presidente le hiciera un hueco.

—¿Quién más había allí?

—El asesor de seguridad nacional.

—¿Foster también se lo ha metido en el bolsillo?

—Supongo que tienen un acuerdo de cooperación mutua —aventuró Bunting.

—El presidente solo se reúne de improviso cuando se trata de un asunto crítico.

—Exacto. ¿Cuál crees que fue el motivo de la reunión? —preguntó Bunting.

—Foster necesitaba la autorización del presidente para algo fuera de lo normal y por lo que no está dispuesta a jugarse el pescuezo.

—Creo que tienes razón —asintió Bunting.

—Es la secretaria del DHS y, al parecer, la responsable de la muerte de cuatro personas, incluido un agente del FBI. ¿No os parece que eso ya es algo fuera de lo normal?

—Eso son menudencias, Sean —dijo Paul—. Y no pienses que estoy banalizando sus actos. Soy muy consciente de que hay cuatro personas muertas que no deberían estarlo, pero Foster echará las culpas a otros, así que para ella no cuentan. Si acudió al presidente fue para solicitarle permiso para liquidar a determinadas personas.

—¿Liquidar a determinadas personas? ¿A quién? —preguntó Sean, incrédulo.

—A Eddie, a Peter y, seguramente, a mí.

—¿Tres ciudadanos americanos? ¿Pensáis que el presidente de Estados Unidos autorizaría algo así?

—Habló Don Limpio otra vez —dijo Paul, esta vez sin sonreír.

—Mierda. De acuerdo, sé que el gobierno ha ordenado en alguna ocasión la muerte de algunas personas, pero eran terroristas, enemigos declarados del país o dictadores sin escrúpulos.

—Nosotros somos un problema para este país, Sean —explicó Paul—. Un problema grave. Con todo lo que sabe Eddie, no llegará jamás a juicio y, si el presidente se ha tragado la mentira de que Peter es el responsable de la muerte de todas esas personas, no resulta tan difícil pensar que prefiera liquidarlo. El presidente no desea que se celebre un juicio por asesinato donde puedan salir a la luz datos que afectarían a la seguridad de Estados Unidos. Él es el comandante en jefe de este país. No es su única función, pero sí la más importante. Su máxima prioridad es mantener el país a salvo de los enemigos, dondequiera que estén.

—Supongamos que tienes razón y que Foster consigue la autorización del presidente, entonces no esperará para poner en marcha su plan. ¿Qué crees que hará primero?

—Yo no tengo ninguna duda sobre cuál será su primer movimiento —declaró Paul.

—¿Cuál? —preguntó Sean.

—Eddie no permanecerá mucho tiempo en Cutter's Rock.

—¿No estarás pensando en sacarlo de allí a la fuerza? —intervino Sean—. Pues no seré yo quien lo saque.

68

El asistente de Quantrell abrió la puerta del almacén para que su jefe entrara. Las luces automáticas se encendieron y Quantrell tuvo que parpadear para ajustar las pupilas. La nave era propiedad de Mercury Group, pero su titularidad quedaba muy oculta en una red de propiedades tan enmarañada que ni siquiera un ejército de abogados y contables habría sido capaz de desentrañarla. Las empresas de inteligencia del sector privado que prestaban servicios al gobierno tenían estructuras muy complejas. De ese modo se protegían de los fisgones, puesto que todos los contratistas guardaban secretos que no deseaban que el gobierno o sus competidores descubrieran.

Echó un vistazo a la hilera de todoterrenos de color negro aparcados en medio de la nave. Pasó por su lado y verificó cada detalle con satisfacción. En un rincón del almacén se estaba celebrando la última reunión de planificación. Todos los hombres sentados a la mesa se levantaron al acercarse Quantrell.

La expresión de sus ojos resultaba inequívoca: todos temían y respetaban a Quantrell, en especial lo primero. Quantrell jamás había llevado uniforme ni disparado un arma por su país, pero sabía cómo ganar dinero proporcionándoselos a gente que sí hacía esas cosas. Su principal línea de negocio siempre había sido vender equipos al Pentágono. No construía aviones, tanques ni barcos, pero suministraba muchos de sus accesorios disparatadamente caros, como munición, combustible, misiles, armamento y sistemas de vigilancia y seguridad. Después descubrió que lo que realmente daba dinero era el lado blando de la guerra: la inteligencia. Los márgenes de beneficio eran enormes, mucho mayores que con el suministro de equipos de defensa. Además, el planeta no siempre estaba en guerra, ya no. Pero siempre se espiaban los unos a los otros, eso siempre.

Llegó a ganar miles de millones de dólares aplicando el modelo de inteligencia de la vieja escuela, basado en tener muchos analistas y producir muchos informes que nadie tenía tiempo de leer, y en alimentar la competencia entre las agencias, que buscaban desesperadas marcarse un tanto a expensas de sus homólogas, aunque ello significara olvidarse del objetivo de mantener el país a salvo. Había ganado una fortuna con ese modelo, pero quería más. Entonces apareció en escena Peter Bunting con un modelo completamente nuevo que revolucionó el mundo de la inteligencia, a resultas del cual el negocio de Quantrell comenzó a menguar y su rabia y frustración, a crecer.

Pero todo eso estaba a punto de cambiar.

—¿Listos? —preguntó al líder del equipo.

—Sí, señor Quantrell.

El equipo estaba formado por mercenarios de élite extranjeros que hacían cualquier cosa por dinero y que jamás explicaban sus proezas porque ello significaría el fin de sus ingresos.

Quantrell les hizo varias preguntas para comprobar que realmente estaban preparados. Conocía el plan mejor que nadie, pero le satisfizo el nivel de preparación del grupo.

El director general de Mercury Group abandonó la nave, subió a su todoterreno con chófer y se alejó del lugar. Una hora más tarde, su vuelo aterrizaba en Washington.

A pesar de que era tarde, tenía otra reunión. En su mundo, los que se tomaban un momento de relax eran pisoteados.

Ellen Foster todavía estaba en su despacho del DHS. A menudo trabajaba hasta tarde, pero ya había acabado por ese día. Regresó a casa rodeada por su escolta. La jerarquía de una persona en Washington a menudo se adivinaba por el tamaño de su escolta. El presidente se hallaba en primer lugar, seguido del vicepresidente. De allí para abajo, la cosa caía en picado hasta el siguiente escalafón, pero allí es donde se hallaba Ellen Foster.

Un hombre la esperaba en su elegante casa situada en la lujosa zona del noroeste de Washington, donde tenía como vecinos a figuras prominentes de la capital, tanto del sector privado como del público. El hombre la ayudó a quitarse el abrigo cuando cruzó el umbral de la puerta.

—Espera un momento —dijo ella.

Fue al piso de arriba y regresó al cabo de unos minutos vestida igual, pero sin medias ni zapatos. Y se había soltado la melena.

Se dirigieron juntos hacia el clásico salón decimonónico. Foster se retrepó en el sofá y le indicó a él que se sentara a su lado.

Harkes —traje negro, camisa blanca y corbata negra, ni una arruga— la miró con cara impasible.

—¿Quieres tomar algo, Harkes?

—No, gracias —respondió él negando con la cabeza.

—¿Te importaría prepararme un vodka con tónica? Está todo allí —dijo Foster señalando el aparador.

Obediente, Harkes le preparó la copa y se la entregó.

—Gracias, está muy bueno —dijo ella con un gesto de aprobación tras tomar un sorbo.

—De nada —respondió Harkes, volviendo la vista hacia la ventana—. Tiene usted un cuerpo de seguridad de primera calidad. Han trazado el perímetro minuciosamente. El sistema de alarma es muy bueno y las cerraduras de las puertas, las mejores.

Ella sonrió.

—¿Sabes cuál es el mejor sistema de seguridad?

Él la miró inquisitivo.

Acto seguido, Foster se levantó, se dirigió a un secreter antiguo y presionó uno de los paneles frontales de madera. Se abrió una pequeña puerta y sacó una Glock nueve milímetros.

La levantó para que la viera.

—La mejor protección es uno mismo —dijo—. No siempre he trabajado en un despacho y una de estas me ha resultado útil muchas veces.

Harkes no pronunció palabra. Ella devolvió el arma a su sitio y se sentó otra vez.

—Las cosas van bien —comentó.

—Las cosas van bien hasta que dejan de ir bien —replicó Harkes.

Foster bajó la copa.

—¿Tienes alguna duda? ¿Algún problema? ¿Sabes algo que yo no sé?

Harkes negó con la cabeza y respondió:

—Nada, simplemente soy un hombre prudente.

—No hay nada de malo en ello, pero también es importante saber desconectar y liberar nuestro lado más salvaje de vez en cuando.

—Cuatro personas muertas, cinco si contamos a Sohan Sharma. Esto ya es bastante salvaje para mí.

—No estarás perdiendo la calma, ¿no? —dijo Foster con frialdad.

—Teniendo en cuenta que yo no he matado a ninguna de esas personas, no. Pero una de ellas era un agente del FBI, y eso me inquieta bastante.

—En esta clase de situaciones siempre se producen daños colaterales, Harkes. Es inevitable, ya sabes cómo funciona. Tú has luchado en Irak y Afganistán.

—Eso era la guerra.

—Esto también lo es, una guerra mayor, si cabe. Estamos hablando del alma de la inteligencia de Estados Unidos.

—¿Y usted quiere controlarla?

—¡Me toca controlarla a mí! —exclamó Foster—. Al fin y al cabo, soy yo quien dirige el Departamento de Seguridad Interior.

—La CIA...

—Langley es un cachondeo —lo interrumpió ella—, el Pentágono no escucha a nadie y el zar de la inteligencia carece de todo poder. Y no me hagas hablar de la NSA. Es patético.

—Pero el Programa E tiene su mérito.

—No seas tan inocente, Harkes. El Programa E es un mundo creado y dominado por Bunting.

—Y no por usted.

—Ya que hablamos del programa, debes entender que Bunting es un idealista estúpido. ¿Cómo se le ocurre dejar la seguridad de todo el país en manos de un único analista?

—Tampoco es del todo cierto, ¿no? Sigue habiendo muchos analistas que continúan haciendo su trabajo y las agencias de inteligencia del país siguen activas. Además, la empresa de Bunting se dedica a muchas más cosas aparte del Programa E, toca muchas teclas. A Bunting se le asignó la tarea específica de proporcionar una visión global, de conectar los puntos que forman el dibujo, algo que siempre ha faltado en el ámbito de la inteligencia.

—Es una filosofía muy peligrosa —manifestó Foster negando con la cabeza.

—¿Cuál? ¿Primar la calidad sobre la cantidad?

—Nosotros hacemos el trabajo duro y él se lleva los laureles. No es justo.

—No pensaba que los laureles fueran importantes cuando estamos hablando de la seguridad nacional.

—No quiero hablar más de este tema contigo —dijo ella.

—Estaba haciendo de abogado del diablo. Forma parte de mi trabajo.

—Puedes llegar a ser muy diabólico, ¿verdad, Harkes? Tu reputación te precede.

—Hago lo que tengo que hacer.

—La mujer de Bunting ha intentado suicidarse, ¿lo sabías?

—Eso he oído.

—Bunting debe de estar muy trastornado. Aunque profesionalmente no lo soporto, hay que decir que se preocupa mucho por su familia —dijo Foster con malicia.

—Y a usted eso le conviene —señaló Harkes.

—Sí. Ahora Bunting está fuera de juego y no piensa en Edgar Roy ni en nada. Sabe que le hemos tendido una trampa que le hace parecer culpable, pero no puede hacer nada al respecto porque ya nos hemos ocupado de las personas que importaban.

—Es un buen plan.

Ella lo miró pensativa y dijo:

—Puedes relajarte un poco, ¿sabes? Parece que estés a punto de atacar a alguien.

Harkes pareció relajarse un poco.

—Has hecho un trabajo excelente, Harkes. Estoy impresionada. Me has impresionado desde el primer día y tengo previsto usarte mucho en el futuro.

Foster cruzó las piernas y dejó que la falda subiera por sus muslos desnudos mientras se recostaba en los cojines.

—Se lo agradezco, señora secretaria.

—Ya no estamos en horario de trabajo, Harkes, puedes llamarme Ellen.

Harkes permaneció en silencio.

Has tenido una vida interesante, James —continuó ella—. Ese es uno de los motivos por los que te seleccioné.

—He seguido un camino menos convencional que otros.

—Héroe de guerra, agente de campo con una larga lista de éxitos, buen tirador y muy capacitado para mantener una conversación inteligente con un miembro del gabinete, como yo bien puedo atestiguar.

Harkes no hizo comentario alguno.

—¿Te hago sentir incómodo? —Foster esbozó una sonrisa.

—¿Debería sentirme incómodo?

—Todo depende de cómo quieras que acabe esta noche.

—¿Cree usted que es conveniente, señora?

—No soy tan vieja como para que me llames señora.

—Perdón.

—El servicio tiene la noche libre y los guardias de seguridad se quedarán fuera hasta que yo lo diga. Tanto tú como yo ya somos mayorcitos. —Foster le rozó la pierna con un pie—. Al menos espero que lo seas.

Harkes guardó silencio.

—¿Alguna vez te lo has montado con un miembro del gabinete? —añadió ella.

—No. Y dado que casi todos los miembros del gabinete son hombres, mis opciones son limitadas.

—Pues esta es tu noche de suerte. —Foster se incorporó, se acercó a él y se inclinó para darle un beso en los labios—. Espero que lo aprecies. No hago esto con cualquiera —agregó antes de dar otro sorbo a la copa y dejarla sobre la mesa—. ¿Sabes que ando buscando un nuevo jefe de seguridad para mi escolta personal? Quizá te interesen las retribuciones en especie vinculadas al puesto.

—No lo creo.

—¿Cómo has dicho? —exclamó ella, perpleja.

—Nunca mezclo el trabajo con otras cosas. Por lo tanto, si no necesita nada más, me voy.

—¡Harkes!

—Que pase una buena noche, señora secretaria.

Harkes salió por la puerta principal.

69

Bunting y Paul siguieron a Sean y Michelle de regreso a Machias. Durante el camino Sean puso al día a su socia sobre lo que habían hablado en el restaurante. Cuando llegaron unas horas más tarde a la casa en medio del bosque y apagaron los faros del coche, Sean fue el primero en darse cuenta de que algo no andaba bien. La puerta de la casa estaba entreabierta, pero eran casi las cuatro de la mañana y todavía era noche cerrada. Michelle también se percató de la puerta abierta y desenfundó la pistola.

Bunting se había quedado dormido en el otro coche y se despertó aturdido.

—¿Ya hemos llegado?

—Silencio —dijo Paul, que estaba sentada al volante del coche de alquiler de Bunting—. Algo va mal.

Cuando Bunting vio que los tres habían sacado las armas, se incorporó de golpe, totalmente despierto, y susurró:

—¿Qué ocurre?

—Quédese aquí —ordenó Michelle al acercase a su vehículo—. Y agáchese.

—Yo me quedo con Peter —decidió Paul.

Bunting se agachó en el suelo mientras Paul observaba la vivienda y el bosque colindante.

Michelle entró por la puerta trasera y Sean por la delantera. Se encontraron en el centro de la única planta de la casa. Michelle levantó una silla del suelo mientras Sean tenía la vista puesta en la vitrina rota que solía estar apoyada contra la pared y en la mesa tumbada en el suelo. Los papeles de Megan estaban esparcidos por el suelo.

Pero todo eso era secundario.

—Joder —masculló Sean.

Eric Dobkin estaba tendido en el suelo junto a la mesa. Iba vestido de paisano porque les estaba haciendo un favor. Su último favor.

Michelle se arrodilló a su lado.

—Parece que tiene una única herida de bala en el pecho —declaró tras examinar el orificio sanguinolento de la camisa y volver el cuerpo de lado—. La bala ha quedado dentro, no hay orificio de salida. —Michelle lo soltó y lo dejó de nuevo como estaba—. No me puedo creer que haya pasado esto.

—Han forzado la puerta —señaló Sean—. Y, evidentemente, Megan no está.

Entonces vio algo detrás del sofá y lo cogió. Era el jersey de Megan manchado de sangre. Metió el dedo por un agujero de la prenda.

—No es una bala, más bien parece una navaja.

—Si está muerta, ¿por qué se han llevado el cuerpo? —preguntó Michelle.

—No lo sé, pero tenemos que avisar a la policía.

—Esperad.

Levantaron la vista. Kelly Paul estaba en la puerta con Bunting.

—No podemos esperar, Kelly —protestó Sean—. Este hombre era policía y nos estaba haciendo un favor. Y ahora está muerto. Tenía mujer y tres hijos. Esto es una pesadilla.

—Además, se han llevado a Megan —dijo Michelle—. Vaya ángeles de la guarda estamos hechos —añadió mirando a Sean.

Llamaron a la policía y Sean y Michelle aguardaron su llegada, pero Bunting y Paul se marcharon. Hubiera sido demasiado complicado explicar su implicación en el caso. Acordaron verse más tarde.

—Está a punto de empezar —advirtió Paul antes de partir.

—¿Cómo van a hacerlo? —preguntó Sean.

—De la única manera que se puede —contestó Paul.

—¿Y cuál será nuestra respuesta?

—Imprevisible —respondió Paul.

—¿Y después? —inquirió Michelle.

—Empezará el trabajo de verdad —declaró Paul, enigmática.

Un instante después, ella y Bunting ya se habían ido.

Al cabo de veinte minutos dos coches de policía aparcaron delante de la casa. Sean y Michelle oyeron el sonido de pasos corriendo y unos segundos más tarde aparecieron dos agentes en la puerta, que recorrieron la estancia con la mirada antes de reparar en Sean y Michelle e, inevitablemente, en el cuerpo de Dobkin, al que se aproximaron con lentitud. Sean recordó haber visto a los dos agentes en el escenario del crimen de Bergin. Supuso que eran buenos amigos de Eric Dobkin; seguramente todos los policías de la zona lo eran.

Llegó otro coche y el coronel Mayhew entró en la casa acompañado de un agente.

Todos contemplaron en círculo el cuerpo de Dobkin hasta que Mayhew se dirigió a Sean y Michelle.

—¿Qué demonios ha pasado aquí? —preguntó en voz queda, pero cargada de emoción.

Entre los dos le explicaron lo sucedido sin mencionar a Peter Bunting ni a Kelly Paul.

—Pedimos a Eric que vigilara a Megan Riley mientras nosotros estábamos fuera. Después de lo sucedido con Bergin, nos preocupaba su seguridad.

—¿Y dónde estaban ustedes? —inquirió Mayhew.

—En Portland, siguiendo una pista —respondió Michelle.

Mayhew exhaló un hondo suspiro.

—Eric es, era, policía. No deberían haberle pedido que les hiciera de guardaespaldas. No era su trabajo.

—Tiene usted razón —admitió Sean—. No esperábamos que ocurriera esto.

—Deberían haber imaginado que esto podía suceder —replicó Mayhew—. Si sospechaban que Riley estaba en peligro, era porque alguien podía hacerle daño, lo cual conllevaba a su vez un peligro para Eric.

—Nos sabe tan mal como a todos —se disculpó Sean.

—Lo dudo —rugió Mayhew—, no tan mal como le sabrá a Sally Dobkin cuando le diga que se ha quedado viuda.

Sean asintió cabizbajo.

—Coronel Mayhew, necesitábamos ayuda. Eric era un gran hombre, por eso acudimos a él, pero no le obligamos. Él quería ayudar, quería descubrir la verdad.

A Mayhew no pareció satisfacerle la respuesta, pero apartó la mirada del rostro de Michelle y echó un vistazo a su alrededor.

—¿Tienen alguna idea de quién ha hecho esto?

Sean y Michelle intercambiaron una mirada rápida. Habían discutido el tema y decidido la respuesta que iban a dar.

—Desconocemos su identidad, pero creemos que se trata de la misma persona que mató a Bergin —contestó Sean.

Mayhew contempló el jersey ensangrentado.

—¿Y dicen que Megan Riley está desaparecida?

—Ella era el objetivo.

Mayhew asintió distraído.

—El equipo forense está de camino.

—Estaremos encantados de ayudarles en lo que podamos —dijo Sean.

—Hacía mucho que no perdíamos a ningún agente —comentó Mayhew—. A ninguno desde que yo estoy al cargo.

—Es duro —afirmó Michelle.

—Debo comunicárselo a Sally —dijo Mayhew con voz temblorosa.

—¿Quiere que le acompañe? —preguntó Michelle.

—No, no, es tarea mía —replicó Mayhew con firmeza.

Volvió a contemplar el cuerpo de Dobkin.

—Yo recluté a Eric y le vi crecer hasta convertirse en un buen policía.

—No me cabe la menor duda —comentó Sean con voz queda.

—¿Descubrieron la verdad? —preguntó de pronto Mayhew.

—¿Cómo dice? —inquirió Sean.

—En Portland, ¿descubrieron la verdad?

—Estamos más cerca.

—Todo esto es mucho más complicado de lo que parecía en un principio, ¿no? —inquirió Mayhew astuto—. Bergin, Dukes, el agente Murdock. Y Edgar Roy en medio. Dudo mucho que Roy sea quien nos han dicho que es.

—Yo no estaría en desacuerdo con ninguna de sus conclusiones, señor —dijo Sean con diplomacia.

—¿Me harán un favor? —preguntó Mayhew.

—Desde luego.

—Cuando encuentren al que ha hecho esto a Eric, quiero arrestarle personalmente y que sea juzgado aquí por asesinato.

—Haré todo lo posible, coronel Mayhew, se lo aseguro.

—Gracias —dijo antes de dar media vuelta y marcharse.

Debía comunicar la trágica noticia a una mujer joven con tres hijos y un cuarto en camino.

70

Dos noches más tarde Edgar Roy supo que estaba a punto de ocurrir, como los animales que intuyen la tormenta. Se acurrucó en la oscuridad, la cara hundida en el delgado colchón sobre el que dormía cada noche. Oyó pasos. Era el cambio de guardia habitual, pero aun así lo sabía.

Las luces parpadearon, se apagaron y volvieron a encenderse.

Roy se encogió en un extremo de la cama, los pies colgando. Le traía sin cuidado que la cámara le viera moverse. Ya no importaba. Las luces parpadearon de nuevo, como si hubiera tormenta y la Madre Naturaleza estuviera jugando con el suministro eléctrico de Cutter's. Volvieron a apagarse y permanecieron así largo rato.

Oyó los gritos de los funcionarios y de algunos internos.

Sonaron pasos corriendo.

Retumbaron los portazos de las puertas metálicas abriéndose y cerrándose.

Saltó la alarma.

Volvió la luz y el edificio reverberó con un ruido tremendo, como el de un reactor a punto de despegar.

Era el generador auxiliar. Roy lo había oído ponerse en marcha antes, pero aquel día había sido una prueba. El generador era lo bastante potente como para cubrir las necesidades eléctricas de todo el centro, incluida la verja electrificada. Era enorme, funcionaba con gasoil y se encontraba en un recinto en el exterior del edificio principal. La prisión disponía de combustible suficiente para toda una semana, según había oído comentar a los guardias, que nunca pensaban —ni les importaba— que alguien pudiera estar escuchando sus conversaciones. Roy las recordaba todas. El generador era como una red de seguridad. Después de eso, ya no había nada.

Hubo otro apagón. Estaba tan oscuro que Roy ni siquiera podía verse las manos. Miró a través de las rejas de la celda. Los guardias corrían de un lado a otro con luces de emergencia. La calefacción había dejado de funcionar y el edificio de hormigón empezó a enfriarse con rapidez. Roy comenzó a temblar. Se cubrió con la manta y trató de hacerse un ovillo en el colchón, pero era en vano. No había escapatoria.

La caravana de todoterrenos negros con matrículas del gobierno cruzó el paso elevado a toda velocidad hasta la verja de Cutter's. Saltaron seis hombres de los vehículos, que se acercaron a los primeros guardias de seguridad. Detrás de ellos, Cutter's se hallaba en la más completa oscuridad, casi invisible. La oscuridad solo era interrumpida por el tenue brillo de la luna y los haces de luz de las linternas de los guardias, que correteaban a diestro y siniestro tratando de asegurar el perímetro. Las sirenas, que funcionaban con batería, resonaban en medio de la noche.

Uno de los hombres mostró una placa.

—FBI. Venimos a buscar a Edgar Roy. Ahora.

—¿Cómo dice? —preguntó el guardia desconcertado.

El hombre le puso la placa y las credenciales delante de las narices.

—FBI. Habéis sufrido un fallo de seguridad grave. Roy es un preso federal de nivel uno, tal y como consta en su documentación de ingreso. En el caso de producirse un fallo en Cutter's Rock, su seguridad pasa a ser responsabilidad del FBI. Abre la verja o te arrestamos ahora mismo.

Los guardias contemplaron pasmados al grupo de hombres armados que lucían cortavientos y chalecos antibalas del FBI.

Los guardias empujaron manualmente la verja y los coches la cruzaron con suma rapidez.

En la entrada principal les esperaba el nuevo director, el sustituto de Carla Dukes, que ordenó a los guardias que abrieran las últimas puertas, soltaran a Edgar Roy y lo entregaran al FBI.

Edgar Roy oyó las puertas que se abrían y cerraban y las pesadas botas que corrían por las instalaciones. No levantó la vista cuando se detuvieron ante su celda ni volvió la cabeza cuando la puerta se abrió manualmente. Unas manos fuertes le buscaron y agarraron. Roy dejó el cuerpo muerto.

Le obligaron a levantarse y su cabeza inerte golpeó el casco de combate de uno de los hombres. Le llevaron por el pasillo casi en volandas.

—Mueve los pies, capullo, o te descargo la pistola en el cerebro —amenazó uno de los hombres al oído de Roy.

Edgar Roy empezó a moverse, dando saltitos dolorosos con sus debilitadas piernas.

La oscuridad reinaba a su alrededor. Sonidos, voces, sirenas. Roy quería taparse las orejas, pero unas garras de hierro le sujetaban los brazos.

Vislumbró varias caras al llegar a la entrada y reconoció el rostro del nuevo director, que a duras penas logró disimular una sonrisa triunfante. Las enormes puertas de la prisión se abrieron.

Edgar Roy estaba fuera por primera vez en meses. Podía oler el mar y ver la luna.

Pero apenas pudo disfrutar de ese pequeño instante de libertad, sobre todo porque sabía que no era libre. Le introdujeron en la parte posterior de uno de los vehículos y varios hombres subieron detrás de él. El motor rugió y las ruedas derraparon sobre el asfalto. Roy fue impulsado contra el asiento cuando el todoterreno dio media vuelta, alcanzó los cien kilómetros por hora en cuestión de segundos y salió disparado hacia la salida.

El vehículo cruzó el paso elevado, giró a la izquierda y aminoró la velocidad. Los dos vehículos de atrás hicieron lo mismo. Diez minutos más tarde tomaron una carretera, la ruta de salida natural de esa zona, un camino aislado y oscuro sin nada alrededor. No era más que un largo tramo de asfalto flanqueado de árboles.

La ruta de salida natural.

Roy notó una sacudida cuando el vehículo golpeó algo en el camino. Hubo una explosión, pero no percibió la fuerza expansiva. El coche no saltó por los aires, sino que fue engullido por una cortina de humo.

Oyó un grito. El todoterreno dio un bandazo a la derecha y luego a la izquierda. Los hombres a su alrededor contuvieron la respiración. Alguien le tiró del brazo. Notó un cañón metálico contra la mejilla y creyó oír el clic del gatillo al accionarse.

El humo entró por todos los resquicios del vehículo. No veía nada. Era como volar en una avioneta descubierta dentro de una nube. Oyó el estruendo del resto de los coches dando bandazos y derrapando detrás del suyo. Los hombres gritaban, maldecían y se ahogaban con el humo.

Se sobresaltó cuando sonó el disparo. El cristal explotó junto a su cabeza y algunos fragmentos le cortaron la cara.

Respiró hondo. Eso fue lo último que recordaba.

71

Un leve movimiento.

Una leve sensación de náusea.

Vio a su hermana pivotar en la cocina de la antigua casa familiar, pero entonces recordó una imagen más reciente.

Vio el rostro cubierto de tierra que le contemplaba en el suelo del granero.

Otra vez su hermana pivotando.

De nuevo la cara en el suelo.

Todo parecía conectado, pero no podía estarlo.

Su mente era un batiburrillo de imágenes.

Nunca en la vida le había pasado algo así. Jamás.

Edgar Roy abrió los ojos una vez y los cerró rápido por el dolor en el cerebro. Los volvió a abrir. Algo tiraba de él para incorporarle, como arrancándole de las profundidades del océano. Todo a su alrededor parecía húmedo, resbaladizo.

—¿Eddie?

Cerró los ojos otra vez.

—¿Eddie?

Se obligó a abrir los ojos. Se sentía lento, estúpido, borracho. Sensaciones que jamás había experimentado antes.

—¿Eddie? ¿Puedes mantenerte sentado?

Hizo un esfuerzo por ponerse derecho y la miró.

Kelly Paul estaba sentada a su lado en el asiento trasero de una furgoneta con los cristales tintados. Había más personas con ellos. La furgoneta no se movía.

El hombre alto ocupaba el asiento del pasajero, mientras que la mujer de cabello oscuro y expresión escéptica iba al volante.

Peter Bunting estaba sentado al otro lado de Paul.

—Edgar, ¿estás bien? —inquirió Bunting—. Estabas sangrando cuando te sacaron.

Roy se tocó la sien y notó la venda.

—Disparo. Erraron. Cristales —murmuró.

—No pasa nada, Eddie. Ha ido de poco, pero no pasa nada —le calmó su hermana.

—¿K...el? —aventuró Roy. Le costaba vocalizar.

—Tranquilo, Eddie. Has respirado un gas nada agradable. Los efectos no son permanentes, pero tardan un rato en desaparecer. Cuando tu cuerpo lo elimine, te encontrarás mucho mejor.

—¿Has sido tú?

—Me temo que era inevitable.

Roy notó algo en el tobillo. Para ser más preciso, no notó nada en la espinilla. Bajó la vista. La tobillera había desaparecido.

—Pensé que no querrías llevarla más —comentó Paul.

Roy miró a la mujer de cabello oscuro.

Michelle le sostuvo la mirada por el retrovisor. Llevaba una pistolera en el hombro y parecía nerviosa. Sean también parecía preocupado.

—Espero que los que han ido a buscar a tu hermano no fueran realmente del FBI —dijo Sean a Paul.

Roy se frotó la cara en un esfuerzo por aclarar la mente y liberarla del humo y las interferencias.

—No eran del FBI —dijo.

—¿Cómo lo sabes? —preguntó Sean.

—Porque uno de los hombres me dijo «mueve los pies, capullo, o te descargo la pistola en el cerebro».

Roy repitió la frase como una grabación. Tanto Michelle como Sean parecían aliviados.

—De acuerdo. Seguro que no eran del FBI.

—¿Cómo adivinaste el plan? —preguntó Michelle a Paul.

—¿Recuerdas que alguien vigilaba la prisión? Esa fue la primera pista. Después, unos hombres fueron a realizar unos trabajos de mantenimiento eléctrico que ya se habían llevado a cabo hacía menos de un mes y que no debían repetirse hasta dentro de tres meses. Estuvieron mucho tiempo trasteando con el generador auxiliar.

—Si es así, ¿por qué les dejaron entrar en la prisión? —inquirió Sean.

—Porque lo autorizó el actual director de Cutter's, el sustituto de Carla Dukes, al que habían sobornado previamente.

—Los trabajos de mantenimiento consistieron en sabotear el sistema eléctrico y el generador auxiliar —dijo Michelle.

—Y visto lo visto, lo hicieron muy bien —comentó Paul.

—Así que decidiste llamar a unos... amigos —adivinó Sean.

—Conocidos —corrigió Paul—. Vinieron, vieron y la armaron.

—¿Cuál era la intención de esos hombres? ¿Matarlo? —preguntó Michelle mirando a Roy.

—Tarde o temprano, sí. Y hubieran culpado de su muerte a Peter o a mí o a cualquier otra cabeza de turco —respondió Paul antes de dirigirse a su hermano.

»Cuando fui a verte a Cutter's te pedí que pensaras en unas cosas. ¿Lo has hecho?

Roy asintió y se acomodó las gafas antes de responder.

—Me pediste que pensara en patrones y detecté cuatro, pero todos están en cierto modo conectados y, con lo que acaba de pasar, tengo nueva información que añadir a esos escenarios.

Roy hablaba de una manera clara y precisa, casi como un robot.

—¿Cuatro patrones? —repitió Michelle.

Roy asintió.

—En primer lugar, el agente Murdock murió porque descubrió la existencia del Programa E. No es que lo haya deducido, sino que me lo dijo él mismo cuando vino a verme a Cutter's. Dijo que estaban pasando cosas y que necesitaba mi ayuda para dar con los responsables. Carla Dukes fue eliminada porque no se avino al plan de extracción, mientras que el nuevo director no tuvo ningún reparo en aceptarlo. Se lo vi en la cara. Saltaba a la vista.

—Supongo que pensaba que no estarías en posición de contárselo a nadie —observó Paul.

—A Hilary Cunningham la asesinaron para incriminar a la señora Maxwell y distraeros a ti y al señor King del caso.

—¿Y Bergin? —preguntó Sean.

—Es obvio que conocía a su asesino.

—¿Por qué lo dices? —inquirió Sean.

—Porque había bajado la ventanilla y el asesino volvió a subirla —dijo mirando a su hermana—. Kelly me lo dijo en Morse.

—A mí me lo contó Sean —reveló Paul.

—Los sabios siempre piensan igual —bromeó Michelle.

—Pero no sé quién lo mató —reconoció Roy—. No tengo datos suficientes. Lo más probable es que lo eliminaran para ralentizar el caso y ganar tiempo, pero no tiene sentido.

—¿Por qué? —preguntó Michelle.

—Porque el caso no podía avanzar si Edgar estaba en Cutter's —respondió Sean.

—Exacto —confirmó Roy.

—Al menos habremos conseguido enfurecer a Foster y Quantrell, lo cual nos beneficia —dijo Bunting con una sonrisa irónica.

—Pero eso también significa que vendrán a por nosotros —advirtió Paul.

—¿Y qué haremos? ¿Esperarlos sentados? —preguntó Sean.

—Claro que no. Ahora pasaremos a la ofensiva.

—¿Cómo? —inquirió Sean.

—Yo sé exactamente cómo —dijo Paul—. En cierto modo, tengo la impresión de haber esperado este momento toda mi vida. ¿Tú qué opinas, Peter?

—Lo mismo.

72

Fueron en coche hasta un piso franco que Kelly Paul había dispuesto.

—Todo el mundo estará buscando a mi hermano y, aunque este sitio está bastante alejado de la acción, debemos tomar las máximas precauciones. Si vuelven a capturarlo, el plan no funcionará.

Sean echó un vistazo a la casa.

—Ahora nos buscarán a todos por cómplices. Esto no es algo con lo que contaba ni con lo que me sienta especialmente cómodo.

Paul se volvió hacia él.

—Lo entiendo y, si supone un problema para vosotros, podéis marcharos. Nadie sabe que estáis implicados. Lo único que os pido es que no entreguéis a Eddie. Si lo hacéis, será el fin para él.

—¿No cree que pueda obtener un juicio justo? —preguntó Sean.

—No permitirán que comparezca ante un juez, Sean. Lo han sacado de Cutter's para matarlo y, si vuelve a prisión, aparecerá un día muerto en su celda por causas desconocidas. Eso es lo que pasará.

Sean miró a Michelle.

—Entre la espada y la pared —dijo ella.

—Sí —afirmó Sean.

—De todos modos, hemos llegado demasiado lejos como para

tirar la toalla ahora, Sean. Además, todavía no sabemos quién mató a Bergin y eso es importante para ti.

Sean volvió a mirar a Paul, que lo observaba con atención.

—De acuerdo, nos quedamos, pero no emplearemos la violencia contra agentes federales ni contra la policía.

—Si son de verdad —puntualizó Michelle—, porque yo ya he tumbado a unos cuantos federales falsos en Central Park y en un restaurante de Charlottesville.

—¿Aceptas el trato? —preguntó Sean a Paul.

—Acepto —dijo con un asentimiento.

—Gracias —dijo Bunting. Dio un apretón en el hombro a Sean.

—No me lo agradezca todavía. Nos queda mucho por hacer.

Cuando se fueron todos a dormir, Kelly se quedó a solas con su hermano.

—Me alegro mucho de verte, Eddie, te he echado tanto de menos. Ojalá las circunstancias no fueran las que son.

—Yo también te he echado de menos, Kel. Mucho.

Paul bajó la vista.

—Debería haberte visitado hace mucho tiempo. Antes de que todo esto...

—Has estado ocupada.

—Tampoco tanto —dijo levantando la vista de nuevo—. Yo te metí en el Programa E. Yo te recomendé.

—No me extraña.

—Supongo que analizaste la situación, ¿no? —bromeó Kelly con una leve sonrisa.

—El Muro se me da bastante bien.

—Bunting está entusiasmado contigo.

—De todos modos, no es fácil ejercer de...

—¿Dios?

—Veo que me entiendes. Es un papel que no debería desempeñar ningún humano, por listo que sea. Un humano tiene dudas y prejuicios. Se equivoca.

—Pero mucha gente está a salvo gracias a ti.

—También he matado a mucha gente.

—No directamente.

—Da igual.

—Tú procuras que el mundo sea un lugar mejor y más seguro. Si bien es cierto que tus decisiones provocan la muerte de algunas personas, es para que otras muchas puedan vivir. ¿Es eso malo? ¿Qué dice tu mente maravillosa al respecto?

—Desde un punto de vista lógico, no hay nada malo en ello, pero tampoco es tan fácil.

—Lo sé. ¿Te gustaría seguir haciéndolo?

—No lo sé. Habrá que ver si sobrevivo a esta.

—Si sobrevivimos a esta los dos, tú y yo.

—Tú y yo —repitió Roy. Era evidente que le habían gustado las palabras de su hermana.

—Yo te he metido en este lío y yo te sacaré de él.

—Mi protectora —dijo Roy casi en un susurro.

—¿Puedo hacerte una pregunta?

—Sí.

—¿Por qué continuaste viviendo en la granja después de la muerte de mamá? Podrías haberla vendido y haberte mudado a otro sitio.

—Es mi hogar.

—Eso no es razón suficiente, Eddie, tú lo sabes. Antes de que te convirtieras en el Analista, fui allí una vez.

—¿Y dónde estaba yo?

—Trabajando, en Hacienda.

—¿Por qué fuiste cuando yo no estaba?

—No lo sé. Quizá tuviera miedo.

Roy la miró desconcertado.

—¿Miedo? ¿De verme a mí?

—No, claro que no. De verte en ese lugar, supongo.

—Ha llovido mucho desde entonces, Kel.

—No lo suficiente. Para mí no, ni para ti tampoco.

—Regresaste a por mí.

Ella alzó la mano.

—Jamás debería haberte dejado solo. Yo lo sabía. Sabía que... Ese hombre. Ese animal.

—Pero murió. Ya pasó.

—Nunca pasa, Eddie. Ni para ti ni para mí. Ambos lo sabemos. Son cicatrices muy profundas. Yo jamás me he casado, ni me lo he planteado. Tampoco he tenido hijos, no he querido. ¿Sabes por qué? ¿Quieres que te lo diga?

Roy asintió.

—Por miedo a no poder protegerlos. Busqué la salida más fácil, Eddie. Fui una cobarde, ni más ni menos.

—Kel, no fue culpa tuya.

Paul se levantó y caminó en pequeños círculos delante de él.

—Claro que sí, Eddie, yo te abandoné. Y para purgar mi culpa me he pasado la vida haciendo cosas peligrosas, hasta que hace poco me di cuenta de que mientras hacía penitencia me olvidaba de lo más importante —reveló, sacando por fin algo que llevaba dentro desde hacía mucho tiempo.

—¿De qué?

—De ti. —Kelly se arrodilló ante su hermano, le tomó la mano y le dio un apretón—. Me olvidé de ti, Eddie.

—No te olvidaste de mí. Me escribías y venías a verme de vez en cuando.

—No es lo mismo. Tú lo sabes —dijo mientras se sentaba y se llevaba la mano a los ojos.

—No llores, Kel. No estés triste.

Paul se levantó de golpe.

—Te sacaré de esta, Eddie. Te lo prometo. Aunque muera en el intento.

Kelly Paul dio media vuelta y se marchó con paso tambaleante y dejó a su hermano a solas con sus pensamientos, pensamientos que su mente privilegiada era incapaz de procesar.

73

Ellen Foster estaba sentada en el búnker subterráneo reservado para las reuniones más secretas. No habría notas, ni grabaciones ni vigilancia de ningún tipo.

Tenía la vista clavada en el hombre sentado delante de ella.

—¿Sabes lo furiosa que estoy?

Mason Quantrell se limitó a mirarla prudente y a tamborilear la mesa de madera sin decir nada.

—Te lo di todo mascado. Era un plan perfecto. Solo tenías que hacer tu trabajo. ¿Y ahora qué? —gritó dando una palmada sobre la mesa—. ¿Y ahora qué?

A Quantrell se le ensombreció el rostro y abandonó la prudencia.

—Nos tendieron una trampa, Ellen. Está claro que tienes un espía entre tus filas. No ha sido culpa mía. Hicimos todo lo que teníamos que hacer.

—No seas ridículo. Te la han jugado, han sido más listos que tú.

—Que nosotros —corrigió elevando la voz—. Tú y yo estamos juntos en esto.

El rostro furioso de Foster cambió sutilmente y reflejó cierta aprensión.

—No me gustan tu tono ni tus palabras.

—No perdamos el tiempo discutiendo —dijo Quantrell apaciguador—. Han ganado esta ronda, eso es todo. Nosotros hemos ganado las restantes.

—Es una ronda muy importante. Tienen a Roy. Podría ser la ronda decisiva.

El otro hombre presente en la sala carraspeó antes de hablar.

—El señor Quantrell tiene razón, secretaria Foster —opinó James Harkes.

Foster se volvió hacia él y su expresión se endureció ante el recuerdo de su rechazo la noche anterior. Si no fuera por lo crítico de la situación, ni siquiera estaría allí.

—¿Por qué lo dices? —preguntó con tono gélido.

—El plan era sacar a Roy de Cutter's y echar la culpa a Bunting y sus compinches. Pues bien, como ahora ya tienen a Roy, no hay que inventar nada para inculparles. Es la verdad.

—Exacto —confirmó Quantrell.

Foster negó con la cabeza.

—Os olvidáis de un detalle importante. Los agentes del FBI que han sacado a Roy de Cutter's son unos impostores. Son los esbirros de Quantrell, unos imbéciles.

—Da igual. Podemos decir que los hombres del señor Quantrell aparecieron en escena quince minutos después del asalto y que no pudieron impedir que se llevaran a Roy, pero que peinaron y limpiaron la zona antes de que llegara nadie más. A ojos del mundo, a Edgar Roy se lo han llevado unos agentes falsos del FBI y ahora está en manos de Peter Bunting, el cerebro que hay detrás de la operación.

—Y de Kelly Paul —añadió Foster—. Seguro que ella también está metida en esto. Es su hermano.

—Además, sabemos que Bunting no estuvo en el hospital con su esposa. Todo fue un montaje para despistarnos —añadió Quantrell.

—Y ahora tiene a su familia escondida —agregó Harkes—. Bunting lo ha hecho muy bien.

La expresión de Foster se endureció todavía más ante el último comentario.

—¿Muy bien? ¿Por qué no le aplaudes, Harkes, ya que lo hace todo tan bien?

—Subestimar al contrario es el peor error que se puede cometer, secretaria Foster. Si es bueno, hay que reconocerlo, pero nosotros debemos ser mejores.

—Aunque tengan a Roy, ¿qué van a hacer con él? No tienen pruebas contra nosotros —dijo Quantrell.

—Ahora es un fugitivo. Desconozco los planes de Bunting, pero no puede meterlo de nuevo en el Programa E —explicó Harkes.

—Y si logramos encontrarle a él y... a ellos... —rumió Foster mientras se disipaba su enfado y se concentraba en el problema.

—Y lo relacionamos todo —prosiguió Quantrell—, entonces cumpliremos todos nuestros objetivos: Roy estará muerto, inculparán a Bunting y el Programa E se habrá acabado para siempre.

Foster se levantó de la silla y comenzó a caminar de un lado a otro.

—Y esta mañana he recibido algo que nos facilitará mucho la labor —anunció Foster.

—¿De qué se trata? —inquirió Quantrell.

—El presidente nos ha autorizado a tomar cualquier medida que consideremos oportuna para corregir la situación.

—¿Cualquier medida? —repitió Harkes con tono seco—. ¿Lo ha dicho el presidente?

Foster lo miró.

—Cualquiera. Esas son tus instrucciones, Harkes.

Harkes miró a Quantrell y después a Foster.

—¿Voy a encargarme yo? —preguntó Harkes.

—¿No te ves capaz? —espetó ella.

—Solo quiero que me confirme que las cosas se harán a mi manera.

—Por mí no hay ningún problema —dijo Quantrell—. Mis hombres la han jodido, pero tu reputación te precede, Harkes.

—¿Está usted segura, señora secretaria? —preguntó Harkes.

—Deseo que te encargues tú, Harkes. Usa todos los medios que consideres oportunos.

—¿Quién debe quedar con vida? —consultó Harkes.

Foster lo miró con fingida sorpresa.

—No sé si quiero que quede nadie. ¿Para qué?

—Necesito que sea más explícita.

Foster se le acercó y se inclinó hacia él.

—Estas son mis instrucciones, Harkes: Edgar Roy, muerto. Peter Bunting, muerto. Kelly Paul, muerta. Michelle Maxwell, muerta. Sean King, muerto. ¿He sido lo bastante explícita?

—Sí.

Foster se incorporó y miró a Quantrell.

—Si eso es todo, Mason, ¿podrías concederme un momento para hablar en privado con Harkes? Tenemos un asunto pendiente que nada tiene que ver con este tema.

En cuanto Quantrell se marchó, Foster se sentó en el borde de la mesa frente a Harkes.

—Lo de anoche no me gustó nada. Tu comportamiento fue de lo más ridículo.

—Según usted.

—¿Qué significa eso?

—Para mí fue usted quien hizo el ridículo, pero supongo que no estará de acuerdo conmigo.

—No estoy acostumbrada a que se me niegue nada.

—Ya lo veo.

—Puedo hacer que tu vida sea un infierno, ¿eres consciente de ello?

—Lo sé.

—Pero también puedo hacer que sea todo lo contrario.

—No soy una puta, señora secretaria.

—Serás lo que yo diga —corrigió Foster—. Dime, ¿qué vas a hacer?

—Tengo una misión y voy a cumplirla.

—¿Y después?

—¿Después, qué?

—Quiero que seas mío, Harkes —aclaró Foster. Le acarició con una uña la palma de la mano—. Yo siempre consigo lo que me propongo. Es así de sencillo.

—¿Por qué? —preguntó él mirándola.

—¿Por qué?

—Podría tener a un embajador, un senador o a un capullo rico de Wall Street. A cualquiera. ¿Por qué, yo? ¿Qué soy yo para usted?

—Porque ya los he probado a todos. Es como el helado: me apetece probar un sabor nuevo —respondió inclinándose hacia él—. Cuando todo esto haya acabado, seguirás trabajando para mí como yo diga. ¿Entendido?

—Entendido.

Foster le acarició la mejilla.

—Fantástico. Ahora, haz lo que tienes que hacer.

—De acuerdo.

74

—¡Es él al teléfono, señor!

La secretaria se acercó a la mesa de Mason Quantrell, que estaba sentado en su amplio despacho del norte de Virginia.

—¿Quién? —preguntó Quantrell levantando la vista de unos papeles.

—Peter Bunting.

Quantrell dejó lo que estaba haciendo.

—¿Bunting? ¿Al teléfono?

—Por la línea uno.

—Llama a los de seguridad y diles que localicen la llamada.

—Sí, señor —respondió la secretaria y se apresuró a salir.

Quantrell contempló durante un segundo la luz parpadeante del aparato antes de levantar el auricular.

—¿Diga?

—Hola, Mason —saludó Bunting con amabilidad—. Me imagino que tus chicos están intentando localizar la llamada. Deja que lo prueben, si quieres, pero no lo conseguirán porque esa tecnología que vendes al Pentágono por cincuenta veces su precio es una mierda. En cualquier caso, seré breve.

—¿Dónde está Edgar Roy, Bunting?

—Qué gracia que me lo preguntes, Mason. Menuda emboscada tendieron a tus chicos, ¿verdad?

—No sé de qué me hablas.

—Claro, claro. No digas nada, no vaya a ser que te esté llamando del edificio Hoover y la llamada se esté grabando.

—Dudo que puedas acercarte a ese edificio sin que te arresten. Estás metido en un buen lío, amigo.

—¿De verdad? Pero no tan grande como el lío en que estás tú.

—Siempre has mentido fatal, Pete.

—La has cagado, Mason.

—¿Cómo dices?

—Cuando sacaste a Roy de Cutter's, ¿cómo es posible que te olvidaras de las cámaras?

—No tengo ni idea de lo que estás hablando —respondió Quantrell, pero el estómago se le encogió levemente.

—Las cámaras de vigilancia, Mason. ¿Sabes a lo que me refiero? ¿Esos aparatos que ven cosas?

—Yo... En las noticias han dicho que cortaron la luz durante la fuga, la fuga que tú planificaste.

—Ya, pero Cutter's es una prisión federal muy especial y Maine es un estado muy verde.

—¿Qué puñetas quieres decir con eso?

—¿No te fijaste en los paneles solares?

Quantrell guardó silencio.

—¿Fuiste a Cutter's en persona o dejaste que tus lacayos se ocuparan de todo? Para tu información, además del generador, hay unos paneles solares. No son tan potentes como el generador. No pueden alimentar a toda la prisión, ni siquiera la verja electrificada, pero permiten que las cámaras funcionen las veinticuatro horas del día.

—¿Paneles solares? —repitió Quantrell con lentitud.

—Las fotos de tus chicos han quedado muy bien. A pesar del disfraz del FBI, son muy reveladoras.

—No sé qué pretendes, pero sea lo que sea, no te saldrás con la tuya —amenazó Quantrell, pero su voz no sonó muy convincente.

—Te estoy ofreciendo una escapatoria, Mason.

Quantrell se rio.

—No necesito ninguna escapatoria. Además, ¿por qué querrías ofrecerme una?

—Dos de los hombres que aparecen en las fotos hicieron un trabajo para ti hace poco, muy poco. ¿Tan justo vas de gente, Mason, que no has podido contratar un equipo nuevo? Sé que tienes al director de Cutter's en el bolsillo, pero al final lo que cuentan son los pequeños detalles y tú has cometido dos errores: las cámaras y los matones fáciles de identificar.

—No me creo nada de lo que me estás contando.

—Normal.

Quantrell miró al hombre que había entrado en el despacho. Era el jefe de seguridad, que negaba con la cabeza con expresión afligida.

Le indicó que se marchara con un gesto brusco de la mano.

—¿Mason? ¿Estás ahí? ¿Te han dicho los de seguridad que no pueden localizar la llamada?

Quantrell se levantó de un salto, que a punto estuvo de volcar la silla. Miraba a su alrededor desesperado, buscando en vano los ojos que le observaban, ya fueran electrónicos o humanos.

—Tranquilo, Mason, tranquilo. No te veo, pero te conozco. Te conozco muy bien. Eres muy previsible, previsible con mayúsculas.

—¿A qué demonios estás jugando, Bunting? —gritó Quantrell por el teléfono.

—No es ningún juego, Mason. Ya veo que no te interesa lo que te digo, pero dime, ¿qué harás cuando los hombres de Foster vayan a arrestarte?

—¿Foster?

A Quantrell se le encogió el estómago con tal fuerza que casi se dobló de dolor.

—¿Pensabas que Foster te permitiría marcharte sin más? Es demasiado lista.

—¿Qué quieres decir con eso? —preguntó Quantrell desplomándose en la silla.

—Tus chicos han hecho todo el trabajo sucio. Plantaron los seis cadáveres en el granero de Edgar, mataron a Murdock, a Dukes, a...

—¿Qué me quieres decir?

—Foster te la ha jugado, Mason. Cuando se descubra el pastel, ella pondrá en marcha su plan de supervivencia y limpiará el suelo contigo. Fingirá ser la pobre secretaria del gabinete engañada por el corrupto contratista de defensa. Así funcionan las cosas, es la misma trampa que me habéis tendido a mí, pero yo he reaccionado rápido y me he largado de la ciudad, mientras que tú sigues en tu fantástico despacho con una diana pintada en la cabeza.

—Tú... tú no tienes pruebas. Yo... yo tengo amigos. Aliados.

—Sí, yo también pensaba que los tenía, pero Foster los puso a todos en mi contra y supongo que ahora estará haciendo lo mismo contigo. Ya sabes lo persuasiva que puede llegar a ser. Me pregunto si se habrá reunido ya con el presidente para informarle de tu traición.

—¿Qué traición? —espetó Quantrell.

—¿No te lo había dicho? Foster ha recibido esta misma mañana las tarjetas de memoria de las cámaras de vigilancia junto con un informe pormenorizado de lo que representan. Todavía tengo un contacto en Cutter's que me ha echado una mano cuando más lo necesitaba. Digamos que ha sido un bonito regalo de mi parte, más que suficiente para presentar una acusación formal. Tu empresa no podrá trabajar más para el gobierno y, como eso es lo único que haces, te quedarás sin nada. Aunque tampoco creo que te importe demasiado, ya que estarás en una jaula federal con muchos tipos grandes y duros que estarán encantados de conocerte en profundidad.

—Yo puedo hundir a esa puta. Sé muchas cosas...

—Es demasiado lista para ti. ¿A quién van a creer? Ella es secretaria del gabinete, mientras que tu reputación te precede, Mason, y no es buena. ¿Por qué crees que Foster decidió trabajar contigo?

Quantrell fue palideciendo a medida que su cerebro asimilaba la información. Se mojó los labios antes de hablar.

—Has mencionado antes una vía de escape.

—Sí, ¿quieres que te la explique?

Quantrell carraspeó. Se le había secado la garganta.

—Sí —masculló.

—Bien, pues no hagas nada por ahora. Volveré a ponerme en contacto contigo.

Quantrell gritó por el teléfono, pero Bunting ya había colgado.

75

A la cena de gala del Lincoln Center asistieron famosos de todo el país. La mujer de Peter Bunting era miembro del consejo y una de las principales impulsoras de ese acto para recaudar fondos, pero estaba ausente por enfermedad. De todos modos, había dado a alguien su invitación.

Kelly Paul llevaba un vestido largo y el pelo recogido, excepto por unos mechones sueltos. Muy alta y elegante, deambulaba por los salones con una copa de vino en la mano. Varios invitados se fijaron en ella, pero nadie supo decir quién era.

Paul estaba allí por un motivo y acababa de localizarlo.

Mejor dicho, localizarla.

Ellen Foster no parecía estar disfrutando de la velada. Aparte de estar preocupada por el asunto de Edgar Roy, le desagradaban los eventos donde no era el centro de atención. A pesar de tener más poder público que cualquier otra persona en el edificio, su fama pública era limitada y su figura no parecía impresionar a los invitados, un grupo de los cuales casi la atropella para correr detrás de la última estrella de Hollywood o de la canción.

Foster iba paseando con una copa de champán en la mano, buscando a alguien que la reconociera para atraer la atención, pero al no encontrar a nadie interesado en su persona, decidió ir al baño de señoras.

Mientras se retocaba el pintalabios, oyó una voz.

—Hola, Ellen.

Foster se quedó paralizada un instante. Miró en el espejo, pero no había nadie.

—He echado el cerrojo. Así no nos molestarán.

Foster se volvió, poco a poco.

—Voy armada.

—No es cierto.

Kelly Paul surgió de la oscuridad y se puso delante de ella. Foster parecía una enana a su lado, pese a sus tacones de siete centímetros.

—¿Kelly Paul? —Sacudió la cabeza incrédula—. Hay que tener jeta.

—¿Para qué hay que tener jeta? ¿Para mear? ¿O ya no se puede mear en el Lincoln Center?

Foster se apoyó en el lavamanos de granito y cruzó los brazos.

—Podría ordenar que te arresten ahora mismo.

—¿Por qué motivo?

—Por varias cosas.

—Tendrás que concretar un poco más.

—¿Dónde está tu hermano?

—Eso mismo iba a preguntarte yo.

—No tengo tiempo para esto.

—¿Peter Bunting? —inquirió Paul.

—¿Qué pasa con él?

—Le has tendido una buena trampa.

—Todo lo contrario. Él se ha cavado su propia tumba.

—Puedes cachearme si quieres. No llevo ningún micrófono —ofreció Paul alzando las manos.

Foster la miró como si se hubiera vuelto loca.

—Tengo que volver a la fiesta. Si estás pensando en darte a la fuga, te informo que mis hombres tienen todas las salidas cubiertas. Siento curiosidad por saber cuántos cargos acabarán presentando contra ti.

Foster hizo ademán de marcharse.

—Lo de Mason Quantrell es interesante, ¿no crees?

Foster se paró en seco con la mano en el pomo de la puerta.

—¿Quién? —preguntó.

—¿Mercury Group? ¿Mason Quantrell? ¿Tu cómplice?

—Me da pena ver lo bajo que has caído, Paul. Antes eras especial, pero esta actuación es patética, de principiantes.

—Bunting es muy listo y mucho más astuto que Quantrell. Ha encajado las piezas del rompecabezas y encontrado las pruebas necesarias. Quantrell sabe que el barco se hunde y está dispuesto a colaborar con el FBI. ¿Qué crees que quieren a cambio?

Foster la fulminó con la mirada.

—¿Todavía crees que esto es una actuación de principiantes, Ellen?

—Te escucho, pero solo porque me apetece reír un rato —respondió Foster, que había perdido parte de su aplomo.

—No te robaré mucho tiempo. Quantrell está a punto de delatarte.

Foster logró esbozar una sonrisa.

—¿Delatarme? ¿Por qué motivo?

Paul empezó a enumerar los motivos con los dedos de la mano izquierda.

—Por los seis cadáveres en el granero. Por la muerte de un abogado y su secretaria. Por la muerte de la directora de Cutter's. Por la muerte de un policía de Maine. Y, sobre todo, por la muerte de un agente del FBI. A los de Hoover no les gusta nada que te cargues a los suyos. No era necesario, Ellen. ¿Qué más daba que hubiera descubierto la existencia del Programa E? ¿Era imprescindible matarlo? Tenía tres hijos.

—Menuda sarta de sandeces.

—Pero sigues escuchando.

—¿Por qué me cuentas todo esto?

—Porque quiero recuperar a mi hermano sano y salvo. Y para eso te necesito.

Un destello de incertidumbre cruzó los ojos de Foster.

—A tu hermano lo ha sacado de Cutter's Rock un grupo de personas que se ha hecho pasar por agentes del FBI. En otras palabras, tú y tu gente.

—No ha sido mi gente, sino la de Quantrell y tú lo sabes.

—Pero...

—Pero ¿qué? ¿Qué pasa? ¿Te ha dicho Quantrell que el plan

falló y que ha perdido a mi hermano? Quiero recuperar a Eddie, Ellen, y lo conseguiré. Cueste lo que cueste —dijo acercándose a la secretaria del gabinete, pero al observar su expresión perpleja, la contempló con incredulidad—. ¿No me digas que Quantrell te la ha jugado? ¿Te dijo que sacaría a Roy de Cutter's y lo mataría y que Bunting cargaría con las culpas? Bunting está acabado y el Programa E es historia. No necesitabas a Eddie para eso, podías haber dejado que se pudriera en prisión. ¿Qué más te daba? Ya habías vencido, ¿no lo entiendes?

Paul se aproximó todavía más a Foster y agachó la cabeza para dirigirse a ella.

—Eddie es inocente y el Programa E me importa una mierda, pero no permitiré que mi hermano muera para que tú puedas anotarte una inútil victoria sobre Peter Bunting. Supongo que sabes que su mujer no intentó suicidarse, ¿no? Fue todo un truco. A estas alturas, debe de estar escondido en algún país sin convenio de extradición.

—No sé dónde está tu hermano, de verdad —replicó Foster con lentitud.

Paul retrocedió un paso.

—Así que venir aquí ha sido una pérdida de tiempo.

—No te entiendo —murmuró Foster.

—Por el amor de Dios, Ellen, eres la directora del DHS. Tendrías que pensar antes de actuar. ¿Qué haces aliándote con Quantrell? ¿Cómo se te ocurrió esa brillante idea? ¿Sabías que Bunting le arrebató el negocio con el Programa E? Eso significa que es bastante más listo que Quantrell. ¿Pensabas que Bunting iba a quedarse de brazos cruzados sin hacer nada? Ahora Quantrell tiene todas las de perder. Menudo aliado te has buscado. ¿Quién te lo recomendó?

Foster empezó a replegar velas.

—Yo... no sabía... atraparemos a Bunting...

—¡Dios mío! ¿No has oído nada de lo que te he dicho? Habéis perdido a Bunting. Tu gente no tiene ni idea de dónde está. Se ha esfumado.

Foster no dijo nada. Movía la boca, pero sin emitir sonido alguno.

—Acorralasteis a Bunting, pero los hombres como él siempre tienen una vía de escape. Quantrell es tan gilipollas que no supo detenerlo, pero es lo bastante inteligente como para entender algo que tú no pareces captar.

—¿Qué quieres decir?

—¿Edgar Roy? ¿Un E-Seis? ¿El único de todo el planeta? ¿Te imaginas cuánto pagaría por él el enemigo? ¿Por cuánto puede venderlo Quantrell?

—Jamás trabajaría para el enemigo.

—¿Quién? ¿Mi hermano o Quantrell?

—Ninguno de los dos.

—¿Sabías que cuando Quantrell empezó su negocio estuvo a punto de ser eliminado de la lista de proveedores del gobierno por vender armas restringidas a China? Al final sus abogados le salvaron el pescuezo inculpando a uno de sus empleados. Quantrell vendería a su madre a Kim Jong II con tal de ganar dinero. En cuanto a mi hermano, jamás se prestaría voluntariamente a ayudar al enemigo, pero ¿no crees que los rusos, norcoreanos o sirios encontrarían la manera de persuadirle? Sus técnicas de tortura son anticuadas, pero muy efectivas, te lo puedo asegurar.

—Me estás diciendo que Quantrell...

—Te ha engañado, así funcionan las cosas. Ahora que Bunting ha desaparecido del mapa, Quantrell acabará contigo para salvarse él. Así es el juego, pero mi hermano se queda en el limbo, y eso no me gusta nada. Eddie es un fleco y ya sabemos lo que suele pasar con los flecos.

Foster se tambaleó ligeramente sobre sus tacones de siete centímetros.

Paul le apartó la mano del pomo de la puerta y abrió el cerrojo.

—Veo que eres tan estúpida que ni te has dado cuenta de lo que estaba pasando. No hay nada que puedas hacer para ayudarme, tendré que acudir a otro lado en busca de ayuda. De todos modos, tampoco hubieras podido hacer mucha cosa desde la cárcel.

Paul señaló la comisura de los labios de Foster.

—Aquí te has salido de la raya, yo volvería a perfilarme los labios para la foto.

Paul se marchó cerrando la puerta tras de sí.

Michelle conducía.

Sean llevaba la escopeta.

Edgar Roy estaba sentado en la parte posterior de la furgoneta.

Llevaban muchas horas de camino y solo habían parado dos veces para ir al baño. Se adentraron en el sendero y Michelle aminoró la marcha.

—Ya sé que Bunting nos dijo que esta zona está fuera de cobertura la vez que vinimos a ver a Kelly, pero este caso me ha vuelto muy paranoica.

Sean asintió y recorrió la zona con la mirada. Era un lugar perfecto para una emboscada.

—En cualquier caso, es mejor que ir a un motel.

—Siempre y cuando no acabemos muertos —señaló Roy.

Sean lo miró sorprendido porque Roy apenas había abierto la boca durante el trayecto.

—Brillante observación —dijo Michelle sarcástica mientras aparcaba—. ¿Cuál es el plan? —preguntó a Sean de soslayo.

—Puedo ir a echar un vistazo y, si hay alguien esperándonos, que me mate a mí y vosotros salís corriendo.

—Suena bien.

—Estaba bromeando.

—Ya lo sé. Iré yo.

—No te dejaré.

—No recuerdo haber solicitado su permiso, señor.

—¿Siempre os habláis así? —preguntó Roy.

Ambos lo contemplaron perplejos.

—¿Cómo? —rugió Michelle dedicándole una mirada asesina.

—Eh... Da igual —respondió Roy y se miró las manos.

—Podemos pasar por delante y ver si nos siguen.

—O podemos subir a la colina, agazaparnos y vigilar la casa —dijo Michelle.

—O podemos seguir el método tradicional —sugirió Sean.

—¿Cuál es? —preguntó Roy.

—Esperar en la furgoneta y no abrir la puerta a nadie —contestó Michelle.

Se aproximaron a la casa por delante y por detrás y tardaron diez minutos en revisarla. La granja estaba vacía y tenía el mismo aspecto que la última vez. Michelle aparcó la furgoneta detrás del granero. Roy salió y caminó con Michelle hacia la casa.

—¿Aquí vive mi hermana? —preguntó Roy mirando alrededor.

—Por ahora. Supongo que no se queda mucho tiempo en ningún sitio.

—No.

—A pesar de ello estáis muy unidos. Ha arriesgado mucho para ayudarte.

—Siempre me ha protegido.

Sean oyó el comentario desde el porche.

—¿Has necesitado mucha protección?

—Sí, supongo que sí.

—Vamos adentro —dijo Michelle mirando en derredor—. No me gusta estar aquí fuera, es un paraíso para un francotirador.

Dentro encontraron la despensa llena, troncos para el fuego, chaquetas, botas, camisas de franela, pijamas y sábanas limpias.

Michelle cogió una de las chaquetas.

—Me la voy a poner ya mismo. Fuera hace mucho frío y dentro no se está mucho mejor.

—Voy a encender la chimenea —dijo Sean.

—Yo puedo cocinar, si queréis —propuso Roy.

Michelle lo miró.

—¿Sabes cocinar?

—Sí, pero si prefieres hacerlo tú, ningún problema.

—Prefiere no cocinar —intervino Sean rápido haciendo caso omiso de la mirada fulminante de Michelle.

Después de comer chuletas de cerdo, verdura, galletas y una porción de tarta de manzana que Roy encontró en el congelador, se sentaron delante de la chimenea.

—¿Se sabe algo de Kelly o de Bunting? —preguntó Michelle.

—Acabo de recibir un mensaje. Ambos han contactado con sus objetivos, aparentemente con éxito.

Roy asintió, la vista clavada en el fuego.

—Quieren poner a Quantrell y Foster uno en contra del otro.

—¿Te ha explicado tu hermana el plan? —inquirió Sean.

—No, pero es obvio. He coincidido con Foster un par de veces y es una megalómana, mientras que Quantrell es muy avaricioso y envidioso. Una combinación letal.

Sean echó un tronco al fuego y se sentó más cerca de la chimenea.

—Háblame de los cadáveres del granero.

—¿Por qué? —preguntó Roy.

—Porque somos detectives y Ted Bergin nos contrató para ayudarte, pero para ello necesitamos información, y esta es la primera ocasión que tenemos de comentar el tema contigo.

Roy se tomó un momento para limpiar las gafas en la camisa y acomodarse en la silla.

—Había salido a dar un paseo antes de cenar. Era algo que acostumbraba hacer. Hacía tiempo que no entraba en el granero, pero por algún motivo ese día entré. Todo tenía el mismo aspecto de siempre, pero de pronto observé que la tierra del suelo estaba removida. Cogí una pala y empecé a cavar para ver lo que había. Entonces vi la cara. Iba a llamar a la policía cuando oí las sirenas y me arrestaron. No les culpo. Tenía la pala en la mano y los cadáveres estaban allí. Supongo que parecía que los estaba enterrando en lugar de lo contrario.

—Entonces fue cuando te...

—Cuando me retraje en el interior de mi cabeza —confirmó con expresión avergonzada.

—Pero ¿lo recuerdas todo? —preguntó Michelle.

—Nunca olvido nada. Recuerdo la primera prisión a la que me llevaron y al señor Bergin, que vino a representarme. Lo intentó con todas sus fuerzas y recuerdo que estuve a punto de hablar con él varias veces, pero tenía miedo —Roy hizo una pausa antes de continuar—. Siento mucho que muriera por mi culpa.

—Foster y Quantrell enterraron los cuerpos en el granero para tenderte una trampa.

—Gracias por la presunción de inocencia —comentó Roy.

—No soy dado a las presunciones, pero son demasiadas coincidencias. Seguro que te estaban vigilando y llamaron a la policía en cuanto entraste en el granero.

—Además, eres demasiado listo para dejar que te pillen con las manos en la masa —añadió Michelle.

—Quantrell y Foster te tendieron una trampa y pensaron que estaban salvados, pero ahora que los hemos puesto uno en contra del otro, ¿qué crees que van a hacer?

—Foster no tiene antecedentes, pero el historial de Quantrell no es tan limpio, así que él reaccionará con más tranquilidad que ella.

—Es decir, Quantrell está más acostumbrado a jugar con fuego —dijo Michelle.

—Exacto. Su reacción instintiva será sobrevivir e incluso continuar con el negocio, mientras que Foster empezará a dar palos en todas las direcciones a ver quién cae, o quizá decida retirarse y no hacer nada con la esperanza de que todo pase.

—Lo dudo. Uno no consigue el máximo cargo del DHS sentándose a verlas pasar, sobre todo si eres mujer —argumentó Michelle.

—Estoy de acuerdo. Eso significa que actuará de forma más agresiva para revertir la situación.

—Y acudirá a sus aliados en busca de apoyo y pondrá a todos en contra de Quantrell.

—En este sentido Foster tiene ventaja porque puede solicitar una reunión con el presidente o el director del FBI cuando quiera, pero Quantrell es consciente de ello y jugará sus cartas.

—¿Qué cartas tiene?

—Las operaciones de campo. Foster no habrá utilizado a nadie del DHS para los asesinatos ni para sacarme de prisión, pero los mercenarios son menos puntillosos y son fieles a quien mejor les paga.

—¿Qué crees que va a hacer Quantrell con sus mercenarios? —preguntó Michelle.

—Salir en mi busca, matar a Bunting y a mi hermana y, en caso necesario, a Foster.

—Se necesita valor para atentar contra la directora del DHS —dijo Sean.

—Cuando no se tiene nada que perder, no se necesita demasiado valor —comentó Roy—. Ni tampoco hay que ser un genio para adivinar lo que intentará hacer.

77

Ellen Foster estaba sentada en su sillón del búnker situado bajo la central del Departamento de Seguridad Interior. Por encima de ella miles de funcionarios se dedicaban a las tareas necesarias para mantener al país a salvo de todo tipo de ataques. Normalmente, Foster se implicaba al máximo en la estrategia innata a esta batalla diaria. La vivía en sus propias carnes, pensaba en pocas cosas fuera de ella.

En esos momentos, le importaba un bledo.

James Harkes estaba delante de ella medio cuadrado.

Ella le había contado lo que Kelly Paul le había dicho en aquel baño del Lincoln Center. Él le había formulado unas cuantas preguntas relevantes pero había guardado silencio la mayor parte del tiempo. Alzó la mirada hacia él con la expresión de una persona que calibra su última y mejor esperanza.

—Esto lo cambia todo. ¿Qué podemos hacer? —preguntó ella.

—¿Qué desea conseguir?

—Quiero sobrevivir, Harkes, ¿acaso no es obvio? —espetó ella.

—Pero hay muchas formas de sobrevivir, señora secretaria. Solo necesito saber por cuál quiere que optemos.

Ella parpadeó y entendió lo que quería decir.

—Quiero sobrevivir con mi carrera intacta, como si nada hubiera pasado. Lo puedo decir más alto pero no más claro.

Él asintió lentamente.

—Eso será muy difícil de conseguir —dijo con sinceridad.

Foster se estremeció y se rodeó con los brazos.

—Pero no es imposible, ¿no?

—No, no es imposible.

—Quantrell intenta conseguir un trato, aislarme, es lo que me dijo Kelly Paul.

—No me extraña lo más mínimo, sabiendo cómo es él. Pero tiene un acceso limitado a los peces gordos. Usted no.

—Pero el problema es que ya he recurrido al presidente y le he puesto en contra de Bunting. El presidente me dijo que me encargara del asunto. Me dio la autoridad expresa para hacer lo que sea necesario.

—¿Y volver a recurrir a él para contarle un rollo contra Quantrell le haría perder credibilidad ante el presidente?

—Exacto. Sería como el cuento del lobo.

—Quizás haya encontrado la respuesta al problema con lo que acaba de decir.

Ella lo miró con severidad.

—¿A qué te refieres?

—El presidente le dio autoridad expresa para hacer lo que fuera necesario.

—Pero ¿Quantrell?

—Daños colaterales. Y no es tan difícil como parece. Si Quantrell queda fuera de juego, sus problemas están solucionados. No habrá dejado nada incriminatorio sobre la mesa. Si él desaparece, el camino está despejado.

Foster se quedó sentada cavilando al respecto.

—Podría funcionar. Pero ¿cómo funcionará lo de los daños colaterales?

—Le hemos echado la culpa de todo lo demás a Bunting, ¿por qué no también de esto? No es descabellado. Son enemigos acérrimos. Lo sabe todo el mundo. La prueba de la obsesión de Bunting con Quantrell será fácil de crear.

—¿O sea que eliminamos a Quantrell y le echamos la culpa a Bunting?

—Sí.

—Pero Kelly Paul me dijo que hacía tiempo que se había marchado.

—¿De verdad se creyó todo lo que le contó?

—Bueno... es decir... —Se calló con expresión avergonzada—. Estoy perdiendo un poco el control, ¿no? —dijo tímidamente.

—Está sometida a mucha presión. Pero tiene que salir adelante, secretaria Foster, si realmente quiere sobrevivir a esto.

—Siéntate, por favor, James. Te veo incómodo ahí de pie.

Harkes se sentó.

—¿Cómo lo hacemos? —preguntó con gravedad.

—Aquí es donde se reestructura el terreno de juego, por lo menos tal como yo lo veo —dijo Harkes—. Bunting debe de rondar todavía por aquí.

—¿Por qué?

—No es de los que huye con el rabo entre las piernas. Que yo sepa está trabajando con Kelly Paul y su equipo.

—¿Paul? Pero ¿por qué?

—Bunting se reunió con Sean King. Después de eso, lo senté y le amenacé a él y a su familia si volvía a repetirlo. Entonces trama el intento de suicidio falso de su esposa y se larga. Si pensara huir, se habría llevado a su familia. Hasta usted ha reconocido que quiere de verdad a su familia.

—Supongo que tiene sentido —reconoció Foster.

—Y piense en el hecho de que se reuniera con King y planeara aquel subterfugio con su familia poco después.

—¿No es casualidad? —preguntó Foster.

—Ni por asomo. Los otros puntos relevantes se presentan bien. King y Maxwell trabajan para ayudar a Edgar Roy. Llegaron a visitar Cutter's Rock con Kelly Paul. Es obvio que están juntos en esto. Y Bunting está en esto con ellos.

—¿Su motivación?

—Para no andarnos con rodeos, señora secretaria, es inocente. Lo sabe y probablemente también les haya convencido de que lo es. Y ahora es posible que King y Maxwell sepan que Roy no mató a nadie. A Bunting le quedan pocas opciones. Paul y posiblemente King y Maxwell le hayan ofrecido una salida. Pero todavía no sé de qué se trata.

—Ojalá tuviéramos la confirmación de tu teoría de que trabajan todos juntos.

—El hecho de que Paul fuera a Nueva York lo confirma.

—¿A qué te refieres? —preguntó con sequedad.

—Ella aprovechó la entrada de la señora Bunting para colarse en el acto de captación de fondos. Sabíamos que Paul, King y Maxwell se habían aliado y ahora tenemos una relación directa entre Paul y Bunting: la entrada.

—Oh, mierda. Me cuesta creer que no se me ocurriera antes.

—Para eso estoy yo —dijo Harkes.

Ella sonrió y le tocó la mano.

—Sí, sí, tienes razón.

—Ojalá tuviéramos algún anzuelo que echarles. Algo que valoren. Me ayudaría muchísimo a enderezar esta situación. —Él la miró expectante.

—Creo que quizá tenga lo que necesitamos —reconoció ella.

Encendió la tableta electrónica que tenía delante, pulsó unas cuantas teclas y giró la pantalla para que Harkes viera. Era la imagen de una sala con una persona en el interior.

—Mi as en la manga —dijo ella.

Las paredes y el suelo eran de cemento. Había una litera y un lavabo en el centro. La persona estaba sentada en la cama.

Megan Riley estaba irreconocible.

78

En el exterior de la granja el sol ya estaba bajo y arrojaba sombras por las ventanas. Pronto oscurecería por completo. Sean echó más leña al fuego y lo avivó. Cuando se sentó Roy habló.

—Es obvio que Kel os ha contado lo del Programa E.

—Sí —afirmó Sean.

—¿Y el Muro?

—No mucho.

—El Muro son todos los datos juntos de golpe. Yo me siento delante de una pantalla gigante doces horas al día y lo asimilo todo.

—Cuando dices todos los datos, ¿a qué te refieres exactamente? —preguntó Michelle.

—Significa literalmente todos los datos recogidos por las operaciones de inteligencia de Estados Unidos y de distintos aliados extranjeros que comparten esa información con nosotros.

—¿No es muchísima información? —preguntó Sean.

—Más de la que uno es capaz de imaginar, la verdad.

—¿Y tú la ves y qué haces? —preguntó Michelle.

—La analizo y luego encajo las piezas pertinentes y hago un informe. Ellos revisan mis conclusiones y luego forman parte del plan de acción de Estados Unidos en todos los frentes relevantes. De hecho, las acciones que se emprenden son bastante inmediatas.

—Tienes una memoria fotográfica —dijo Sean—. ¿Eidético?

—Algo más que eso —dijo Roy con modestia.

—¿Cómo puede ser más que fotográfica? —comentó Michelle.

—Las memorias realmente fotográficas escasean. Hay muchas personas capaces de recordar muchas cosas que han visto, pero no todo. E incluso para muchos eidéticos el recuerdo acaba desvaneciéndose y es sustituido por otros. Yo nunca olvido nada.

—¿Nunca? —preguntó Sean, mirándolo con escepticismo.

—Por desgracia, la gente no es consciente de que muchos recuerdos son cosas que queremos olvidar.

—Lo entiendo —reconoció Michelle, lanzándole una mirada compasiva a Sean.

—¿Te importa si te pongo a prueba? —dijo Sean.

—Estoy acostumbrado a que me pongan a prueba.

—¿Cómo se llamaba el agente de policía que te detuvo en el granero?

—¿Cuál? Había cinco —repuso Roy.

—El primero que habló contigo.

—En su placa ponía Gilbert —contestó Roy.

—¿Número de placa?

—Ocho-seis-nueve-tres-cuatro. Llevaba una Sig Sauer nueve milímetros con un cargador de doce balas. Tenía una uña encarnada en el meñique derecho. Puedo darte el nombre de los agentes y su número de placa, si quieres. Y dado que es un test de memoria, a lo largo de los últimos trescientos treinta y un kilómetros del viaje adelantamos a ciento sesenta y ocho vehículos. ¿Quieres las matrículas desde el primero hasta el último? Había diecinueve de Nueva York, once de Tennessee, seis de Kentucky, tres de Ohio, diecisiete de Virginia Occidental y uno de Georgia, Carolina del Sur, Washington D.C., Maryland, Illinois, Alabama, Arkansas, Oklahoma, dos de Florida y el resto de Virginia. También puedo darte el número y la descripción de los ocupantes de cada vehículo. Lo puedo distribuir por estados, si quieres.

Michelle se quedó boquiabierta.

—Yo no me acuerdo de lo que hice la semana pasada. ¿Cómo almacenas todo eso en la cabeza?

—Lo veo en mi cabeza. No tengo más que evocarlo.

—¿Como si tuvieras fichas en la cabeza?

—No, más bien como un DVD. Veo que todo fluye. Entonces puedo darle a parar, pausa, avance rápido o retroceso.

Sean seguía mostrándose escéptico.

—Vale, descríbeme el exterior de esta casa, el granero y el terreno circundante.

Roy lo hizo rápidamente y acabó diciendo:

—Hay mil seiscientas catorce tejas de madera en el lado este del tejado del granero. La cuarta teja de la segunda fila empezando desde arriba falta y la decimosexta de la novena fila contando desde delante. Y la bisagra de la puerta delantera izquierda del granero es nueva. Hay cuarenta y un árboles en el campo en el lado este de la casa. Seis están muertos y cuatro más se están muriendo: el mayor de los cuales es una magnolia sureña. Está claro que mi hermana no se dedica a mantener la vegetación.

—¿Los cuatro últimos presidentes de Uzbekistán?

—Obviamente es una pregunta con truco. Solo ha habido uno desde que se inaugurara el cargo en 1991 tras la caída de la Unión Soviética. Islam Karimov es el presidente actual. —Miró a Sean con expresión cómplice—. ¿Has elegido Uzbekistán porque es el país más raro que se te ha ocurrido en estos momentos?

—Más o menos, sí.

—Pero no se trata solo de memorizar datos. Hay que hacer algo con ellos —dijo Roy.

—Danos un ejemplo —dijo Michelle.

—Tras analizar los datos del Muro, dije a nuestro gobierno que ayudara a los afganos a aumentar la producción de amapolas.

—¿Por qué hacer tal cosa? Se emplean para hacer opio, que es el principal ingrediente de la heroína —dijo Sean.

—Afganistán sufrió una plaga cuando yo empecé en el Programa E. Redujo la producción de amapola en un treinta por ciento.

—Pero ¿eso no es bueno? —preguntó Michelle.

—La verdad es que no. Cuando hay escasez de algo, ¿qué pasa?

—El precio sube —respondió Sean.

—Cierto. Los talibanes obtienen el noventa y dos por ciento

de sus ingresos de la venta de amapolas para el opio. Debido a la plaga, sus ingresos aumentaron en casi un sesenta por ciento. Les proporcionó muchos más recursos para hacernos daño. En los medios de comunicación se especulaba que la OTAN había introducido la plaga a propósito para destruir la producción de amapolas. Yo conjeturé que fueron los talibanes quienes lo hicieron para que los precios aumentaran sobremanera.

—¿Por qué lo pensaste? —preguntó Sean.

—En el Muro había un artículo publicado en una revista agrícola poco conocida. Mencionaba a un científico al que reconocí por ser simpatizante de los talibanes. Según el artículo, el científico había viajado a la India, donde se cree que se había originado la plaga unos seis meses antes de que apareciera en Helmand y Kandahar. Trajo el origen de la plaga y los talibanes consiguieron subir los precios. Por eso recomendé a Estados Unidos que evitara que la plaga volviera a producirse y que permitiera que hubiera más tierras para el cultivo de amapolas. Ahora está previsto que los ingresos de los talibanes desciendan a la mitad el año próximo. Pero también les tengo una sorpresita preparada.

—¿De qué se trata?

—Hemos introducido una semilla híbrida en la planta de la amapola en Afganistán. Las amapolas salen bien. Sin embargo, cuando se intenta usarlas para fabricar heroína se acaba con algo más parecido a la aspirina. Así pues, la amapola se convierte en lo que se supone que debía ser: una planta bonita.

—¿Y lo has propuesto? —preguntó Michelle—. ¿Cómo?

—El Muro me lo ofrece todo pero yo lo complemento con cosas que aprendo por mi cuenta. A primera vista, el híbrido no parecía ser nada especial cuando leí sobre el tema. Ni siquiera se debatía en el contexto del cultivo de amapolas y sin duda no como una acción en contra de los talibanes. Pero cuando me enteré y vi que podía aplicarse a tal acción, lo propuse como maniobra táctica con implicaciones potencialmente estratégicas.

—¿A qué te refieres? —preguntó Sean.

Roy se reajustó las gafas. Tenía la pinta de profesor despistado dirigiéndose a sus alumnos.

—Porque ahora va más allá de la mera oferta y demanda y escalas de precios. Si los traficantes saben que no pueden confiar en la integridad del cultivo de amapolas afgano, no les comprarán bajo ningún concepto. Además, tiene la ventaja añadida de que los cárteles de la droga se enfadarán mucho con los talibanes por fastidiarles un año de producción de heroína. Eso son miles de millones de dólares. El cártel se vengará, lo cual supone que muchos de los peces gordos talibanes acabarán muertos. Si la producción de amapolas queda fuera de juego, aparecen otros cultivos viables, ninguno de los cuales proporcionará la misma cantidad de dinero a los terroristas que luchan contra nosotros. Los agricultores podrán sacarse un sueldo decente y el cártel tendrá que buscar otra fuente de ingredientes para la heroína. Nosotros salimos ganando por todos lados.

—Impresionante —dijo Michelle.

—Veo el bosque y todos los árboles que contiene. Es una especie de ecosistema en el que todo afecta a todo lo demás. Yo veo cómo las cosas se relacionan entre sí, por desconectadas que parezcan estar.

Michelle se recostó en el asiento.

—En *Jeopardy* no tendrías rivales.

Roy se asustó solo de pensarlo.

—No, estaría demasiado nervioso. Se me trabaría la lengua.

—¿Nervioso? —exclamó Sean—. Si no es más que un concurso. Ahora decides la política de los Estados Unidos de América.

—Pero no compito con nadie. Soy solo yo. No es lo mismo.

—Si tú lo dices —repuso Sean, que no parecía nada convencido.

—Tenemos satélites posicionados por todo el globo. Buena parte de lo que veo en el Muro son vídeos en tiempo real de acontecimientos en todos los países. —Hizo una pausa—. Es un poco como ser Dios espiando a sus creaciones, viendo qué traman, y luego lanzándoles el fuego del infierno a quienes lo merecen. La verdad es que eso me da igual.

Michelle se quedó mirando el fuego.

—Ya me lo imagino. Y me entran escalofríos solo de pensar que hay gente observando todos nuestros movimientos desde cientos de kilómetros de distancia.

—No observan a todo el mundo ni a todo, Michelle —puntualizó Sean—. Teniendo en cuenta que el planeta tiene seis mil millones de habitantes, eso sería imposible.

Ella miró a Sean.

—¿Ah sí? Bueno, pueden echarle el ojo a quien quieran. ¿Te acuerdas de cuando fuimos a casa de Edgar? Nadie nos siguió. Nadie pudo vernos desde el suelo. Pero de todos modos aparecieron esos matones. De algún modo sabían que estábamos allí. Apuesto a que tienen ojos en el cielo encima de la casa de Edgar.

Roy la miró.

—¿Ojos en el cielo encima de mi casa?

—Sí —dijo Michelle—. Que yo sepa es la única forma que tenían de averiguarlo.

Bajo la luz de la lumbre los ojos de Roy se veían ampliados detrás de las gafas.

—¿Crees que el satélite observaba mi casa a todas horas y todos los días?

Sean lanzó una mirada a Michelle.

—¿Veinticuatro horas al día, siete días a la semana? No lo sé. ¿Por qué?

Roy siguió mirando el fuego y no dijo nada.

Al final, Sean entendió por dónde iban los tiros.

—Un momento. Si es el caso, ¿cómo es que el satélite no vio a la gente que dejó los cadáveres en el granero?

Roy se movió y se volvió hacia él.

—Eso solo puede tener una respuesta, por supuesto. Alguien ordenó que el satélite mirara hacia otro sitio en el preciso momento en que lo hacían.

—Eso dejaría rastro a nivel burocrático. Y se necesitaría una autorización de alguien de muy arriba —dijo Sean.

—Como la secretaria de Seguridad Interior —apuntó Roy.

79

—Dame la situación. ¿Mala?

Mason Quantrell estaba sentado en un cómodo sillón de cuero de su lujoso jet privado que en realidad era un Boeing 787 Dreamliner personalizado para su afortunado propietario. Tenía una pintura de Mercurio alígero en la cola que representaba el símbolo de la empresa de Quantrell. El jet era mucho mayor y caro que el Gulfstream G550 de Peter Bunting. No obstante, como multimillonario que era, Mason Quantrell podía sufragarse los juguetes más caros del mercado. Y en realidad el Tío Sam había apoquinado buena parte del coste.

—Bastante mala —repuso la única persona aparte de él que estaba en la cabina de pasajeros.

James Harkes se recostó en el asiento y dio un sorbo a un vaso de agua mientras Quantrell ya iba por su segundo bourbon con agua. El director general estaba demacrado y tenía unas buenas ojeras.

—Va a ir a por usted con fuerza, señor Quantrell.

Quantrell extendió las manos con gesto de impotencia.

—Pero después de nuestra última reunión todo parecía estar bien. Y entonces recibí la llamada de Bunting. Directamente a mi despacho, ni más ni menos. Menudos huevos tiene el cabrón. Nos retó a que lo localizáramos.

—¿Y no pudo?

—No —repuso Quantrell con aire sombrío—. Al cabrón

siempre se le ha dado bien lo de las intrigas. ¿Sabías que lo contraté a través de un programa de doctorado en Stanford?

—No, no lo sabía.

—Antes estuvo en Oxford, con una beca Rhodes. Hizo la carrera en menos de tres años. Ya estaba en el radar de varias personas por algunos libros blancos que había publicado sobre la amenaza creciente del terrorismo global y la mejor manera de combatirlo. El trabajo era muy concreto. Casi predijo el 11-S veinte años antes de que se produjese.

—¿Entonces se puso a trabajar para usted?

Quantrell asintió mientras el avión se escoraba hacia la izquierda e iniciaba el descenso.

—Durante tres años. Hizo un gran trabajo, realmente enderezó la situación para nosotros. Joder, por aquel entonces lo estaba preparando para que llevara la puta empresa. Pero tenía otros planes en mente.

—¿El Programa E? Parece que usted lo habría aprovechado.

—Pues sí, pero nunca me dio la oportunidad. Se marchó, fundó su propia empresa y rápidamente fue escalando posiciones entre los contratistas. Tengo que reconocer que lo suyo era bueno. No, era mejor que bueno. Y entonces lo llevó todo a un nivel totalmente distinto con el Programa E.

—Eclesiastés —dijo Harkes—. ¿El Programa E?

—¿Qué? Oh, sí. No sabía que el hombre tenía una faceta bíblica. —Quantrell apuró el resto de la bebida—. Y entonces vendió el concepto a los peces gordos de Washington D.C. Y el resto de nosotros llevamos años comiéndonos sus migajas.

—¿Alguna vez se ha planteado demandarle?

—No tengo motivos. Desarrolló esa idea después de dejarme y nunca infringió el acuerdo de no competencia que teníamos. Es demasiado listo para cometer un fallo como ese. No, le odio porque no me gusta perder. Y mientras él ha estado rondando por aquí he perdido muchas veces. Muchas. —Dejó el vaso vacío y se ciñó el cinturón de seguridad dado que el avión atravesaba turbulencias—. Pero Ellen Foster puede hacerme mucho más daño. Y no me refiero solo a dólares y centavos.

—Es cierto —convino Harkes.

—El presidente le dio carta blanca.

—Es verdad.

—¿Daños colaterales? ¿Refiriéndose a mí?

—Tiene sentido, ¿no?

—Pero tiene que relacionarlo con Bunting y los demás, ¿no? ¿Cómo piensa llegar a ellos?

—Tiene un as en la manga —apuntó Harkes.

—¿Quién?

—Megan Riley.

Quantrell se sentó hacia delante, sorprendido.

—¿La abogada? ¿Está en el bando de Ellen?

—No. La secuestraron en Maine. Foster la retiene en algún sitio.

Quantrell se frotó el mentón.

—Realmente es excepcional.

—Sí que lo es —convino Harkes.

—Ella no me informó de eso.

—A mí tampoco, hasta ahora.

—Y Foster tiene intención de utilizarla para pillar a Bunting y a los demás. ¿Cómo?

—Jugando con su culpabilidad. Y su conciencia. Riley es una víctima inocente en todo esto. Si lo hacemos bien, podemos utilizarla para llegar a ellos.

—¿Y Foster quiere sobrevivir a todo esto sin que su fama y su cargo dentro del gabinete se vean afectados?

—Eso mismo. Le dije que era difícil pero no imposible.

—¿Necesita despedirme como parte del plan?

—Le gustaría pero no es imprescindible —repuso Harkes con diplomacia.

—Entonces tenemos una oportunidad.

—Eso creo. Una oportunidad muy ventajosa si la aprovechamos bien.

—Ya sabes lo que están haciendo, supongo —dijo Quantrell.

—Están enfrentando a todos con todos. Bunting le llamó para ponerle en contra de Foster. Y Paul acorraló a Foster en ese baño de señoras e hizo lo mismo.

—Muy listo. Foster se tragó el anzuelo. Tengo que reconocer que Bunting me metió el miedo en el cuerpo cuando me llamó.

—Y Kelly Paul puede llegar a ser muy convincente.

—Ahora mismo ella es el peón más preocupante del tablero —declaró Quantrell.

—Yo no la llamaría peón, señor. No podemos infravalorar a esa mujer.

—¿Has tenido algún encontronazo con ella?

—Un par de veces. Y en cada ocasión el resultado no fue el deseado por mí.

—Si puede contigo, Harkes, entonces me cago en los pantalones.

—Seguro que sabe que estoy metido en esto porque Bunting se lo habrá dicho, pero no saben que trabajo para usted. Nadie lo sabe.

—Mi as en la manga. —Quantrell esbozó una sonrisa de satisfacción—. ¿Cuán rápido podrías hacer uso del recurso de Riley?

—En cuanto usted diga «adelante», señor Quantrell.

—Adelante —repuso el director general con la rapidez del Mercury.

80

—Me cuesta creer que nunca se me ocurriera —reconoció Bunting.

Miró a Kelly Paul, mientras tomaba asiento y miraba su teléfono. Acaba de hablar con Sean King. Ella y Bunting estaban en el apartamento «compartido» de Paul en Nueva York, no muy lejos de la fabulosa casa de ladrillo visto de Bunting. La mansión estaba vacía y su familia a salvo, por el momento.

—La cobertura del satélite —dijo Paul.

—Las veinticuatro horas, todos los días —añadió Bunting.

—¿Cortesía del Departamento de Seguridad Interior?

—Supongo. Aunque si fueron ellos, no se molestaron en decírmelo. —Miró por la ventana mientras la lluvia caía de forma incesante contra el cristal—. Pero esos ojos no se mueven a la ligera —dijo—. Edgar habría sido una prioridad para ellos.

—Es muy posible que exigiera la firma de Foster —convino Paul—. Eso deja rastro burocrático.

—Pues se trata de demostrar que el satélite estaba observando y que se dio esa orden.

Paul no dijo nada.

—¿En qué estás pensando, Kelly?

—¿Y si no lo cambiaron de sitio?

Bunting apartó la vista de la ventana.

—¿Qué quieres decir?

—¿Y si el satélite vio exactamente qué ocurría?

—¿Insinúas que tu hermano es realmente un asesino en serie? —preguntó Bunting desconcertado.

—No.

—Vale. O sea que la única conclusión posible es que le tendieron una trampa. Colocaron los cadáveres en ese granero. Si ese era el plan, ¿por qué iban a permitir que los ojos del cielo lo vieran? Eso demostraría la inocencia de tu hermano. Les habría fastidiado el plan. Y lo que es más importante es que ese hecho ya habría salido a la luz.

—No necesariamente. Sabes tan bien como yo que las plataformas de satélite varían mucho entre sí. ¿Y quién se atreve a decir que es una del gobierno?

—¿Te refieres a uno comercial?

—O básicamente privado.

—¿Por qué? —inquirió Bunting.

—Si el satélite fuera propiedad del gobierno, sería más difícil controlar la información, incluso para Foster. Pero ¿y si era privado?

—A lo cual ella habría accedido porque orquestaba toda esta campaña con Quantrell en mi contra y el Programa E fuera de los canales del Departamento de Seguridad Interior.

—O quizá sea más complicado que todo esto.

—¿En qué sentido?

—Mercury tiene una serie de satélites, ¿no?

—Sí. Quantrell fue uno de los primeros en este campo.

—Pues supongamos que también tiene el satélite en la finca de Eddie. Eligen un día laborable cuando Eddie está en Washington D.C. Foster ordena a su satélite que mire hacia otro lado. Llevan los cadáveres allí y los entierran en el granero de tal modo que sean fáciles de descubrir posteriormente. Llaman y dan el soplo a la policía, y a mi hermano le cargan los muertos.

—Pero ¿por qué Quantrell no iba a desconectar también su satélite? —preguntó Bunting. Él mismo se le adelantó antes de que Paul tuviera tiempo de responder—: Si se iba todo a la mierda, tendría esa ventaja sobre Foster.

—Exacto.

—¿Y cómo confirmamos esto?

—Hay maneras. Me pondré a trabajar en ellas.

—Si conseguimos imágenes de lo que ocurrió en realidad, entonces Edgar queda impune.

—Pero eso no nos sacará del túnel.

—No, es solo un paso, tienes razón.

A Bunting le sonó el teléfono. Se lo sacó del bolsillo.

Paul lo miró.

—¿Quién es?

—Avery.

Respondió y activó el altavoz para que Paul también oyera.

—Date prisa, Avery.

El hombre habló con voz tensa.

—Señor Bunting, he recibido una llamada.

—¿De quién?

—No sé. No han dejado el nombre. Pero tenían un mensaje que querían que le transmitiera.

—¿De qué se trata?

—Quieren hacer un intercambio.

—¿Qué tipo de intercambio?

—Una mujer llamada Megan Riley a cambio de Edgar Roy. —Se calló.

—Avery, ¿eso es todo? ¿Roy a cambio de Riley?

—No, señor. También le quieren a usted.

Bunting suspiró rápidamente y miró hacia la ventana, como si «ellos» estuvieran acechándole desde el exterior.

Avery parecía estar a punto de llorar.

—Tranquilízate, Avery, no pasará nada. ¿Te han dado más detalles?

Oyeron cómo contenía un sollozo antes de hablar:

—Pasado mañana en el Mall de Washington D.C. A las doce del mediodía. Enfrente del Museo del Aire y el Espacio. Han dicho que si intentaba algo raro, si llamaba a la policía o algo así, matarían a la señorita Riley y habría un tiroteo en el lugar, que moriría mucha gente.

—De acuerdo, Avery, de acuerdo. Gracias por la llamada. Has hecho bien. Ahora tienes que ir a algún lugar seguro.

Bunting dio un respingo al oír otra voz por el teléfono.

—Demasiado tarde para eso —dijo la voz. Se oyó un único disparo y el sonido de un cuerpo al caer.

—¡Avery! —gritó Bunting mientras agarraba el teléfono.

—Si tú y Roy no estáis en el Mall pasado mañana en el lugar establecido a la hora determinada, Riley morirá y muchas otras personas. ¿Entendido?

Bunting no dijo nada.

Paul le arrebató el teléfono y habló:

—Entendido. Allí estaremos.

La línea quedó en silencio.

Bunting se acercó tambaleante a la ventana y presionó el rostro contra ella.

—Lo siento, Peter —dijo Paul.

Bunting no dijo nada durante un rato y Paul no interrumpió el silencio.

—Era muy joven.

—Es verdad —convino ella.

—No debería estar muerto. No es un agente de campo. Es un hombre de despacho.

—Hay mucha gente que no debería estar muerta, pero lo está. Ahora tenemos que centrarnos en pasado mañana.

—Nuestro plan no ha funcionado. Nos hemos dedicado a ponerlos en contra entre sí pero no habíamos contado con esta posibilidad. —Se volvió para mirarla—. Tienen un ejército, Kelly. ¿Y nosotros qué?

—Podría decir que tenemos la razón de nuestro lado pero parece un poco manido en estas circunstancias. De todos modos tenemos que intentarlo.

—Te juro por Dios que me entran ganas de estrangular a Quantrell y a Foster con mis propias manos.

—Obligaron a Avery a hacer esa llamada con el propósito de despistarte, Peter.

—Pues lo hicieron de puta madre —espetó.

—Esperan que se te nuble el pensamiento. Esperan que no seas capaz de comportarte de forma racional. Esperan que te rindas.

—Ni siquiera conozco a esa Megan Riley. ¿Y me quieren a mí y a tu hermano a cambio?

—Han matado a Avery. A ella también la matarán. Y han abonado el terreno. Matarán a muchas otras personas en el Mall.

Bunting volvió a tomar asiento, se secó los ojos y las mejillas e inspiró largo y con fuerza.

—Bueno, lo mejor que puedo hacer para vengar a Avery es pensármelo todo muy bien. Para empezar, ¿por qué pasado mañana? ¿Por qué esperar?

—El Mall es un lugar muy concurrido.

—Pero pasado mañana, ¿habrá más gente por algún motivo?

Hizo una búsqueda por Internet a través del móvil. Paul miraba la pantalla.

—Tengo que reconocer que no se andan con chiquitas.

—Van a hacer un intercambio de rehenes en medio de una concentración a favor de la paz —dijo Bunting con expresión sombría.

81

Era temprano y Michelle había conducido casi toda la noche para que llegaran a Washington D.C. Sean dormía en el asiento del copiloto. Roy se había dejado vencer por el sueño en el asiento de atrás. Estaba nublado y se preveía más lluvia debido a un sistema tormentoso que azotaba la Costa Este.

—Frío, humedad y oscuridad. Encaja con mi estado de ánimo.

Michelle desvió la mirada y vio que Sean estaba despierto y miraba por la ventanilla.

La miró y sonrió con resignación.

—Mañana será un día ajetreado.

Cruzaron un puente y doblaron a la derecha, siguiendo las indicaciones que Paul les había dado cuando les había llamado para contarles las últimas noticias relacionadas con Megan Riley.

Michelle lanzó una mirada a una esquina.

—Estuve apostada en esa esquina durante doce horas. Fue el día después del 11-S. Nadie sabía qué demonios pasaba. Entonces ni siquiera trabajaba en protección. Me habían asignado un caso de falsificación en Maryland. Nos eligieron a unos cuantos para reforzar al equipo de protección del presidente y el vicepresidente. Para cuando me relevaron tenía todos los músculos agarrotados. Pero ¿sabes qué?

—No tenías ganas de dejar el puesto.

Michelle asintió.

—¿Cómo lo sabes?

—Cuando se produjo el 11-S yo ejercía de abogado, hacía algún tiempo que había dejado el Servicio. Lo vi todo en la tele, igual que el conjunto de habitantes de la nación. Me entraron ganas de volver a ponerme el uniforme, de ir a Washington D.C. y ayudar. Por supuesto era imposible. —Se quedó callado antes de añadir en voz baja—: Pero de verdad que tenía ganas de reincorporarme y ayudar.

—La situación está bien jodida, ¿verdad?

—La verdad es que hace tiempo que está jodida. Lo cual implica que todos tenemos que trabajar un poco más duro para arreglarla.

—Es una buena actitud. —Roy se incorporó y se pasó una mano por el pelo. Los miró—. El mundo es complejo, por eso la gente busca soluciones complejas. Y eso no tiene nada de malo porque las respuestas sencillas no suelen funcionar. Aunque a veces las respuestas sí son sencillas pero la gente se niega a verlas.

—¿Qué quieres decir? —preguntó Sean.

—Quiero decir que en algunas circunstancias es mejor adoptar un enfoque sencillo, ni que sea porque hay menos cosas que pueden salir mal.

—Ya sabes lo que quieren —dijo Michelle.

—A mí y a Peter Bunting, sí. A cambio de Megan Riley. Y por supuesto amenazan con matar a muchas otras personas inocentes.

—¿Y cuál es la respuesta sencilla en este caso? —preguntó Sean.

—Darles lo que quieren.

—¿Entregaros a ti y a Bunting? Os matarán a los dos.

—A lo mejor sí, o a lo mejor no.

—Os matarán —insistió Sean—. No tienen ningún otro motivo para efectuar el intercambio.

—Eso parece —dijo Roy con cierta ambigüedad.

—Hemos quedado con tu hermana y con Bunting. Llegaremos en unos diez minutos —dijo Michelle—. ¿Crees que ella tendrá una respuesta sencilla?

—Creo que tendrá una respuesta. Kel suele tenerlas. Para todo.

—Sus opciones quizá sean limitadas.

—Estoy seguro de que lo sabe.

—No va a entregarte, Edgar —dijo Michelle—. Eres su hermano. No va a hacer tal cosa.

—Pero entonces mucha gente sufrirá.

—Tendremos que hacer algo llamado contención de daños —repuso Sean.

—Conozco la expresión. Pero suele reservarse para casos en los que hay múltiples activos sobre el terreno. No gozamos de ese privilegio. Foster, y Quantrell por extensión, tienen muchísimos recursos.

—¿Crees que siguen trabajando juntos? ¿Incluso después de que les dijeran que uno intenta perjudicar al otro? —preguntó Michelle.

—Abordan la situación desde distintos frentes. Se prepararán para lo peor pero ejecutarán cualquier plan que les parezca factible. El hecho de que Riley sea un activo valioso es algo que tienen en la reserva. Quizá tuvieran la intención de jugar esa baza desde un principio. Eso no significa que ahora confíen el uno en el otro. De hecho lo más probable es que no.

—Entonces ¿qué es lo que los mantiene unidos?

—Mi hermano me habló de ello. Creen que se trata de James Harkes. Y estoy de acuerdo con ella.

—Háblanos de él —dijo Sean.

—Veterano condecorado. Galardonado con el Corazón Púrpura, Estrella de Bronce. Seleccionado para la de plata. Ha sido agente de campo para la CIA y la DIA. Es bueno.

—¿Es lo bastante listo como para llevar esto a sus últimas consecuencias?

—Tendrás que preguntárselo a mi hermana. Sabe más de él que yo.

—¿O sea que trabajaron juntos? Creo que mencionó algo sobre ello.

—No sé seguro si trabajaron juntos.

—¿Entonces qué?

—Creo que casi se mataron el uno al otro. Y por cómo lo cuenta ella, tuvo suerte de salir ilesa.

—Si los dos son agentes americanos, ¿por qué iba a pasar tal cosa? —preguntó Michelle.

—Parece que es complicado. Pero el hecho de que Harkes esté de su lado no nos beneficia.

Sean se volvió y suspiró.

—Qué bien.

Al cabo de unos minutos bajaron por una tranquila calle residencial. La puerta del garaje se abrió en cuanto se acercaron y Michelle entró en él. La puerta se cerró detrás de ellos.

Kelly Paul les esperaba en la puerta de entrada a la casa.

—¿Tenemos algún plan para mañana? —preguntó Sean en cuanto entraron en la casa.

—Tenemos un plan —repuso Paul—. Pero eso no significa que vaya a funcionar.

82

El día estipulado para el intercambio de rehenes amaneció despejado y frío. La muchedumbre se formó en el Mall ya antes de las diez de la mañana. Había discursos, manifestaciones, canciones, más discursos, miles de lavabos portátiles y muchos carteles con el símbolo de la paz.

El Museo del Aire y el Espacio era una de las propuestas del Smithsonian que más gente atraía. Estaba un poco más abajo en la misma calle del Smithsonian Castle.

El museo era la zona cero.

Faltaban dos horas.

El frío ayudaba porque todo el mundo llevaba abrigo, sombrero y bufanda, por lo que disfrazarse resultaba mucho más fácil.

Sean y Michelle estaban en el Mall cerca del Capitolio. Edgar Roy, tocado con una capucha y con el rostro hacia el suelo, iba sentado en una silla de ruedas que empujaba Sean, que utilizó una mano para taparse mejor con el abrigo. Era entallado por un muy buen motivo.

Michelle barrió la zona con la mirada.

—Da la impresión de que hay más de cien mil personas —dijo Michelle.

—Por lo menos —convino Sean.

—Ciento sesenta y nueve mil —corrigió Roy.

Sean bajó la mirada.

—¿Cómo lo sabes? No me digas que has contado a todo el mundo.

—No, pero he visto suficientes cuadrículas del Mall en mi trabajo con el Programa E. Es un objetivo importante de los terroristas. Es posible determinar la cantidad de personas sabiendo el número de cuadrículas llenas que hay.

—De todos modos, sigue siendo muchísima gente —dijo Michelle.

—Lo cual eleva el número de posibles víctimas —añadió Sean con tono preocupado.

James Harkes estaba situado en el que probablemente fuera el mejor punto de observación del Mall: en lo alto del monumento a Washington con unos prismáticos Stellar. Contempló a la gente que había allá abajo e hizo una llamada.

Mason Quantrell regresaba en su Boeing Dreamliner de una reunión en California. Respondió antes de que acabara el primer ring.

—¿Situación? —preguntó con impaciencia.

—El Mall se está llenando. Estoy en un lugar privilegiado. Todos los implicados están en su sitio o pronto lo estarán. ¿Cuándo estará sobre el terreno?

—Dentro de tres horas y veinte minutos.

—Espero darle la bienvenida con buenas noticias, señor.

—No es que necesites que te lo recuerde, pero si lo consigues, recibirás cincuenta millones de dólares, libres de impuestos. Y de regalo, añadiré diez millones más. No tendrás que volver a trabajar en la vida.

—No sabe cuánto se lo agradezco, señor Quantrell, más de lo que se imagina.

—Buena suerte, Harkes.

Cuando Harkes colgó, pensó: «La suerte no tiene nada que ver con esto.»

Hizo otra llamada.

También recibió respuesta antes del primer ring.

Ellen Foster estaba en su casa, sentada en la cama. Todavía llevaba el camisón, iba despeinada y notaba una profunda acidez en el vientre. Era sábado. Había planificado un evento fuera de la ciudad pero había pedido a su gente que lo cambiara de fecha alegando enfermedad. Lo cual no distaba demasiado de la realidad. Se sentía bastante enferma.

—Harkes, ¿cómo va? —Habló con voz aguda, atenazada por los nervios que apenas era capaz de controlar.

—Las cosas se van situando. Pero tiene que respirar hondo unas cuantas veces y serenarse.

—¿Tan obvio es?

—Por desgracia, sí.

Oyó que seguía su consejo. Una, dos, tres respiraciones profundas. Cuando volvió al teléfono, su voz sonó casi normal.

—¿Los has visto ya?

—No, pero tampoco lo espero. Todavía queda un rato. Además, conociéndolos, no aparecerán ni un segundo antes de lo necesario.

—¿Cómo lo sabes?

—Porque si fuera yo, tampoco lo haría.

—¿De verdad crees que vendrán?

—A decir verdad, no puedo controlar lo que hacen, secretaria Foster. Lo único que puedo hacer es crear una situación en la que es probable que hagan lo que queremos que hagan. Y creo que lo hemos conseguido.

—¿Cómo crees que acabará?

—Ellos se llevan a Riley y nosotros a Roy y a Bunting.

—No estoy de acuerdo. Kelly Paul no lo soltará con tanta facilidad. Cuando me arrinconó en los baños del Lincoln Center lo dejó bien claro. Quería recuperar a su hermano. Si él está con ella, no lo dejará escapar sin oponer resistencia. Es básicamente imposible.

—Le mintió —dijo Harkes—. Ha tenido a su hermano en todo momento. Lo que intentaba era volverla contra Quantrell. Si no tenía a su hermano, ¿por qué habría aceptado venir al intercambio? Le hemos visto el farol y ha funcionado.

—Tienes razón. Es que todavía no pienso con claridad.

—Pero no discrepo con usted acerca de las intenciones de

Kelly Paul. Intentará ofrecer solo a Bunting en el intercambio. Se imaginarán que no tomaremos represalias si conseguimos algo a cambio de Riley.

—Pero ¿qué pasa con Roy?

—Tengo un plan para eso.

—¿Te refieres a seguirles adonde lo tengan retenido?

—Algo incluso mejor. Mire, tengo que colgar. El ambiente empieza a caldearse.

—James, estaré muy agradecida cuando acabe todo esto. Lo digo en serio.

—Lo entiendo... Ellen.

En cuanto colgó el teléfono, Foster miró pensativa por la ventana de su dormitorio. No le había contado a James Harkes toda la verdad. Se había guardado algo.

Su salvaguarda.

Y lo había hecho por un motivo bien sencillo. Si bien confiaba en Harkes, solo había una persona en el mundo en la que confiaba plenamente.

En Ellen Foster.

Harkes bajó la mirada hacia el Mall, que estaba a rebosar de gente concentrada de forma pacífica para instaurar la paz en el mundo. No eran en absoluto conscientes del potencial de violencia que yacía entre ellos. Allí abajo había una docena de mercenarios pagados por Quantrell, apostados de forma estratégica. Iban armados y no les importaba usar sus armas. Acataban las órdenes de James Harkes. Su trabajo consistía en asegurarse de que estuvieran donde les tocaba estar. En algún lugar de allá abajo también estaba Kelly Paul.

Harkes bajó las escaleras a paso ligero.

Comprobó la hora mientras bajaba.

Faltaba una hora y doce minutos.

83

Kelly Paul alzó la vista hacia el monumento a Washington. Si hubiera necesitado un puesto de observación, aquel es el que habría elegido. Mientras seguía observando, su suposición dio sus frutos.

James Harkes salió del monumento, giró a la izquierda, y se dirigió hacia la zona cero. Ella le siguió hasta que desapareció entre la multitud.

Paul caminó un poco más antes de echar una mirada al hombre que tenía al lado.

Peter Bunting llevaba unos vaqueros desteñidos y una sudadera universitaria. Una gorra de béisbol puesta y una pancarta que rezaba: HAZ EL AMOR Y NO LA GUERRA.

—Encajas perfectamente en una concentración a favor de la paz, Peter, sobre todo teniendo en cuenta que eres contratista de defensa —le dijo lacónicamente.

Bunting no sonrió al oír el comentario jocoso.

—¿Cuánta gente crees que tienen aquí?

—Más de la que necesitan. La fuerza abrumadora no es solo una prerrogativa del gobierno.

—¿Crees que Quantrell o Foster están aquí?

—Ni por asomo. Como siempre, los líderes envían a sus lacayos a la guerra.

—¿Crees que habrá violencia?

—No tengo forma de saberlo. Espero que no, pero realmente escapa a mi control.

Él la miró con respeto.

—No se te ve nerviosa.

—Todo lo contrario. Estoy muy nerviosa.

—Lo disimulas bien.

—Sí, y tú deberías hacer lo mismo.

Mientras hablaban, ella observaba todo lo que acaecía a su alrededor.

—¿Qué crees que hicieron con el cadáver de Avery?

—No lo sé.

—Me gustaría que tuviera un entierro digno.

—Vale, Peter, pero ahora centrémonos en los que todavía respiran.

Paul consultó su reloj.

Faltaba una hora.

Megan Riley estaba aprisionada entre dos hombretones que llevaban una pistola bajo la parka. Llevaba el pelo sucio, la cara sin lavar y tenía un moratón en la mejilla izquierda por culpa de un golpe que le habían dado. Tenía las muñecas en carne viva como consecuencia de haber ido esposada. La blusa que llevaba debajo de la chaqueta estaba manchada de sangre. Había adelgazado y tenía la mirada perdida. Caminaba a trompicones, con la cabeza gacha.

En lo alto estaba el Museo del Aire y el Espacio. Riley no dio muestras de reconocerlo.

Solo faltaban diez minutos.

James Harkes avanzó entre la multitud a un paso mesurado. Sabía exactamente dónde estaba ubicado cada uno de sus hombres. La coordinación tenía que ser perfecta. Miró hacia delante y vio a Riley con sus dos guardaespaldas dirigiéndose al museo. A Riley le habían dicho que la matarían si hacía algún ruido.

Él miró en la otra dirección. La mujer era alta y llevaba una trinchera oscura que le llegaba casi hasta los tobillos. El hombre que tenía al lado era más alto. Vestía unos vaqueros y una sudadera y sostenía un cartel. Avanzaban hacia la zona cero.

En el lado norte del Mall, Harkes se fijó en el hombre que iba en silla de ruedas. Su acompañante le empujaba. La mujer de pelo oscuro caminaba a su lado. También parecían encaminarse a la zona cero.

Harkes aceleró el paso y se introdujo la mano en el bolsillo. Tenía que asegurarse de que todos irían armados. De lo contrario, es que eran imbéciles. Pronunció unas cuantas palabras que fueron captadas por un dispositivo de comunicación que llevaba en la oreja.

Consultó su reloj.

Faltaban diez minutos.

Sean y Michelle ya casi habían llegado. Sean le dio un golpecito a Roy en el hombro.

—Un minuto —dijo con voz queda.

Roy asintió y se puso las manos encima de los muslos, tensando el cuerpo.

—¿Habéis visto ya a alguno de ellos? —dijo Michelle.

—Todavía no. Pero están aquí.

Ella le dio un codazo.

—Megan con dos matones a las cinco en punto.

Sean la vio.

—Tiene una pinta horrible.

—Va a ser difícil, ya lo sabes.

—Siempre lo es. ¿Ves a Paul y a Bunting?

Michelle asintió ligeramente.

—En las nueve en punto.

Sean miró hacia ese punto.

—¿Crees que ve a Megan?

—Me parece que la señora no se pierde ni una.

—Ponte en modo Servicio Secreto, Michelle. Calibra las amenazas desde todos los ángulos.

—Es lo que he estado haciendo desde que llegamos al Mall.

Kelly Paul sujetaba a Bunting por el codo.

—Treinta segundos.

—Lo sé —dijo—. ¿Ves a Riley?

—La veo desde hace cuatro minutos. Flanqueada por los chicos de Quantrell.

—¿Cuántos más hay alrededor?

—Diez por lo menos, diría yo. No sé la cantidad exacta.

Bunting se puso tenso cuando vio al hombre.

Iba caminando silenciosamente; sus movimientos parecían sencillos mientras se deslizaba por entre la multitud. Sin embargo, en esta ocasión no llevaba traje negro, corbata y camisa blanca. Llevaba gafas de sol pero Bunting estaba convencido de que no se perdía ni una.

—¡Harkes! Harkes está aquí.

—Pues claro —dijo Paul con voz queda—. ¿Dónde coño te piensas que iba a estar?

—Le tengo un miedo espantoso.

—Es normal. Nos quedan diez segundos.

Bunting empezó a respirar con rapidez.

—Dime que todo irá bien, Kelly.

Ella lo sujetó del brazo con más fuerza.

—Ya falta poco, Peter. Mantén la calma. Ya falta poco.

Consultó la hora y aceleró el paso.

Todo estaba a punto de empezar.

Aquel era su mundo. Aquella era la versión del Muro para Kelly Paul.

Cinco... cuatro... tres... dos... uno.

84

Se encontraron frente a frente en una extensión de hierba de sesenta centímetros que en cierto modo parecía tan vasta como el océano Atlántico.

James Harkes miró de hito en hito a Kelly Paul y ella hizo lo mismo.

Megan Riley, acorralada por sus captores, miraba el suelo sin decir palabra. Sean y Michelle estaban al lado de Paul y Bunting, mientras Roy iba en la silla de ruedas.

Roy se incorporó y dejó que se le cayera la capucha.

Cuando Megan alzó la vista y vio a Sean y a Michelle sintió un profundo alivio.

—Hagamos esto de forma fácil y sencilla —dijo Harkes en voz baja—. Mandad a Bunting y a Roy aquí y os lleváis a Riley.

—No parece justo, ¿no? —dijo Paul—. Vosotros os lleváis a dos y nosotros solo a una.

—Ese fue el trato —repuso Harkes.

—No, esa fue vuestra propuesta.

Harkes la observó con interés.

—¿De verdad quieres ponerte a renegociar ahora? Mis hombres tienen diez objetivos preestablecidos a los que disparar si les doy la orden. Si quieres cargar con la culpa del abatimiento de personas inocentes, es asunto tuyo. Pero yo te lo desaconsejo.

—Ya veo la lógica, Harkes, de verdad que sí.

—Pero ¿estás en desacuerdo de todos modos?

—No necesariamente.

—No tenemos todo el día. Necesito una respuesta.

—Supongamos que os entregamos a Bunting. —Sujetó a Bunting por el brazo y lo empujó hacia delante. Él se soltó y la miró con el ceño fruncido.

—O sea que soy el cordero del sacrificio —espetó—. ¿Con una sangre más densa que el agua?

Harkes negó con la cabeza.

—Necesitamos el *pack* completo.

—Es mi hermano.

—Hermanastro.

—Da igual —dijo ella con toda tranquilidad.

—¿Quieres ver una demostración de mis intenciones? —Harkes señaló a un niño que sostenía un batido de chocolate—. Si levanto el brazo, tendrá un tercer ojo.

—¿Harías una cosa así? ¿A un niño?

Harkes la miró con expresión inescrutable.

—Puedo cargarme a una abuela si prefieres. El objetivo sería el mismo.

—Eres un cabrón de campeonato, ¿sabes? —dijo ella.

—Comentario que no nos lleva a ningún sitio. ¿Levanto la mano?

—No harás más que matar a mi hermano.

Harkes miró a Roy, quien seguía sentado en la silla de ruedas.

—¿Y si te digo que eso no es lo que va a pasar?

—¿Por qué iba a creer algo de lo que me dices?

—Su cerebro es una mina de oro. ¿Quién se dedica a desperdiciar el oro?

—¿No te refieres a este país?

—Eso resultaría problemático.

—No soy un traidor —intervino Roy.

—Seguirás con vida —repuso Harkes—. Tú decides.

—Probablemente ni siquiera nos permitas salir de aquí con vida, aunque te lo entreguemos —dijo Paul.

—Te doy mi palabra de que eso no va a pasar.

—No me fío de ti.

—No me extraña. Yo tampoco me fío de ti.

—Espero que te paguen bien por traicionar a tu país.

—Eso lo has dicho tú, no yo.

—¿Cuándo te vendiste, Harkes? ¿Te acuerdas o ya no?

Harkes endureció la expresión apenas un segundo.

—Voy a levantar la mano a no ser que Edgar Roy se levante de la silla de ruedas y venga aquí con el señor Bunting. Ya mismo. ¿Quieres que el niño se acabe el batido?

Sean y Michelle miraron al niño. Michelle tensó el cuerpo para saltar.

Roy se levantó de la silla.

—¡Eddie! ¡No! —gritó su hermana.

—Ya han muerto suficientes personas por mi culpa, Kel. Ni una más. Nadie más. Sobre todo no un niño.

—Ya me dijeron que tenías un gran cerebro, Roy —dijo Harkes—. Ven aquí, por favor. Bunting, tú también.

Observaron cómo Bunting y Roy daban un paso adelante. Con un asentimiento de Harkes, los hombres soltaron a Megan, que se acercó a Sean y Michelle a trompicones.

La mirada de Sean no se había detenido ni un solo momento. Había repasado cuadrícula tras cuadrícula, llevando la mirada lo más lejos posible y luego acercándola poco a poco, como si lanzara un sedal y lo enrollara lentamente, en busca de amenazas. Era como si nunca hubiera dejado el Servicio Secreto. De hecho había estado apostado en el Mall muchas veces durante sus años de servicio. Tenía tan interiorizado lo que debía buscar y cómo hacerlo que no había diferencia entre el pensamiento consciente y el instinto.

En cuanto Megan estuvo con ellos Sean lo vio. Un hombre que estaba prestándoles demasiada atención al tiempo que intentaba con todas sus fuerzas que no se notara. Se introdujo la mano en el bolsillo. Le siguió el destello de una lente al apuntar.

Sean saltó con el cuerpo en paralelo al suelo.

Se produjo el disparo.

La bala alcanzó a Sean directamente en el pecho. Soltó un gruñido, cayó en la hierba con fuerza y ahí se quedó.

—¡Sean! —gritó Michelle.

Los hombres que habían flanqueado a Riley cayeron de repente, antes de tener tiempo de sacar las pistolas sus cuerpos se retorcían de dolor. Varios hombres se arremolinaron a su alrededor, los sujetaron mientras el destello del bronce brillaba bajo la luz del sol.

—¿Dónde está el tirador? —gritó uno de ellos.

Ante el disparo, la muchedumbre del Mall reaccionó como una ola que fue cogiendo fuerza. La estampida ganó en velocidad y cantidad y enseguida se descontroló.

James Harkes se puso en marcha. Abatió a dos hombres con su arma. Cayeron al suelo y quedaron fuera de combate. Harkes siguió adelante mientras miraba en todas direcciones. No sabía quién había disparado pero le había fastidiado los planes de mala manera. Las posiciones estratégicas que con tanto cuidado había establecido habían quedado inutilizadas.

Pero lo único que podía hacer era seguir adelante, seguir al ataque.

Michelle se arrodilló al lado de Sean.

—¡Sean!

Sean se puso de rodillas como pudo.

—Ve, ve. Acaba el plan. Estoy bien.

Michelle miró el desgarro del chaleco antibalas donde le había alcanzado el disparo.

—¿Estás seguro?

Sean hizo una mueca con una mano presionada contra el pecho.

—Michelle, ¡sácalos de aquí! ¡Ahora mismo!

Ella le apretó el brazo, dio un salto, sujetó a Megan y a Roy por la muñeca y gritó:

—¡Seguidme!

Cruzaron el Mall a toda prisa, abriéndose paso entre los gritos de la multitud que corría desesperada en todas direcciones.

Al final Harkes la vio y se abrió paso a la fuerza con tenacidad para alcanzar a la mujer.

Tenía a Kelly Paul de espaldas a él, en toda su anchura. Estaba a escasos centímetros.

—¡Paul!

Ella se volvió, lo vio, alzó el arma y disparó.

El hombre que había detrás de Harkes soltó un gruñido cuando la bala de goma le dio de pleno en el pecho. Cayó hacia delante y la pistola con la que estaba a punto de disparar a Harkes se le cayó de la mano.

Paul se situó junto a Harkes. Bajó la mirada hacia el hombre abatido mientras unos agentes del FBI corrían a esposar al hombre herido.

—Gracias —dijo Harkes.

—Creo que te ha visto liquidar a los chicos de Quantrell y se ha dado cuenta de lo que tramabas realmente.

Paul señaló a su izquierda.

—He disparado a dos más. Los tiene el FBI.

Harkes asintió y alzó su Taser.

—Yo disparé a dos. Más los dos que iban con Riley. Nos faltan cinco más —dijo—. Hemos acordonado el Mall. No podrán escapar.

—¿De dónde procedía el primer disparo? —preguntó ella.

—Ni idea. Pero no nos ha ayudado ni pizca. ¿Tu hermano? ¿Riley?

—Han seguido el plan. ¿Dónde está Bunting?

Señaló al otro lado de la calle donde dos agentes del FBI escoltaban al hombre para protegerle.

—Buen trabajo —dijo ella.

—Hace tiempo que voy detrás de esos tipos. La situación podía haberse descontrolado en cualquier momento.

—Pero no ha pasado.

—Me alegro de haber vuelto a trabajar contigo —dijo Harkes.

—No podría haberlo hecho sin ti, Jim.

Michelle, seguida de Megan y Roy, empujaba y se abría camino a la fuerza entre la muchedumbre presa del pánico. Al final vio un atisbo de luz y los empujó hacia él.

—¡Cuidado! —gritó Roy.

Era una advertencia innecesaria. Michelle ya lo había visto venir. Le soltó el brazo, elevó su cuerpo en el aire con un movimiento retorcido y dejó al agresor tumbado boca arriba con una patada atronadora con la que le partió la mandíbula.

—Dios mío —dijo Roy, observando al hombre caído que pesaba unos ciento veinte kilos—. ¿Cómo has hecho eso?

—Tengo cerebro en los pies —bramó Michelle—. Venga, moveos. ¡Moveos!

Cruzaron el Mall a todo correr. Al cabo de unos segundos llegaron a la furgoneta. Michelle la puso en marcha y puso la directa.

Edgar Roy volvió la vista hacia el caos que reinaba en el Mall.

—No ha salido exactamente como habíamos planeado —dijo.

—Casi nunca pasa —repuso Michelle mientras la furgoneta salía a toda velocidad—. Pero hay que reconocer que estamos vivos. —Miró por el retrovisor—. Megan, ¿estás bien?

Megan se incorporó en el asiento y se apartó el pelo estropajoso de los ojos.

—Ahora sí. No pensaba que saldría viva de esta. —Se frotó las muñecas hinchadas—. Me dieron una buena paliza.

—Lo sé. Encontramos tu jersey ensangrentado.

Megan se tocó el hombro.

—Cuchillo —se limitó a decir.

—Pero ¿estás bien?

—Solo necesitaban dejar un poco de sangre para asegurarse de que os quedaba claro que iban en serio. Y la verdad es que me he endurecido a lo largo de los últimos días —reconoció con voz queda—. Lo siento por el agente Dobkin. —Exhaló un largo suspiro—. Fue horrible. Le dieron una patada a la puerta y le dispararon, así sin más. Ni siquiera tuvo la oportunidad de sacar el arma.

—Lo sé. Pero por lo menos tú estás a salvo —dijo Michelle.

Megan miró a Roy.

—Me alegro de que te sacaran. —Le tendió la mano—. Me alegro de conocerte por fin.

Roy le estrechó la mano.

—Yo también. Siento lo de antes. No haberme comunicado contigo ni nada.

—No pasa nada —dijo Megan—. Lo único que quiero ahora mismo es una ducha caliente y ropa limpia.

—Acaban de indicarme el sitio y está cerca —dijo Michelle—. Llegaremos en cinco minutos.

Megan miró detrás de ellos y dijo presa del pánico:

—Michelle, creo que nos siguen.

—Sí, el FBI. Nos ofrecerán un perímetro de seguridad en el piso franco. Más tarde, cuando ya haya pasado todo, iremos a la oficina de campo. Necesitarán que prestes declaración, con todos los detalles, Megan.

—Será un placer dárselos. —Sonrió—. Pero ¿antes puedo ducharme?

—Por supuesto.

Siguieron conduciendo. El todoterreno que les seguía aceleró y se les acercó.

85

Los doce hombres de Quantrell fueron doblegados, esposados y transportados en furgones del FBI. Los participantes de la concentración a favor de la paz probablemente pensaran que el disparo procedía de algún imbécil que no compartía su entusiasmo por la existencia de un mundo menos violento. La multitud se había congregado en el extremo opuesto del Mall, lejos de la actividad que tan poco pacífica era.

Sean, Kelly Paul, Bunting y James Harkes se reunieron en medio del Mall. Sean iba inclinado hacia un lado.

—¿Es grave? —preguntó Paul mientras observaba el orificio del chaleco antibalas.

—Una costilla magullada, pero es mucho mejor que estar muerto.

—Le has salvado la vida a Eddie —dijo ella, sujetándole el brazo.

—Es obvio que no me informaron del plan completo —reconoció Harkes—. No sabía que iban a hacer esto.

—A lo mejor alguien quería llevarse un extra de piezas cobradas.

—¿Cómo viste al tirador antes que nadie? —preguntó Harkes.

—Me gané la vida haciéndolo durante mucho tiempo —respondió Sean.

—¿Situación de los demás? —preguntó Paul.

—Acabo de contactar con Michelle —dijo Sean—. Han llegado al piso franco. Megan está hecha polvo, pero con un poco de descanso, ropa limpia y comida se recuperará. Tenía una herida fea en el hombro pero Michelle se la ha limpiado. Cuando vaya a la oficina de campo que el FBI tiene aquí para prestar declaración, ya la examinarán mejor.

—Bien —dijo Paul. Miró a Harkes—. ¿Qué hacemos ahora?

—Yo visito a un par de mis personas preferidas y les digo cosas que literalmente les cambiará la vida de un modo que nunca querrían que se produjese.

—Da recuerdos de mi parte a Ellen Foster y a Mason Quantrell, por favor.

—Pensaban que estaban utilizando a Megan para conseguir a Bunting y a Roy. No tengo nada en contra de la señorita abogada, pero en realidad la utilizaban para tener un cara a cara.

—Era el único modo de que funcionara —añadió Paul.

—¿Estás seguro de que tienes suficiente para que los encierren a los dos? —preguntó Bunting ansioso—. A ambos se les da muy bien eludir las culpas. Tengo experiencia de primera mano con eso.

—Ya lo sé, señor Bunting —dijo Harkes—. Pero esta operación está en marcha desde hace tiempo y los fiscales están seguros de que tenemos lo que necesitamos. Y yo haré de testigo estrella. Si solo fueran cuestiones legales del tipo «ella dijo-él dijo», podría haberla detenido hace tiempo. El precio de esperar ha sido enorme. Han muerto muchas personas. La muerte del agente Murdock me perseguirá el resto de mi vida.

—Según mi hermano, descubrió lo del Programa E.

Harkes asintió.

—Tenían intervenida la celda de la cárcel. Se asustaron y autorizaron el asesinato sin decirme nada. Me enteré de la muerte de Murdock a la vez que los demás. —Hizo una pausa—. Pero ahora hemos pillado a esos cabrones.

—Eso espero —dijo Bunting no demasiado convencido.

Harkes percibió la inseguridad y añadió:

—Para que se quede más tranquilo, le diré que también tenemos una buena bonificación en cuanto a pruebas se refiere.

Bunting se animó.

—¿El qué?

—Hemos comprobado el ángulo del satélite que nos dio —explicó Harkes—. Era mejor de lo que podíamos esperar. Foster autorizó el cambio de posición del satélite que controlaba la casa de Edgar Roy durante un periodo de tres horas un miércoles por la noche una semana antes de la detención de Roy.

—Y entonces fue cuando dejaron los cadáveres en el granero —dijo Sean.

—Eso es.

—Pero ¿por qué es mejor de lo que cabía esperar? —preguntó Paul—. Solo tienes el cambio en el satélite. Resulta instructivo pero no necesariamente incriminador. Podía haber otros motivos para el cambio, o por lo menos es lo que ella podría argüir.

—No, la verdad es que no.

—¿Por qué? —preguntó Bunting enseguida.

—Porque resulta que Mason Quantrell también tenía un par de ojos apuntando al granero durante todo ese tiempo desde su plataforma privada. Es lo que has dicho: quería un seguro adicional por si Foster lo delataba.

—¿Estás diciendo que tenemos imágenes de vídeo de cuando llevaron los cadáveres? —preguntó Sean.

—Pues sí. Bien nítidas. Y resulta que los tipos que lo hicieron trabajaron con Foster cuando estuvo destinada en Oriente Medio. Supongo que no confiaba en Quantrell para que hiciera bien el trabajo. Hemos detenido a esos hombres y digamos que están cooperando con el Bureau para presentar la acusación necesaria.

—No podía haberle pasado a dos personas mejores —dijo Bunting, cuya voz y expresión ponían de manifiesto que estaba mucho más tranquilo.

Harkes le dio una palmada en el brazo.

—Siento haberte tenido desinformado de todo esto. Y haberte dado una paliza y amenazado a tu familia. La gente con la que estaba tratando era muy lista y me tenían vigilado constantemente. Tenía que seguirles el juego a la perfección para ganarme su confianza.

—Tengo que reconocer que empecé a sospechar de ti después

de que dejaras vivir a Avery, incluso después de que yo pulsara el botón. —Hizo una pausa—. Pero ahora sí que está muerto.

—No, no lo está. El lunes te estará esperando en la oficina de Nueva York.

Bunting se llevó una gran sorpresa.

—¿Qué? ¿Y la llamada de teléfono?

—Querían matarlo. Pero les convencí de que ya tendrían tiempo de hacerlo más adelante. Así que hicimos un pequeño subterfugio. Yo no pensaba permitir que mataran al muchacho.

—Gracias a Dios.

—Y tu familia está sana y salva, custodiada por el FBI.

—Lo sé. He hablado con mi mujer. —Vaciló—. Estoy pensando en tomarme unas vacaciones. Creo que el Programa E puede sobrevivir sin mí durante un tiempo.

—Me parece una gran idea —convino Paul—. Y, a decir verdad, Eddie también necesita descansar. Y él y su hermana mayor van a empezar a pasar más tiempo juntos, a partir de hoy mismo.

Harkes se marchó para acabar lo que había empezado hacía tiempo.

—Es un buen tipo al que tener de tu lado —dijo Paul mientras veía cómo se marchaba.

—Estoy seguro de que dijo lo mismo acerca de ti —repuso Bunting.

—¿Cómo os conocisteis? —preguntó Sean.

—Digamos que fue un acuerdo beneficioso para ambos.

Sean estaba a punto de responder cuando le sonó el teléfono. Bajó la mirada y vio quién llamaba.

Aquella llamada supondría un cambio radical en la vida de Sean King.

86

El Dreamliner 787 aterrizó en el aeropuerto de Dulles puntualmente y el Jumbo fue parando poco a poco. El piloto hizo rodar el avión hasta un espacio abierto en las afueras del terreno del aeropuerto. En aquel lugar había dos todoterrenos esperando. La puerta del jet se abrió, acercaron una escalera portátil y Mason Quantrell bajó por ella. Vestía unos vaqueros planchados y una camisa blanca con una parka North Face encima. Llevaba un maletín en la mano. Se le veía tranquilo y feliz.

Sonrió y saludó cuando la ventanilla de uno de los vehículos bajó y vio a Harkes sentado en su interior. Se subió y se sentó a su lado.

—¿Has tenido un buen vuelo? —preguntó Harkes.

—Bien, bien. He recibido tu mensaje. Estábamos descendiendo sobre Dulles. Por lo que parece, no podía haber ido mejor.

—No, la verdad es que no —reconoció Harkes.

—Estoy ansioso por saberlo todo. ¿Por qué no vamos en coche hasta mi casa de Great Falls? Mi chef estudió en París y tienes mi bodega a tu disposición. Puedes informarme mientras comemos algo. —Hizo una pausa y añadió—: ¿Foster ya lo sabe?

Harkes sonrió.

—Me estaba guardando lo mejor para el final.

Quantrell se echó a reír.

—Lo has montado todo a las mil maravillas. Estará en deuda conmigo eternamente puesto que le hemos salvado el bonito pescuezo. Ahora conseguiré los aumentos de presupuesto que me dé la gana.

—Tenemos que dar un pequeño rodeo —dijo Harkes.

Quantrell lo miró.

—¿Qué? ¿Dónde? —Quantrell también se percató de que el todoterreno no se había puesto en marcha. No se movían.

Harkes volvió a bajar la ventanilla e hizo una señal con la mano.

—¿Qué estás haciendo, Harkes?

Quantrell dio un respingo cuando la puerta del vehículo se abrió bruscamente y aparecieron cuatro hombres.

—FBI —dijo el agente al mando—. Mason Quantrell, está usted detenido.

Mientras el agente leía sus derechos a Quantrell, Harkes abrió la puerta de su lado, bajó del coche, cerró la puerta detrás de él y se marchó.

No volvió la vista atrás.

Uno menos. Quedaba uno más.

Ellen Foster se había bañado, se había peinado con esmero y se había vestido a conciencia. Ahora estaba sentada en una silla del salón de su bonita casa, en su barrio de moda lleno de personas triunfadoras. Aquel era su mundo, estaba convencida de ello. Había superado muchos obstáculos para llegar hasta allí. ¿Y ahora qué?

No se esperaba para nada el mensaje que recibió. Pensaba que sería Harkes informándole de que todo había ido bien. Foster estaba firmemente convencida de que habría sido lo justo y necesario. Solo que la vida no siempre era justa. Por desgracia, aquel era uno de esos momentos.

Mientras se maquillaba sentada en el baño delante del espejo, había pensado mucho sobre los últimos años de su vida. Habían estado repletos de muchos triunfos y unos cuantos fracasos inevitables, como su matrimonio. Su marido era rico pero ni por asomo tan famoso como su esposa, y eso le había molestado. Era un hombre sumamente inseguro a pesar de su fortuna, que había acabado ahuyentando los sentimientos que ella había albergado hacia él.

El divorcio había llenado unos cuantos titulares y luego había dejado de ser noticia. Y su vida había continuado. Como cabía esperar.

Se sentó con las manos cuidadosamente recostadas sobre el regazo mientras inspeccionaba con la mirada la sala decorada con un gusto exquisito. Realmente era un espacio bonito; qué satisfecha se había sentido en él. Qué feliz. Era la mezcla perfecta entre la vida doméstica aparentemente feliz y el estrellato profesional. Se tocó los pendientes. Un regalo desorbitado de su ex. El collar que llevaba valía cincuenta mil dólares. El anillo de diamantes y zafiros, casi el doble. Quería estar perfecta para aquello, su última función.

Se trataba de una función necesaria porque Harkes la había traicionado.

Harkes había estado trabajando para otros. No le había sido leal. En vez de ayudarla, había conseguido destruirla. El lacayo se había vuelto contra su señora. Tenía que haberlo intuido. Pero ahora ya era demasiado tarde para eso.

Hay que ver lo injusta que era la vida. Lo único que había hecho había sido intentar mantener el país a salvo. Aquel era su trabajo. Y a cambio, ¿esa era la recompensa que recibía?

Oyó que los coches paraban de un frenazo delante de su casa. Se levantó, se acercó al secreter y sacó la pistola de donde la escondía. Se preguntó brevemente cómo darían la información los periódicos. Tampoco es que le importara, la verdad. Su ex marido se llevaría una ligera sorpresa, imaginó, aunque se había casado con una mujer mucho más joven y estaba formando la familia que ella nunca había querido tener con él.

A Foster le supo mal no tener a nadie que lamentara su muerte. Qué triste, concluyó.

Los pasos subieron rápidamente el porche delantero.

Sus guardaespaldas no podrían impedirles el paso.

Ya estaba bien. No necesitaba que se lo impidieran.

Tenían una orden judicial, estaba convencida de ello.

Negó con la cabeza, tomó aire.

Estaban en la puerta. La aporrearon.

—FBI —anunció una voz grave—. Secretaria Foster, abra la puerta, por favor.

Levantó la Glock a la altura de la sien derecha, colocándose de forma que cayera en el sofá. Sonrió. Un aterrizaje suave. Se lo merecía. Menos mal que se había tomado dos valiums. Así todo resultaba mucho menos estresante. Cualquiera que se planteara suicidarse, pensó, debería aprovechar la existencia de tal fármaco.

El FBI hizo una última advertencia. Se los imaginó colocando un cilindro hidráulico contra la puerta delantera. Era de madera restaurada y tenía cien años de antigüedad. No cedería con facilidad. Todavía le quedaban unos cuantos segundos.

Se preguntó si Harkes estaría con ellos. Quería mirarlo a los ojos una vez más. Quería seguir venciéndole.

Quería ver cómo se le borraba la expresión triunfante del rostro mientras la bala le perforaba el cerebro. Pero probablemente no viniera.

Menudo cobarde.

El cilindro hidráulico golpeó la puerta una vez. Se astilló y casi cedió. Lo consiguieron a la segunda.

La puerta se reventó.

Los hombres entraron en tropel.

Ellen Foster les sonrió y apretó el gatillo.

Pero no pasó nada. Volvió a apretar el gatillo. Otra vez. Hasta cuatro veces.

James Harkes entró tranquilamente, dejó atrás a los agentes del FBI dispuestos alrededor de la mujer y se paró delante de ella. Le quitó la pistola.

—No te vas a librar tan fácilmente —dijo.

Foster se tambaleó encima de sus tacones.

—¡Hijo de puta! —Le dio un bofetón.

Él ni se inmutó. Se quedó ahí parado, observándola con desprecio. Ella acabó apartando la mirada.

—Estos hombres tienen algo que decirte.

Se hizo a un lado cuando se colocaron delante, le leyeron sus derechos y la esposaron.

—Una cosa más —gritó Harkes cuando se la llevaban.

Ella se volvió para mirarle.

Levantó el arma.

—Tenías que haber comprobado que nadie te había quitado el percutor, «señora secretaria».

87

Sean contempló el número que aparecía en su teléfono.

—Es el coronel Mayhew, de la policía estatal de Maine. Le he telefoneado antes pero no contestaba. Le he dejado un mensaje para que me llamara.

Sean respondió y le explicó la situación al coronel.

Como era de esperar, a Mayhew le satisfizo el resultado.

—Dile a esa gente de Washington D.C. que se asegure de que esos cabrones no vuelvan a ver la luz del sol.

—Descuide, señor —dijo Sean con una amplia sonrisa.

—Hay una cosa rarísima —dijo Mayhew—. No lo entiendo.

—¿Qué ocurre?

—Han acabado de hacerle la autopsia al pobre Eric.

A Sean se le encogió el estómago ligeramente.

—Herida de bala, ¿no?

—Por supuesto. No hay duda de ello. Justo en el pecho.

Sean se relajó.

—Entonces ¿cuál es el problema?

—Pues fue una bala del calibre 32. Del mismo tipo que mató a Dukes y a su amigo Ted Bergin. Pero lo curioso es que fue una herida de contacto. Lo que no entiendo es que Eric les dejara acercarse tanto sin disparar un solo tiro. Quiero decir que...

Pero Sean ya no estaba escuchando. Estaba corriendo.

Corría no para salvarse él sino para salvar la vida de la persona que más le importaba en el mundo.

—¿Te sientes mejor? —preguntó Michelle, cuando Megan entró en la habitación vestida con ropa limpia.

—La ducha me ha sentado de maravilla. Creo que vuelvo a ser medio humana. Y gracias por hacer que me enviaran la ropa aquí.

—No ha supuesto ningún problema. Después de que te falláramos en Maine, era lo mínimo que podíamos hacer.

Michelle miró por la ventana.

En un todoterreno aparcado delante había tres agentes del FBI. Había dos más en el patio trasero del piso franco. Por primera vez en mucho tiempo se sentía razonablemente segura.

—¿Dónde está Edgar? —preguntó Megan.

—Cocinando.

—¿Sabe cocinar? —preguntó Megan.

—Pues resulta que sí. Seguro que tienes hambre. Supongo que no te dieron mucha comida.

—Me tuvieron a pan y agua. Todavía no me acabo de creer que saliera de ahí con vida.

—Fue complicado.

—Voy a ver si necesita ayuda. Mi madre siempre me decía que si realmente quería casarme, tenía que saber desenvolverme en la cocina.

—No te lo creas por nada del mundo.

Megan entró en la cocina mientras Michelle, siempre impaciente cuando no había acción, se limitaba a caminar de un lado a otro.

Mientras recorría la sala por segunda vez le sonó el teléfono. Era Sean.

Se dispuso a responder pero no lo consiguió.

La sangre le salió a borbotones del corte del brazo. Habría sido el cuello, pero había visto el cuchillo un segundo antes y había extendido el brazo. La hoja le cortó piel, músculo y tendón.

Dejó caer el teléfono, se desplomó hacia atrás, alzó la mirada y vio a Edgar Roy yendo a por ella otra vez.

Pero entonces se dio cuenta de que no iba a por ella. Se estaba colocando delante de ella. No, iba a por algo. A por alguien.

Se echó encima de Megan Riley mientras intentaba atacar otra vez a Michelle con un cuchillo de cocina enorme. Cayeron juntos al suelo, el grandullón encima de la mujer menuda. En aquel momento tendría que haber terminado todo.

Pero estaba claro que Megan Riley era una mujer fuera de lo normal.

De hecho, era infalible.

Roy gimió y se alejó rodando de ella cuando recibió un buen rodillazo en sus partes. Se levantó enseguida y le asestó dos patadas demoledoras en la cabeza que lo dejaron tumbado de espaldas. Se quedó medio inconsciente mientras la sangre le rodaba por la cara desde un corte profundo que tenía en la piel.

Alzó el cuchillo para asestarle el golpe final pero no consiguió dar en el blanco.

Michelle le dio una patada en la rodilla. Lo malo es que no le dio de lleno porque cuando estaba a punto de propinárselo resbaló con su propia sangre, que estaba formando un charco en el suelo de madera.

Megan hizo una mueca, bajó la mirada hacia la extremidad herida y entonces se abalanzó hacia delante con la pierna buena y le dio un buen codazo a Michelle en la cabeza, fintó para esquivar a su oponente y la hizo caer dándole una patada en las piernas. Michelle cayó con fuerza y se golpeó la cabeza contra el suelo. Se movió un segundo antes de que Megan la atacara de nuevo con el cuchillo. La hoja se le clavó en el muslo en vez de en el vientre. Megan retorció la empuñadura y Michelle gritó mientras la hoja la desgarraba. Apartó a la mujer de una patada y se puso en pie como pudo. Las dos mujeres se cuadraron y cada una intentó aprovechar la extremidad que no tenía herida.

—Voy a matarte —dijo Megan.

—No, lo vas a intentar —espetó Michelle.

—Tenías que haber visto la mirada de Bergin justo antes de que le pegara un tiro en la cabeza. Puso la misma cara de sorpresa que Carla Dukes cuando la maté.

—Yo no soy un hombre mayor. Ni una mujer lenta y voluminosa.

Megan sonrió con malicia.

—Ya, pero te estás desangrando.

Megan hizo un par de movimientos con el cuchillo con la intención de cortar pero no consiguió atravesar las defensas de Michelle. Michelle cogió una lámpara de pie y la giró delante de ella como si fuera un nunchaku. Avanzó cuando Megan cayó de espaldas, superada por momentos. Pero cuando Megan se abalanzó sobre Roy con el cuchillo en alto, Michelle tuvo que lanzarle la lámpara para defenderle.

La vara de latón golpeó a Megan en la cara y le hizo un corte profundo en la mejilla. La sangre le caía por la cara. Cayó de lado encima de Roy pero se levantó enseguida cuchillo en mano.

Fue un instante demasiado tarde.

Michelle la golpeó con el hombro en el vientre y ambas mujeres salieron disparadas por encima de una mesa y chocaron contra la pared en la que dejaron unos agujeros en el tabique de yeso por la fuerza del impacto.

Por desgracia, Michelle se golpeó contra un tachón de la pared y se fracturó la clavícula.

Al darse cuenta, Megan le propinó un golpe justo en el hueso herido y Michelle se deslizó hacia atrás, sujetándose el hombro y respirando con dificultad.

Ambas mujeres se pusieron en pie lentamente, cada una con una pierna herida, pero Michelle sangraba por dos heridas graves. Notaba cómo el corazón bombeaba con más fuerza con cada contracción del músculo, salpicando cada vez más sangre al suelo sin posibilidad de reemplazar la pérdida.

Exhaló un suspiro rápido. No le quedaba demasiado tiempo. Fingió atacar y Megan retrocedió. Michelle se abalanzó sobre ella con la intención de sujetarle el brazo con el que empuñaba el cuchillo.

Pero por culpa de lo débil que estaba, llegó un segundo demasiado tarde.

Megan se pasó el cuchillo a la mano izquierda un momento antes del impacto. Cuando la mujer cayó hacia atrás Megan le clavó el cuchillo con fuerza en la espalda.

Chocaron contra el suelo y Megan apartó a Michelle de una patada, rodó por el suelo y se puso de pie sosteniéndose con una sola pierna temblorosa.

Michelle intentó levantarse pero cayó de rodillas. Seguía teniendo el cuchillo clavado. Ahora le sangraban tres heridas, y la de la espalda era la más grave. Veía borroso y cada vez le costaba más respirar.

«Me estoy muriendo.»

Se llevó la mano a la espalda y con sus últimas fuerzas se arrancó el cuchillo.

Miró a Megan, que respiraba de forma entrecortada y rápida.

—Estás muerta —se mofó Megan.

—Igual que tú, zorra —gruñó Michelle, mientras la sangre se le acumulaba en la boca y le impedía hablar con claridad.

Arrojó el cuchillo.

Falló estrepitosamente y chocó contra la pared antes de caer al suelo sin causar daños.

Mientras Michelle se quedaba sentada impotente en cuclillas, mientras la vida se le escurría de entre las manos, Megan se preparó para el golpe mortal: un codazo en la nuca de Michelle que le rompería la médula y acabaría con su vida de forma instantánea.

Dio un salto para asestar el último golpe.

Y Edgar Roy pivotó.

En su excepcional mente, de repente estaba treinta años antes y Edgar Roy, que entonces contaba solo seis años y era objeto de la agresión sexual de su padre, giró en redondo. Y golpeó. El hombre cayó. Los ojos se le volvieron vidriosos. Dejó de respirar. El hombre murió. Ahí mismo, en la cocina de la granja.

Entonces, como un viejo televisor en blanco y negro que se convertía de repente en una pantalla plana de alta definición, las viejas imágenes se desvanecieron y Roy regresó de lleno al presente.

Edgar Roy, de dos metros de altura, le clavó el cuchillo de cocina que había cogido del suelo a Megan Riley en el torso con tanta fuerza que la mujer menuda se elevó varios centímetros del suelo. Al cabo de un momento, la asombrosa velocidad de la cuchillada de Roy catapultó a Megan con violencia contra la pared. La golpeó con fuerza y se deslizó hacia abajo. Miró sin decir palabra el cuchillo que tenía clavado en el pecho hasta la empuñadura, el otro extremo le había partido el corazón casi en dos.

Intentó arrancárselo. Lo rodeó con las manos. Tiraron una vez y luego se quedaron paradas. Los dedos se le escurrieron de la empuñadura. Los brazos se le cayeron a los lados. Inclinó la cabeza contra el hombro. Exhaló un último suspiro escalofriante.

Y entonces murió.

Edgar Roy se quedó ahí parado durante unos instantes.

«Yo pivoté. No fue mi hermana quien pivotó. Yo le clavé el cuchillo a mi padre. No mi hermana. Yo pivoté. Yo maté a la bestia. Maté a mi padre.»

Acababa de recuperar el recuerdo que había olvidado hacía tanto tiempo, el único que le faltaba.

Corrió al lado de Michelle y le tomó el pulso.

No lo notaba.

La puerta se abrió de repente.

Se volvió y vio a Sean y a su hermana ahí.

—Por favor, ayudadla —exclamó Roy.

Sean corrió hacia delante. Habían llamado a una ambulancia mientras iban de camino, por si acaso.

Había sido buena idea.

Los técnicos sanitarios irrumpieron en la habitación al cabo de unos segundos e intentaron por todos los medios reanimar a Michelle. La situación no pintaba bien. Había perdido demasiada sangre, que encharcaba el suelo. La sacaron en camilla y Sean subió a la ambulancia justo antes de que las puertas se cerraran.

Los agentes del FBI empezaron a evaluar lo ocurrido en el interior del piso franco, que había acabado siendo de todo menos seguro.

Roy se había dejado caer contra una pared. Su hermana se arrodilló a su lado. Cuando un agente se les acercó, ella dijo:

—Déjanos un momento, ¿vale?

El agente asintió y se retiró.

Roy contempló a Riley ensangrentada, sentada con la espalda apoyada en la pared pero muerta, con el cuchillo clavado todavía. Parecía una muñeca grande y morbosa de exposición.

—La he matado —le dijo a su hermana.

—Lo sé.

—Intentaba matar a Michelle.

—Eso también lo sé, Eddie. Le has salvado la vida. Has hecho lo correcto.

Él negó con la cabeza con obstinación.

—No lo sabemos. Es posible que muera.

—Es verdad. Pero le has dado una oportunidad.

Roy bajó la mirada, dio la impresión de que iba a vomitar. Volvió a alzar la vista.

—Maté a papá.

Ella se sentó a su lado, le tomó la cabeza y se la apoyó en su pecho.

—Durante todo este tiempo —dijo él—, no podía recordar... pe-pensaba que habías sido tú. Siempre... me has protegido.

—Aquella vez, Eddie, te defendiste tú solo. Y me salvaste. Hiciste lo correcto. No hiciste nada malo. ¿Lo entiendes?

Él no dijo nada.

»Eddie, ¿lo entiendes? No hiciste nada malo —dijo esto último con tono apremiante.

—Lo entiendo. —Contuvo un sollozo—. Me quitaron la medalla de san Miguel.

—Ya lo sé. Puedo conseguir otra.

Lanzó una mirada hacia Megan, muerta.

—Creo que no la necesito. Ya no.

—Estoy de acuerdo.

Roy se echó a llorar y su hermana lo abrazó.

El sonido melancólico de la ambulancia que transportaba a Michelle, gravemente herida, fue amortiguándose hasta que no quedó más que silencio.

88

La habitación de hospital era más fría que los depósitos de cadáveres en los que Sean había estado. También estaba a oscuras. La mayoría de las luces provenía de maquinitas que emitían ruidos extraños, que señalaban la existencia de vida o presagiaban la llegada inminente de la muerte.

Estaba encorvado en la silla, sujetando las manos de ella entre las suyas, con la frente apoyada en la barandilla de la cama.

Michelle Maxwell estaba recubierta de una red de vías intravenosas llenas de sustancias de las que Sean nunca había oído hablar y que entraban en su cuerpo y se llevaban otras cosas.

Michelle había muerto tres veces. La primera en la ambulancia, la segunda en el quirófano y otra ahí mismo, en esa cama. De hecho sus constantes vitales habían bajado a cero mientras le sujetaba la mano. Se había emitido un Código Azul y el equipo de emergencias había irrumpido en la habitación y practicado sus artes mágicas, con lo que habían conseguido sacarla de la tumba mientras Sean observaba impotente desde el umbral de la puerta.

—Ese cuchillo ha hecho mucho daño —dijo el doctor a Sean—. Casi se desangra. Pero es joven y goza de una forma física envidiable, de lo contrario no habría sobrevivido hasta ahora.

—¿Bastará con eso? —había preguntado Sean—. ¿Para devolverle la vida?

—Mantengamos la esperanza —había dicho el médico—.

Pero, sinceramente, si vuelve a producirse un paro cardiaco será difícil que la recuperemos.

Y con ese comentario, buena parte de la esperanza de Sean se había desvanecido.

Levantó la cabeza cuando les oyó entrar.

Kelly Paul estaba con su hermano.

El rostro de Edgar Roy todavía mostraba las marcas del encuentro con Megan Riley, o como se llamara realmente. Estaba muerta, eso era lo único que a Roy le importaba.

Paul se acercó y contempló a Michelle antes de tocar a Sean en el hombro.

—Lo siento. No tenía que haber pasado de ninguna manera.

—Así es la vida —dijo Sean con voz queda—. Estas cosas pasan continuamente. Cabronadas que pasan a la gente que intenta hacer lo correcto. —Lanzó una mirada a su hermano—. Y ella no estaría aquí de no haber sido por ti. Tengo una deuda enorme contigo, Edgar, de verdad que sí.

—Yo también estoy en deuda con usted, señor King —repuso Roy en voz baja.

—¿Qué tal está? —preguntó Paul.

—Día a día, hora a hora, minuto a minuto. Todavía no saben si despertará. Pero yo estaré aquí cuando llegue el momento.

Se puso recto y se volvió para mirarla.

—¿Quantrell y Foster?

—Hacen turnos para ver quién inculpa más al otro. Aunque con anterioridad los fiscales no tuvieran suficientes pruebas, ahora ya las tienen.

—¿De dónde sacaron los seis cadáveres que enterraron en el granero?

—De todas partes. Era gente que sabían que era imposible de identificar.

Paul se inclinó hacia delante y tomó a Sean de la mano.

—Yo tenía la misión de entregar a esas personas, no ella. Cumplí la misión pero le fallé. Os he fallado a los dos.

—Yo he venido a decir básicamente lo mismo.

Se volvieron y se encontraron con James Harkes en el umbral. Llevaba su traje negro, camisa blanca y corbata negra. Tenía el cuerpo rígido y las facciones igual de rígidas. Se situó junto a ellos. Contempló a Michelle y apartó la mirada rápidamente.

—Pensaba que teníamos todos los flancos cubiertos —dijo a modo de disculpa—. Pero resulta que no.

—Su nombre verdadero no era Megan Riley, por supuesto —añadió Paul—. No importa quién era. Era la salvaguarda de Foster, alguien que nadie más conocía.

—¿Era abogada o ni eso? —preguntó Sean.

—Sí, entre muchas otras cosas. Por eso Foster la eligió para trabajar con Bergin.

—¿Y ella le mató?

—Sin duda. Siempre pensamos que era alguien que él conocía, de lo contrario no habría parado en la carretera de ese modo. Sabemos que aquel día Riley había llamado a Bergin. Supusimos que ella estaba en Virginia. Lo que no sé es qué motivos le dio para estar en Maine.

—¿O sea que liquidó a Bergin para poder ser la abogada principal y espiarnos? —preguntó Sean.

—Eso es —confirmó Harkes—. Y mató a Dukes porque no confiaban en que fuera capaz de seguir adelante con el plan de extracción.

—Y por supuesto disparó a Eric Dobkin. Así ella podía regresar como troyano. Y funcionó —añadió Paul con arrepentimiento y pesar.

—Tenía la impresión de que Foster no me lo contaba todo —reconoció Harkes—. Dijo que Riley era su as en la manga. Pensé que la consideraba una rehén inocente. Por supuesto no tenía nada de inocente ni de rehén. Lo cierto es que Foster realmente me la jugó en ese sentido. —Hizo una mueca y negó con la cabeza.

—No te amargues por esto, Harkes —dijo Sean—. Hiciste un buen trabajo. No, lo hiciste de maravilla.

—La verdad, no fue lo bastante bueno. —Hizo una pausa y echó un vistazo a la habitación—. El Tío Sam corre con los gastos de todo esto. Recibirá la mejor atención médica del mundo, Sean. Y por lo que sé de ella, estará en plena forma y dando patadas a las puertas antes de lo que nos pensamos.

—Gracias por decirlo —dijo Sean.

Harkes se sacó una cosa del bolsillo.

—Esto es para ti. Para vosotros dos. —Le tendió el sobre a Sean.

—¿Qué es?

—Peter Bunting y el Tío Sam están convencidos de que os merecéis una recompensa. Han contribuido a partes iguales a la cantidad que aparece en el comprobante de la transferencia. Ya tenéis el dinero en la cuenta.

—Pero si solo hacíamos nuestro trabajo.

—No, en realidad vosotros dos hicisteis buena parte de nuestro trabajo —corrigió Paul.

Harkes explicó.

—Nos dimos cuenta de que algo iba mal en el Programa E después de que un tipo llamado Sohan Sharma fracasara en el Muro y acabara muerto. Al comienzo sospechamos de Bunting, pero cuando empezamos a escarbar, la cosa se complicó mucho más. Cuando aparecieron los cadáveres en casa de Eddie, llamamos a Kelly. Sabíamos que tenía todos los alicientes para limpiar el nombre de su hermano y llegar a la verdad. Pero nunca habríamos llegado a ella sin vuestra ayuda. Y esa es la pura verdad.

Cuando Sean vio la cantidad en el comprobante se quedó boquiabierto.

Alzó la mirada hacia Harkes con expresión incrédula.

—Esto es una exageración, Harkes.

El hombre lanzó una mirada a Michelle, en la cama.

—No, Sean, ni siquiera basta.

—Me gustaría que una parte de esto fuera para la viuda de Eric Dobkin —dijo Sean.

—Puedes hacer lo que quieras con el dinero —dijo Harkes—. Te lo mereces.

Después de que los tres se marcharan Sean continuó sentado junto a la cama. Tenía pensado quedarse ahí sentado hasta que Michelle se despertara o... Bueno, pasara lo que pasase, él seguiría ahí.

Echó un vistazo a la habitación. ¡Habían pasado por tantas cosas juntos! Un maniaco del pasado que había hecho saltar su casa por los aires. Un asesino en serie que a punto había estado de matarlos a los dos. Un agente matón de la CIA que consideraba que torturar a sus compatriotas estadounidenses era una actividad totalmente legítima. Y líderes políticos que creían estar por encima del bien y del mal. Durante aquellos tiempos la única persona con la que realmente había contado había sido Michelle. Ella le había salvado infinidad de veces. Siempre había estado allí cuando la necesitaba. Su vínculo era como un millón de diamantes engarzados juntos y recubiertos de titanio, no había nada más fuerte.

Se recostó en el asiento y escuchó las máquinas que mantenían a Michelle con vida. Era joven. Era fuerte. Había sobrevivido a muchas situaciones. No debía perder la vida porque una traidora la había apuñalado literalmente por la espalda. No era justo.

Apoyó la cabeza en la fría barandilla de la cama y sujetó los dedos de ella. Se quedaría allí hasta que uno de los dos dejara de respirar.

«Espero ser yo.»

La noche cedió paso al día y el día a la noche.

Y Michelle seguía allí tumbada.

Y Sean, allí sentado.

Las máquinas emitían sus curiosos ruiditos.

Sean esperaba un milagro.

Las enfermeras y los médicos iban y venían. Lo miraban, sonreían, le dedicaban palabras de ánimo, comprobaban las constantes vitales de Michelle y las gráficas de evolución y luego se marchaban rápidamente.

Sin embargo, él sabía que cada día que pasaba sin despertar reducía las posibilidades de que llegara a salir de ese estado.

Le bombeaban unas sustancias al interior del cuerpo y le extraían otras.

El reloj iba marcando las horas.

Las máquinas zumbaban y silbaban.

Los médicos y enfermeras iban y venían.

Sean seguía sentado. Tenía los dedos entrelazados con los de ella.

Había imaginado que de repente ella se levantaba de la cama y le sonreía. O que él regresaba del baño y se la encontraba sentada en una silla leyendo un libro. O, lo más probable, conociéndola, haciendo flexiones, comiendo barritas energéticas y bebiendo litros de Gatorade. Alguna vez había soñado que se encontraba su cama vacía porque había muerto, pero en su mayor parte había ahuyentado esa idea.

Levantó la cabeza y la miró. Parpadeó para despejar la vista.

Bajó la mirada hacia la mano de ella. Se miró la suya. Negó con la cabeza y volvió a apoyarla en la barandilla.

Fue el único motivo por el que no vio que Michelle abría los ojos.

—¿Sean? —dijo con una voz tosca y débil por la falta de uso.

Sean levantó la cabeza una vez más. La miró a los ojos.

Brotaron las lágrimas.

De los dos.

—Estoy aquí, Michelle. Aquí mismo.

El milagro se había producido.

Agradecimientos

A Michelle, la novela número 21, ¡preparada y cargada para lanzar! Lo hemos vuelto a conseguir.

A Mitch Hoffman, mi «Sexto Hombre».

A Emi Battaglia, Jennifer Romanello, Tom Maciag, Martha Otis, Chris Barba, Karen Torres, Anthony Goff, Kim Hoffman, Bob Castillo, Michele McGonigle y todos los de Grand Central Publishing, que me dan su apoyo de todos los modos posibles.

A Aaron y Arleen Priest, Lucy Chields Baker, Lisa Erbach Vance, Nicole James, Frances Jalet-Miller y John Richmond por ayudarme en todo, de la A a la Z.

A Maja Thomas, por haberse dado cuenta hace mucho tiempo de que los libros electrónicos son decididamente reales.

A Maria Rejt, Trisha Jackson y Katie James de Pan Macmillan por ayudarme a funcionar en el Reino Unido.

A Steven Maat de Bruna por llevarme a lo alto en Holanda.

A Grace McQuade y Lynn Goldberg por una publicidad extraordinaria.

A Bob Schule por tu vista de lince.

A Kelly Paul, he hecho tu personaje muy alto, lo cual no concuerda contigo, y también lista y genial, lo cual decididamente sí eres.

A Eric Dobkin y Brandon Murdock, espero que disfrutéis con los personajes que llevan vuestro nombre, y las distintas organizaciones benéficas a las que han ayudado.

A la familia Harkes, por el uso de su nombre y por ser grandes amigos.

A Lynette y Natasha, ya sabéis por qué.

Y un agradecimiento especial y la bienvenida a Kristen White, la más reciente incorporación al equipo.